COLLECTION « BEST-SELLERS »

DU MÊME AUTEUR

Chez le même éditeur

PARC GORKY, 1981
LA COLLINE INTERDITE, 1986
L'ÉTOILE POLAIRE, 1990
ROSE, 1998
HAVANA BAY, 2000

MARTIN CRUZ SMITH

TOKYO STATION

roman

Traduit de l'anglais par Jean Rosenthal

ROBERT LAFFONT

Titre original : DECEMBER 6

ISBN 2-221-09302-X
(édition originale : ISBN 0-684-87253-6 Simon & Schuster, New York)

Pour EM

6 Décembre

DOIT PORTER LE TIMBRE
DE LA CENSURE
POUR TOUTE TRANSMISSION

Lettre de Tokyo

À L'APPROCHE DE LA GUERRE,
LE JAPON SEMBLE CALME
Protestation britannique après
le «discours défaitiste»
d'un Américain. Par Al DeGeorge
Envoyé spécial du
Christian Science Monitor

TOKYO, 5 DÉCEMBRE. Tandis que, à Washington, on approche de l'heure limite fixée pour les ultimes négociations qui permettraient d'éviter un conflit entre les États-Unis et le Japon, à Tokyo, on profite de l'exceptionnelle douceur de ce mois de décembre. En cette année 1941, on se consacre, comme tous les ans à pareille époque, aux préparatifs du nouvel an. Chacun s'affaire et bichonne sa maison, rembourrant les couettes ou étalant de nouveaux tatamis, ces nappes de paille de riz tressée qui tapissent le sol de toute résidence japonaise. Entre eux, les Tokyoïtes n'évoquent pas la situation politique mais plutôt la difficulté, à cause du rationnement, à se procurer oranges et homards sans lesquels on ne saurait fêter comme il convient la nouvelle année. Même les rameaux de sapin utilisés pour la décoration sont difficiles à trouver depuis que, privés du pétrole américain, la plupart des camions civils sont immobilisés dans leur garage. Néanmoins, les habitants réussissent tant bien que mal à contourner les problèmes causés par l'embargo qui frappe toutes les importations, depuis l'acier et le caoutchouc jusqu'au carburant pour les avions. De nombreux taxis, par exemple, fonctionnent aujourd'hui au charbon de bois qu'on brûle dans une chaudière installée dans le coffre; ils n'ont peut-être pas les reprises d'autrefois, mais, à Tokyo, on a appris la patience.

Dans ce pays où chacun voue un véritable culte à l'empereur, il ne fait aucun doute que le Japon, l'ayant loyalement emporté sur la Chine, mérite la levée de l'embargo. La position américaine, qui exige d'abord du Japon le retrait de ses troupes, est considérée comme hypocrite et injustifiée. On n'aime ici ni le secrétaire d'État Cordell Hull ni celui à la Guerre Henry Stimson, mais le peuple japonais fait confiance au président Franklin Roosevelt pour lui prêter une oreille plus compréhensive. «C'est toujours la même chose dans les négociations. Au dernier moment, on trouve une solution!» déclare un vendeur de nouilles de Ginza à propos de cette impasse diplomatique.

À vrai dire, l'un des événements les plus attendus est l'autorisation par la censure des nouvelles productions hollywoodiennes qui ne font, elles, l'objet d'aucun embargo. Le public se presse dans les salles de cinéma qui les proposent et le portrait de Bette Davis ou de Cary Grant s'étale sur la couverture des magazines. Même si l'ancienne génération compte encore des fervents du kabuki, les plus jeunes ne jurent que par les vedettes de l'écran. La seule manifestation perceptible d'énervement s'est traduite dans un discours prononcé aujourd'hui au Club des chrysanthèmes, le rendez-vous à Tokyo de l'élite de la banque et de l'industrie : l'homme d'affaires américain Harry Niles a déclaré que le Japon avait tout autant le droit d'intervenir en Chine que l'Amérique au Mexique ou à Cuba. Il a décrit l'embargo américain comme une tentative pour «affamer les travailleurs japonais». Il a également reproché à la Grande-Bretagne de «sucer le sang de la moitié du monde en prétendant que c'est le devoir de tout chrétien».

Le premier secrétaire de l'ambassade britannique, sir Arnold Beechum, a estimé les propos de Niles «résolument défaitistes. La défaite des Français et des Danois est due aux menées perfides de collaborateurs tels que Niles. Nous envisageons sérieusement de protester auprès de l'ambassade américaine contre les activités de leur ressortissant». L'ambassade américaine s'est refusée à tout commentaire, bien qu'un haut responsable ait laissé entendre que Niles échappait à tout contrôle depuis bien longtemps. Ce diplomate, qui a préféré garder l'anonymat, a trouvé révélateur le fait que le club ait choisi Niles comme orateur. «C'est un signe manifeste de l'impatience avec laquelle les Japonais suivent les entretiens de Washington, une indication inquiétante, je le crains.»

À part cet incident, les habitants ont continué avec leur entrain habituel à faire provision de friandises pour le nouvel an. Ils ont peut-être allumé un bâton d'encens supplémentaire pour prier mais, apparemment, avec la conviction qu'aucun éclat définitif ne viendra rompre les cordiales relations qui existent entre le Japon et les États-Unis.

TRANSMISSION PAR CABLE
REFUSÉE

DOIT ETRE TRADUIT EN JAPONAIS
POUR TOUTE TRANSMISSION
PAR CABLE

1922

1.

Cinq samouraïs, les yeux brillants telles des opales dans les derniers rayons du soleil couchant, avançaient d'un pas furtif en traînant leurs sandales. Une brume ensanglantée baignait le passage, teintant de rouge les bannières de la rue, et des flots cramoisis ruisselaient sur le bois terne des boutiques et des maisons.

L'histoire était tragique, authentique et extrêmement gratifiante : le seigneur Asano, poussé par le peu scrupuleux seigneur Kira à dégainer son épée en présence du shogun, acte punissable de mort, avait été décapité et ses biens confisqués. Dispersés, ses serviteurs étaient devenus des *ronin* – des samouraïs errants sans foyer ni allégeance – que le malfaisant Kira, impuni, surveillait. Il se tenait surtout à l'affût du moindre signe indiquant que leur capitaine, Oishi, préparait une vengeance. Cependant, au bout de deux ans la vigilance de Kira finit par se relâcher et Oishi, profitant d'une nuit de décembre enneigée, rassembla quarante-six de ses compagnons qui jouissaient de toute sa confiance. Ils escaladèrent les murs du palais de Kira et taillèrent en pièces les gardes. Oishi tira de sa cachette le maître des lieux, lui coupa la tête et la déposa sur la tombe de leur défunt seigneur Asano.

Gen, le plus fort et le plus rapide des garçons, jouait Oishi ; des lunettes d'aviateur posées haut sur son front indiquaient sa qualité de chef. Hajime, son second, au visage rond comme une poêle, arborait en guise d'armure un gilet matelassé de receveur de base-ball. Le calicot drapé autour de la taille de Tetsu désignait le criminel de mélodrame. Quant aux jumeaux Kaga, Taro et Jiro, au chandail effiloché tendu sur des formes rebondies, ils auraient fait n'importe quoi pour Gen. Brandissant chacun un bâton de bambou, ils affichaient tous les cinq un air terriblement sérieux.

Gen fit signe à Hajime d'examiner la carriole du chiffonnier, à Tetsu d'inspecter les sacs entassés devant la boutique du marchand de riz, et aux jumeaux de bloquer les issues vers une ruelle où bordels et auberges se succédaient. Les prostituées guettaient à travers les fenêtres à losanges. Mais on était en été, au plus fort d'une chaude après-midi : pas un nuage, pas un client, rien que la misère s'étalant partout. Les pauvres maisons de bois blotties les unes contre les autres évoquaient autant de bateaux battus par les vagues et poussés par la tempête au fond de la baie pour aller sombrer au hasard des rivières, des canaux et des écluses encrassées. Çà et là brillait l'éclat d'un autel doré, à tous les étages pendait du linge accroché à des piquets et partout des enfants couraient comme des rats sur le pont d'un navire.

— Kira ! cria Gen. Seigneur Kira, nous savons que vous êtes ici !

Une putain au visage maquillé blanc comme du plâtre siffla pour attirer l'attention de Tetsu. À travers les barreaux, elle désigna du menton les cuves de saké vides au bout de la ruelle. Gen s'approcha, jambes écartées, tenant à deux mains au-dessus de sa tête son épée de bambou. Il l'abattit, faisant résonner les récipients comme des tambours. Le second coup frappa de plein fouet. Les cuves roulèrent en tous sens et Harry s'extirpa de sa cachette, une oreille ensanglantée.

Tetsu lui donna un coup de poing et les jumeaux se joignirent à lui. Harry, exhibant son bâton, les repoussa. Il portait deux couches de chandails de laine, un short et des baskets – il pouvait sans problème encaisser un coup ou deux.

— Rends-toi, rends-toi ! hurla Tetsu.

Rassemblant son courage, il fit pleuvoir sur Harry une grêle de coups que celui-ci esquiva facilement. Gen lança son bâton en travers des jambes du *gaijin* à la manière d'une batte de base-ball, le faisant tomber sur un genou. Les jumeaux s'acharnèrent sur l'épée de Harry jusqu'à ce qu'il leur jette une cuve à la tête. Échappant à Tetsu, il en profita pour décamper.

— Le gaijin ! cria Hajime, le gaijin s'enfuit !

C'était toujours la même chose. Personne ne voulait être l'affreux seigneur Kira. Harry jouait Kira parce qu'il était un gaijin, un étranger, pas du tout japonais, ce qui, de toute façon, suffisait à justifier qu'on lui donne la chasse. Pourtant, Harry arborait une coupe de cheveux aussi courte que celle des autres garçons, il fréquentait la même école, portait les mêmes vêtements et effectuait les mêmes gestes qu'eux. Qu'importe.

Au bout de la rue, un conteur vêtu d'un blouson crasseux avait rassemblé de jeunes enfants autour de son diorama en papier qui montrait les exploits de la Chauve-souris d'or, justicier et héros bizarre qui arborait un masque, des collants blancs et une cape cramoisie. Harry se glissa entre eux et la charrette d'un vendeur de jus d'orange pressée.

— L'autre se dirige vers la carriole ! prévint Hajime.

On désignait toujours un gaijin par « l'autre ».

Harry contourna le chariot branlant du chiffonnier et se faufila entre les jambes du cheval au dos trop cambré, renversant un sac à l'éventaire du marchand de riz et ne s'interrompant que pour donner un coup de pied dans le tibia de Tetsu. Les jumeaux n'étaient pas vraiment vifs, mais ils comprenaient les ordres au quart de tour. Gen les envoya bloquer l'entrée d'un music-hall, le Musée des curiosités. Hajime lança son bâton comme un javelot pour frapper Harry dans le dos. Celui-ci trébucha et sentit une brûlure telle celle d'un coup de couteau.

— Rends-toi, rends-toi ! criait Tetsu en sautillant – dans le feu de la poursuite, le calicot qui lui ceignait les reins avait commencé à se dérouler.

— Je l'ai !

Hajime décocha à Harry un croche-pied qui le fit plonger dans les ténèbres d'un bar dont la porte était ouverte et qui empestait la bière. Un ouvrier qui buvait une chope au comptoir s'approcha, prit son élan et d'un coup de pied renvoya Harry là d'où il venait.

L'incident avait éloigné les jumeaux de l'entrée du music-hall. Harry s'y précipita. L'établissement comprenait une galerie à l'éclairage tamisé peuplée de « sirènes », monstres de papier mâché cousus à un poisson, et de « nus exotiques » qui n'étaient que des statues de plâtre. Harry s'engagea dans l'escalier qui démarrait juste derrière l'entrée et où l'espace exigu ne permettrait qu'à un seul de ses agresseurs de l'affronter. Les jumeaux se bousculèrent pour rattraper Harry, mais Gen s'interposa, ses lunettes d'aviateur rabattues sur les yeux pour montrer qu'il ne plaisantait pas. Harry encaissa un violent coup dans le ventre, un autre au genou, et riposta par une manchette à l'épaule. Cependant, il savait que, marche après marche, il perdait du terrain et que, au premier étage, l'escalier aboutissait à une porte sur laquelle une pancarte prévenait : ENTRÉE INTERDITE. CETTE PORTE DOIT ÊTRE TOUJOURS VERROUILLÉE.

Le sang coulait le long de son cou et sous son chandail. À l'école, leur moniteur manchot, le sergent Sato, entraînait les garçons au maniement de la baïonnette en utilisant des tiges de bambou. Il les faisait marcher jusqu'au terrain de base-ball, équipés de gilets molletonnés et de casques en osier, pour leur enseigner la botte et la parade. Gen était devenu un excellent attaquant. Harry, perpétuelle cible puisque unique gaijin de l'école, était passé maître dans l'art de l'autodéfense.

Hajime brandit de nouveau sa lance. La pointe frôla le crâne de Harry avant de rebondir contre la porte. Gen brisa d'un coup le bâton de Harry, puis le frappa si fort à l'épaule que le choc lui laissa le bras engourdi. Acculé contre la porte, Harry essayait de se défendre avec les deux morceaux de son bâton, mais les coups pleuvaient de plus en plus fort tandis que Gen répétait : « Rends-toi ! Rends-toi ! »

Comme par magie, la porte s'ouvrit. Harry bascula en arrière sur une pile de chaussures hétéroclites avant de s'étaler sur un tapis de joncs. Dans son champ de vision apparurent un homme décharné, en costume noir et béret basque, des femmes en jupette de satin, couronnées de carton, des cigarettes qui pendaient entre des lèvres stupéfaites. Il flottait dans l'air une lourde odeur de tabac, de talc, de serpentins antimoustiques et de parfums impuissants à masquer les relents de transpiration des danseuses.

L'homme tenait entre ses doigts peints en rouge, bleu et noir un fume-cigarette en ivoire. Il inclina sa chaise pour dénombrer Gen, Hajime, Tetsu et les jumeaux Kaga groupés en haut de l'escalier.

— Dites donc, qu'est-ce que vous cherchez à faire ? À le tuer ? À cinq contre un ? Vous estimez que c'est un combat équitable ?

— On jouait, expliqua Gen.

— Le pauvre garçon est couvert de sang !

Une des femmes s'agenouilla près de Harry et lui essuya

le visage avec un linge humide. Il remarqua que ses sourcils maquillés dessinaient de parfaites demi-lunes.

— Il n'est même pas japonais ! lança Hajime par-dessus l'épaule de Gen.

La femme réagit si violemment que Harry eut peur qu'elle ne le laisse tomber comme on lâche une araignée.

— Regardez ça, il a raison.

— C'est le fils du missionnaire, précisa une autre femme. Il traîne toujours dans la rue avec cette bande.

Un homme coiffé d'un canotier apparut.

— Ma foi, fit-il en riant, on dirait que la bande s'en est prise à lui.

— C'était juste pour jouer, intervint Harry.

— Il les défend ? s'étonna l'homme au béret. Ça, c'est de la loyauté !

— Il parle japonais ? remarqua alors quelqu'un, qui se pencha pour observer plus attentivement Harry.

— Un peu, dit Gen.

La femme au chiffon mouillé s'interposa :

— En tout cas, votre victime n'ira nulle part tant qu'elle continuera de saigner.

Malgré les brûlures sur son crâne, Harry supportait plutôt bien de se trouver entre les douces mains d'une danseuse aux yeux en demi-lune, aux épaules blanches et nues, et coiffée d'une couronne en carton, ainsi que d'être déchaussé par une autre tel un soldat blessé au combat et emmené à l'écart du champ de bataille. Il détailla la pièce exiguë, les miroirs et les paravents, les costumes étincelants pendus à des cintres et les photos de vedettes de cinéma punaisées aux murs. Les nattes qui tapissaient le plancher étaient jonchées de cosses de cacahuètes, d'écorces d'orange, d'horoscopes trouvés dans des gâteaux et de mégots de cigarette.

— Achille reste ici. (L'homme au béret sourit comme s'il avait lu dans les pensées de Harry.) Les autres, cassez-vous. C'est un théâtre, ici. Vous ne voyez pas que vous êtes dans un vestiaire de femmes ? C'est privé.

— Vous y êtes bien, vous, fit remarquer Gen.

— C'est différent, rétorqua l'homme au canotier. Lui, c'est un artiste, et moi je suis le directeur. Ouste, décampez !

— On attendra dehors ! lança Hajime d'un ton menaçant, appuyé du bas de l'escalier par les gesticulations belliqueuses des jumeaux.

Harry leva les yeux vers la femme qui tenait toujours le linge humide.

— Quel est votre nom ?

— Oharu.

— Oharu, est-ce que mon ami peut rester aussi ? demanda-t-il en désignant Gen.

— Un ami ? s'étonna-t-elle.

— C'est l'esprit japonais, ce qu'on appelle l'esprit Yamato, expliqua l'artiste. Loyal jusqu'au bout et sans raison.

— Mais il n'est pas japonais ! protesta le directeur.

— Être japonais, c'est agir en Japonais, déclama l'artiste en riant de toutes ses dents jaunes.

— Il peut rester ? insista Harry.

— D'accord, acquiesça Oharu en haussant les épaules. Ton ami peut attendre. Il te ramènera chez toi. Mais rien que lui, personne d'autre.

— Laisse tomber, souffla Hajime à l'oreille de Gen. On l'aura plus tard.

Sur le seuil, Gen hésitait. Il remonta ses lunettes d'aviateur sur son front comme s'il venait de découvrir les femmes entre les coussins et les miroirs, les Westminster à bout doré, les mouchoirs en papier et les houppettes, les hommes au sourire sardonique juchés sur leur chaise et émergeant d'un nuage de fumée agité mollement par un ventilateur fixé au plafond. Gen se tourna vers les garçons massés dans l'escalier, tendit son bâton de bambou à Hajime, ôta ses sabots pour entrer dans la pièce et referma la porte derrière lui.

— Comment se fait-il que tu parles japonais ? demanda l'artiste à Harry.

— Je vais à l'école.

— À l'école japonaise ?

— Oui.

— Et tu t'inclines chaque jour devant le portrait de l'empereur ?

— Oui.

— Extraordinaire. Où sont tes parents ?

— Ils sont missionnaires, ils voyagent.

— Pour aider les âmes japonaises à trouver le salut ?

— Je pense.

— Remarquable ! Eh bien, soyons équitables et tentons à notre tour de faire quelque chose pour ton âme pendant que tu es ici.

Harry cessa vite de retenir l'attention. Un music-hall propose parfois jusqu'à trente sketches comiques et intermèdes musicaux nécessitant la présence d'autant de danseuses et de chanteuses ; aussi était-ce un continuel défilé d'artistes, chacun laissant entrer une brève bouffée de musique avant que la porte du plateau se referme. Les changements de costume se faisaient à toute allure : on passait en un clin d'œil d'une robe de marquise du XVIIIe siècle à un costume marin, après avoir lancé les jupes à crinoline en direction de l'habilleuse. Trois ou quatre femmes se partageaient un miroir. Oharu retirait ses chandails à Harry afin d'essuyer le sang sur sa poitrine quand il vit une danseuse à peine plus âgée que lui se glisser derrière un paravent pour se déshabiller et enfiler un tutu de ballerine. Grâce à la glace, il ne perdit aucun détail de la scène.

Harry avait une expérience ambivalente des femmes. Sa mère sillonnait le pays avec son père pour l'assister dans son ministère tandis que, enfant chétif, il restait à Tokyo avec sa bonne d'enfant. Celle-ci n'avait rien trouvé de mieux que de le traiter en Japonais. Il avait donc grandi dans la douce chaleur et la mixité des bains, comme un véritable petit Japonais, et ne jouait l'authentique fils américain que lors des visites de ses parents. Néanmoins, il n'était encore qu'un petit garçon intrigué par les visages peints qui l'observaient derrière les fenêtres des bordels situés à quelques pâtés de maisons de chez lui. Il régnait une ambiance vieillotte, feutrée, à demi morte, chez ces prostituées drapées dans leur kimono. À présent, il était entouré de femmes bien différentes : très légèrement vêtues, elles débordaient de vitalité. En quelques minutes, il était tombé amoureux d'abord d'Oharu avec ses sourcils en demi-lune et ses épaules poudrées, puis de la ballerine. Si la douleur était le prix à payer pour un tel spectacle, il la supporterait. Une fois assis et ses blessures nettoyées, il apparaissait tel qu'en lui-même : petit et malingre, avec une impressionnante collection de bleus et d'écorchures. Cependant, sa physionomie était presque aussi impassible et ses yeux presque aussi noirs que ceux d'un jeune Japonais.

L'artiste offrit des cigarettes à Gen et à Harry.

— Tu ne devrais pas, protesta Oharu. Ils ne fument pas.

— Ne dis pas de bêtises. Ce sont des gamins de Tokyo, pas des garçons de ferme sortis de tes rizières. D'ailleurs, les cigarettes, ça fait disparaître la douleur.

— N'empêche, dès que le gaijin se sentira mieux, il faudra qu'il s'en aille. J'ai du travail, annonça le directeur, bien que Harry ne l'eût pas vu accomplir un seul geste. D'ailleurs, il y a trop de monde, ici. On étouffe.

— Merde, fit l'artiste en tâtant ses poches. Je n'ai plus de clopes.

— Quelle marque ? On peut aller vous en chercher, et de la bière aussi si vous avez soif, proposa Harry après avoir réfléchi une seconde.

— C'est ça ! Tu empocheras l'argent et ensuite tu fileras, lâcha le directeur.

— Alors, je vais rester pendant que Gen ira.

Celui-ci, jusque-là digne et attentif, jeta à Harry un regard mauvais lui demandant depuis quand c'était lui qui donnait des ordres.

— La prochaine fois, temporisa Harry, j'irai et tu resteras.

Il fallait savoir s'adapter à n'importe quelle situation et, au cours des dix dernières minutes dans le vestiaire de ce music-hall, une nouvelle réalité était apparue à Harry. Une réalité qui ouvrait plus de perspectives qu'il ne l'avait jamais imaginé. Et plus exaltantes que de jouer au samouraï.

— Ce serait agréable, en effet, que quelqu'un soit toujours prêt à nous approvisionner en boissons ou en cigarettes, observa Oharu, puisque ces messieurs ne lèvent jamais leurs fesses et se contentent de faire des commentaires sur nos jambes.

Le directeur n'était pas convaincu. Il écarta son col que la sueur collait à son cou et observa plus attentivement Harry.

— Ton père est vraiment missionnaire ?

— Oui.

— Les missionnaires ne fument pas, ne boivent pas. Alors comment saurais-tu où aller ?

Harry aurait pu lui parler de son oncle Orin, un missionnaire venu de Louisville pour s'installer dans le quartier des plaisirs de Tokyo et qui y avait perdu la grâce comme un plongeur de haut vol heurte l'eau. À la place, il se contenta d'allumer sa cigarette et d'exhaler un rond de fumée qui s'éleva dans l'air pour se disperser dans le souffle du ventilateur.

— À l'œil ? s'enquit le directeur.

— Oui.

— Tous les deux ?

Harry se tourna vers Gen qui restait un peu en retrait, jaloux de ses prérogatives de chef. La porte de la scène s'ouvrit alors toute grande pour un changement de numéro. Des chanteurs en toge de professeur sortirent en hâte pour remplacer les danseuses qui s'engouffraient dans la pièce. Celle que Harry avait repérée auparavant ne prit même pas la peine de s'isoler derrière le paravent pour se mettre complètement nue, se frictionner avec une serviette et enfiler un costume de majorette au plastron orné d'un soleil levant. Harry estima que cette performance laissait augurer une gamme étendue de talents et une personnalité aux multiples facettes.

— Oui, répondit Gen qui n'avait rien perdu, lui non plus, du spectacle. Je marche avec lui.

— Tu fais bien. Regarde ton copain, voilà une minute il allait se faire assommer et maintenant il est sur les genoux d'Oharu. Il a de la chance, ce garçon !

Seulement de la chance ? s'interrogea Harry. La façon dont le combat s'était déroulé, cette escalade périlleuse jusque dans les combles du théâtre, sa rencontre avec Oharu et avec l'artiste, la métamorphose de prétendus samouraïs en hommes du monde, tout cela relevait davantage du rêve, comme s'il avait traversé un miroir pour apercevoir de l'autre côté une image subtilement modifiée et mieux dessinée.

À cela près, rien n'avait changé. Le lendemain, Gen et lui se retrouvèrent à l'école. Dans l'après-midi ils gagnèrent au pas le terrain de base-ball pour s'exercer, comme d'habitude, au maniement de la baïonnette sous la férule du sergent Sato. Harry s'équipa de son gilet molletonné et de son casque d'osier pour que, à tour de rôle, Jiro et Taro, Tetsu et Hajime puissent faire pleuvoir les coups sur le gaijin. Gen envoya Harry au sol plus violemment que jamais.

À la fin de l'exercice, le sergent leur demanda quelle était leur ambition dans la vie et, d'une seule voix, ils crièrent : « Mourir pour l'empereur ! »

Personne n'y mit plus de ferveur que Harry.

1941

2.

Harry et Michiko dansaient pieds nus sur la version de « Begin the Beguine » d'Artie Shaw, les accents latino-américains étant remplacés par un accompagnement de tam-tam.

L'espace ne leur manquait pas, car Harry ne possédait pas grand-chose : contrairement à la plupart des expatriés à Tokyo, il ne collectionnait ni les sabres ni les babioles orientales. Le mobilier se résumait en une table basse, un poêle à mazout, un phonographe et des disques, une penderie pour ses vêtements occidentaux et, au mur, une tenture représentant le Fuji-Yama. Un miroir ovale reflétait la lueur rouge d'une enseigne au néon au-dehors.

Pour les Japonais, la nuque constitue une zone érogène. Harry se glissa derrière Michiko, posa ses lèvres sur la bosse en haut de son épine dorsale, entre les omoplates, puis laissa courir son doigt jusqu'au « V » sombre de la racine des cheveux, noirs et brillants, dont la coupe courte mettait en valeur la courbe délicate des oreilles. Michiko était maigre et avait de petits seins, mais de la douceur satinée de sa peau se dégageait une grande sensualité. À la base du cou, là où l'on sent le pouls, trois minuscules grains de beauté évoquaient des gouttes d'encre tombées sur du papier de riz. Michiko lui prit la main et la fit glisser sur son ventre. Quand une Japonaise dit oui, et le dit sérieusement, le mot « Hai » jaillit du plus profond de sa poitrine. C'est de cette manière que Michiko prononçait inlassablement le prénom de son amant, répétant « Harry » encore et encore. Sur les estampes japonaises, les courtisanes réfrènent leurs cris de plaisir en mordant une écharpe. Pas Michiko. Elle faisait l'amour comme une chatte, et Harry s'étonnait parfois de ne pas avoir l'oreille labourée de morsures. Elle le possédait bel et bien et, d'un coup d'œil, revendiquait ses droits.

Quel âge avait-elle ? Sans doute à peine vingt ans. Et lui, à trente ans, ne pouvait ignorer que son visage en forme de cœur était aussi innocemment offert qu'un as de pique lors d'une partie de cartes. Et si saint Pierre lui demandait des comptes aux portes du paradis, Harry ne pourrait que répondre : « Parce que ça collait entre nous. » Avant de sauter dans la gueule brûlante d'un volcan, les amants prennent-ils le temps de réfléchir ? Quand deux camés décident de partager la même boulette d'opium, s'interrogent-ils sur la pertinence de cette idée ? Sa seule défense, c'était que personne ne lui convenait aussi bien que Michiko, et que, chaque fois, c'était différent.

— Harry, dit-elle, sais-tu que tu es le premier homme que j'ai embrassé ? J'ai vu ça dans les films occidentaux. Je ne l'avais jamais fait.

— Tu aimes ?

— Pas vraiment, répondit-elle en lui mordant la lèvre si fort qu'il la lâcha.

— Seigneur ! qu'est-ce qui te prend ?

— Tu vas me quitter, Harry. Je le sens.

— Mon Dieu !

C'est incroyable comme les femmes ont le don de casser l'ambiance, songea-t-il. Il se palpa la lèvre.

— Bon sang, Michiko, tu pourrais me laisser des marques !

— J'aimerais bien.

Michiko se laissa tomber sur un tatami et enfila des chaussettes blanches aux orteils séparés. Comme si cette parure lui suffisait, elle s'assit, jambes croisées – et non à genoux selon l'étiquette qu'observent les Japonaises –, puis elle prit une cigarette et ses propres allumettes. C'était, à la connaissance de Harry, la seule de ses compatriotes bien élevées à faire l'amour nue et à ne pas adopter une voix aiguë pour parler à l'autre sexe. Michiko, quel que soit son interlocuteur – homme, femme ou chien – conservait toujours le même ton.

— Je ne peux pas partir : depuis des semaines il n'y a plus aucun navire prêt à prendre la mer.

— Et l'avion ?

— À Hong Kong ou à Manille, j'aurais attrapé le Clipper,

mais on ne me laisserait même pas quitter Tokyo pour m'y rendre.

— Tu fréquentes tout le temps des Occidentales.

— C'est différent.

— Est-ce que ce sont de grosses bonnes femmes allemandes ou des Anglaises chevalines ? C'est cette Anglaise à qui tu téléphones tout le temps, cette vache ?

— Il faudrait savoir s'il s'agit d'un cheval ou d'une vache.

Michiko tira si fort sur sa cigarette que le rougeoiement lui éclaira les yeux.

— Les Occidentaux sentent le beurre, le beurre rance. La seule chose que je te reconnaisse, Harry, c'est que, pour un Américain, tu ne sens pas trop mauvais.

Joli compliment ! Harry enfila son pantalon pour sauvegarder sa dignité et chercha des cigarettes dans sa poche. Michiko éprouvait une horreur physique devant les Occidentales, elle ne supportait ni leur teint ni leur taille, rien. Il est vrai qu'à côté de la jeune Japonaise, avec ses mains fines, ses sourcils bien dessinés et ses boucles d'un noir de jais au bas de son ventre blanc, elles paraissaient légèrement vulgaires. Mais, et peut-être s'agissait-il d'une faute de goût, Harry appréciait également les Occidentales.

— Michiko, je suis navré de te le rappeler, mais nous ne sommes pas mariés.

— Je n'ai aucune envie d'être mariée avec toi.

— C'est une excellente chose. (Après tout, elle était indépendante, communiste et pratiquant l'amour libre, et il était ravi de profiter du moindre terrain d'entente dans leur discussion.) Alors, qu'est-ce que tu me racontes ?

Le regard de Michiko était capable de percer les ténèbres, et Harry devina la conversation muette sous-jacente que son amante lui imposait, en une épreuve de force où il n'aurait pas le dessus. Michiko était compliquée. Elle était japonaise, mais d'Osaka, or les femmes d'Osaka ne mâchaient pas leurs mots et ne faisaient pas facilement machine arrière. Marxiste doctrinaire, elle empilait néanmoins les numéros de *Vogue* sous l'autel shinto qu'elle avait installé dans un coin de la chambre. Féministe, elle vouait cependant une grande admiration à une Tokyoïte qui, privée des attentions de son amant, l'aurait, selon la légende, étranglé avant de lui trancher les parties pour les porter en pendentif sur son cœur. Harry n'ignorait pas, à son grand effroi, que Michiko considérait le double suicide d'amants comme une fin heureuse, mais que, au besoin, elle se contenterait d'un suicide précédé d'un meurtre. Il lui semblait que le plus sûr était de nier qu'ils fussent amants.

— Tu n'es jamais jaloux, Harry ?

— Comment veux-tu que je réponde à une question pareille ? Je devrais ?

— Mais oui. Tu devrais être malade de jalousie. C'est ça, l'amour.

— Pas du tout, répliqua Harry, ça, c'est une idée de cinglés.

— Peut-être que tu avais tout simplement envie d'une Japonaise ?

— Alors j'aurais pu en trouver une plus facile à vivre.

Certains Américains fréquentaient des Japonaises pour leur exotisme. Mais aux yeux de Harry, élevé au Japon, une fille du Kansas nourrie aux corn-flakes paraissait plus étrange.

Michiko continuait à le dévisager, comme si elle envoyait de petits éclaireurs invisibles pour tester ses défenses.

— L'Occidentale est mariée ? Certainement, si elle vit ici, elle doit l'être.

— Je n'imaginais pas que le petit chien mouillé que j'ai trouvé dans la rue et ramené chez moi deviendrait aussi méfiant.

La méfiance, d'ailleurs, était de saison. Harry s'approcha de la fenêtre pour observer dans la rue le flot de silhouettes en sombre kimono d'hiver. La soirée était douce pour un mois de décembre. Le gazouillis de la flûte d'un marchand ambulant flottait dans l'air ; au coin de la rue, un client en costume noir enfournait un cornet de nouilles ; devant une maison de thé, à l'autre extrémité du bloc, un homme, plus grand, grignotait un petit pain. Depuis toujours des agents en civil surveillaient les missionnaires. En somme, Harry avait hérité d'une paire d'ombres qui le filaient.

— Je les ai vus, intervint Michiko. Tu as des ennuis ?

— Non. Personne au Japon n'est plus en sûreté que Harry Niles.

— Tu n'as rien fait de mal ?

— Bien ou mal, peu importe.

Il se souvenait de son père, un protestant ne jurant que par la Bible et qui ne doutait jamais de sa vertu. Harry, lui, ne faisait confiance qu'à son impiété et à son don pour esquiver les conséquences de ses actes.

— Alors, tu vas partir ? insista Michiko. (Elle tira une longue bouffée de sa cigarette et changea de position, s'appuyant en arrière sur ses mains, les jambes étendues en avant, les chevilles croisées. On ne distinguait qu'à peine ses yeux, les pointes sombres de ses seins.) Tu peux me le dire. J'ai l'habitude d'être déçue par les hommes.

— Et ceux du Parti, tes Lénine locaux ?

— Ils pérorent toute la sainte journée au sujet de la classe ouvrière opprimée, et le soir ils se précipitent au bordel ! Tu sais pourquoi je t'ai choisi, Harry ? Parce que d'un Américain je n'attendais rien. Je ne risquais donc pas d'être déçue.

Harry ne voyait pas très bien ce qu'elle voulait dire. Le grand problème, avec Michiko, c'était qu'elle n'adoptait aucune position rationnelle, juste l'émotion poussée à l'extrême, alors que Harry se considérait comme l'incarnation même de la raison.

— Tu veux qu'on brûle, Harry ?

Il mit un moment à s'apercevoir qu'au bout de sa cigarette il y avait trois centimètres de cendres. Quand on vit sur des nattes de paille, il est indispensable de posséder un assortiment de cendriers. Celui qu'il ramassa, en céramique, provenait du CLUB DES OFFICIERS DE LA FLOTTE DU PACIFIQUE – PEARL HARBOR, HAWAII, si l'on en croyait l'inscription déployée autour d'une ancre dorée. Hawaii évoquait des images plaisantes. Dimanche aurait lieu une soirée d'avant Noël à Pearl, ainsi que dans n'importe quel club d'officiers de la marine américaine partout dans le monde.

— Si nous faisions une fête, suggéra Harry. Nous sommes tous trop tendus. Invitons quelques amis : deux ou trois journalistes, des artistes, des gens de cinéma.

— Comme tous les soirs au club…

— Michiko, qu'est-ce qui te ferait plaisir ? Je te promets, je ne vais nulle part. L'Empire japonais a mobilisé toutes ses forces – terrestres, maritimes et aériennes – pour me garder ici. Et, à supposer que je réussisse à me rendre aux États-Unis, qu'est-ce que j'y deviendrais, qu'est-ce que j'y ferais ? D'accord, je parle mieux japonais que la plupart des Américains et mieux l'anglais que la plupart des Japonais. Ça me fait une belle jambe ! Et je sais acheter des yens, vendre un film et lire un bilan.

— Harry, tu es un arnaqueur.

— Non, un philosophe qui a pour principe de donner à ses semblables ce qu'ils recherchent.

— Et aux femmes, leur donnes-tu ce qu'elles veulent ?

Contrairement aux épouses japonaises timides ou aux geishas minaudantes, Michiko était capable de jalousie rétroactive. Harry se glissa derrière elle et prépara sa réponse avec autant de soin qu'un homme sélectionne ce qui deviendra soit une cravate soit une corde.

— J'essaie.

— Avec toutes les femmes ?

— Non. Mais avec les femmes intéressantes, je me donne du mal. Or toi, tu es intéressante.

— Et les autres femmes ?

— Assommantes !

— Et les Occidentales ?

— Ce sont les pires, affirma-t-il en passant une main autour de sa taille.

— Comment ça ?

— Trop grandes, trop de poitrine, trop blondes. En un mot, épouvantables.

Elle tira une profonde bouffée qui fit rougeoyer sa cigarette.

— Je devrais te brûler chaque fois que tu mens. Tu les trouves vraiment aussi épouvantables ?

— Intolérables.

— Il n'y aura pas de guerre ?

— Pas avec les États-Unis. Ce sont juste des rumeurs de guerre.

— Tu ne partiras pas ?

— Non. Je serai toujours ici. Ici et ici, précisa-t-il en posant les lèvres sur les grains de beauté de son dos. *And do the things I really might.*

— Alors, tu restes ?

— Aussi longtemps que tu le désireras. *I'm telling you true.*

Il enfonça les doigts dans les cheveux de Michiko, épais et doux comme l'eau.

— Tu le jures ?

— *If I could be with you.*

— Bon. (Michiko posa la tête dans la grande main de son amant, écrasa sa cigarette et ôta ses chaussettes.) Tu as gagné, Harry.

Le Joyeux Paris, un salon de thé à l'origine, avait été transformé par Harry. Il y avait installé des tables de saloon et un bar où l'on servait du scotch au lieu de saké. Une enseigne rouge au néon représentant la tour Eiffel grésillait au-dessus de la porte. Des correspondants étrangers nommés à Tokyo à la légère – ils ne parlaient pas un traître mot de japonais – par Associated Press, United Press ou Reuters composaient la moitié de la clientèle. Certains, encore de vrais gosses, arrivaient directement de l'école de journalisme du Missouri. Harry les prenait en pitié comme un pasteur ses ouailles, et traduisait pour eux l'évangile du Domei, l'agence de presse japonaise. Les autres habitués se recrutaient parmi les journalistes japonais – qui garaient leur moto devant le club pour pouvoir filer rapidement au cas où la guerre éclaterait –, ou chez les hommes d'affaires japonais qui avaient parcouru le monde, aimaient la musique américaine et savaient distinguer les deux frères Dorsey. Plus l'éventualité d'une guerre se précisait, plus les gens s'entassaient au Joyeux Paris, ainsi d'ailleurs que dans tout ce que Tokyo comptait de bars, de théâtres, de music-halls ou de bordels.

Ils ne venaient pas pour les geishas, luxe réservé aux pontes de la finance et de l'armée. Cependant un homme, même pauvre, pouvait s'offrir pour une poignée de yens les attentions d'une serveuse. Celles-ci existaient en toutes catégories, douces ou acides, timides ou malignes, drapées dans des kimonos ou tout juste vêtues d'une jupe et de jarretières.

Beaucoup de clients venaient pour Michiko, la reine du juke-box du Joyeux Paris. Sa mission consistait à rester plantée en blouson pailleté auprès d'un juke-box aussi haut qu'elle et à pousser, au gré de ses mystérieux caprices, les boutons de l'appareil : « Begin the Beguine », suivi de Count Basie, puis de Peggy Lee. Les 78-tours passaient lentement du bras de lecture à la platine, sous une verrière baignant dans une lumière d'un bleu laiteux, tandis que le saphir tombait avec un petit soupir. Michiko ne faisait pratiquement rien. Les serveuses, Kimi et Haruko, évoluaient en courte jupe tricolore. De la tête aux pieds Haruko s'efforçait de prendre modèle sur Michiko, ce qui était difficile à cause de ses jambes, épaisses comparées à celles de Michiko, gainées de soie. Haruko et Kimi, ex-geishas, étaient tout à fait capables de rivaliser en minauderies et en gloussements avec les meilleures. Michiko, quant à elle, ignorait complètement les clients. Elle ne passait que ses disques préférés, mélange de swing et de blues, fermait les yeux et se balançait si délicatement qu'elle paraissait parfois endormie. L'année précédente, un magazine de fans lui avait été entièrement consacré : *La Sensuelle Reine du jazz : la musique qu'elle aime, ses hobbies, ses faiblesses !*, pure invention, bien sûr, échafaudée à partir de quelques clichés. Harry attribuait la faculté d'isolement de Michiko, même au milieu d'un club bondé retentissant d'éclats de voix et de bruits de vaisselle, à sa totale absence d'artifice qui, ajoutée à une complète absence de moralité, lui conférait une indépendance de félin. Elle remplaça « My Heart Stood Still » par « Any Old Time », la clarinette de Shaw prenant des accents somptueux grâce à une anche de saxophone.

Harry s'éloigna pour s'occuper de Willie et de DeGeorge. Al DeGeorge, correspondant du *Christian Science Monitor,* rongeait son frein tel un ours de zoo dans sa fosse, tandis que Willie Staub, jeune homme d'affaires allemand, rentrant de Chine avec une escale au Japon, paraissait, avec son air innocent, égaré au milieu d'une bande de voleurs.

DeGeorge expliquait :

— Harry organise un concours de pronostics sur la date à laquelle éclatera la guerre entre l'Amérique et le Japon, heure de Tokyo. Les Philippines se trouvent dans le même fuseau horaire que nous, Hawaii a un jour de retard, mais cela ne change rien, ce sera l'heure de Tokyo. Il doit y avoir au moins dix mille yens dans la cagnotte, maintenant. Bien sûr, la maison – c'est-à-dire Harry – prend cinq pour cent. Harry parierait même sur l'apocalypse. Aujourd'hui, nous sommes le 5. Willie, il vous reste encore presque tout le mois de décembre. Moi, j'ai choisi le jour de Noël.

— En véritable sentimental, déclara Harry.

— Le seul problème, reprit DeGeorge, c'est que si nous sommes encore ici quand la guerre éclatera, nous serons baisés. Pas moyen de partir. (Il lança à Harry un regard sinistre.) Le bruit court qu'ils vont affréter un avion de Nippon Air et organiser une mascarade avec champagne, jolies petites hôtesses de l'air et photographes pour emmener quelques gros bonnets étrangers à Hong Kong comme si de rien n'était. Mais je me pose la question de savoir qui embarquera sur ce vol. (Il se tourna vers Willie.) L'ambassade américaine a envoyé des lettres en exprès à tous ses ressortissants pour leur conseiller de quitter le pays. Mais nous, nous avons attendu ici pour voir ce que Harry ferait ! Nous pensions qu'il prendrait le dernier bateau à appareiller. Maintenant, ils ont tous filé et nous en sommes réduits à un unique avion.

— Je ne suis pas au courant, se défendit Willie. Je viens d'arriver.

— Les nazis ont dû vous recommander d'éviter Harry.

— Je suis un nazi.

— C'est ce que Willie *croit*, précisa Harry à DeGeorge. D'ailleurs, n'as-tu pas un travail à faire ? Tu ne m'as pas dit que le premier à annoncer la guerre décrocherait un prix Pulitzer ?

— Inutile que je reste ici ; personne ne se laissera interviewer par un Américain. Impossible même de les avoir au téléphone depuis que les Japs ont décrété que tous les appels se feraient en japonais. Mais qui parle japonais ?

— Selon le personnel de mon ambassade, annonça Willie à Harry, vous traitez des affaires louches, et on m'a conseillé de vous éviter.

— Sage conseil, observa Harry.

— Mais ils ne veulent pas de moi non plus. Je leur ai parlé de mon rapport sur la Chine.

— Quel rapport ? demanda DeGeorge.

— Willie dirigeait l'usine chinoise de la Deutsche-Fon, expliqua Harry. Il a vu beaucoup de choses.

— Des atrocités japonaises ? s'enquit DeGeorge en baissant la voix. Le sac de Nankin ?

— Exactement, lâcha Willy.

— C'est du réchauffé.

— Pas à Berlin. Les Allemands devraient être informés de tels événements.

« *It was juste one of those things...* » Michiko referma les bras autour d'elle comme si elle étreignait quelqu'un, le visage perdu dans un rêve personnel que les hommes du Joyeux Paris n'auraient demandé qu'à partager. Le niveau sonore était élevé car les Japonais adoraient boire : vite ivres, ils flirtaient avec les serveuses, même si c'était vers Michiko qu'allaient leurs désirs. Kimi battait des paupières en regardant Willie qui, à la blondeur de Gary Cooper, ajoutait le même air ulcéré quand les gens le décevaient.

— Je ne pense pas que les Allemands s'intéressent aux

atrocités, reprit Harry. Il s'est passé au cœur de l'Asie des tas de choses dont on n'a jamais entendu parler.

— Mais l'Allemagne est en train de gagner la guerre.

— Peut-être. Vous devriez sans doute faire attention et éviter de me fréquenter.

— Vous êtes la seule personne que je connaisse à Tokyo. Et puis, j'ai quelque chose à vous montrer.

Willie tirait un journal de sa poche quand l'attention de Harry fut détournée par l'attitude d'un client qui, empoignant Haruko, l'avait plantée sur ses genoux, où elle se tortillait comme un ver. Cela arrivait souvent : Haruko ne manquait pas d'admirateurs.

— Haruko, va servir, et toi, Matsu, lâche-la, ordonna Harry.

— Il plaisante, plaida-t-elle. Il est ivre.

Matsu la libéra et laissa sa tête rouler sur sa poitrine. Il portait une barbe d'artiste et un viseur autour du cou pour qu'on n'oublie pas sa profession.

— « *It was just one of those nights* », chantonna-t-il.

— Tu es complètement bourré.

Matsu prit une profonde inspiration et un sourire se peignit sur son visage.

— Oui, oui, je crois bien. Je l'espère. Harry, tu te rappelles *Watching Cherry Blossoms Fall*?

— Un film plein de sensibilité.

— Un film de moi, merci. Crois-tu que plus tard les gens s'en souviendront quand ils évoqueront le metteur en scène Matsu ?

— Plus tard que quoi ?

Matsu porta le viseur à son œil et inspecta la salle.

— C'est si beau. Ça ne vaut pas Paris, je le regrette, mais c'est quand même beau. Parce que le seul moment où on découvre l'âme de quelqu'un, c'est quand il est ivre. Un homme peut dire à une serveuse des choses qu'il ne dira pas à sa femme. On est bien ici.

— Très profond. Comment va le nouveau film ?

— Le tournage vient de commencer

— Une histoire d'amour ?

— Pas d'amoureux. Beaucoup d'avions.

— Tu travailles toujours aux studios Toho ?

— Non. C'est fini.

Matsu rit, sans réussir à dissimuler une sorte de gémissement. Harry comprit enfin la raison du désespoir de son interlocuteur.

— On t'a rappelé ?

— Je vais servir l'empereur, déclara Matsu en redressant la tête.

— Qu'est-ce que tu vas fabriquer dans l'armée ? Tu es cinéaste.

— Je continuerai à faire des films. Je pars demain matin, mais je voulais voir une dernière fois Michiko. C'est l'image que je veux emporter, celle de l'inaccessible Michiko. À moins que tu croies que je puisse l'atteindre.

— Tu n'as pas les moyens de te l'offrir.

— Mais je suis riche. Ce soir je suis riche. (Il tira d'une enveloppe une liasse de billets, des billets vert clair sur lesquels on pouvait lire en anglais JAPANESE GOVERNEMENT. Matsu les remit dans l'enveloppe.) Pour mon nouveau film. Il y aura beaucoup d'avions, beaucoup de chars. Mais pas de cerisiers en fleur.

« *A trip to the moon on gossamer wings...* » Michiko articulait les mots, chacun s'attardant un instant sur ses lèvres. Pourtant, elle ne comprenait pas l'anglais.

Harry retourna à sa table.

— Désolé. Une discussion sur les arts.

— Voici ce que je veux vous montrer.

Willie déplia son journal de façon à mettre en évidence une photo de soldats en tenue d'hiver qui brandissaient leur fusil en descendant la passerelle d'un transport de troupes. Il la tendit à Harry.

— J'ai vu ça à l'ambassade d'Allemagne aujourd'hui. Je ne peux pas lire la légende, mais vous, oui.

Elle disait : *BIENVENUE AU PAYS. NOS HÉROS RENTRENT DE CHINE POUR UN TRIOMPHE BIEN MÉRITÉ.* Même si la page était tachée – depuis des années les journaux n'avaient plus de stock de papier convenable – Harry réussit à distinguer un colonel aux yeux profondément enfoncés dans des orbites de moine habitué au jeûne. Une longue épée protégée par un fourreau pendait à sa ceinture.

— Ishigami ! Comment ça se fait ?

— C'est justement ce qui m'intrigue.

— Qui est-ce ? demanda DeGeorge.

— Un ami que j'avais perdu de vue, répondit Harry. Je devrais lire les journaux plus attentivement.

— Quel jour reste-t-il pour le concours de pronostics ? s'informa DeGeorge auprès de Harry.

— Le 8, lundi. La guerre dans trois jours, c'est un peu serré.

— Je ne parie pas, annonça Willie.

— Pourquoi pas ? insista DeGeorge. Ça pourrait arriver.

— On vient de recevoir quatre-vingt-dix nouveaux films américains, leur déclara Harry en secouant la tête. *Trop brûlante, Tarzan s'évade, Cent Hommes et une femme.* Qui renoncerait à des distractions pareilles pour partir en guerre ?

— Qu'est-ce que vous faites ici, Harry ? demanda Willie.

— En couverture, confia DeGeorge, il est distributeur de films. Il a d'autres activités, mais je n'ai jamais été capable de les découvrir. C'est vrai, Harry, que demain tu donnes une conférence au Club des chrysanthèmes ? Toi, au Club des chrysanthèmes ?

— Je suis pratiquement respectable.

Le regard de Willie revint à la photo du journal.

— Est-ce qu'Ishigami peut vous retrouver ?

— Vous y êtes bien arrivé, rétorqua Harry.

Il se refusait à regarder la photo, comme si elle risquait de percevoir son attention et de lever les yeux de la page.

« *If we'd thought a bit, of the end of it...* », murmurait Michiko en accompagnant le disque. Mais Harry ne réussissait plus à discerner si elle sentait toutes les nuances des paroles ou bien si elle les répétait tel un perroquet.

— Alors, vraiment, Harry, ça va sauter ? demanda DeGeorge.

— Quoi donc ?

— Le gros ballon. La guerre. Tout le monde parle d'ultimes négociations à Washington. Que dois-je raconter aux lecteurs du *Christian Science Monitor,* du *Reader's Digest* et du *Saturday Evening Post* en train de siroter leur bière tiède aux accents de *Amos'n Andy* et *Fibber McGee* ? Qu'est-ce que je raconte à Mr et Mrs America du glorieux Empire japonais ?

— Dis-leur qu'il n'y a pas plus pures intentions que celles des Japonais. Comme le démontrent leurs actions en Chine. N'est-ce pas, Willie ?

Willie garda le silence.

— Tu t'es bien rendu en Chine ? demanda DeGeorge à Harry.

— Pas longtemps.

— Qu'allez-vous faire ? demanda Willie à Harry.

— Je ne sais pas. Aucun bienfait ne reste impuni, n'est-ce pas ?

— Vous devriez quitter le Japon.

— Comment ? Les Américains n'ont même pas le droit de quitter la ville. Ishigami a peut-être simplement l'intention de me saluer. (Harry tenta un sourire à l'adresse de Willie.) Peut-être que cette vieille blessure de guerre finira par se refermer.

— Vous croyez ? interrogea Willie.

Pas l'ombre d'une chance, se dit Harry. Une fois dans sa vie, il avait accompli une belle action, et un geste aussi surprenant finirait bien par le rattraper.

Après Artie Shaw, Michiko enchaîna avec Benny Goodman, le dieu de la clarinette, un musicien complet, capable de couvrir tous les registres, des plus aigus aux plus graves, auprès duquel Shaw n'était que poudre aux yeux, toujours dans les aigus, au bord du crash. D'une certaine manière, Harry lui ressemblait. La photo d'Ishigami le ramenait à Nankin. Dix prisonniers chinois agenouillés à la lueur des torches, les mains liées derrière le dos ; un caporal versant l'eau d'un seau sur l'épée d'Ishigami ; Ishigami prenant son élan et formant dans l'air un étincelant éventail de gouttes.

Kimi secoua Harry par l'épaule.

— Il y a un soldat à la porte.

Harry se leva, tout pâle, s'attendant au pire, mais ce n'était qu'un sergent qui, brandissant un fusil, criait :

— Sors de là, seigneur Kira, sors de là !

3.

Harry fit signe à Michiko de mettre un nouveau disque tandis qu'il reconduisait l'ivrogne dans la rue et le débarrassait de son arme, un Baby Nambu ressemblant au Luger de taille normale, mais plus facile à dissimuler. Le sergent avait du mal à garder son équilibre. En tombant, il avait heurté un lampadaire et s'était écorché le nez. Quand il éternuait, il aspergeait de sang sa moustache. Dans une certaine mesure, Harry était soulagé d'échapper aux questions incessantes de DeGeorge, même pour se retrouver dans la foule du week-end en quête de distractions plus ou moins innocentes. Une geisha au visage d'une blancheur de porcelaine se glissa dans un élégant pavillon de l'autre côté de la rue. Un homme sandwich monté sur des échasses vantait les mérites de la bière Ebisu. Des promeneurs en kimono arboraient des feutres à la coiffe aplatie – au Japon, on avait horreur des bords relevés. Des étudiants paradaient en uniforme crasseux et en casquette. Des pickpockets se réchauffaient les mains autour des éventaires de patates douces. Harry fourra le pistolet dans sa ceinture.

— Je vais vous trouver un taxi, sergent, décréta Harry. Cadeau de la maison.

— Harry ! Harry, c'est moi, fit alors le soldat en essayant de rajuster sa tunique. C'est moi, Hajime !

— Hajime ?

— C'est moi, Harry. Ça fait longtemps. On est de vieux amis, pas vrai ?

Harry ne se souvenait pas de lui comme d'un ami. Tout au plus comme d'un camarade d'école destiné à se réincarner en vermine. Les lunettes et la moustache étaient nouvelles, mais, derrière, c'était le même visage rond. Hajime avait été un bourreau impitoyable, le premier à attaquer Harry et le dernier à le laisser en paix.

— Tu me paies un verre ?

— Je vais te trouver un taxi, répéta Harry en ôtant la main que Hajime avait posée sur sa manche.

— Attends, attends.

Hajime recula d'un pas, déboutonna sa braguette et se mit à pisser dans le caniveau tandis que les passants s'écartaient précipitamment. Bien qu'extrêmement propres, les Japonais se montraient d'une tolérance extraordinaire envers les ivrognes. Un homme pouvait fort bien rouler un patin à son patron ou pisser dans la rue dès l'instant où il agissait sous l'empire de la boisson. Son nez se remit à saigner.

Harry lui tendit un mouchoir.

— Garde-le et reboutonne-toi.

La tête renversée en arrière, le mouchoir pressé contre son nez, Hajime trébuchait sous l'enseigne au néon. La tour Eiffel grésillait telle une fusée, baignant d'une lueur rougeâtre tous ceux qui se trouvaient à proximité.

— Il paraît que le Joyeux Palais t'appartient.

— ... Paris.

— Oui, quelque chose comme ça. Juste un verre, Harry. Pour que tu me présentes à tes nouveaux amis.

— Dis plutôt pour que tu pisses sur leurs chaussures ou leur saignes dessus.

— J'ai besoin de m'amuser un peu, Harry. J'embarque demain. C'est pour ça que je faisais la fête.

— Tout seul ?

— Je n'ai personne, Harry, fit Hajime en se penchant sur lui. Pas de femme, pas de famille. Mes amis, c'est de la merde. On s'est bien amusés, Harry. Les Quarante-Sept Ronin, c'étaient nous. Brutaux, mais pas de mauvaises intentions, Harry. Il y a combien de temps de ça ? Le seigneur Kira, c'était toi.

— Je me souviens.

Harry poussa Hajime vers le coin de la rue ; il trouverait des taxis à la sortie des théâtres.

— Ah, la Chine ! Je suis allé en Chine, Harry. Je pourrais t'en raconter, des histoires.

— Je n'en doute pas.

Harry savait qu'un véritable ami s'enquerrait de la carrière militaire de Hajime, mais les histoires de guerre ne l'intéressaient pas. En outre, étant donné l'espionite des Japonais, un Occidental aurait été imprudent de s'informer auprès d'un soldat de son lieu de garnison, de sa feuille de route ou de sa fonction.

— Les Américains ne feront pas la guerre, n'est-ce pas ? Alors, tu ne risques rien.

— Je l'espère.

— Je veux voir ton célèbre club, aller y faire la fête.

— En te mettant dans un taxi, je te rends un bien plus grand service.

Hajime essaya de se dégager.

— Maintenant que tu es riche, tu es devenu trop bien pour les vieux copains. Allons voir ton club.

— Non.

— Alors promets-moi une chose. (Hajime cessa de se débattre et baissa la voix.) Viens me dire au revoir demain, Harry. À seize heures, gare de Tokyo. Promets-le-moi.

— Tu peux sûrement trouver quelqu'un d'autre.

— Toi, Harry. Juste pour avoir quelqu'un là-bas. Promis ?

Hajime arborait un petit sourire, mais c'était peut-être son unique expression, comme une chaussure qui convient à toutes les pointures.

— Tu monteras dans un taxi si je viens ?

— Oui.

— D'accord, gare de Tokyo, seize heures.

Il y avait d'autres façons d'occuper un dimanche après-midi et faire à Hajime de tendres adieux ne figurait pas au premier rang sur la liste de Harry.

— Tu seras là ? insista Hajime.

— Parole de scout.

Harry héla un taxi, fourra Hajime sur la banquette arrière et donna au chauffeur deux yens qui couvriraient les frais d'une course vers n'importe quelle adresse en ville, ainsi que le nettoyage d'une banquette tachée de sang. Au moment où la voiture démarrait, Hajime passa la tête par la portière. Le miroitement de ses lunettes dans les lumières des théâtres n'occultait pas complètement quelque chose de dissimulé dans son expression – une mauvaise surprise qu'il tenait en réserve sous sa moustache ou dans les plis de sa manche.

— Gare de Tokyo, Harry.

Harry fit un vague geste d'adieu. Le taxi avait déjà disparu dans la foule quand il se souvint du pistolet glissé dans sa ceinture. Il se serait giflé. L'arme lui serait utile au cas où Ishigami le rattraperait, cependant Harry ne souhaitait tirer sur personne. Posséder un pistolet était illicite, et son premier instinct fut de s'en débarrasser. L'ennui, c'était qu'un soldat qui perdait l'arme confiée par l'empereur risquait le peloton d'exécution, punition un peu sévère, même pour un personnage aussi déplaisant que Hajime. Harry serait vraiment obligé de le revoir, rien que pour lui rendre son pistolet.

En attendant, il avait de quoi faire. Son club se trouvait dans le quartier d'Asakusa, au milieu des cinémas aussi éclairés qu'à Broadway. Des affiches grandeur nature alternaient avec des silhouettes en carton de Clark Gable et de Mickey. Un spectateur, après avoir admiré Gable, pouvait voir le film de samouraïs proposé dans la salle contiguë et terminer, dans un cinéma d'actualités, devant les bombardiers effectuant un raid sur la Chine. De grandes bannières agitées par la brise du soir invitaient le passant à pousser la porte de music-halls, le Fuji ou l'International, par exemple. Les Folies, où Oharu dansait autrefois, avait été fermé sous l'inculpation de frivolité, mais le théâtre Tokiwaza continuait à proposer des assauts entre escrimeuses exclusivement et le kabuki conservait ses adeptes, des prostituées qui s'étaient fait tatouer sur le corps le visage de leurs acteurs préférés. Sous des tentes ornées de symboles, des diseurs de bonne aventure lisaient dans les lignes de la main, sur les visages, les pieds, les bosses du crâne. À des éventaires on vendait du saké ou de la vodka distillée à base de patates douces ; on versait l'alcool dans un verre posé sur le fond d'un petit bol jusqu'à ce que l'un et l'autre débordent. Situé entre le quartier du Plaisir, avec ses mille prostituées autorisées, et les élégantes maisons d'osier où les geishas reçoivent leurs clients, Asakusa était surnommé le Monde flottant, à cause de l'ambiance évanescente qui y régnait. On l'appelait aussi la Cité sans nuit. Harry regardait patrouiller les policiers munis de leurs petits sabres. Partout ailleurs à Tokyo on se pliait à la réglementation de temps de guerre qui imposait la fermeture des bordels à vingt-deux heures et des maisons d'osier à vingt-trois. Mais Asakusa ne s'arrêtait jamais. C'était un endroit trop bizarre, trop débordant de vie pour se calmer.

Réchauffé par le *shochu*, Harry passa un coup de fil d'une cabine téléphonique.

— Tu es seule ? demanda Harry, entendant une voix féminine.

— Pas exactement.

— Alors demain ? Sur le toit de Matsuya à deux heures.

— Désolée, mais la ligne est très mauvaise.

Un homme prit l'appareil.

— Ici Beechum.

— C'est la maîtresse de maison ? fit Harry, adoptant la voix plaintive d'une vieille femme hésitant sur ses *l* et *r*.

— Quoi ?

— La maîtresse de maison, je vous prie ?

— Elle est occupée. Vous avez idée de l'heure qu'il est ?

— Elle veut apprendre à danser comme une geisha, à jouer du shamisen et à servir le thé. Je lui dis qu'il faut être japonaise pour être geisha. Pas japonaise, très difficile.

— Ma femme n'a aucune envie de devenir une geisha.

— Alors, peut-être les arrangements floraux ou la préparation du *sukiyaki*, ou du calamar ?

— Vous êtes folle !

L'homme raccrocha. Dommage, se dit Harry, conscient pourtant des aléas inhérents à l'adultère. Il envisagea de s'aventurer jusqu'au Rheingold, la version germanique du Joyeux Paris, où l'on servait des crêpes berlinoises avec de la bière Holsten. Les serveuses, affublées d'une jupe tyrolienne, avaient été rebaptisées Bertha et Brunhilda – première abomination ; pis, le juke-box ne jouait que des valses et des chansons à la guimauve. Harry ne le supporterait pas, même si la nuit commençait à peine. On lui avait parlé d'une partie à l'Imperial Hotel organisée par des expatriés qui tuaient le temps en jouant des haricots. C'était plus intéressant sur les péniches de la Sumida qui coulait paresseusement le long d'Asakusa : elles abritaient toutes des parties de dés. Marchands, tenancières de bordel, acteurs connus y pariaient de fortes sommes et, comme les bateaux étaient gérés par des yakuzas et non par des amateurs, on jouait honnêtement. Il valait parfois mieux arriver en pleine partie, quand on était encore frais et que les autres joueurs se fatiguaient. La Bible ne disait-elle pas : *les derniers seront les premiers et les premiers seront les derniers, car il y aura beaucoup d'appelés et peu d'élus* ?

Harry se dirigea vers la rivière, coupant par un dédale de

ruelles sombres qui n'avaient même pas de nom. Certaines étaient accessibles aux automobiles, d'autres seulement aux bicyclettes, d'autres encore, des venelles, permettaient tout juste aux piétons de se couler entre des murs qui se touchaient presque. Harry se sentait chez lui. C'était dans ces ruelles, véritable labyrinthe de sorties de secours, qu'il avait grandi. Il acheta à la charrette d'un marchand un sac de marrons brûlants et carbonisés, à l'écorce éclatée sur une chair douce et sucrée. L'image d'Oharu lui revint en mémoire : elle lui en avait rapporté enveloppés dans un chiffon, quand il était enfant. « Mon héros », disait-elle en lui plantant un baiser sur la joue. Il aperçut d'autres étincelles au bout de la rue provenant, se dit-il, d'un autre étal de marrons, jusqu'au moment où il entendit la sirène d'une voiture de pompiers.

L'incendie ravageait la boutique d'un tailleur au fond d'une rue latérale. Harry connaissait l'endroit, à côté du garage où il laissait sa voiture. Il avait souvent vu le tailleur, sa femme, une grand-mère, une jeune fille et son frère cadet dînant dans l'arrière-boutique, l'artisan surveillant la porte dans l'espoir qu'un client serait attiré par sa vitrine de mauvaises cotonnades, de rayonne et de *sufu.* Avec sa charpente en bois et sa façade en bambou, la vieille maison était le type même de poudrières dans lesquelles vivaient les Japonais. Le feu faisait déjà rage, dans un grondement de fournaise accompagné du bruit des vitres qui explosaient et du froissement des paravents de papier qui s'enflammaient. La foule approchait prudemment, fascinée par la transformation d'un taudis plein de paille, de livres, de literie, d'aiguilles et de fils en une aussi superbe tour de flammes, feu d'artifice s'étalant et s'élevant pour refleurir dans un tourbillon rougeoyant. Comme les Esquimaux qui usent de mots différents selon l'état de la neige, les Japonais emploient des termes précis pour qualifier le feu délibéré ou accidentel, les premières flammes, le flamboiement qui approche, envahit, s'étend, enveloppe tout. Le tailleur expliquait, entre larmes et excuses, comment la jeune fille avait laissé ses devoirs à côté d'un chauffage d'appoint. Le papier s'était enflammé et avait, en tombant, mis le feu à une natte, puis à un paravent et enfin à des pièces de rayonne qui brûlaient aussi vite que des mèches de bougie. Avec le sufu, c'était encore pire : cette nouvelle matière du temps de guerre, un ersatz de tissu à base de fibre de bois – de la cellulose, en fait – se désintégrait après trois ou quatre lavages et brûlait comme de l'amadou. La famille est sortie de la pièce juste une minute, racontait le tailleur, et c'était déjà trop tard. Harry aperçut la femme et les enfants, baignant dans la lueur orange et noir de l'incendie. Deux infirmiers de la Croix-Rouge emportèrent la grand-mère sur une civière. Les exercices d'alerte aérienne étaient à la mode. Eh bien, voilà qui ressemblait plus à la réalité.

Un pompier arriva, flanqué d'une escouade de sauveteurs. Avec leur casque de cuir laqué et leur protège-nuque, ils ressemblaient à des samouraïs en armure attaquant une place forte. Ils s'arrosèrent les uns les autres jusqu'à ce que leurs épais blousons de coton soient imbibés d'eau. L'un d'entre eux hissa une lance au sommet d'une grande échelle maintenue uniquement par les bras solides de ses compagnons. D'autres brandissaient de grosses perches armées de faux pour abattre non seulement la maison en feu mais également la boutique de tatouage et l'échoppe du poissonnier qui l'entouraient. Personne ne protesta, assurément pas dans une ville où des étincelles volant au-dessus des toits pouvaient embraser le voisinage et, en un seul incendie, faire cent mille victimes.

Une autre cloison s'écroula, révélant un mannequin de tailleur prisonnier des flammes. Au milieu de la pièce, des paravents brûlaient et le feu dévorait l'escalier marche par marche. Bon sang, se dit Harry, pourquoi ne pas construire ce bazar directement en allumettes ? La fumée tourbillonnait comme à la sortie de la gueule d'un canon et toutes les fenêtres s'illuminaient comme si chaque maison avait hâte d'être de la fête. Les pompiers se regroupèrent, leurs blousons fumants. Travaillant également dans le bâtiment, ils avaient un excellent motif pour raser des quartiers entiers : ce qu'ils abattaient, ils le reconstruiraient. Bonne opération, selon Harry. Pourtant, l'argent n'était pas le seul enjeu dans ce déferlement spectaculaire de fumée et de flammes. Parfois, Harry était frappé par la grandiose perversité des Japonais, qui construisaient pour l'incendie, afin qu'à tout moment ce qu'ils bâtissaient puisse être rayé de la carte et qu'eux-mêmes puissent repartir de zéro.

Le tailleur était accablé. Effondré sur le sol, ébloui par la lumière qui dévorait tout ce qu'il possédait ici-bas, il n'aurait pas hésité à se pendre s'il avait eu sous la main une poutre et un bout de corde. On aurait cru qu'un dragon en passant l'avait chassé de chez lui. Il tourna les yeux en direction du mugissement de la sirène de l'ambulance, puis son regard hébété revint à sa fille, celle qui avait laissé ses devoirs près du radiateur, une enfant un peu boulotte qui aurait apparemment préféré avoir péri, enfin se posa sur sa femme. Celle-ci évoquait une guenille essorée, au-delà même des larmes. Il ne s'agissait pas seulement de leur échoppe et de leur maison, mais aussi des maisons et des boutiques de leurs voisins. Harry savait qu'ils éprouvaient le sentiment d'être déshonorés et d'avoir perdu la face – aussi stupides que soient ces conceptions.

Une troisième maison s'écroula. Le tailleur aspira l'air entre ses dents et ses yeux parurent rentrer dans leur orbite pour fuir ce spectacle insoutenable.

Harry ouvrit son portefeuille et y trouva un billet de cent yens. Et encore un, ce qui le laissait à sec. Il glissa l'argent dans la main de la femme.

Le fils du tailleur se précipita vers le feu, non pas en fonçant directement dessus, mais en contournant les pompiers. Un sac qu'il tenait précieusement avait glissé de ses mains, laissant échapper de petites boîtes. Tout en courant, il se penchait, poursuivant ce que Harry reconnut comme étant des scarabées, longs d'environ cinq centimètres. Chaque garçon, à un moment ou à un autre, collectionnait les scarabées, les nourrissait et les dorlotait. Les insectes trottinaient de leur mieux, ménagerie en miniature, moins attirés par les flammes que déconcertés par la chaleur et la lueur du brasier. Un pompier saisit alors par la peau du cou, afin de l'éloigner des flammes, le garçon qui essayait désespérément de se dégager. Harry suivit les scarabées au milieu des flaques d'eau et entreprit de les ramasser un à un pour les stocker dans les poches de sa veste. C'étaient de beaux spécimens bien noirs, certains pourvus de véritables petits andouillers, d'autres de cornes. Bien que quatre d'entre eux aient disparu sous les pieds des passants, Harry estimait en avoir sauvé la majorité. Il les rendit à leur jeune propriétaire, qui les nomma chacun par son nom avant de les remettre dans sa boîte.

Un pompier juché en haut d'une échelle brandit sa perche telle la hache d'un bourreau et la maison voisine s'effondra, la façade enfoncée, les murs glissant vers le sol, comme un château de cartes. Étouffé par cette avalanche, le feu prit une lueur rosâtre qui donna à Harry l'impression d'être cuit à point. Son pantalon et ses manches de veste étaient trempés et couverts de taches. Il finit par remarquer, grâce aux reflets du feu sur les paillettes de ses revers, que Michiko se trouvait dans la foule et qu'elle le regardait, lui, plutôt que les flammes.

Harry empestait si fort la fumée qu'il rentra directement à l'appartement, laissant Michiko fermer le club. Il se déshabilla et se savonna longuement avant de se plonger dans une baignoire pleine d'une eau tellement brûlante que la vapeur le suffoqua. Une fois bien installé contre la douceur du bois, il alluma une cigarette et posa la tête sur le rebord. Le bain représentait pour Harry aussi bien un rite qu'une plongée dans un liquide amniotique. C'était son milieu naturel, la mer dans laquelle il nageait. Ses missionnaires de parents étaient trop occupés à arpenter, chaussés de brodequins, les petites routes du Japon pour profiter de la salubre détente d'un bain, mais Harry avait été élevé sur le dos de sa nourrice – les japonais apprennent ainsi la politesse, s'inclinant aussi souvent que leur mère ou leur nourrice. Qui donc l'avait lavé, sinon sa nourrice ? Et qu'est-ce qui suivait cette toilette ? Un bain dans un nuage de vapeur où Harry se retrouvait aussi japonais que son voisin.

À travers la buée, il distingua Michiko qui pénétrait dans la petite salle de bains, le pistolet de Hajime à la main. Elle le braqua sur lui.

— Tu l'as appelée ?

— Qui ça ?

— Tu sais bien.

— Je vois, encore une de ces conversations où on tourne en rond.

— *Elle,* lança-t-elle en soulignant d'un geste du pistolet.

— Elle ne m'a pas parlé. Son mari était là.

Les Japonais peuvent avoir un visage plat comme du papier, avec des fentes dessinant les yeux et la bouche. Michiko ne manifesta pas la moindre émotion.

— Si nous étions mariés, tu pourrais avoir une maîtresse, je m'en ficherais. Mais je suis ta maîtresse. Je serais capable de te tuer et moi après.

Elle visa Harry à la tête, au cœur, puis revint à la tête. Impression très désagréable. De toute façon, il avait dépassé l'âge de ce genre de choses. Le suicide, c'était pour les jeunes.

— Tu as déjà tiré avec un pistolet ? s'enquit Harry, s'étonnant d'ignorer tant de choses au sujet de Michiko.

— Non.

— Je suis prêt à te parier cent yens que, même d'aussi près, tu viderais le chargeur sans me toucher.

— C'est tout ce que vaut ta vie ? Cent yens ?

— Il y a huit balles, Michiko. Tu ne trouveras pas une meilleure cote que ça.

— Je pourrais le faire très facilement.

— Garde les coudes fléchis. Dans des moments pareils, je me demande à quoi ressemblerait un mariage avec toi. Michiko, si tu ne me tires pas dessus, pourrais-tu m'apporter un verre ?

— Tu es exaspérant. Pourquoi as-tu un pistolet ?

— Un vieil ami est passé.

— En te laissant ça ?

— Je le lui rendrai demain. (Il désigna l'eau.) Michiko, il y a sûrement de la place pour toi.

— Harry, nous savons par expérience que non. Pourquoi fais-tu un speech demain devant des banquiers ?

— Pourquoi pas ? Je suis un homme d'affaires respectable.

— Respectable ? Harry, tu ne t'es pas regardé.

— Et toi, tu n'es pas exactement une petite fille modèle. Je rencontre des banquiers demain pour leur extorquer un peu d'argent. Il faut que je sois charmant et reposé. Ce qui signifie que, pour l'instant, j'aimerais tremper dans mon bain et fumer une cigarette. À moins, évidemment, que tu ne me tires dessus.

— Tu vas partir, n'est-ce pas ?

— Je t'ai déjà expliqué que ça m'est impossible.

— Mais tu trouves toujours une combine. (Le Nambu avait un viseur en forme de fléchette. Harry attendait de le voir trembler. Pas d'un millimètre.) Qui est-ce ? demanda Michiko.

Harry écarta la vapeur et vit que, de l'autre main, Michiko tenait le journal avec la photo d'Ishigami.

— Qui t'a donné ça ?

— Ton ami allemand. Qui est-ce ?

— Un officier que nous avons connu en Chine. Je crois qu'il est de retour.

— Il est venu au club ce soir après ton départ.

Hary assimila lentement la nouvelle. Le bain lui parut soudain plus chaud.

— Ce soir ?

— Oui.

— Que s'est-il passé exactement ?

— Il est allé au bar et t'a demandé. Kondo a dit qu'il ignorait où tu étais. Le colonel voulait connaître ton adresse et Kondo a répondu qu'il n'en savait rien non plus. Ils ont discuté un moment.

Ça va, se dit Harry. Les quatre fils de Kondo étaient dans l'armée et Ishigami ne lui fera aucun mal.

— Il a parlé à quelqu'un d'autre ?

— À l'Allemand.

— Willie ? Qu'est-ce qu'il a raconté ?

— Il ne parle pas japonais. Le colonel a remarqué cette photo sur la table et ça l'a amusé.

Ishigami amusé ? Harry n'aimait pas ça.

— Il était en uniforme ?

— Oui.

— Il a menacé quelqu'un ?

— Non, répondit Michiko, au grand soulagement de Harry.

Mus par un élan de ferveur patriotique, les soldats saccageaient parfois des établissements tels que le sien. Harry payait pour être protégé contre ce genre d'incidents et, qu'il parte ou non, il n'aimait pas l'idée d'avoir payé pour rien.

— Tout de suite après son départ, je suis allée à ta recherche.

Du Michiko tout pur. Elle ne voit aucune contradiction entre le fait de tenir Harry en joue et celui de s'inquiéter pour sa sécurité.

— Alors il ne s'est vraiment rien passé ?

Elle plissa les yeux et Harry attendit. Elle préparait manifestement un assaut sur un nouveau front.

— En cas de guerre, qu'est-ce que tu feras ?

— Il n'y aura pas de guerre.

— S'il y en a une.

— Il n'y en aura pas.

— Si.

Un homme est debout sur un rocher au milieu d'une rivière, et tôt ou tard, il glisse. À peine Harry eut-il prononcé ces mots qu'il les regretta.

— Je vais te dire ce que je ne ferai pas. Je ne serai pas le gogo, le bouc émissaire, le crétin qu'on prend la main dans le sac.

Elle abaissa son arme.

— C'est tout ce que je voulais savoir.

— Michiko, ne le prends pas mal. Ça ne signifie pas que je vais filer…

Trop tard, elle avait déjà franchi le seuil.

Ainsi, Ishigami n'avait pas oublié. Harry avait allégrement supposé que personne ne survivrait à quatre ans de charge à la baïonnette sur le front de Chine, et voilà qu'il débarquait au Joyeux Paris. Ishigami, Ishigami, Ishigami. Comme des pas dans les hautes herbes, comme si, arpentant une vallée plongée dans la brume, il apercevait un kimono blanc, loin derrière, et qui se rapprochait.

Bien sûr que Harry s'apprêtait à quitter la ville. Il faudrait être fou pour rester. Les gens attendaient la guerre depuis juin, on était en décembre, et chaque jour arrivait telle une goutte d'eau sur le point de tomber. Les Occidentaux qui s'étaient laissé coincer à Tokyo ne l'avaient pas fait sans une bonne raison : certains avaient sciemment décidé de ne pas abandonner leurs investissements au Japon ou leurs épouses japonaises ; les missionnaires voulaient conquérir quelques âmes supplémentaires ; DeGeorge voulait un nouveau prix Pulitzer. S'ils comptaient sur Harry pour leur servir de girouette, ils se trompaient. Dans trois jours, plus de Harry Niles à Tokyo ni dans les parages. C'était le but de sa conférence au Club des chrysanthèmes : il ne s'agissait pas simplement de caresser un auditoire de banquiers dans le sens du poil, mais de gagner un billet à un million de dollars pour quitter Tokyo. Il suffisait de jouer ses cartes dans le bon ordre au bon moment. Ennuyeux qu'Ishigami soit en uniforme avec un pistolet et sans doute une épée. Harry cita mentalement le poète : « Je suis entré dans mon bain de méchante humeur et j'en suis ressorti optimiste. » À lui d'éviter le colonel pendant deux jours et ensuite, cela irait tout seul.

Drapé dans un léger kimono, Harry, son verre à la main, passa dans le salon plongé dans la pénombre. Les nattes étaient préparées pour la nuit. Michiko, blottie sous l'édredon, tenait toujours le pistolet. En le lui retirant, il eut l'impression de lui arracher ses crocs. Elle se retourna et remua la tête comme dans un rêve.

Il lui était littéralement tombé dessus lors de leur première rencontre. Lui au volant de sa voiture, Michiko couverte de sang après un raid de policiers contre les derniers communistes de Tokyo qui avait fait s'éparpiller les camarades sur les toits et dans les ruelles. Harry avait traîné Michiko jusqu'à sa voiture et démarré, premier coup de tête d'une série de décisions qu'il avait regrettées, comme celle de l'avoir emmenée chez lui, pansée et accueillie pour la nuit. Elle était partie au matin pour revenir une semaine plus tard, les cheveux coupés court et dans son sac un moulin à prières ainsi que les œuvres de Marx et d'Engels. Elle avait passé une nouvelle nuit chez lui, puis une autre et, pour finir, ne quitta plus jamais Harry. Cela faisait deux ans. S'il l'avait laissée dans la rue, s'il l'avait abandonnée à la police, s'il ne l'avait pas nourrie en plus de l'avoir sauvée… C'était sans doute sa pire erreur, le bol fatal de *miso.* S'il s'était contenté de garder le silence au moment de son départ au lieu de lui demander ce qu'elle pensait de la musique occidentale. La reconnaissance fait courir des risques au Japon, où un même mot, *arigato,* signifie aussi bien « merci » que « vous m'avez imposé une révoltante obligation ». Quand elle revint, elle lui offrit un disque d'Ellington. Détail intéressant : il s'agissait d'un des rares albums de l'artiste qu'il ne possédait pas, ce qui laissait supposer que, en pleine nuit et la tête bandée, elle avait fouillé son appartement pendant son sommeil. À part ses convictions communistes, elle n'avait rien révélé de son passé. Jamais. Harry en avait croisé d'autres comme elle, de rudes gaillardes des filatures qui organisaient des syndicats malgré les patrons et la police, qui suivaient les cours du soir plutôt que ceux du Collège féminin de Tokyo et qui lisaient *Drapeau rouge* et non *La Femme au foyer.* Les hommes emprisonnés pour activités radicales devenaient religieux et dédiaient leurs aveux à l'empereur. Se refusant à donner la moindre satisfaction à leurs geôliers, les femmes comme Michiko se pendaient dans leur cellule. Harry l'avait fait engager comme girl aux Folies, mais elle était trop raisonneuse pour la direction. Aussi, quand la crainte de la guerre avait fait fuir à Hawaii ses musiciens du Joyeux Paris, il les avait remplacés en faisant d'elle l'énigmatique et silencieuse – à part les paroles des chansons – reine du juke-box.

Il entendit un grincement au-dehors. L'enseigne au néon du club était éteinte mais, à la faible lueur du lampadaire,

Harry aperçut le discret portail de la maison d'osier juste en face du club, là où régnaient les geishas. Harry n'était pas fana des soirées de geishas, cependant il lui arrivait de traîner dans une arrière-salle de la maison d'en face, ne serait-ce que pour éviter DeGeorge. Une charrette passa avec des roues à monture métallique, tournée nocturne de l'éboueur qui recueillait dans les maisons sans tout-à-l'égout ce qui maintenait la fertilité des rizières, le cycle de la vie sous sa forme la plus rudimentaire. La charrette s'écarta pour céder le passage à un radiogoniomètre reconnaissable à ses perches entrecroisées et à ses antennes dressées sur le toit. La camionnette passait les ondes au crible, recherchant des transmissions illicites, tel un bateau patrouillant de nuit à la recherche de calamars. À moins, songea Harry, que l'engin n'appartienne à la Police de la pensée et ne s'attache à repérer les idées dangereuses flottant dans l'air ambiant. Les descentes chez les suspects intervenaient en général à trois heures du matin, mais cette fois le radiogoniomètre n'effectuait qu'une tournée de routine, semblait-il. D'ordinaire, cette surveillance agaçait Harry, cependant, avec Ishigami sur ses traces, ce surcroît de sécurité était le bienvenu. D'ailleurs, dans une semaine, deux tout au plus, Harry aurait gagné les États-Unis. Il se voyait déjà descendant Wilshire Boulevard pour prendre son premier martini au bistrot mexicain du coin de la rue, à côté du Petit Paramount, où on farcissait les olives avec du piment. Il en sentait déjà le goût.

Quand Harry s'éloigna de la fenêtre pour se recoucher il vit que Michiko, dans son sommeil, avait écarté l'édredon. L'ampleur de son sous-kimono faisait paraître ses membres à demi noyés dans la soie d'une minceur fantomatique. Ne serait-ce pas un soulagement de se retrouver avec une Américaine, une grande blonde bâtie pour un canapé transformable ? Il s'agenouilla et, d'un geste infiniment léger, promena le bout de ses doigts autour de la base du pouce de son amante, remonta le long de son bras jusqu'à la tiédeur douce du duvet de son aisselle, puis suivit sa clavicule jusqu'à l'arrondi de sa joue, comme pour enregistrer le souvenir de son contour et de sa douceur, tel un calligraphe écrivant dans le noir.

4.

Le vestiaire du théâtre ouvrit au jeune Harry Niles l'accès à un monde nouveau. Gen et lui faisaient les courses des chanteurs, danseuses, musiciens, comédiens et magiciens, les approvisionnant en cigarettes, cartons de bière, sirops contre la toux ou vitamine B, cette dernière très prisée. Bientôt, Oharu ne voulut laisser à personne d'autre que Harry le soin de lui faire ses piqûres. Se tortillant sur sa chaise, elle lui offrait la douceur de son derrière délicat.

Le guide de Harry pour accéder à ce nouveau Japon s'appelait Kato. Cet artiste aux doigts tachés de peinture, béret basque et canne à pommeau d'argent, avait l'allure d'un phtisique raffiné. Kato ne devait pas avoir plus d'une vingtaine d'années à l'époque, pourtant il était la première des relations de Harry à s'être vraiment rendue en France et à connaître le monde. Le pasteur Roger Niles, le père de Harry, s'occupait du ciel et de l'enfer, mais ne lui était d'aucun secours pour ce qui se passait ici-bas. De son côté, Kato portait à Harry l'intérêt d'un homme pour un singe qu'il aurait adopté. Il éprouvait un plaisir philosophique à l'idée qu'un gaijin parle japonais, mange comme un Japonais et pique des cigarettes à l'étalage en vrai professionnel. Et, surtout, que le père de Harry fût missionnaire l'amusait prodigieusement.

Harry vivait dans l'attente du samedi où, entre deux spectacles, Kato et Oharu se promenaient dans Asakusa tels les souverains d'un royaume un peu canaille. Asakusa concentrait tous les plaisirs : cinémas, music-halls, dancings, maisons de thé, prostituées enregistrées ou non, et chacun pouvait s'y permettre *quelque chose.* Tous, naturellement, admiraient

Oharu avec son petit chapeau rond, ses gants blancs et sa longue robe française qui moulait son corps athlétique de danseuse comme une peau de serpent. Jambes et silhouette drapées dans la soie, elle braquait sur les passants, de sous ses sourcils peints, son doux regard.

Le trio s'aventurait parfois hors d'Asakusa jusqu'à une pâtisserie française de Ginza où il se gavait d'éclairs, ou jusqu'à l'Hôtel de la gare de Tokyo, installé dans un de ses dômes. La principale attraction de cet établissement – déjà pourvu d'un ascenseur et de fauteuils de velours meublant un hall luxueux – était le balcon en fer forgé qui courait à l'intérieur de la coupole sous un groupe d'aigles en plâtre. Harry se plantait d'un côté du balcon et Oharu en face. Elle émettait alors un chuchotement très léger qui faisait le tour du dôme jusqu'à l'oreille du jeune garçon aussi bien que si elle s'était penchée sur son épaule. Une fois, ils avaient assisté à un concert de *modan jazu* – jazz moderne – dans le parc Hibiya. Des Noirs américains y jouaient une musique fracassante au rythme trépidant devant un auditoire stupéfait et curieux. Quand les musiciens quittèrent la scène, les spectateurs touchèrent leur peau sans aucune gêne pour vérifier si leur couleur déteignait. Les temps changeaient. Le Japon, appartenant au camp des vainqueurs de la Grande Guerre, exultait. Des fortunes s'édifiaient. L'avenir se trouvait à portée de la main, surtout dans cette nouvelle grande nation, et notamment à Tokyo où siégeait le Fils du Ciel. Si d'aventure quelqu'un croisait Harry, il voyait un écolier japonais au teint pâle et aux yeux étonnamment ronds, le crâne rasé comme ses condisciples, en chandail miteux, culottes courtes et sabots.

— Oharu, fit observer Kato, quelle découverte, en plein Tokyo, ce gamin des rues directement sorti d'un roman de Dickens ! Sais-tu que son tuteur étant constamment ivre, c'est Harry qui reçoit les mandats et paie les factures ? Je l'ai entendu téléphoner. T'es-tu déjà demandé comment un garçon de son âge arrivait à se procurer du saké ? Il appelle le magasin et, prenant la voix d'une femme japonaise, il prévient tout simplement qu'un gaijin passera payer et prendre la commande. Quand, bien entendu, il ne le vole pas carrément ! Peut-être, Oharu, sommes-nous toi et moi en train d'élever un monstre. Je le pense. Je compare la morale de Harry à celle d'un jeune loup. La question est de savoir si c'est un monstre doué de sensibilité. Je ne peux pas me permettre de perdre mon temps avec quelqu'un qui n'a pas le sens des couleurs.

Les jours de forte chaleur, Kato, Harry et Oharu restaient à Asakusa et allaient au cinéma – le quartier se vantait de compter plus de salles au mètre carré que n'importe où ailleurs. Les trois amis s'asseyaient dans le noir ; ils grignotaient du poisson séché, buvaient de la bière et regardaient Buster Keaton se démener sur l'écran tandis que du fond du cinéma le ventilateur disposé derrière un bloc de glace soufflait de l'air frais.

Quand on passait des films étrangers, un présentateur s'installait sur l'estrade pour traduire les dialogues et commenter les images : « Maintenant Buster court après le train. Mais le train a fait demi-tour, et oh ! maintenant c'est le train qui le poursuit. Puff, puff, puff ! Puff, puff, puff ! Il crie à Mary : "Sauve-moi ! Sauve-moi !" Et Mary crie : "Cours, Buster, cours !" »

— Avez-vous remarqué, demandait Kato d'une voix forte à ses voisins, qu'à en croire le commentateur l'héroïne des films américains s'appelle invariablement Mary ? Ça vous paraît vraisemblable ? Ils n'ont pas d'autres prénoms, en Amérique ? Et pourquoi le méchant s'appelle-t-il toujours Robert ?

— Kato connaît bien les rôles de traître, expliqua Oharu à Harry. Un artiste, selon lui, doit essayer tous les vices.

— À Paris, précisa Kato, nous avons bu de l'absinthe verte et fumé du haschich. Quels moments merveilleux !

Trois rangées devant lui se trouvait la danseuse que Harry avait vue la première fois qu'il avait mis les pieds dans les coulisses du music-hall, la fille qui, de ballerine, s'était transformée sous ses yeux en majorette, se dénudant complètement sans sourciller. Malgré l'obscurité, il observait les moindres détails : la permanente qui faisait onduler ses cheveux, le chapeau qui se réduisait à peu près à une plume, l'ombre de sa nuque, son oreille comme un doigt recourbé lui faisant signe. Pourtant, elle ne lui avait jamais adressé la parole autrement que pour l'envoyer chercher des cigarettes.

Kato remarqua le regard de Harry.

— Elle te plaît, la petite Chizuko ? Dommage, on dirait qu'elle a déjà un admirateur.

Il s'agissait d'un officier. Harry chercha aussitôt une explication : père, oncle, ami de la famille ?

— Chizuko n'est pas pour toi, murmura Oharu.

— Elle serait parfaite pour lui, protesta Kato. Une camarade de son âge, inventive, pleine d'énergie.

— Laisse-le tranquille, lâcha Oharu.

— Je suis sûr que ça peut s'arranger, insista Kato.

Oharu lui pinça le bras.

Après cela, ils admirèrent le spectacle de la rue. Kato expliqua à Harry l'art du conteur avec son spectacle de plaques de verre et ses récits immuables, il lui fit observer la technique du fabricant de sucre d'orge qui tournait et modelait la pâte de riz en forme de chat ou de souris, les orphéons publicitaires de saxophones et tambours dont le vacarme retentissait dans les ruelles, les parapluies déployés proposant savon, soda ou cigarettes. Les années vingt étaient celles, brillantes et tumultueuses, des filles modernes – les *mogas* – qui travaillaient dans les nouveaux centraux téléphoniques, vendaient des parfums français dans les grands magasins, poinçonnaient les tickets dans les bus. La mode était à la guerre. Au coin d'une rue, des salutistes en uniforme de majorette agitaient des tambourins en chantant « Rock of Ages » tandis qu'en face l'Armée du salut bouddhiste en robe safran s'efforçait de noyer leur cantique sous le tintement des cloches et des mélopées. Nul ne pouvait prévoir ce que serait le nouveau progrès social. Lors de l'incendie d'un grand magasin de Ginza, les vendeuses se laissèrent brûler sur place plutôt que de se donner en spectacle en sautant dans les filets. On promulgua aussitôt une loi leur imposant de porter une culotte – ainsi disparut une tradition vieille de deux mille ans. Comme le soulignait Kato, il n'y avait rien de plus beau qu'un kimono. Les kimonos peints à la main et ceints d'un obi dont les femmes se vêtaient étaient de véritables œuvres d'art qui éclipsaient les ternes vêtements occidentaux. Cependant, la couleur des toilettes modernes gagnait panneaux publicitaires et affiches de cinéma, boîtes d'allumettes et cartes postales, voitures de course et bannières tirées par les avions. Et, bien sûr, chaque mot, chaque caractère sur la plus petite enseigne ou sur le plus modeste blouson de livreur devait être un tableau. Aucune rue n'échappait au flot des images.

Kato occupait dans Ginza, au-dessus d'une librairie, un appartement selon lui très français, très *Art nouveau*. Harry, bien que ne sachant pas à quoi ressemblaient la France ou l'Art nouveau, ne doutait pas un instant que cela fût exactement ainsi : des fauteuils drapés dans des pampres de vigne, des appliques, fleurs en verre au bout d'une tige de cuivre, et jusqu'à la théière qui paraissait assez vivante pour sauter du brasero ; au mur, bien mises en valeur, des affiches françaises de spectacles chorégraphiques et de danseuses de cancan. Sur une table s'étalaient des estampes japonaises représentant une jeune femme taquinant un chat et une geisha offrant son épaule à l'aiguille d'un tatoueur.

— Hokusai, Yoshitoshi, tous les grands artistes japonais ont inspiré Degas et Toulouse-Lautrec, déclara Kato. L'art moderne, c'est l'art japonais vu par des yeux français.

Harry était incapable d'apprécier ce discours et préférait de beaucoup les lignes simples et le message secret des gravures japonaises : cette façon qu'avait la fille, en tapotant innocemment le chat, de révéler la courbe provocante de son cou encapuchonné de rouge, ou la geisha de mordre un tissu pour supporter la douleur comme les amants étouffent leurs cris d'extase.

— Vous peignez ici aussi ? demanda Harry, qui ne voyait ni chevalet ni tubes de peinture ni toiles.

— Ouvre les yeux...

Kato se tenait près de l'affiche d'un cabaret français où évoluait une rangée de danseuses de cancan au visage bleui et aux cheveux rouges.

— C'est vous qui avez fait cela ? s'enquit Harry, qui avait remarqué la calligraphie japonaise du nom de Kato dans un coin (l'affiche était une copie).

— Bon, tu n'es pas totalement aveugle. Il y a de l'espoir pour toi, Harry. Tu vas m'aider à livrer les estampes qui sont sur la table, puis nous retrouverons Oharu pour aller dîner dans un restaurant chinois. Elle adore la cuisine chinoise.

Harry n'eut pas l'occasion de rencontrer les clients de Kato. C'était une douce journée de mai et il se contenta de l'accompagner et d'attendre dehors pendant que l'artiste délivrait à travers la ville les gravures enveloppées de soie dans leur coffret. La dernière livraison les emmena au musée du parc Ueno, célèbre pour ses collines couvertes de cerisiers. En cette saison, les fleurs étaient déjà fanées et les branches, sombres comme du cuir verni, n'allaient pas tarder à verdir. Mais, pour Harry, le spectacle provenait des conducteurs de pousse-pousse ivres, des magiciens ambulants, des mendiants et des « moineaux » – prostituées qui transportaient avec elles une natte qu'elles n'avaient plus qu'à dérouler. Quant à Kato, il semblait un familier de chaque avaleur de feu, mendiant ou putain.

Ce jour-là, pourtant, la clientèle habituelle avait disparu, le parc était vide, les moineaux envolés. Dans une ville toujours encombrée de monde, ce calme ne s'expliqua que lorsque Harry vit des drapeaux rouges avancer sur la colline, si nombreux que les cerisiers semblaient ballottés dans des vagues de rouge. Suivaient des hommes en rangs, un foulard rouge noué autour de la tête, qui brandissaient des panneaux proclamant LE RIZ EST LA PROPRIÉTÉ DU PEUPLE, une énorme surprise pour Harry qui avait appris à l'école que tout le riz du Japon appartenait à l'empereur. Parmi les manifestants quelques étudiants, mais surtout des ouvriers endurcis par la vie et levant haut le poing. À mesure qu'ils avançaient leur chant envahissait le parc : « Debout, les damnés de la terre ! Debout les forçats de la faim... »

— *L'Internationale,* expliqua Kato. C'est le 1er Mai. Ce sont des communistes.

C'était un spectacle saisissant : l'Histoire en marche entraînant Kato et Harry aux accents de l'hymne révolutionnaire. Les drapeaux embrasaient le parc tandis que le cortège virait sur un large perron pour gagner la rue où l'attendait un cordon de police. Tel un fleuve qui contourne les obstacles, le cours du défilé se modifia à l'approche de la ligne bleue des uniformes et se maintint le long d'un haut mur de pierre. Les manifestants se mirent à courir pour déborder la police, mais ils furent arrêtés par l'irruption de semi-remorques transportant des hommes au crâne ceint d'un bandeau noir et dont les manches de chemise retroussées révélaient des bras tatoués. Les journaux qualifiaient ces citoyens de patriotes, mais leurs tatouages les identifiaient comme étant des yakuzas, d'une confrérie de la pègre – cependant, rien n'empêche les criminels d'être des patriotes. Harry se crut devant un tableau de scène de bataille en train de s'animer, les modernes armées de la rue remplaçant les samouraïs. Les manifestants se précipitaient en brandissant leurs drapeaux et en brisant les hampes. Les hommes au bandeau noir sautaient à bas des camions en criant et en agitant des manches de hache. Les deux masses entrèrent en collision et les individus formèrent des grappes humaines qui s'empoignaient. Une avant-garde rouge plongea dans les rangs noirs, et Harry devina l'inanité de toute opposition à ce déferlement de drapeau. La peinture rouge éclaboussa les camions.

Kato, les yeux brillants, serra son paquet contre lui.

— Maintenant, ça va cogner.

À mesure que les forces s'équilibraient, les coups se faisaient plus acharnés. Les brutes en bandeau noir compensaient leur manque de discipline de groupe par leur expérience de la rue. Tous ceux qui tombaient étaient piétinés avant de réussir à se relever, mais Kato ignorait le danger et communiqua ce sentiment d'invulnérabilité à Harry – fier de participer à un événement qui divertissait à ce point Kato.

Harry resta convaincu de la victoire des drapeaux rouges jusqu'au moment où des cavaliers bleus descendirent les marches du parc : la police montée armée de matraques en bambou. C'était magnifique, songea Harry, d'entendre le fracas des sabots sur la pierre, le souffle étouffé des chevaux, comme à la bataille de Sekigahara où Ieyasu, le fondateur de la dynastie shogunale des Tokugawa, a écrasé ses ennemis. Il ne manquait à la scène que le vol des flèches et la fumée des fusils à mèche.

La confusion s'accrut quand les manifestants virent le piège se refermer. Ils s'efforcèrent d'organiser un noyau de résistance autour de leurs bannières, mais l'impact des chevaux était trop fort. Les bandeaux noirs foncèrent avec leurs manches. Les drapeaux oscillaient dans la tourmente, puis sombraient. Un moment, Harry se retrouva au beau milieu de la mêlée puis, un instant plus tard, il fut aspiré sous un camion tel un nageur par les remous. Entre les pneus, il vit Kato s'effondrer et quelqu'un lui arracher des mains sa canne et son paquet. Harry ne distingua pas l'adversaire de Kato, seulement la canne quand elle se brisa sur la tête de l'artiste. Rampant sur les coudes, Harry se traîna jusqu'au paquet pour le dissimuler sous son corps. Il n'avait pas tenu le compte des estampes livrées, aussi ne savait-il pas exactement s'il protégeait la fille au chat, la promeneuse, la geisha se faisant tatouer. Gisant sur le sol, il se souvenait parfaitement de chacune, du gonflement de leur kimono doré, du rose ombré qui leur cernait les yeux, de leurs lèvres frémissantes comme si, vivantes, elles imploraient sa protection.

Une fois le sort de la bataille décidé, la déroute fut rapide. Les manifestants se dispersèrent, emportant les blessés qu'ils pouvaient transporter. Les autres furent hissés sur les camions, en route pour un endroit discret où on les rosserait un peu plus, ou bien poussés dans des fourgons de police. En quelques minutes, la rue, jonchée de chaussures abandonnées, de bannières et de chemises ensanglantées, avait été désertée. Kato trébuchait et gloussait, comme ivre de s'en être tiré. Un noir filet de sang coulait de son béret.

— J'ai sauvé la gravure, lui dit Harry.

— L'estampe ? fit Kato en dansant sur ses talons. Harry, il y en a des centaines. Ce sont toutes des copies. Tu as risqué ta vie pour rien, ce qui démontre un véritable tempérament de Yamato.

Avec son propre sang, se servant d'un doigt comme d'un pinceau, Kato traça un signe sur le front de Harry

— Tu t'es révélé un authentique fils de Yamato, donc je te proclame, je te baptise Japonais.

La gloire aux yeux de Harry.

5.

À cinq heures du matin Harry, rasé et laissant Michiko endormie, franchissait la porte.

Asakusa résonnait tels les décors abandonnés d'une scène vide. Les marquises sous lesquelles avaient palpité les lumières électriques n'étaient plus que des voûtes sombres. Deux ouvriers accrochaient un haut-parleur à un lampadaire. Un couple de geishas rentraient chez elles, visage blanc presque lumineux dans la clarté du petit matin et chignon tressautant à chaque pas. Main dans la main, elles circulaient sur les pavés jonchés d'arêtes de poisson, de cure-dents, de listes de chiffres porteurs de chance, tandis qu'une meute de chiens efflanqués se disputait un calamar. L'une d'elles, entre deux hoquets, lança un bonjour à Harry qui se dirigeait vers sa voiture.

Harry portait souvent un kimono, cependant, à l'occasion du petit déjeuner au Club des chrysanthèmes, il avait choisi un costume à veston droit, les membres du club, magnats du commerce et de la finance japonais, s'attendant à rencontrer un Américain pur sang. Il transportait le pistolet de Hajime dans un carton enveloppé de *furoshiki*, le même tissu que celui dont il s'était servi jadis pour envelopper les gravures de Kato.

Harry était presque arrivé à son garage quand un garçon en chandail de marin le tira par la manche. Une petite femme le rejoignit aussitôt et s'inclina très bas, à la grande confusion de Harry. À l'odeur de fumée qui l'imprégnait, il comprit qu'il avait atteint le coin de rue où l'échoppe du tailleur avait brûlé la nuit précédente, laissant l'endroit presque vide. Une fille équipée d'une lanterne triait les décombres où s'entassaient des tuiles, des casseroles en fer-blanc et la carcasse noircie d'une machine à coudre. Harry ne discerna rien qui indiquât que toute une famille avait occupé les lieux : pas de sandales, de photos, d'établi, de pièces de tissu, pas même un dé. Il ne restait rien non plus des magasins voisins du tatoueur et du marchand d'anguilles. L'angle du pâté de maisons n'était plus qu'une tache humide et noircie.

D'une voix étouffée, la femme du tailleur s'excusait auprès de Harry du dérangement qu'avait provoqué l'incendie. Grâce à sa générosité, ils pourraient trouver une nouvelle boutique et venir en aide à leurs voisins. Tout le temps que parla la femme, le jeune garçon ne cessait de tirer sur la manche de Harry.

Harry détestait ce genre de conversation. D'abord, il était bousculé par un emploi du temps chargé. Ensuite, la maison de cette malheureuse était réduite en cendres et elle le remerciait pour quelques malheureux yens que, sinon, il aurait joués. Il regarda autour de lui, comme s'il cherchait un improbable panneau de sortie. Pour changer de sujet, il demanda des nouvelles de la grand-mère qu'il avait vue partir en ambulance.

— Elle va beaucoup mieux, je vous remercie. Merci beaucoup d'avoir demandé. Grand-mère vous dit également merci de votre aide. Elle vous fait aussi ses excuses.

— Je vous en prie, ce n'était rien.

— Une chose..., poursuivit la femme, puis elle hésita.

— Oui ?

Harry n'en était pas sûr à cause de la faible lumière, mais il crut la voir rougir.

— Mon mari ne sait pas que vous nous avez aidés. Il ne comprendrait pas.

Accepter de l'argent d'un gaijin ? Tout le monde savait que le principal argument de la campagne en Chine était de libérer l'Asie de l'influence occidentale. Chaque homme ayant la fibre patriotique prenait à cœur cette mission, tandis que les femmes se montraient un peu plus intelligentes.

— Ah, fit Harry.

— Très difficile, reprit-elle en baissant la tête.

— Bien, bien.

— Je suis désolée.

— Je comprends.

Pas question pourtant de restituer l'argent ! Harry ne put retenir un sourire.

— Je suis certain que vous agissez au mieux. Je laisse cette affaire entre vos mains.

— Vous êtes trop bon. (Le soulagement de la femme était si évident que Harry en était gêné.) Je dirai une prière pour vous.

— Alors, nous sommes quittes.

Le garçon continua à tirer sur la poche du veston de Harry en disant « Pour vous » jusqu'au moment où celui-ci se dégagea.

Un millier de seiches séchant sur des fils s'agitaient dans la brise de l'aube. Un an plus tôt, le marché au poisson de Tokyo regorgeait de saumons rouges, d'anguilles aux anneaux argentés, de crabes monstrueux, de goujons des mers, de lottes, d'aiguilles de mer étalées tels des couverts sur des lits de glace et d'énormes thons à la peau bleue. Depuis qu'on réservait l'essence pour la marine de guerre, il n'y en avait plus. Retrouvant voiles et rames, les pêcheurs patrouillaient les côtes au lieu d'aller en haute mer. La pêche avait changé de nature et ne proposait plus que des amoncellements de crustacés, de clams et d'huîtres, de moules et de praires, comme si les bateaux s'attachaient à ramasser des cailloux à la place des poissons. L'essence ordinaire aussi devenait rare. La semaine précédente Harry avait vu des fermiers pousser un camion chargé de patates douces. Il avait l'impression que, dans ses efforts pour diriger le monde, le pays tout entier régressait.

Il trouva sans mal Taro à bord de son bateau. Enfant, quand il faisait partie des fidèles qui pourchassaient Harry, Taro était déjà un grand gaillard. Il était devenu un adulte énorme, un sumo avec un grand front, un petit chignon et un kimono aussi vaste qu'une tente. Un foyer découvert éclairait les structures rudimentaires de l'embarcation : plats-bords bas, tolet unique, un mât à l'arrière où l'on attachait le filet.

— Les réservoirs sont vides, annonça Taro.

— En quoi ça te gêne ? demanda Harry.

— Tu peux faire marcher un taxi au charbon de bois, pas un bateau. (L'embarcation n'avait pas de timonerie, rien qu'un abri de toile sous lequel se courbait Taro pour ranger lignes et filets.) Si mon père voyait ça. Tu te rappelles la fois où tu es sorti avec nous et où un requin a embarqué ?

— On a drôlement sauté, ce jour-là.

— Et comment ! Aujourd'hui, il faut les pêcher... pour faire du cuir à chaussures. Du cuir à chaussures ! Pas question, Harry, pas sur le bateau de mon père.

Harry n'avait jamais entendu Taro faire vibrer la corde filiale et ne se rappelait pas non plus un événement assez urgent pour justifier une convocation aussi matinale. Cela ressemblait à un combat de sumos : avant d'en venir vraiment aux mains, ils peuvent passer dix minutes à tourner autour du ring en se lançant des regards furieux et en tapant du pied. Taro s'assit auprès du foyer, alluma une cigarette et prit une flasque de saké dans une boîte en fer-blanc au-dessus du fourneau. Il versa l'alcool dans deux tasses qui, entre ses mains, ressemblaient à de la vaisselle de poupée.

Harry s'accroupit en s'efforçant de ne pas salir ses revers de pantalon.

— Il est un peu tôt.

— Pas pour moi, marmonna Taro. À cette heure-ci, un bon pêcheur rentrerait avec sa prise. Du poisson, et pas du cuir à chaussures. *Kampai !*

— *Kampai !* fit Harry en vidant sa tasse d'un trait.

Il ne souhaitait pas se lancer dans une compétition de ce genre avec un sumo – les sumos s'entraînaient à grand renfort de saké. Mais refuser un verre trahissait un manque de savoir-vivre et, de plus, Taro affichait ce matin-là un air particulièrement misérable. On aurait dit un bœuf à genoux.

— La pêche est si mauvaise que ça ? s'enquit Harry.

Taro versa une nouvelle rasade de saké.

— Le poisson est là. Il y en a partout, mais, sans essence, c'est trop loin. Même les baies sont ouvertes.

— Toutes les baies ?

— C'est ce qu'on dit.

— Vraiment toutes ?

— Oui.

— La baie d'Hitokappu ?

— Grande ouverte.

— *Banzai !* fit Harry.

En novembre, la flotte combinée s'était rassemblée à Hitokappu pour n'en pratiquement pas bouger, faute de carburant. Si les navires de guerre ne s'étaient manifestés dans aucune autre baie du Japon, où la flotte tout entière était-elle passée ?

Taro se pencha en avant et prit un air grave.

— Harry, tu te souviens de Jiro ?

— Ton frère ? Comment pourrais-je l'oublier ?

Taro et Jiro étaient de robustes jumeaux qu'on distinguait par leurs prénoms, signifiant « aîné » et « cadet ».

— Il t'a vraiment mené la vie dure.

— Pas tout le temps, protesta Harry. On s'est souvent bien amusés.

— À faire les poches des gens ?

— Jiro était costaud comme toi. Lui bousculait les passants et moi je faisais la cueillette.

— Il ne manquait jamais d'argent quand il était avec toi. (Taro resta un moment silencieux, puis reprit :) Jiro ne m'aidait à faire les poches que parce que, en tant qu'aîné, je devais hériter du bateau. S'il avait été le premier-né, il aurait été Taro et moi j'aurais été Jiro. Ça fait réfléchir. (Il baissa les yeux vers le foyer.) Tu sais ce qu'on dit des jumeaux ? Que les parents ont dû… tu sais… trop faire…

C'est vrai, songea Harry. Si un couple a des jumeaux, tout le voisinage pense qu'il a le feu au train.

— Tout le monde ricanait sauf toi, Harry. Tout le monde. C'est pour ça qu'il a mal tourné, j'en suis convaincu.

— Il était un peu brut de décoffrage.

— La police lui a donné le choix : l'armée ou la taule.

— Il a toujours voulu se battre. Il a eu sa chance.

— Harry, je peux te demander un service ?

— Ça dépend.

— Tu réponds toujours ça, non ?

— Ça dépend.

Taro fouilla dans sa manche et en tira un télégramme. Il l'aplatit contre sa poitrine et le tendit à Harry, qui le lut à la lueur des braises. Il présentait les félicitations de l'armée et annonçait au destinataire l'heure à laquelle les restes du caporal Kaga Jiro arriveraient à la gare de Tokyo.

— Bon Dieu. C'est cet après-midi.

— On ne savait même pas qu'il avait été blessé.

— D'accord, c'est dur.

— Harry, tu m'accompagneras ?

— Je ne peux pas, je ne suis pas de la famille.

— Mère est trop faible, ça la tuerait. Je suis incapable de me retrouver seul face à Jiro.

— Un gaijin venant chercher Jiro ? De quoi ça aurait l'air ?

Taro reposa sa tasse, balaya le pont de sa grosse patte et s'agenouilla jusqu'à se prosterner. Personne n'avait encore adopté une telle attitude devant Harry, encore moins un sumo. D'ailleurs, étant donné le monde dans lequel il évoluait, il n'avait pratiquement jamais eu l'occasion de voir quelqu'un se prosterner, et soudain, en une matinée, on le saluait bien bas à deux reprises. Bizarre, non ? Sans parler du pistolet dans sa voiture.

— Lève-toi, dit-il.

Le nez sur les planches, Taro parlait d'une voix étouffée.

— Retrouve-moi au moins après. Je ne peux pas l'affronter tout seul, pas encore.

— Allons, lève-toi, répéta Harry en tirant sur la manche de Taro.

— Harry, je t'en prie, supplia Taro, refusant de bouger.

— Ça n'est pas une bonne idée. Tu as l'intention de rester allongé là toute la journée ?

— Harry...

Bonté divine, pensa Harry. Ces crétins de frères se détestaient depuis le jour de leur naissance, à quinze minutes d'intervalle. C'était du moins ce que Taro racontait.

— Merde, fit Harry en anglais, ce qui signifiait oui.

— Merci, Harry. (Taro se rassit, aussitôt soulagé, et remplit la tasse de Harry.) Je te remercie, ça va beaucoup mieux.

— À nos amours.

— À nos amours.

Ils burent en admirant le lever du jour. Un bateau passa, une silhouette à l'arrière manœuvrant l'unique rame. La conversation languissant un peu, Harry reprit :

— Espérons que Jiro fera partie des derniers héros et que, sait-on jamais, le Japon quittera la Chine.

— Saurais-tu attraper un poulpe ? demanda Taro. C'est la seule chose intéressante que j'ai apprise en pêchant.

— Je n'ai jamais essayé.

— Tu le bernes. Le poulpe est très malin et très timide. Il passe tout son temps dans sa grotte. Les hameçons, ça ne marche pas, pas mieux que les filets qui s'accrochent aux rochers. Mais le poulpe est gourmand et il adore le rouge.

Alors tu attaches un chiffon rouge autour d'un bâton et tu l'agites juste devant sa grotte. Il ne résiste pas et sort un tentacule après l'autre, jusqu'au moment où il enlace complètement le bâton. Tu n'as plus qu'à le hisser hors de l'eau. Il veut ce chiffon rouge à tout prix et, même si ça doit lui coûter la vie, il ne lâchera pas prise. Le Japon vis-à-vis de la Chine, c'est pareil : nous ne lâcherons pas prise.

Le samedi était un jour ouvrable. La circulation – essentiellement des taxis et des trams, quelques pousse-pousse conduisant des médecins à l'hôpital – se faisait sur le côté gauche de la chaussée et contournait une longue file de camions militaires à l'arrêt, des Toyota à quatre roues motrices – en réalité des Chevrolet déguisés. Harry conduisait une Datsun très basse construite à l'ancienne usine Ford de Yokohama. Ford et General Motors avaient possédé l'un et l'autre des ateliers de montage, jusqu'au moment où les Japonais, en ayant assez appris sur la production en série, les flanquèrent dehors. Peu de voitures privées roulaient, la plupart fonctionnant avec une chaudière à charbon de bois arrimée à l'arrière – système ingénieux mais quasi inefficace puisque les passagers devaient pousser dans les côtes. Harry roulait à l'essence de marché noir, estimant que si jamais un jour il conduisait une telle aberration, c'est qu'il aurait cassé sa pipe.

Le pistolet était posé sur le siège du passager. Radio Japon déversait dans la voiture l'habituelle émission de gymnastique matinale, à savoir des sautillements sur place. « Un, deux ! Un, deux ! Un, deux ! » Des ouvriers accrochaient des haut-parleurs aux lampadaires pour que toute la population puisse bénéficier des mêmes instructions. « Un, deux ! Un, deux ! » Tokyo était en marche.

On avançait par à-coups. Harry s'était donné une heure pour arriver au Club des chrysanthèmes, mais des convois de camions militaires stoppaient toute circulation, quand la police n'imposait pas un détour de plusieurs kilomètres pour contourner le palais impérial. Un cheval attelé à une charrette de chiffonnier expira devant le bâtiment de la Diète, puis un vélo transportant une pile de près de deux mètres de plateaux de nouilles tomba devant la voiture de Harry. Alors qu'il était à peine parvenu au centre-ville, il comptait déjà quarante minutes de retard. En général, la cohue de la gare de Tokyo – avec ses banlieusards en costume trois pièces côtoyant des fermiers au chapeau de paille conique – le distrayait. Il aimait également l'air secrètement triomphant qu'il lisait sur le visage des vendeuses et des standardistes, longue jupe ajustée et petit chapeau français, qui trottinaient vers leur lieu de travail. Mais aujourd'hui, Harry avait l'impression que tout le monde s'ingéniait à croiser sa route. Il découvrit toutefois que, une fois dépassé un certain seuil de retard, il s'en moquait complètement. Parvenu à l'apogée de sa carrière dans les affaires, il était invité à déjeuner avec les Rockefeller et les Carnegie du Japon tandis qu'Ishigami le traquait comme un tueur fou, sans omettre la soupçonneuse Michiko. Alors qu'il avait besoin d'un bateau, d'un train, d'un avion, il se trouvait coincé dans les encombrements. Une partie de lui s'en fichait éperdument – celle qui, de temps en temps, pas souvent, le regardait dans la glace en demandant : à quoi ça sert, tout ça ?

Derrière les coupoles de la gare de Tokyo se dressait sur huit étages une imitation de Wall Street, les temples de la finance en pierre grise, les grandes banques du Japon. S'alignaient côte à côte les colonnes ioniques de Mitsubishi, celles, corinthiennes, de Mitsui et les portes sépulcrales de Sumitomo, puis enfin les escaliers de marbre et les lourdes portes de cuivre du Club des chrysanthèmes, avec leur célèbre écusson représentant un chrysanthème au centre d'un anneau. Harry gara sa Datsun au bout de la file des Cadillac et des Packard surveillées par des chauffeurs en livrée. Il avait près d'une heure de retard, mais il grimpa tout de même les marches une à une, sachant pertinemment que les gardes du corps – inspecteurs retraités et policiers au repos – groupés sur l'escalier ne le quittaient pas des yeux, tout en mâchonnant des cure-dents ou en fumant. Bien que le rythme des assassinats politiques eût diminué, l'armée avait clairement fait comprendre qu'elle n'hésiterait pas à éliminer quiconque serait soupçonné d'un patriotisme trop tiède et, si l'atmosphère d'Asakusa tait frivole, l'ambiance autour du palais semblait lourde d'appréhension. Il n'avait fallu rien moins que des menaces de guerre pour que le club ouvrît ses portes à Harry Niles mais, une fois à l'intérieur, une sorte de maître d'hôtel vêtu comme un chambellan à la cour l'escorta jusqu'au sixième étage et le conduisit vers une porte entrebâillée par laquelle filtraient des murmures. Trop tard pour regretter le saké qu'il avait bu avec Taro.

Pour éviter la pire des attitudes, celle du collégien qui arrive en retard en classe, Harry se contraignit à entrer d'un pas lent dans une salle à manger occupée par quelques centaines de convives qui se turent en l'apercevant. Objet de curiosité en même temps que d'une réprobation palpable, Harry effectua un salut d'excuse à quatre-vingt-dix degrés avant de se diriger vers une table d'honneur où l'attendait visiblement une chaise inoccupée. Il s'assit puis murmura encore quelques excuses avant d'oser inspecter les lambris de bois précieux, plaqueminier noir et cèdre pâle de Yaku baignant dans l'éclat des lustres et des feux qui brûlaient dans les âtres à chaque extrémité. Le Club des chrysanthèmes était *le* club du commerce international et, dans une certaine mesure, imitait un cercle londonien tout en restant incontestablement japonais. Des chrysanthèmes étaient disposés dans des vases de cristal et le personnel en queue-de-morue qui proposait sans bruit café ou thé vert ne manquait jamais de s'incliner devant un portrait plus grand que nature du royal parrain du club, l'empereur en personne, homme voûté aux airs d'érudit qui contemplait d'un regard intense un globe terrestre.

Les convives terminaient leurs harengs aux œufs durs. Harry estima à environ trois cents le nombre d'invités, ce qui n'était pas mal étant donné que beaucoup d'étrangers avaient déjà fui Tokyo. Les Américains comptaient un attaché d'ambassade, un couple de rotariens, le directeur désespéré de la Standard Oil of New York et celui, également désespéré, de la National City Bank, ainsi qu'Al DeGeorge, qui ne manquait jamais un repas gratuit. Le contingent britannique avait à sa tête le premier secrétaire Arnold Beechum, un robuste sportif aux petits yeux piqués sur un dôme de taches de rousseur. Un forceur de blocus avait dû arriver car les Allemands étaient bien représentés : des officiers de marine en chandail d'une insolente élégance et en pantalon d'uniforme bleu partageaient une table avec des cadres rayonnants de Siemens et d'IG Farben – ils prévoyaient déjà un vigoureux regain économique d'après-guerre. On avait placé Willie Staub à la table de l'ambassadeur Ott – lequel semblait souffrant depuis la récente arrestation de son meilleur ami, appréhendé comme espion russe – et de Meisinger, un colonel de la Gestapo aux cheveux clairsemés et aux bajoues un peu grasses qu'on avait surnommé « le Boucher de Varsovie ». Willie semblait consterné, pourtant, comment pouvait-on éprouver des réticences à faire des mondanités avec le Boucher de Varsovie ? se demandait Harry. Les Italiens et les Français de Vichy, qui partageaient une table, s'étaient murés dans un mépris méditerranéen réciproque. D'autres Européens et des Chinois discrets étaient éparpillés à travers la salle mais, pour l'essentiel, le public de Harry se composait de cadres japonais qui transpiraient sous leur col car ils se sentaient incompris. Incompris chez eux par une armée qui mitraillait capitalistes ou communistes avec autant de plaisir, et incompris à l'étranger par leurs anciens amis et associés. D'où le speech que devait prononcer Harry Niles.

Harry se faisait l'effet d'un cambrioleur autorisé à travailler lumières allumées. Peu lui importait d'avoir manqué les œufs et les toasts : il préférait que le chrysanthème peint sur son assiette, et qu'on retrouvait brodé sur le linge de table, gravé sur les verres, ciselé dans l'argenterie, reste sans tache. Ses copains de petit déjeuner à la table d'honneur étaient les directeurs de IHI Engineering et NYK Shipping, le PDG de Nippon Air et un président vieillissant de la Yasuda Bank. Ils présentaient un point commun : ils étaient tous raides comme des baguettes de bambou. À la gauche de Harry se trouvait la dernière chaise vide, à sa droite un jeune vice-président de la compagnie de navigation Yoshitaki si intimidé par Harry qu'il en renversa son café. Des membres se levèrent pour faire quelques annonces dans la langue du club, l'anglais, comme pour souligner ses dispositions internationales. Du fond de la pièce, quelqu'un confirma avec regret l'annulation d'un dîner conjoint avec l'American Club.

Tout se passa bien pour Harry jusqu'au moment où la dernière chaise fut occupée par un petit homme dont l'élégant costume à rayures ne correspondait ni à ses cheveux blancs coupés ras, ni à son visage basané, ni à ses grosses mains tannées par l'eau de mer. Yoshitaki en personne. Mitsubishi et Sumito avaient commencé comme samouraïs. Débutant comme pauvre matelot, Yoshitaki avait, lui, cinquante ans auparavant, ouvert le Pacifique aux navires japonais en retapant les vapeurs à roues partis à la casse et en affrontant les pirates chinois et les canonniers britanniques. Il était devenu l'un des hommes les plus riches du Japon, et l'un des mieux informés. S'il ne pouvait situer exactement la flotte combinée, il savait certainement dans quelle direction elle faisait route.

Son regard, fixé sur un horizon lointain ou plongé dans l'âme d'un autre homme, exprimait un mépris si poli que Harry avait le sentiment d'être du poisson pourri.

Yoshitaki demanda à son vice-président :

— Avez-vous remarqué les lambris ?

— Le bois est magnifique.

— Sans une imperfection. Ce genre d'arbre a besoin d'être taillé pendant au moins deux cents ans, minutieusement, précisa Yoshitaki. Pour les débarrasser de toute contamination étrangère : permettre une invasion étrangère, une nécrose du bois ou la présence d'un ver est la pire erreur que puisse commettre un forestier.

Mon cul, se dit Harry. Il tendait la main vers son verre d'eau quand les deux directeurs se redressèrent subitement, les yeux écarquillés : un gros scarabée noir se promenait sur la manche de son veston. Il tâta alors sa poche et y trouva une boîte en carton perforé avec de la sciure de bois et de la ficelle. Voilà pourquoi le fils du tailleur avait dit « Pour vous » : il lui avait offert un scarabée.

L'insecte, un scarabée d'un noir de jais avec une longue corne pointant vers le haut, quitta la manche pour la table, agita la carapace qui protégeait ses ailes et entreprit l'ascension d'une serviette blanche empesée. L'un après l'autre, les autres invités de la table d'honneur se tournèrent pour suivre sa progression, allant du scarabée à Harry. S'il existe un endroit au monde, songea ce dernier, où l'étiquette permet de laisser tomber de gros insectes sur la table, il ne s'agit certainement pas du Club des chrysanthèmes. L'amusement de Yoshitaki était particulièrement perceptible. Le scarabée, un robuste minotaure qui, apparemment, n'avait pas été affecté par l'incendie, acheva sa conquête de la serviette tandis que de nouveaux murmures s'élevaient au fond de la salle. Il progressa d'un invité à l'autre en inspectant l'argenterie, en se hissant sur les assiettes tandis que les convives reculaient. Pour finir, le scarabée, certainement déconcerté par cette soudaine liberté, revint près de Harry. Celui-ci le ramassa avec douceur et le laissa faire un peu d'exercice entre ses mains avant de le remettre dans sa boîte avec les copeaux de sciure ; boîte qu'il referma soigneusement.

— Nous réservez-vous d'autres surprises ? demanda Yoshitaki.

— J'espère que non.

— Quel dommage !

Harry s'aperçut qu'on était en train de le présenter. L'« homme d'affaires occidental bien connu, observateur pénétrant de la scène internationale et ami de longue date du Japon », c'était lui. Il se leva pour répondre aux applaudissements – rares. « Comme Lazare se levant du tombeau », disait son père en parlant d'une assemblée de fidèles un peu guindés. Mais il pouvait y faire front et, si son père était doué pour les sermons, Harry, lui, avait mis au point l'antisermon. Il chassa de ses pensées Michiko et Ishigami. Il fit le tour de la table, échangea un bref regard avec Beechum, DeGeorge, Ott, un directeur de Mitsui par-ci, un cadre de Datsun par-là, et laissa passer un moment en attendant que la dernière toux s'apaise.

Quand Harry eut obtenu un silence absolu, il commença.

— Les Américains me demandent : que veut le Japon ? Cherche-t-il à dominer le continent asiatique ? Rêve-t-il de domination mondiale ? La réponse est évidemment non. Cependant le Japon a de vrais besoins et de véritables objectifs. Ce qu'il veut, c'est la paix dans un monde de stabilité et de prospérité. Un monde divisé en trois sphères économiques, avec trois leaders naturels : l'Allemagne en Europe, l'Amérique dans l'hémisphère occidental, le Japon en Asie. L'ordre ancien s'écroule. Plus vite on en aura balayé les ruines, mieux cela vaudra. Le règne de l'homme blanc sur l'Asie est terminé. Les empires agonisants doivent céder la place à de nouveaux venus vigoureux.

Harry décela le frémissement de satisfaction, le frisson de plaisir qui parcouraient les Japonais de l'assemblée. Il est vrai qu'en temps normal celle-ci écoutait prix Nobel, magnats des affaires en visite ou directeurs internationaux de *Fortune* ou de *Times*, et non pas un représentant de l'industrie cinématographique. Mais la période n'était pas normale. Et avoir choisi Harry pour s'adresser à ce public était habile, car lui pouvait s'adresser aux Occidentaux comme jamais un Japonais bien élevé n'oserait le faire. Il serait peut-être désavoué ou discrédité, mais il prononcerait les mots que les Japonais aimeraient bien pouvoir dire.

— Le Japon a été patient. Durant la Grande Guerre, en allié fidèle de la Grande-Bretagne et des États-Unis, il a assuré pour ses amis la sécurité dans le Pacifique. En échange de ce service, le Japon demandait qu'on lui manifeste un certain respect. Cela a-t-il été le cas ? Non. Au contraire, l'Angleterre et l'Amérique se sont ingéniées à maintenir la marine japonaise à un niveau inférieur. La Grande-Bretagne a mis fin à son traité d'amitié avec le Japon et les États-Unis ont promulgué sur l'immigration des lois racistes conçues pour insulter le peuple japonais. Le Japon avait tendu la main. En retour, il a été giflé en pleine figure.

Harry repéra les invités qu'il connaissait.

— Giflé, répéta-t-il en regardant Beechum. Le Japon n'a jamais compris ce manque de sympathie de la part de l'Angleterre. Les Japonais demandent : pourquoi est-il convenable qu'une nation insulaire s'engraisse du sang de tous les peuples du monde et pourquoi est-il malséant qu'une autre nation cherche à aider ses proches voisins à développer une économie moderne ? Pourquoi est-ce un devoir chrétien pour l'Angleterre d'asservir Afrique, Inde, Birmanie ou Malaisie et pourquoi le Japon pèche-t-il quand il mène les peuples d'Asie vers la prospérité et l'indépendance ? Prenez le cas de Hong Kong, par exemple. En vérité, l'Angleterre n'a pas plus de droits sur ce territoire que le Japon n'en a sur l'Écosse ou le pays de Galles. Elle n'a aucun droit, autre que celui conféré par la puissance. Voilà pourquoi elle se vante d'avoir posté des canons de marine à Singapour. L'Angleterre prétend maintenir la paix alors qu'en réalité elle impose sa loi avec des canons de dix-huit pouces. Ou, du moins, s'y efforce-t-elle avec acharnement.

On échangea des regards noirs à la table britannique. Bah, pensa Harry, c'est probablement l'un des rares discours qu'ils comprennent – la communauté britannique de Tokyo était réputée pour son ignorance du Japon.

Entre-temps, Harry s'était approché de Roy Hooper, l'attaché d'ambassade américain, à la foi et à l'optimisme mal placés d'un missionnaire.

— Le Japon demande aussi à ses amis américains : comment la « doctrine de Monroe » justifie-t-elle à vos yeux que vous vous déclariez entièrement responsables de tout un hémisphère ? Qu'est-ce qui vous donne le droit d'expédier des marines à Mexico, à Cuba ou sur le canal de Panama ? De vous emparer des îles Hawaii, à des milliers de kilomètres du territoire américain ? Comment pouvez-vous revendiquer le droit à toutes ces invasions et, en même temps, mettre le Japon au pilori pour avoir commis une prétendue agression ?

Comment pouvez-vous l'expulser de la Société des nations alors qu'il a réagi aux provocations d'un voisin et aide le peuple du Mandchoukouo à se libérer de siècles d'ignorance et d'exploitation. Pourquoi ? Parce qu'il y a une loi pour les Blancs et une autre pour les Japonais.

On prononce ce genre de harangues comme on fait griller un steak, songea Harry. D'abord un côté, puis l'autre, l'important étant de maintenir les braises brûlantes.

— Ce manque d'honnêteté – ou d'équité – n'est apparu nulle part plus clairement qu'en Chine. L'Angleterre affirme qu'elle ne fait que protéger les droits des Chinois. En est-il bien ainsi ? S'agit-il de la Chine que l'Angleterre a conquise avec des fusils à répétition, des Chinois qu'elle a massacrés à Pékin ? S'agit-il de la Chine que l'Angleterre a asservie à l'opium, que l'Europe a découpée en concessions ? Cette Chine qui, à côté d'une poignée de gens très riches, compte des centaines de millions de miséreux vêtus de haillons qui ne survivent que grâce aux miettes tombées de la table des Européens ?

Le teint rose de Beechum vira au rouge. Harry revint donc à Hooper.

— Et puis il y a les protestations venant d'Amérique. L'Amérique est différente. L'Amérique ne revendique pas un empire, elle désire des marchés. Elle ne revendique aucun droit de propriété sur la Chine, elle réclame la liberté du commerce, une « porte ouverte » à l'exportation et l'importation, un terrain de jeu sans obstacles pour d'innocents intérêts commerciaux. Ce qui a des significations différentes selon les endroits. En Chine, cela veut dire que les banques de New York peuvent acheter des bons de la défense nationale chinoise et financer année après année conflits et misère. En Chine, cela veut dire un débouché pour les filatures de coton de Caroline du Sud et d'Alabama. Mais aux États-Unis, cela signifie un marché fermé au coton japonais, sans parler de la soie japonaise. Là encore, il y a une loi pour l'homme blanc et une autre pour le Japonais.

Hooper sourit d'un air navré et secoua la tête. Fils de missionnaire – comme Harry –, Hooper Jr avait battu tambour pour l'Armée du salut dans les rues de Tokyo, ce qui lui avait valu de se faire attaquer par l'Armée du salut bouddhiste, dont le jeune Harry ralliait les rangs lors des bagarres.

Harry continua à énumérer ressources et matières premières auxquelles n'avait pas accès le Japon, frappé d'embargo, selon lui, par les États-Unis et la Grande-Bretagne : caoutchouc, ferraille, acier, aluminium, magnésium, cuivre, laiton, zinc, nickel, étain, plomb, wolfram, pièces détachées d'avion et, surtout, pétrole. Tout cela pour tenter d'affamer les travailleurs d'une île dépourvue de ressources naturelles. Jusqu'au riz que les Anglais, en refusant d'exporter leur jute, empêchaient les Japonais de mettre en sac !

Tout en débitant ces statistiques, Harry lança un regard compatissant à deux hommes d'affaires de la Standard Oil et de la National City, coincés à Tokyo à la suite du gel par Washington des avoirs japonais et ensuite du gel par les Japonais de ceux des Américains. Harry ne manquait jamais, à chacune de leurs visites au Joyeux Paris, de leur offrir la première tournée.

— À quoi sert au Japon d'être la plus belle et la plus sereine des nations, si elle ne dispose pratiquement d'aucune ressource naturelle ? Son économie repose entièrement sur le dur labeur et la discipline. Devant cet encerclement hostile que lui imposent l'Amérique, l'Empire britannique et leurs alliés des Indes orientales et hollandaises, le Japon n'a pas d'autre choix que de chercher des matières premières dans sa sphère naturelle, à savoir l'Asie. Sans exploiter ses voisins, il leur apportera modernisation, éducation, industrie et médecine, ce que n'a jamais fait l'Occident. C'est pourquoi, à mes compatriotes américains qui me demandent ce que veulent les Japonais, je réponds qu'ils veulent la justice et la paix, l'Asie aux Asiatiques, et cela dans les meilleurs délais.

Mission accomplie. Anglais et Américains observaient un silence consterné tandis que les Japonais applaudissaient Harry avec enthousiasme, sincères comme ils ne l'avaient jamais été. Une fois la séance levée, un banquier de Yasuda ronronna tel un vieux chat :

— Un discours très intéressant, très énergique, et pas nécessairement inexact.

— Pas totalement, je l'espère bien, dit Harry. Juste quelques idées que j'avais envie de partager.

À la table, d'autres attendaient la réaction de Yoshitaki. Dans un silence de plus en plus lourd le grand armateur toisait Harry de la tête aux pieds en prenant tout son temps. Sa peau foncée faisait paraître ses sourcils comme roussis et sa concentration était si absolue que Harry et lui auraient pu être les deux seuls hommes présents dans la salle.

— Mr Niles, j'étais opposé à ce que vous preniez la parole ici aujourd'hui, à cause non pas tant du discours lui-même que de votre personne. À vrai dire, rien de ce que j'ai entendu ne m'a surpris. J'estimais simplement que votre seule présence nuirait au prestige du Club des chrysanthèmes, que vous vous contenteriez de dire n'importe quoi pour servir vos projets. Vous êtes un marginal semblable au crabe qui ne trouve sa nourriture ni dans l'eau ni sur terre, mais entre les rochers qui séparent ces deux éléments. Après vous avoir écouté aujourd'hui, je considère que cela reste vrai. Cependant, je dois en convenir, je renonce à prétendre que vous n'avez rien de japonais.

Harry était assez perspicace pour garder le silence.

— Les premières années de ma carrière, poursuivit Yoshitaki, je les ai passées seul en mer sur des épaves telles que je n'avais pas assez de place pour un chien ou un chat, juste pour un scarabée dans un pot. Un scarabée pendant quatre années. Deux bateaux ont sombré et, chaque fois, je me suis sauvé à la nage avec ce pot. C'était un bon ami.

— Avait-il un nom ? interrogea Harry.

— Napoléon.

— Un scarabée conquérant, donc.

— J'aimais à le penser. Et le vôtre ?

— Oishi, improvisa Harry.

— Le fidèle samouraï ? Excellent.

Cet échange de propos familiers entre le légendaire Yoshitaki et Harry Niles ouvrit, sitôt Yoshitaki parti, le défilé d'autres membres du club qui tenaient à ajouter leurs remerciements pour une analyse aussi incisive, aussi compréhensible. Des banquiers qui, la veille, auraient traversé la rue pour l'éviter brandissaient leur carte de visite. Harry s'inclinait, lisait chacune avec beaucoup d'attention, la plaçait dans un étui laqué, puis s'inclinait encore en marmonnant d'un air aussi humble que possible.

Le PDG de Nippon Air débordait d'une satisfaction courtoise, comme un maître d'hôtel escortant un client de marque à la meilleure table de l'établissement.

— Comme vous le savez, Nippon Air reprend lundi ses vols internationaux vers Hong Kong. Cette mesure devrait aider à rétablir la confiance dans la région et le sentiment que la situation revient à la normale. Il y aura des journalistes et des photographes. Une brève étape au Matsubara Hotel de Hong Kong, et puis retour à Tokyo. Un certain nombre de vos compatriotes demandent à être du vol, mais vous comprenez bien à quel point il est indispensable que les passagers étrangers soient des amis fiables du Japon.

— Certainement.

« Fiables » signifiait que ces salopards étaient assez malins pour vanter les mérites du Japon tout au long du trajet jusqu'à Hong Kong et assez idiots pour revenir à Tokyo.

— Il me semble que, ce matin, vous avez dissipé toute inquiétude quant à votre fiabilité.

— Je vous remercie.

Harry salua encore une fois et retint son souffle.

— Alors, dit le PDG de Nippon Air, égrenant ces mots comme un souffle de flocons de neige, peut-être pourriez-vous vous rendre disponible lundi ? Haneda Field à midi. Nous volerons sur un nouveau DC-3. Ne vous occupez pas des billets, je vais personnellement vous inscrire sur la liste des passagers. Cela vous satisfait-il ?

— Ce qui me satisfait, c'est d'avoir mérité votre confiance.

Voilà qui était passé comme une lettre à la poste.

Ce fut seulement quand M. Nippon Air en eut terminé que d'autres invités approchèrent.

— Quel effet ça fait, demanda Beechum, d'être le Blanc le plus méprisé d'Asie ?

— Pas désagréable ce matin, merci.

— Vos « compatriotes américains » ? Je doute que vous ayez jamais passé une année entière en Amérique. En tout cas, joli numéro ! Ça devrait assurer au Joyeux Paris encore un mois de protection. Vous appartenez à cette catégorie de gens qu'en Angleterre on traînerait dans la rue attachés au cul d'un cheval.

— S'agit-il de l'Angleterre de la mauvaise cuisine ou de celle des bons coups de canne ?

Plus Beechum s'échauffait, plus il sentait fort l'eau de toilette. Harry ne l'avait jamais vu aussi hargneux ni aussi véhément.

— Vous croyez que vos amis feront si bonne figure contre des coolies ? Attendez un peu que ces petits bridés s'attaquent aux canons de Singapour !

— « Bridés » ? Quel langage peu diplomatique !

— Pour ma part, j'espère qu'ils vont tenter le coup. Tout ce cirque ne durera même pas une semaine. Et ensuite, où vous retrouverez-vous ?

— Dans le cirque d'après, j'imagine.

— Quand on en aura fini avec vous. Parce que le jour viendra, promit Beechum. Oui, le jour viendra.

Willie fit signe qu'il allait attendre dehors, mais Meisinger, le chef de la Gestapo, serra la main de Harry et alla droit au but.

— Vous n'avez pas parlé des juifs ?

— Ah oui ?

— Les prétendus réfugiés. Vous ne les avez pas remarqués ?

— Voulez-vous que je vous dise ? La vérité, c'est que, au Japon, tous les Occidentaux se ressemblent.

— Impossible, rétorqua Meisinger.

— Restez un peu plus longtemps, et vous verrez.

Voilà une remarque qui serait sans doute peu appréciée. Mais s'il feignait d'être copain avec Meisinger, il se retrouverait avec le Boucher de Varsovie en train de chanter le *Horst Wessel Lied* au Joyeux Paris. Harry ne se sentait pas prêt à subir une épreuve pareille, Michiko, non plus, il le savait.

— Ils ont une liste, Harry, déclara Hooper tandis que Meisinger s'éloignait.

L'attaché d'ambassade américain, grand gaillard dégingandé, cheveux coupés en brosse et nœud papillon, affichait un sourire compatissant.

— Un discours en faveur des Japonais ? reprit-il. Tu es vraiment dingue ?

— Qui a une liste ?

— Tout le monde : les Russes, les Anglais, les Allemands. Nous-mêmes, sans parler des Japonais. Tu t'es fait des ennemis partout.

— Je me suis contenté de jeter un coup de projecteur sur la scène internationale.

— Et de l'huile sur le feu. Harry, ce qui doit arriver arrivera. Au point où nous en sommes, ni toi ni moi n'y pouvons rien changer et, à moins que tu n'aies le moyen de disparaître de la scène comme par magie, je te conseille de rentrer la tête. Tu continues à faire de la recherche de patrimoine pour les Japonais ?

— Il m'arrive de feuilleter un ou deux livres de compte poussiéreux.

— Ça s'appelle connivence avec l'ennemi.

— Hoop, nous ne sommes pas encore en guerre.

— J'ai horreur de ce surnom. Quoi qu'il en soit, si tout t'explose à la figure, je suis censé te prévenir de ne pas te présenter à l'ambassade américaine.

— Est-ce que j'y ai déjà mis les pieds ?

— Alors, tu sais qu'on ne t'y considère pas comme américain.

— Je l'ai toujours su, Hoop.

Harry se sentait le vent en poupe, en pleine forme. Une fois de plus, la chance lui avait souri. Qui aurait cru qu'un scarabée lui ouvrirait le cœur de Yoshitaki ? Mais en quoi avait-il péché dans son discours ? Avait-il franchi une limite impardonnable ? Peu importe, Harry marchait sur des nuages. Dehors, il retrouva Willie et DeGeorge qui attendaient qu'un taxi, dont le chauffeur versait des pelletées de charbon de bois sur le haut de la chaudière en agitant un éventail, soit prêt – ce qui semblait très hypothétique.

— On dirait qu'on va faire le trajet dans un putain de vieux poêle, observa DeGeorge.

— Si les lecteurs du *Christian Science Monitor* entendaient la façon dont s'exprime leur illustre correspondant..., déclara Harry.

— Plaidoyer de dernière minute pour la paix, mon cul !

— *Les leaders de l'économie japonaise sont favorables à l'Amérique.* C'est bien ta dernière manchette, non ?

— Une belle excuse pour la guerre. Ça va arriver, hein ? Je t'ai vu parler au patron de Nippon Air. Pas de nouvelles de l'avion pour Hong Kong ?

— Pourquoi m'en parlerait-il ?

— Je ne sais pas. (DeGeorge se tourna alors vers Willie.) Tout ce que je sais, c'est que Harry est le monsieur-protégé-qui-a-des-relations. Un jour, on le cherchera. On s'apercevra alors qu'il s'est planqué dans son terrier et qu'il est trop tard pour des connards comme nous.

— J'admire ton vocabulaire, répliqua Harry. C'est certainement pour cette raison que tu as obtenu le prix Pulitzer et pas moi.

— Va te faire foutre. Je vais retrouver Beechum et lui demander la réaction de l'ambassade britannique à cette foutaise défaitiste. (DeGeorge jeta un dernier coup d'œil à son taxi et se tourna vers Harry.) Tu me déposes ?

Début décembre, des journées comme celle-ci, baignant dans une lumière cristalline et l'odeur des citronniers – gâchée cet hiver par la fumée du charbon de bois –, n'étaient pas rares. Assis à l'avant auprès de Harry, Willie ouvrit sa vitre tandis qu'ils roulaient vers l'ouest en longeant les douves aux eaux d'un vert épais du palais impérial. La circulation au centre de la ville devait obligatoirement contourner le palais : aucune rue n'en traversait l'enceinte, aucun tunnel de métro n'était creusé dans son sous-sol ni de couloir aérien ouvert au-dessus de son emplacement. Même construire à proximité un bâtiment assez élevé pour dominer la divine présence était interdit. La ville tournait donc autour d'un grand vide, d'une colline verte et plate, d'un trou, de l'idée d'une vertu cachée et protégée tel un joyau. L'édifice lui-même offrait un jeu de perspectives trompeuses : les énormes pierres étaient très soigneusement ajustées, ainsi l'angle et les longues murailles paraissaient si bas que les gardes impériaux postés au pied, leur fusil dans le fourreau de parade blanc, ressemblaient à des soldats de plomb. On ne distinguait du palais proprement dit, par-dessus les murs, que l'esquisse des avant-toits recourbés et de leurs tuiles derrière les nervures rouges des érables. Les carpes dorées faisaient la célébrité des douves. Enfant, Harry payait dix sens une épuisette en papier pour attraper le plus grand nombre de poissons possible avant que le papier ne tombe en morceaux, persuadé qu'il établissait ainsi une sorte de lien avec le Fils du Ciel.

Ils doublèrent un bus qui avait ralenti pour permettre aux voyageurs d'ôter leur chapeau et de s'incliner en direction de l'empereur.

— Malgré la Chine, observa Willie, tout ici me paraît merveilleux – serein, selon votre expression.

— Serein ? ricana DeGeorge dont la voix grinça comme le crissement d'une pelle sur du gravier. Qu'est-ce qu'il vous faut ? Ils ont assassiné trois Premiers ministres en seize ans, et le syndicat du crime n'arrive pas à la cheville de celui des Japs, alors « serein » n'est peut-être pas le mot qui convient. Tout ça va sauter, c'est sûr, le problème est de savoir quand. Celui qui le dira n'aura plus qu'à rentrer pour recueillir son prix Pulitzer, pas vrai, Harry ?

— Ça se pourrait.

— À Washington, ils s'échinent pour rien à des négociations de dernière minute. (DeGeorge se pencha vers l'oreille de Willie.) L'armée napoléonienne ne se battait pas le ventre vide, les armées d'aujourd'hui ont besoin de réservoirs pleins d'essence. En avril dernier, les Japs ont acheté aux États-Unis trois fois plus de pétrole que d'habitude. Roosevelt a annoncé à grands cris qu'il leur coupait celui de la côte Est, le réservant à l'Angleterre. Aucune importance : les Japs ont tout simplement dévalisé la côte Ouest. Et l'essence d'aviation ? Autant qu'il s'en vendait. Sans parler de l'acier et de la ferraille. La marine japonaise a récupéré vieilles Ford et Frigidaire à la casse. Et pendant tout ce temps, bien sûr, FDR triplait sa production de chars et de cuirassés. Et puis, en juillet dernier, on a arrêté les livraisons vers le Japon : plus de pétrole, plus de caoutchouc, plus d'acier, rien de rien. Les Japonais ont atteint le summum de leur puissance et, désormais, chaque jour qui passe ne fera que les affaiblir. C'est à ce moment-là qu'on commence à tirer. À mon avis, nous y sommes presque.

Harry arrêta la voiture devant les colonnes de pierre et les grilles en fer forgé d'une version miniature du palais de Buckingham – jusqu'au lion flanqué d'une licorne au centre du fronton. Certains membres du personnel de l'ambassade de Sa Majesté britannique s'étaient rassemblés dans la cour ceinte de haies et de plantes en pot. Revêtus de la tenue blanche, ils s'apprêtaient à lancer la balle de cricket. C'était à présent le tour d'un joueur impassible qui défendait l'honneur d'Eton. Quelle foutaise !

DeGeorge descendit de voiture et se pencha par la vitre ouverte du côté de Harry.

— Il ne tiendrait qu'à moi, je t'inviterais à entrer, Harry, mais on ne te laisserait pas franchir la porte. Tu me comprends ? Les Japs ont raison, tout le monde a raison, mais je suis comme toi, j'ai des journaux à vendre.

— Tu vas donc écrire ce que Beechum affirme à mon sujet, que je représente la forme la plus primitive de vie sur terre ?

— Ça n'a rien de personnel. Je sais que tu comprends mais c'est Michiko qui m'inquiète. Si elle lit quelque chose comme ça, elle me coupera les couilles.

— Michiko n'est pas une fidèle lectrice du *Monitor*, fit

Harry en embrayant. Elle ignore même ta profession. Elle croit tout simplement que tu serais prêt à te peindre le cul et à sauter une guenon pour un sherry gratuit.

— Va te faire foutre, Harry ! cria DeGeorge tandis que la voiture s'éloignait. Va te faire foutre !

— Les Anglais adorent qu'on hurle des injures dans leur allée, expliqua Harry à Willie. Ils réinviteront sûrement DeGeorge. (Il remarqua que ni la halte dans une délicieuse ambassade ni le spectacle des douves impériales reflétant des érables au feuillage roux et orangé n'avaient calmé la nervosité de Willie.) Pardon. Je vous l'ai dit hier soir : ça n'était pas une très bonne idée de vous montrer en ma compagnie.

— Je comprends.

— Ça n'est pas que ça ne me fasse pas plaisir de vous voir, et je vous suis reconnaissant de m'avoir prévenu pour Ishigami, mais j'ai des sortes de délais à respecter. En tout cas, tous les bons Allemands devraient décamper aussi vite que possible.

— Ce n'est pas aussi simple que cela.

— Où est le problème ? Vous êtes à court d'argent ? Des raisons personnelles ?

Harry attendit pendant que Willie s'éclaircissait la gorge, puis recommençait – une fois de trop.

— Ne me dites pas que c'est une femme.

— C'est une femme.

— Ne me dites pas que c'est une Chinoise, vous n'êtes pas stupide à ce point-là. Allons, Willie, ou je vais prendre votre silence pour un aveu. (Harry lui jeta un coup d'œil.) Oh, bon sang !

— Ce n'est pas ce que vous croyez.

— Pour l'instant, je ne me trompe pas tellement. Je croyais que vous aviez une *Haus* et une *Hausfrau* à Berlin.

— Dresde.

— Cette bonne vieille ville de Dresde, sa bière et son hareng fumé dont vous avez depuis si longtemps la nostalgie. Ne compliquez pas les choses, Willie. Si vous êtes sorti de Chine et encore en vie, vous avez de l'avance.

— Elle est institutrice.

— Elle serait Mme Curie en personne que cela ne ferait aucune différence. Elle attend un mot de vous ? Elle est en sûreté à Shanghai ? À Hong Kong ? Je peux lui faire envoyer de l'argent, si c'est ça le problème. Mais vous, retournez en Allemagne pendant que c'est encore possible.

— Je l'ai amenée avec moi.

— Ce n'est pas la réponse que j'espérais. Elle a un visa de transit ?

— Non.

— Alors comment… ? Il faudrait qu'elle soit votre parente… Willie, Willie, dites-moi que vous n'avez pas fait ça !

— Nous nous sommes mariés.

Harry trouva enfin la flasque de whisky qu'il cherchait dans sa poche.

— Et la petite mignonne qui vous attend à Dresde ?

— Remariée l'année dernière : elle en avait assez d'attendre.

— Tout comme vous, apparemment. (C'était du gâchis de boire du bon scotch avec cette migraine qui montait. Harry avait besoin de manger quelque chose.) Willie, si vous vouliez une femme, pourquoi ne pas en avoir acheté une ? Cinq dollars à Shanghai, dix pour une Russe. Ne cherchez pas à passer pour un saint. En quittant le pays, laissez-lui une prime de cent dollars. Ça équivaudra à des adieux dans les règles.

— Harry, je vous répète qu'elle est institutrice ! Bon sang, je serais capable de vous tuer de mes propres mains.

— Ishigami a la priorité. Vous allez emmener la nouvelle Mrs Staub en Allemagne ? Vous vous prétendez nazi fervent, mais avez-vous vraiment lu *Mein Kampf* ?

— Bien sûr que oui. J'ai lu toutes les œuvres du Führer.

— Avez-vous lu ce passage où il traite les Asiatiques de sous-hommes, ou bien vous en êtes-vous tenu à l'édition spéciale destinée à l'Asie ?

— Je ne me souviens d'aucune référence désobligeante aux Asiatiques.

Willie accepta la flasque. Il affiche de nouveau son air déçu, se dit Harry, son air de Lohengrin blessé.

— Je crains seulement que votre jeune épouse ne se sente un peu mal à l'aise au milieu de la race des seigneurs.

— Je suis venu vous demander conseil, lâcha enfin Willie, parce que vous entretenez vous aussi ce genre de liaison et que ça semble marcher.

— Quelle liaison ?

— Vous et Michiko.

— Michiko ?

— Vous êtes bien ensemble.

Comme deux personnes à couteaux tirés, rectifia Harry en lui-même.

— Dans une certaine mesure. Mais nos rapports s'appuient sur quelque chose de plus solide que l'amour : sur les affaires, sur le Joyeux Paris. Elle attire les foules, je gagne de l'argent, je la paye.

— Ça semble aller bien au-delà…

— Quel romantique vous faites ! Vous voyez tout en rose. D'après vous je vis avec Mme Butterfly et le Führer est un chef scout.

— Vous avez une haute opinion des Japonais. J'ai bien écouté votre discours : il y a de nombreux passages positifs au sujet du peuple japonais…

— Pas un peuple, le coupa Harry, des clients. Grosse différence.

Ils finirent par laisser derrière eux le parc du palais pour se trouver dans une avenue pleine de restaurants et de boutiques de souvenirs qui vendaient des pavillons où s'étalait un soleil levant couronné de seize rayons. Sur la gauche, dominant les arbres, se dressaient les montants d'un torii, le portail d'un temple.

— J'aimerais que vous rencontriez Iris, reprit Willie.

— Iris, l'institutrice chinoise ? Non, merci. Plus elle est charmante, moins j'ai envie de la rencontrer.

— Nous sommes descendus à l'Imperial Hotel. D'après le colonel Meisinger, on y sert l'après-midi un très bon thé britannique. Nous pourrions peut-être nous y retrouver aujourd'hui. Avec Iris, pas avec Meisinger.

— Je suis assez occupé. (Il avait un rendez-vous à Yokohama concernant un projet pour la marine.) Avez-vous écouté ce que disait DeGeorge ? La guerre pourrait débuter ici avant la fin de l'année.

— Ou peut-être pas. D'après les Anglais, les Japonais feraient machine arrière.

— C'est Beechum qui vous a dit ça ?

— Il n'en avait pas besoin, je suis capable de m'en apercevoir tout seul. Vous me prenez pour un naïf mais, ayant dirigé une usine en Chine pendant cinq ans, je connais l'industrie, et quand je vois voitures et camions marcher au charbon de bois, j'en déduis que le Japon n'est pas en état de mener une guerre contre un pays qui possède une aussi formidable base industrielle que les États-Unis. Les Japonais doivent comprendre cela.

— Ça paraît logique.

— Je l'espère.

— Il faut que vous voyiez quelque chose d'autre, déclara Harry, qui avait décidé qu'il avait le temps de se garer.

Ils descendirent de voiture, traversèrent la route à pied et franchirent un rideau de sapins jusqu'au torii qu'ils avaient aperçu un peu plus tôt. On n'aurait pu rêver proportions plus simples que celles des deux montants verticaux et des deux poutres horizontales, notamment celles d'une porte géante où luisait l'éclat sombre du bronze. Des feuilles jaunes de ginkgo tapissaient le sol. Tout au fond étincelaient les avant-toits dorés d'un vaste autel. Pendant au-dessus de l'escalier, une bannière blanche frappée du motif royal du chrysanthème à seize pétales en dissimulait l'intérieur. Une légère brise gonflait la bannière, des colombes blanches voletaient alentour.

— L'autel de Yasukuni, précisa Harry.

— De quelle religion s'agit-il ?

— Ici, c'est le Japon, son cœur même. Je faisais les poches des voyageurs dans le métro avec un ami qui déposait ensuite son butin dans le tronc des offrandes. Un jour, nous discutions de ce que nous ferions quand nous serions grands. Je voulais être riche et lui soldat afin de mourir pour l'empereur – il a réalisé son souhait. Si on vous fait prisonnier ou si vous vous rendez, vous êtes pire que mort, et la honte s'abat sur votre famille. Mais si vous mourez en combattant, vous devenez une sorte de dieu et ici c'est votre autel, comme celui de tous les autres fidèles Japonais morts pour leur empereur. Depuis le début des combats en Chine, on honore ici cent mille nouveaux dieux. Dans cet endroit, on s'amusait beaucoup, autrefois. Lutteurs, jongleurs, montreurs de marionnettes ou charmeurs de serpents s'y produisaient.

— Ça semble encore populaire.

— Oh, que oui !

L'autel était en effet à la fois lieu de culte et de spectacle. Vêtus de leurs plus beaux atours et chaussés de leurs sabots de fête, des couples de fermiers venaient respectueusement prier pour leurs fils morts, mais l'allée était bordée d'éventaires vendant des porte-bonheur, des petits chars mécaniques, des cacahuètes, des gaufres, des frises de papier représentant des grues, des chrysanthèmes, le yin et le yang. Des étudiants en uniforme et des filles en blouson de marin circulaient dans la foule. Des soldats à peine plus âgés que les collégiens se gavaient de patates douces encore chaudes d'avoir été grillées. Mais ce qui arrêta le regard de Willie, ce furent des femmes portant de larges ceintures blanches.

— Pourquoi s'excite-t-on à ce point sur ces ceintures ?

— Les ceintures aux mille points rouges, chacun brodé par une femme différente. Grâce à ces ceintures représentant le travail de mille femmes, les soldats se croient invulnérables, malgré les innombrables preuves du contraire. Les pilotes en portent, ce qui économise une centaine de livres de blindage.

— Votre ami en avait une ?

— Une très longue, même, son frère est un sumo.

Harry s'arrêta auprès d'un bassin de pierre, porta un peu d'eau froide à ses lèvres et laissa tomber quelques pièces dans un tronc pour un bâton d'encens. Il l'alluma et le planta dans le sable du brasero, laissant la fumée l'envelopper. Il joignit les mains, baissa la tête et resta incliné. En se redressant, il demanda à Willie :

— Seriez-vous prêt à affronter de tels combattants ?

Harry s'aperçut soudain que les regards d'une douzaine d'officiers en tenue de campagne avec pistolets et sabres de samouraï convergeaient vers lui : des gardes du corps ou d'anciens combattants de la guerre de Chine au visage sombre et au regard sévère. D'ordinaire, ce genre d'examen ne le gênait pas, mais la présence d'Ishigami à Tokyo changeait la donne, et Harry songea à prendre la fuite. Les officiers finirent pourtant par détourner leur attention sur la foule. Que regardaient-ils ? Des enfants juchés sur les épaules de leur père furent les premiers à montrer du doigt un personnage qui émergeait de sous la bannière ondulante de l'autel. Il portait des gants blancs, une tenue militaire kaki avec trois étoiles au col de sa tunique et tenait sa casquette entre ses mains. Des prêtres en mitre blanche l'escortaient, bien qu'il parût n'avoir nul besoin de qui que ce soit pour s'adresser aux dieux.

— Le général Tojo, murmura Harry.

— Le Premier ministre ? interrogea Willis.

— Premier ministre *et* ministre de la Guerre, interlocuteur pas commode. Il vient presque tous les jours présenter ses respects. Après tout, il a envoyé ici tant de héros que cela paraît normal qu'il se dérange.

Jambes arquées, crâne rasé, moustache et lunettes faisaient de Tojo une vraie caricature de Japonais. Harry l'avait rencontré dans des maisons de geishas d'Asakusa, grande gueule et grand cigare. À vrai dire, c'était le comportement très peu japonais de Tojo qui frappait Harry. La plupart de ses compatriotes s'appliquaient tellement à jouer les modestes qu'ils finissaient par s'exprimer avec peine, alors que le général fulminait en public en vrai paranoïaque, ce qui se justifiait, d'ailleurs, certains étant prêts à l'abattre parce qu'ils ne l'estimaient pas assez belliqueux. Pas étonnant qu'il eût des gardes du corps.

— Sa présence est mauvais signe ? interrogea Willie.

— Non, c'est normal. Au contraire, si Tojo jouait les pères Noël, ça me ficherait la frousse.

— Prie-t-il pour la paix ?

Harry réfléchit un moment.

— Je crois qu'il prie pour avoir du pétrole.

6.

C'était dur d'assurer le salut d'une nation de soixante millions d'âmes. Les Japonais avaient laissé entrer quelques missionnaires, parmi lesquels seulement vingt baptistes du Sud, et encore, à condition qu'ils rendent service à l'État comme instituteurs ou médecins. Ils habitaient des maisons occidentales, se nourrissaient à l'occidentale et avaient appris juste assez de japonais pour ânonner un hymne. Ils faisaient le bien, jouaient au bridge, attendaient les lettres du pays et l'été qui leur apporterait des vacances bien méritées dans la fraîcheur des montagnes, avec les parties de backgammon sur le gazon ou d'aviron sur les lacs des hauts plateaux. Puis, avec le temps, l'ardeur dont se parait l'évangélisme qui les avait conduits jusqu'au Japon ressemblait de plus en plus à des oripeaux démodés et légèrement ridicules.

Sauf en ce qui concernait Roger et Harriet Niles. Leur vocation, brûlante et pure, leur avait fait traverser la moitié du monde pour prêcher la Parole de Dieu et non pour perdre leur temps dans une salle de classe ou en séances de vaccination des pauvres. On les appelait par dérision « les prédicateurs du rail ». Ils sillonnaient le pays de Kagoshima, au sud, jusqu'aux pentes enneigées de Hokkaido. Lorsque Roger réussissait à rameuter un groupe sur un ferry ou un quai de gare, il sortait sa bible ; Harriet traduisait alors son message dans son japonais hésitant. Arrachant Harry et son oncle Orin à l'enceinte protégée de la mission méthodiste ils les entraînèrent dans les rues tumultueuses d'Asakusa afin de mener une vie plus authentique et plus proche de la population qu'ils s'efforçaient d'atteindre.

Pourtant, après tant de sacrifices, prêcher la bonne parole aux Japonais continuait à se révéler aussi vain que de couper de l'eau en rondelles. Les autochtones souriaient, saluaient et disaient n'importe quoi pour se débarrasser du gaijin, ou encore acceptaient Jésus comme un remplaçant de Bouddha. La vérité était que, en Chine et en Corée, les missionnaires chrétiens convertissaient à tour de bras, alors que, malgré tous leurs efforts, au Japon, les missions – toutes, pas seulement les baptistes – étaient un échec. Un échec personnel pour Roger, une couronne aux épines rendues plus cruelles encore par la moquerie. Et enfin quand, épuisés, Harriet et lui regagnaient Tokyo, c'était pour y retrouver Orin rongé par l'alcool et, en guise de fils, une sorte d'amphibie, ni honnête ni stupide, ni adulte ni innocent, ni américain ni japonais.

Les visites de ses parents étaient pour Harry une pénible épreuve : lorsque la famille se rendait au culte, il apparaissait avec une évidence gênante que la congrégation ne recevait que très rarement Harry en son sein. Pourtant, il connaissait la Bible par cœur. Les révélations délirantes de saint Jean faisaient partie des Écritures que Harry avait mémorisées pour le cas où son père s'aviserait de l'interroger sur l'état de son âme ou l'imminence du Jugement dernier. Malgré cela, chaque mot, chaque geste de sa part était suivi par des yeux prompts à surprendre toute entorse à une norme qui lui était totalement étrangère. Rien en lui ne rappelait ses parents : il préférait les sandales aux chaussures, les samouraïs aux cow-boys, le poisson cru à la viande rouge. Harry ne ramenait pas, pour jouer à la maison, des camarades aux cheveux filasse ; d'ailleurs, il n'invitait personne car il ne pouvait pas présenter à ses parents une bande dont faisaient partie les peu soignés jumeaux Kaga ou un malfaiteur comme Tetsu. Roger et Harriet acceptèrent donc avec plaisir une invitation à l'ambassade américaine pour les célébrations du 4 Juillet. Toute la communauté américaine s'y retrouverait – comme au pays.

Le grand jour arriva. Le jardin de l'ambassade était décoré de drapeaux et de lanternes en papier bleu, blanc, rouge. Sur les terrasses, le personnel japonais en kimono avec des écussons arborant l'aigle des États-Unis dressait des tables et les garnissait de canapés, d'œufs durs à la diable, de salade de concombre, de cornichons marinés, de gâteaux de Savoie et de limonade. Une allée bordée d'azalées guidait les adultes vers la réception au champagne donnée dans la résidence personnelle de l'ambassadeur, maison de bois peinte en blanc avec une véranda – on se serait cru dans l'Ohio –, tandis que les enfants jouaient à colin-maillard et disputaient des courses en sac sur la pelouse.

— Harry, ici, nous nous trouvons en territoire américain, déclara Harriet.

— Nous sommes au Japon...

— Oui, intervint Roger Niles. Cependant, juridiquement, une ambassade est considérée comme territoire du pays de l'ambassadeur. Ici, c'est donc l'ambassadeur américain qui gouverne.

— L'empereur gouverne tout le Japon.

— Mais pas ici, affirma Roger.

— Tu es en Amérique, mon chéri, dit Harriet, exactement comme si tu te trouvais devant le monument de Washington. Et, regarde, des petits Américains.

Harry ne partageait pas l'enthousiasme de sa mère. Tous ses congénères américains de Tokyo fréquentaient l'École américaine, il ne les connaissait pas et n'avait d'ailleurs aucune envie de les connaître. Vêtu d'un costume neuf et chaussé de richelieus, il se sentait déguisé, gêné, en outre, par le ravissement qu'éprouvait sa mère à visiter l'ambassade. Elle comparait les grands événements de la vie au sachet de parfum qu'on glisse dans une valise : les vêtements sentaient bon et les bagages ne pesaient pas plus lourds. Après une année au milieu d'étrangers, exprimer son patriotisme, Américaine parmi des Américains, la requinquait. Elle écarquilla les yeux pour admirer la bannière étoilée qui baignait dans les rayons du soleil déclinant. Un feu d'artifice était prévu, ainsi que des saynètes jouées par les enfants. Harry n'avait rien voulu dire à propos de la sienne.

À part les épiscopaliens – quasi catholiques, d'ailleurs – les missionnaires ne buvaient pas de champagne ; aussi restaient-ils dehors, à portée des carafes de citronnade. Des familles baptistes rallièrent un petit groupe de Synode du Christ, de Hollandais réformés et de méthodistes, et Roger Niles en profita pour demander :

— Vous savez ce qui me rend malade ?

Suivit un silence embarrassé : Niles s'était taillé une réputation de fanatique.

— Qu'est-ce qui te rend malade, chéri ? interrogea Harriet.

— Ce numéro d'hypocrites des missions de Chine. Comme si nous étions de connivence avec le diable simplement parce que notre vocation nous appelle au Japon.

— Exact, reconnut un ministre méthodiste du nom de Hooper. Elles nous le servent aussi.

— Eh bien, je n'échangerais pas une journée comme celle-ci contre quoi que ce soit en Chine, déclara Harriet. Et toi, Harry ?

— La Chine est un vieux pays arriéré. Le Japon peut l'aider à se remettre sur ses pieds.

Harry avait appris cela à l'école.

— L'Amérique aussi, fit doucement remarquer Hooper.

— Il m'arrive de penser qu'un voyage au pays serait bénéfique à Harry, dit Roger. Harry, cela te plairait, un long séjour chez toi ?

— Je suis chez moi.

Harry ne savait pas grand-chose de Louisville, mais ça ne devait pas valoir Tokyo.

— Ton vrai chez toi, rectifia Harriet.

— Les gens de notre famille n'ont jamais vu Harry, expliqua Roger aux autres. Tu sais, Harry, tu as une foule de cousins que tu ne connais pas.

Harry avait vu des photos de garçons avachis, boutonnés jusqu'au menton, invariablement alignés du plus petit au plus grand devant le panneau DÉFILÉ DES INDIENS ou encore VILLE NATALE DE JACKSON. Quant aux filles, elles avaient l'œil rond et inexpressif, ainsi que le cheveu triste de celles de l'ambassade.

Des Japonais d'un certain âge leur coupèrent le chemin pour atteindre les rafraîchissements.

— Regardez, s'insurgea Roger Niles, ils ne vous demandent même pas pardon ! C'est typique !

C'est parce qu'ils savent que tu ne parles pas japonais, songea Harry, surpris de se sentir aussi méprisant. Il avait entendu les tentatives de ses parents.

— Si Harry allait là-bas, il rencontrerait d'autres enfants, suggéra Hooper. Mon fils se ferait un plaisir de le présenter.

Harry avait projeté de descendre jusqu'à la rivière avec Gen pour attraper des lucioles qu'il vendrait dix sens pièce aux maisons de geishas. Il avait plu dans la matinée, et une soirée claire après un temps humide faisait s'envoler les lucioles en un nuage si épais que, en s'y prenant bien, on pouvait en remplir un sac en papier, plus les deux mains et la bouche en prime. Mais, au lieu de cela, voilà qu'un garçon plus petit en casquette de base-ball l'entraînait vers une partie de lutte à la corde arbitrée par deux secrétaires d'ambassade.

Le garçon toisa Harry d'un regard sceptique.

— Je m'appelle Roy, mais mes amis m'appellent Hoop. Et toi ?

— Oishi, répondit Harry.

— Oishi ? Ça ne fait pas américain.

— Qui a dit que ça l'était ? (Harry était tout de même étonné.) Tu n'as jamais entendu parler des Quarante-Sept Ronin ?

— Non. Je vais réciter une fable pour le spectacle. Et toi, qu'est-ce que tu vas faire ?

— Je vais disparaître.

Les secrétaires, grosses joues et cheveux luisants de gomina, formèrent des équipes de part et d'autre du bassin miroitant de l'ambassade, les plus petits vers le milieu de la corde, les plus grands aux extrémités. Le camp qui avait l'avantage entraînait ainsi ses adversaires dans l'eau. En quelques instants, Roy Hooper y avait fait tomber sa casquette et Harry avait ses richelieus trempés. À son troisième passage dans l'eau, Harry comprit aux sourires mal contenus des plus grands que chaque camp s'amusait tour à tour à tirer et à lâcher prise, restant toujours au sec alors que les garçons à l'avant se faisaient mouiller. Le même sourire mal dissimulé gagnait les secrétaires : il s'agissait d'une collusion des forts contre les faibles. Harry retrouva la casquette de Roy, l'emplit d'une eau douteuse et se dirigea à grands pas vers le dernier de la corde, un robuste garçon, chemise à fleurs et trois poils au menton, et la lui enfonça posément sur la tête. L'autre frappa Harry si violemment que celui-ci s'effondra en se repliant comme un accordéon, mais en restant cramponné au bras de son adversaire jusqu'à le faire tomber sur lui. Harry lui donna alors un coup de tête et lui mordit le nez.

— Battez-vous loyalement ! s'écrièrent les secrétaires en relevant les deux combattants.

Le garçon décocha un coup de poing à Harry, qui esquiva, puis, empoignant son adversaire par sa chemise, le jeta au sol. C'était ce qu'il s'entraînait à faire à l'école depuis des années.

— On se bat comme un voyou, hein? dit quelqu'un en écartant une nouvelle fois Harry, mais celui-ci se dégagea et fila vers la haie.

Les secrétaires réagirent trop tard et, quand ils parvinrent aux arbres, Harry avait déjà escaladé la moitié d'un pin et échappé à leurs regards. Il les entendait piétiner les aiguilles autour de l'arbre.

— Un gosse de missionnaire, tu te rends compte?

— Il a failli lui arracher le nez, Seigneur!

— Le petit salopard, il a dû passer par-dessus le mur.

La voix de Roger Niles vint se joindre aux leurs.

— Savez-vous où est passé mon fils?

— Non, monsieur. Mais la nuit tombe et maintenant il peut se cacher n'importe où.

— Harry? Harry?

— À votre place, monsieur, je ne m'inquiéterais pas. Un petit Américain à Tokyo, où voulez-vous qu'il aille?

— Harry?

— Monsieur, il faut qu'on aille préparer le feu d'artifice.

— Il n'a pas l'air d'un garçon facile.

Les pas s'éloignèrent. Roger Niles resta encore une minute à déambuler de long en large avant de partir à son tour. Puis de nouveau des pas et la voix de sa mère.

— Harry, je sais que nous ne sommes pas auprès de toi autant que nous l'aimerions, mais j'ai vraiment le sentiment que tu es un enfant à part, que tu es protégé comme l'était Moïse, même dans son frêle berceau de roseau, qu'un ange veille sur toi. Tu ressembles à un prince d'Égypte quand tu le veux. Maintenant, Harry, où que tu sois, montre-toi, pour l'amour de ta mère, montre-toi.

Mais celui-ci venait de découvrir qu'une branche de l'arbre sur lequel il était juché se prolongeait jusqu'au jardin voisin, celui d'un homme riche, fermé par un rideau de saules et d'érables, avec des fontaines aux pierres ingénieusement taillées et, au-dessus d'un bassin, une brume de lumière d'un vert jaunâtre. Sitôt sa mère partie, Harry sauta de la branche et se laissa tomber dans le jardin.

Le long de la maison, sur l'arrière, courait un long balcon de paravents d'osier ne laissant filtrer aucune lumière. Harry fit glisser un panneau et ôta machinalement ses chaussures trempées avant de s'avancer sur les nattes d'une somptueuse chambre. Une estampe était déroulée le long d'un montant en cèdre. Des tasses à saké de laque rouge semblaient flotter sur une table basse d'un noir d'encre.

— Qu'est-ce que tu fais ici ?

Harry sursauta, mais ce n'était que Roy Hooper qui se profilait derrière le panneau entrouvert. Surpris, Harry lui renvoya la question.

— Qu'est-ce que *toi* tu fais ici ?

— Je t'ai suivi.

— Alors ôte tes chaussures.

Harry passa de pièce en pièce. Le propriétaire devait être très riche, à en juger par les paravents de feuilles d'or et les étagères de fines porcelaines qui luisaient dans l'ombre. Harry fouilla partout jusqu'au moment où il découvrit, dans la cuisine, un grand pot de verre au couvercle perforé et, dans un tiroir à linge, un bout de coton noir.

— Tu voles ? demanda Roy Hooper.

— Ne sois pas stupide. Je prends juste ce qu'il me faut.

Au moment où ils regagnaient le jardin retentit, provenant de l'ambassade, le crépitement des pétards, telles des mitrailleuses. Ici ou là, Harry et Roy Hooper apercevaient les fusées quand elles filaient assez haut pour dépasser le mur, tandis que des voix nostalgiques entonnaient « Take Me Out of the Ballgame » et « Down by the Old Mill Stream ». Pendant ce temps, ils attrapaient des lucioles.

Au pied des érables et des pins nains qui entouraient le bassin la mousse formait d'épais coussins où grouillaient les lucioles en nuages luminescents. Plus la nuit s'assombrissait, plus elles devenaient visibles. Elles se déployaient tel un tapis ondulant au-dessus de l'herbe humide, se regroupaient sous un mûrier aux branches pendantes, pailletaient l'eau du bassin. Roy Hooper tenait le bocal tandis que Harry capturait luciole après luciole entre ses deux mains et soufflait ensuite dessus avec douceur pour les faire entrer dans le pot. Les balais étaient un bon moyen de transporter des lucioles. Certains, alors, se transformaient en un éventail constellé de pierres précieuses. Cependant, pour l'instant, ils n'étaient d'aucune utilité ; en effet, prisonnières, les lucioles brillaient d'un éclat plus vif dans leur désarroi. Écrasées, elles émettaient une lumière d'un vert brûlant.

En une demi-heure, le bocal contenait une boule

brillante de captives, butin dont une maison de geishas lui donnerait bien dix yens, et Harry l'enveloppa dans le tissu noir pour franchir le mur.

Le spectacle venait tout juste de se terminer lorsque Harry et Roy Hooper revinrent. Quelque deux cents invités étaient encore rassemblés sur la pelouse à la lueur bleu blanc rouge des lanternes. Les chaises du corps diplomatique commençaient à s'enfoncer dans la terre molle et prenaient de la gîte. Des bébés dormaient dans les bras de leurs pères. Des bouffées de soufre flottaient dans l'air.

— Voici les fils prodigues, annonça le secrétaire qui faisait fonction de maître de cérémonie. Dommage qu'ils aient manqué le plus beau.

— Ils ont allumé ces cierges magiques que tu aimes tant, raconta Harriet à Harry.

— Qu'est-ce que tu as là ? demanda Roger Niles.

Dans l'obscurité, malgré le tissu noir qui le recouvrait, une légère aura entourait le bocal.

— Rien du tout.

— C'est quelque chose pour se moquer de nous, dit son père. Voyons un peu.

— Voyons tous, renchérit le secrétaire.

Les genoux de Roy Hooper se dérobèrent sous lui quand il sentit la main de son père se refermer sur son épaule.

— Tu me déçois, siffla le révérend Hooper.

— Je vais te renvoyer à Louisville, murmura Roger à Harry. Je te le jure.

— C'est pour le spectacle..., commença Harry.

— Il est terminé, continua Roger.

— Un dernier numéro, mes amis ? suggéra le secrétaire. Je vous présente un garçon pas comme les autres, et je parie que son spectacle ne sera pas comme les autres.

Il y eut quelques rares applaudissements, un ricanement du garçon qui avait un pansement sur le nez. Il se faisait tard. La plupart des invités avaient envie de rentrer. L'ambassadeur bâilla et prit un air tellement ennuyé qu'on aurait cru qu'il regardait la scène depuis la lune.

— Éteignez tout, dit Harry. Juste une minute, d'accord ?

Quand l'obscurité régna, les plus jeunes enfants poussèrent machinalement de petits cris. Harry dévissa alors le couvercle et le bocal éclaira son visage par en dessous.

— C'est une surprise, annonça-t-il.

Harry colla sa bouche contre l'embouchure du bocal. Il releva la tête et une lumière jaillit de ses lèvres, étincela et s'envola. Il aspira une nouvelle fois et envoya une balle traçante verte dans l'œil d'un secrétaire. Une aspiration plus forte arrosa les invités d'une rafale étincelante. Enfin, Harry plongea le nez dans le bocal pour renouveler ses provisions et se mit à souffler jusqu'au moment où il eut les doigts et les lèvres barbouillés de lumière verte. En essayant d'épousseter les insectes qui s'étaient posés sur ses manches, l'ambassadeur ne fit qu'étaler leur illumination. Des enfants se tortillaient pour échapper à leurs parents et s'enfuyaient dans le noir en poussant des cris. Pendant un bref moment, avant que Roger Niles ne s'empare de lui, Harry régna en maître, marchant à grands pas dans le bruissement des lucioles.

7.

Harry arriva sur la baie de Yokohama après avoir roulé depuis Tokyo une demi-heure sous un soleil éblouissant. Il retrouva les silhouettes familières de Shozo et de Go, les policiers en civil qui, la nuit, surveillaient son appartement. À la lumière du jour, Harry découvrait au sergent Shozo un sourire comique que démentaient pourtant les grosses pattes dépassant de ses manches ; le caporal Go, plus jeune, manifestait l'ardeur d'un chien de garde qui tire sur sa chaîne. Le comptable de la Long Beach Oil les accompagnait.

La société Long Beach partageait un long dock taché d'huile avec la Standard Oil de New York et Rising Sun, soit « Soleil levant » – malgré ce nom qui sonnait très japonais, il s'agissait en fait d'une branche de la Royal Dutch-Shell. Long Beach ne dépassait guère la taille d'un modeste entrepôt en tôle ondulée, alors que Standard et Rising Sun alignaient au bord de l'eau des kilomètres de conduites et des hectares de citernes de dix mille barils. Mais aujourd'hui rien ne les différenciait plus puisque, depuis le mois de juillet, six mois auparavant, aucune compagnie, qu'elle soit américaine ou hollandaise, grande ou petite, ne livrait plus de pétrole au Japon.

— Je vous en prie, fit le comptable en déverrouillant la porte de l'entrepôt.

— Je suis impatient, déclara Shozo à Harry. Depuis le temps que j'entends parler de vos relations particulières avec la marine...

À l'intérieur, c'était l'hiver. Harry distinguait son haleine à la lumière studieuse des lampes à abat-jour vert suspendues au plafond d'une vaste salle délimitée par des cloisons vitrées. S'y côtoyaient bureaux à cylindre, classeurs et tableaux noirs couverts de listes de navires et de ports, de prix et de programmes encadrés indiquant la livraison de brut du Venezuela à quatorze *cents* le baril. Tout était dans un ordre impeccable, comme si les directeurs américains allaient revenir d'une seconde à l'autre et que l'on s'attachaît en leur absence à ranger mieux encore. Harry s'arrêta devant l'affiche représentant le pétrolier *Tampico* et qui précisait la liste de ses escales – Galveston, Long Beach, Yokohama –, trajet qui appartenait désormais à l'Histoire. Un cliché punaisé à côté montrait quelques hommes groupés autour d'un cheval de course. Le reste de l'entrepôt abritait un camion chargé de boîtes de conserve pour les bateaux couvertes de poussière. Tout autour du véhicule étaient stockés des tuyaux au diamètre correspondant au produit dont ils devaient assurer, sur les quais, le transport : essence pour la marine, mazout poisseux, brut douceâtre. Harry avait l'impression d'être le grand méchant loup invité chez le Petit Chaperon rouge.

Le comptable, la soixantaine, long cou et plus de poils dans les oreilles que de cheveux sur le crâne, s'appelait Kawamura. Harry connaissait ce genre de salarié, premier arrivé au bureau et dernier à en partir, n'existant que pour son travail et dont la cuite du nouvel an constituait l'unique plaisir. C'était lui la cible de Harry, qui ne s'attendait cependant pas à la participation de Shozo et de Go. Fébrile, Kawamura gardait les yeux baissés, ne sachant probablement pas sur qui les poser.

Le sergent Shozo montra à Harry un stylo.

— Un Waterman, un cadeau de ma femme. Je veux absolument authentifier ce dossier. Grâce à vous, ma vie et celle du caporal Go sont devenues très intéressantes.

Harry préférait rester dans l'ombre, car si la Haute Police spéciale luttait contre l'espionnage, elle avait aussi pour mission – sous le vocable de Police de la pensée – de déceler les idées subversives. Or Harry débordait d'idées subversives. Par exemple, comment diable Shozo et Go avaient-ils entendu parler de ce rendez-vous ? Comment avaient-ils trouvé Kawamura ?

Shozo ouvrit un calepin.

— « Fils de missionnaires né à Tokyo, a grandi sans contrôle à Asakusa. Attrapait des chats pour en vendre la peau et faisait des courses pour les prostituées et les danseuses. » J'aurais volontiers échangé nos places : quand ma mère et moi avions à passer par le quartier du plaisir et que les filles derrière leurs fenêtres me taquinaient, elle me tirait si fort par le bras que je craignais qu'elle ne finisse par le déboîter.

— Vous deviez tirer dans l'autre sens !

— De toutes mes forces, reconnut Shozo en tournant une page. Vos parents n'avaient-ils vraiment aucune idée de votre emploi du temps ?

— J'aurais limité leurs déplacements. C'est pourquoi ils me laissaient à Tokyo à la garde d'un oncle – qui passait son temps à picoler. Comme je parlais japonais, c'est moi qui envoyais les télégrammes et allais chercher l'argent à sa place. C'était plus simple comme ça.

— Vous auriez pu faire un grand criminel. Vous ne trouvez pas, caporal ?

— Tous les correspondants étrangers sont des espions ! déclara Go en brandissant vers Harry un petit poing dodu. Tous les journalistes étrangers sont des espions ! Tous les étrangers sont des espions !

— Aucun résident étranger n'a rendu plus de services que moi au gouvernement japonais ! protesta Harry.

— C'est ce que je disais au caporal, renchérit Shozo. À première vue, aucun Américain n'a rendu davantage service au Japon. Tenez, notre pays souffre d'une regrettable pénurie de pétrole ; or pendant quelque temps l'une de vos compagnies a fabriqué de l'essence...

— Synthétique...

— À partir de sève de pin. Et là, en pleine urgence nationale, vous avez persuadé des banques japonaises d'investir dans la sève de pin ?

— Une méthode parmi d'autres...

— Quand les gens racontent vos histoires de pétrole, ils parlent tout bas d'un tour de passe-passe : le Magic Circus. De quel tour s'agit-il donc ?

— Je n'en ai aucune idée.

— Vraiment ?

— Aucune.

— Vous avez suggéré aussi de produire de l'huile de moteur à partir de sardines.

— C'était tout à fait possible.

— Vous avez une formation scientifique ?

— Seulement commerciale.

— Pour gagner de l'argent. Et puis ça rapporte plus que les peaux de chat. Quel est donc le proverbe anglais ? Ça convient très bien.

— Il y a plus d'une façon d'écorcher un chat.

— C'est ça ! fit Shozo avec un grand sourire. C'est ce qu'on dit. « Plus d'une façon d'écorcher un chat » ! C'est ce que vous êtes, un écorcheur de chats, un écorcheur de chats américain.

La voix de Shozo fut soudain noyée par un grondement qui ébranla les murs, un roulement de tonnerre qui s'amplifia pour cesser brutalement, ne laissant derrière lui qu'attente et silence jusqu'au moment où un homme en manteau de cuir et lunettes protectrices ouvrit brusquement la porte. Sacoche sur l'épaule, visage carré, air assuré et épaisse chevelure sculptée par le vent, il semblait sortir d'une publicité pour des bons d'armement. Tout en entrant dans la salle, il ôta ses gants et ses lunettes. Cette fois encore, Gen débarquait comme s'il revenait tout juste du front, ce qui était parfois le cas : aviateur, il appartenait en outre au Service des opérations navales. Il s'inclina devant Shozo et Go et lança un clin d'œil à Harry. S'il était surpris par la présence de la Haute Police spéciale, il n'en montra rien.

— Désolé de vous avoir fait attendre, déclara Gen. J'ai eu une journée chargée.

— Vous semblez connaître Harry Niles, observa Shozo.

— Je le connais.

Gen se débarrassa de son manteau et apparut en tenue d'officier de marine. À la vue des galons de lieutenant sur sa manche, Kawamura le gratifia d'un nouveau salut à quatre-vingt-dix degrés.

— On ne m'a rien expliqué, fit Shozo. Il paraît que M. Niles rend de précieux services, mais j'ignore tout de leur nature.

— Vous allez voir.

De sa sacoche, Gen tira un grand registre relié dans une toile rouge foncé. Il le déposa sur le bureau et l'ouvrit.

— Voici le grand livre de la Long Beach Oil ! Lecture fascinante.

Les écritures étaient rédigées à l'encre de Chine pour les transactions avec les Anglais et à l'encre bleue pour celles concernant les Japonais. À la vue des documents, et malgré la température plutôt fraîche de l'entrepôt, Kawamura se mit à transpirer.

— Kawamura, expliqua Gen à Shozo, est le comptable de la Long Beach Oil. Il se trouve dans une position aussi inhabituelle qu'inconfortable, les actifs de la Long Beach ayant été gelés par le gouvernement en représailles au gel des actifs et des biens japonais aux États-Unis. Les directeurs américains de la compagnie sont rentrés aux États-Unis, chargeant Kawamura, leur principal employé japonais, d'assurer l'intérim. Il s'est fidèlement acquitté de ses devoirs vis-à-vis de ses employeurs.

— Et vis-à-vis de l'empereur, précisa Kawamura.

— Naturellement, fit Gen en lançant un sourire à Harry.

Quand ils étaient gosses, Gen et Harry arpentaient les rues d'Asakusa le nez chaussé de lunettes noires tels des gangsters. Un jour où, au temple, ils se faisaient dire la bonne aventure, ils entendirent au-dessus de leurs têtes un bourdonnement nasillard : un biplan descendait à basse altitude pour agiter ses ailes au-dessus de Bouddha. Gen retira ses lunettes noires. L'avion fit un nouveau passage, vision argentée remorquant dans son sillage un panneau vantant la BIÈRE EBISU. Cela donna soif à Harry, mais changea la vie de Gen. Résolument déterminé à voler, il devint un étudiant modèle, se dirigea vers l'Académie navale et l'aviation, puis étudia l'anglais à Berkeley, en Californie, passant, en réalité, plus de temps que Harry dans des collèges américains. À Berkeley, il acquit un certain vernis typiquement américain qui l'avait qualifié pour l'état-major général de la marine. L'armée prenait l'Allemagne pour modèle, mais les aspirants de la marine admiraient plutôt les Anglais et les Américains et adoptaient leurs traditions fondées sur le port de gants blancs et les ronds de jambe élégants. Comment Gen Yoshimura s'était-il procuré l'argent nécessaire pour couvrir les frais d'un étudiant et d'un officier ? Il avait dû tirer plus d'une fois le diable par la queue. Avec ses ambitions de garçon pauvre et son style américain, Gen constituait un amalgame parfait.

— Supposons, dit Gen à Kawamura, que vos employeurs aient été inquiets de savoir jusqu'à quelles extrémités irait le gel de leurs avoir : confiscation, détournement ou simple dommage. Aujourd'hui, ils doivent avoir l'assurance que le Comité d'urgence pour la protection des intérêts commerciaux étrangers veille sur la Long Beach Oil. Le gel des actifs est une mesure déplaisante mais provisoire. Toutefois, ce système ne fonctionne que si tout le monde coopère, ce qui a été le cas de la plupart des sociétés américaines.

— Tout à fait, fit Kawamura, s'efforçant timidement d'ignorer Harry, comme si le fait de ne pas reconnaître la présence d'un loup le ferait disparaître.

— Malheureusement, reprit Gen, il y a eu des exceptions : certaines entreprises américaines ont créé des filiales japonaises pour y dissimuler des actifs, et d'autres sous-estimé délibérément leurs avoirs ou leurs activités. L'existence de rapports inexacts est d'autant plus probable que le produit a de l'importance. Les yo-yo, par exemple, ont été comptabilisés avec précision, ce qui est loin d'être le cas du pétrole.

— Je ne comprends toujours pas, dit Kawamura.

— Prenons un exemple, déclara Harry. D'après vos livres, le pétrolier *Sister Jane* a quitté la Californie à destination du Japon le 1er mai, avec une cargaison de dix mille barils de pétrole. Le 15 mai, il est arrivé ici et a déchargé mille barils. Il a donc quitté les États-Unis avec plus de pétrole qu'il n'en a livré. Exactement dix fois plus.

Kawamura finit par exploser.

— En quelle qualité cet Américain se trouve-t-il ici ? C'est un expert commercial ?

— Je suis un expert en falsification de comptes. C'est le dernier poste, lisez.

Kawamura chaussa ses lunettes pour examiner la page.

— Ce n'est qu'une simple erreur. Au départ on avait écrit dix mille, puis on a corrigé pour rétablir mille. Mille barils ont quitté Long Beach, mille sont arrivés ici. L'initiale P de Pomeroy, le directeur de notre succursale, ratifie la correction. Il n'y a aucune tentative pour déguiser quoi que ce soit. Je ne l'aurais jamais permis.

— Je me souviens de Pomeroy, dit Harry. Il habitait juste à côté du champ de courses. Il est rentré en Amérique ?

— Oui.

— Pour Long Beach ? demanda Gen.

— Los Angeles.

— Il vous traitait bien ? interrogea Harry.

— Toujours.

— C'est un grand honneur de se voir confier la responsabilité de la société ? demanda Gen.

— Je crois qu'il me fait confiance, déclara Kawamura.

— Il le devrait, en tout cas, renchérit Harry. Vous vous êtes manifestement comporté en vaillant défenseur de la Long Beach Oil. Mais pourquoi cette erreur ? Pourquoi a-t-il fallu corriger dix mille barils pour simplement mille ?

— Je ne sais pas. Je suis très gêné qu'on puisse seulement envisager une erreur dans les comptes. Je vous assure que nous mesurons la quantité de pétrole de chaque réservoir du bateau avant de commencer le pompage et qu'on répète ensuite l'opération dans les réservoirs de l'entrepôt.

— Comment mesure-t-on le pétrole à bord du navire ? s'enquit Shozo.

— Avec une règle graduée et un fil à plomb, expliqua Harry.

— Le Japon compte sur le pétrole, dit Gen. Des soldats japonais donnent chaque jour leur vie pour du pétrole.

— Où est l'intérêt de transporter mille barils d'un bout à l'autre du Pacifique. Est-ce que le *Sister Jane* a fait escale quelque part ?

— Seulement à Hawaii, dit Kawamura.

— Hawaii ?

— Si je me souviens bien, un problème de matelot malade. Le navire est resté à quai seulement deux soirs.

— Pas de chance pour le matelot. Mais peut-être une sacrée veine pour le reste de l'équipage : on ne s'ennuie pas, à Honolulu, expliqua Harry. Le capitaine a-t-il donné quartier libre à l'équipage durant ces deux jours ?

— Je ne sais vraiment pas.

— Pensez-vous qu'il a profité de l'absence de l'équipage pour pomper les neuf mille gallons manquants ? demanda Gen.

— Non.

— Je me demande simplement comment quelqu'un a pu croire que le *Sister Jane* avait quitté Long Beach avec une importante cargaison de pétrole pour se retrouver ici avec une quantité aussi dérisoire.

— Personne n'a été floué. Mille ou dix mille barils, c'est cette quantité-là que nous avons vendue, pas plus, pas moins.

Kawamura chercha un soutien dans le regard de Shozo, mais le policier gardait un visage sévère. Go s'était mis à ricaner, et même Harry trouvait cela agaçant.

— Je suis certain que si Pomeroy était ici il saurait vous convaincre, insista Kawamura.

— Mais il n'est pas ici, et vous, vous l'êtes, reprit Harry. J'ai examiné tous les livres de compte. J'ai relevé trois autres rectifications de livraison au cours des douze mois précédant le gel des livraisons, soit encore trente-six mille barils de pétrole dont le Japon avait désespérément besoin. Vous trouverez les « corrections » aux pages cinq, onze et quinze, avec des chiffres un peu maculés mais nettement modifiés.

Kawamura feuilletait le livre. C'est comme la chasse au lapin, songea Harry. Inutile de les poursuivre, on allume un feu et ils viennent à nous si on leur montre un moyen de décamper.

— Qui détenait ce livre, vous ou Pomeroy? interrogea-t-il.

— Pomeroy.

— Qui, demanda Gen, a inscrit le nombre de barils quittant Long Beach et arrivant ici ?

— Pomeroy.

Kawamura, visiblement, mourait d'envie de disparaître.

— Ce n'était pas vous qui teniez les livres concernant les cargaisons, n'est-ce pas ? dit Harry. C'était le travail du directeur. Après tout, vous êtes un financier, pas un pétrolier. Vous concernaient vraiment le budget de la succursale, les salaires, les taxes portuaires, les factures, et devoir tout d'un coup vous occuper des douanes, de l'immigration, des chargements a dû être compliqué. Je pense que vous n'auriez jamais remarqué les détails de ces cargaisons.

— En effet.

— Mais trente-six mille barils plus neuf mille, ça fait quarante-cinq mille barils de pétrole, déclara Shozo. Où sont-ils passés ?

— Bonne question, dit Harry. Pour ma part, je pense que Kawamura est un honnête employé japonais qui s'est fait duper par le directeur américain Pomeroy, lequel, au moment où nous parlons, se pavane sans doute au champ de courses de Santa Anita.

Gen demanda à Shozo d'emmener Kawamura dehors.

— Laissez-moi faire, dit Go en entraînant le comptable.

— Il n'a qu'un rôle de dupe, rappela Harry au caporal.

— Un Japonais ne doit jamais se laisser duper, lança Go en poussant Kawamura vers la porte. Tous les Américains sont des espions !

En sortant Shozo lança à Harry :

— Je retire ce que j'ai dit. Vous auriez aussi fait un bon policier.

À peine la porte s'était-elle refermée derrière le sergent que Gen frappa un grand coup sur le bureau.

— Bon sang que c'était drôle ! (Il se laissa tomber dans un fauteuil et posa les pieds sur le meuble. Son laisser-aller fait très américain, songea Harry.) Je me rappelle, quand j'étais gosse, t'avoir vu faire le coup de la monnaie-sur-un-billet-de-cent-yens et m'être demandé comment tu repartais toujours avec plus d'argent qu'à l'arrivée.

— Ça dépend simplement de la façon de compter, vers l'avant ou vers l'arrière. Comment Shozo et Go ont-ils eu connaissance de ce rendez-vous ?

— C'est moi qui leur en ai parlé. Pour ta protection. Ils étaient sur le point de t'arrêter ; je leur ai donc montré à quel point tu es précieux.

— Tu aurais pu me prévenir.

— Pas le temps. Tout va trop vite.

— Par exemple ?

— La vie. (Gen se pencha pour piquer des cigarettes à Harry.) Je ne t'ai jamais raconté comment je me suis fait bien voir du C en C ? Le commandant en chef de la Flotte combinée était l'amiral Yamamoto. Dans la marine, on l'appelait respectueusement le C en C. En fait, c'est grâce à toi. Je me trouvais au mess avec d'autres officiers quand tout d'un coup le C en C ouvre la porte et demande si quelqu'un joue au poker. Tu sais comment ça se passe avec ce genre d'officier : répondre de travers peut gâcher une carrière. Certains bridgeaient, mais personne n'aurait avoué jouer de l'argent. Sans réfléchir, j'ai répondu oui. Il m'a pratiquement saisi par la peau du dos pour me tirer de là, m'obligeant à courir jusqu'au mess des officiers supérieurs où se tenait une partie de poker. Des amiraux et des capitaines de frégate, la petite cour habituelle du C en C, attendaient. L'un d'entre eux devait partir, et il leur fallait un quatrième – à moins de quatre ce n'est pas intéressant. Le C en C m'a donné la moitié de ses jetons et m'a dit deux choses : d'abord, qu'il ne faisait pas confiance à un homme qui n'était pas disposé à jouer, ensuite que jouer ne rimait à rien si ce n'était pas pour de l'argent. Ce que tu disais toujours.

— Exact. Alors, comment tu as fait ?

— J'ai gagné un peu. Le C en C m'a demandé où j'avais

appris à jouer au poker comme ça. Moi, c'était à Berkeley, lui, à Harvard. Ensuite, chaque fois qu'ils avaient besoin d'un quatrième, on me convoquait.

— Berkeley et Harvard ? Fichtre, vous fréquentiez le même club d'étudiants ? Vous fumiez une pipe de bruyère ?

— Harry, je t'en prie.

— Autrement dit, tu ne m'as pas attribué le mérite de t'avoir appris ce qui t'a servi le plus dans la vie.

— Harry, tu es l'as que je garde dans ma manche.

— Shozo a demandé ce que c'était que le Magic Circus.

— Oh ! Qu'est-ce que tu as dit ?

— Que j'ignorais de quoi il parlait. C'est ce que je réponds toujours.

— Excellent. D'abord c'est la police qui est au courant, puis l'armée, et tout le monde est dans le bain. (Gen tira de sa sacoche un dossier noué avec un ruban rose pour annoncer qu'on passait à un autre sujet. Il sortit une feuille volante qu'il contempla comme si elle était rédigée en code.) Voici le nouveau total. Avec des déficits de deux cent mille gallons de pétrole de Petromar et de deux cent quarante mille de la Manzanita Oil. Ajoutés à ceux de Long Beach, cela fait quatre-vingt-cinq mille barils de pétrole qui semblent avoir été détournés du Japon pour être déchargés à Hawaii. Pearl Harbor compte suffisamment de réservoirs pour entreposer environ quatre millions de gallons, lesquels, d'après nos estimations, sont déjà pleins. Où vont-ils fourrer le supplément de pétrole que tu as découvert ? De plus, si tu en as trouvé, ça signifie qu'il y en a probablement davantage. Il faut donc qu'il y ait d'autres réservoirs à Hawaii. Le seul renseignement que nous ayons sur leur localisation, c'est ton histoire d'entrepreneur américain rencontré à Shanghai qui prétendait avoir installé des réservoirs renforcés dans une vallée derrière Waikiki.

— Il était ivre, nous étions dans un bar. Il aurait pu tout inventer.

— Mais pourquoi ?

— Gen, tout ça ce sont des histoires. On a trafiqué des livres de compte, et après ? Ça se fait depuis toujours. Pareil pour Manzanita et Petromar. C'est marrant de faire tourner en rond Kawamura, mais on ne peut rien prouver. Laisse-moi te poser une question : est-ce que tes gens ont jamais trouvé ces mystérieux réservoirs ? Pourquoi les planquer dans une vallée ? A-t-on construit des voies de chemin de fer, des pipe-lines ou des routes d'accès ? Ce type était ivre. Nous nous trouvions à l'Olympic Bar à Shanghai, le bar le plus long du monde où on parle douze langues à la fois, avec deux filles russes qui ne comprenaient pas un mot, alors je ne sais même pas pourquoi il se vantait. Tu connais la cohue de l'Olympic. Je n'ai pas retenu son nom, ni celui de sa compagnie, et il n'a dessiné aucune carte à l'envers de son dessous-de-verre. Tout ça, Gen, c'est de la foutaise.

— Qui représente au bas mot quatre cent quatre-vingt-cinq mille gallons, Harry !

— Pas mal de pétrole, d'accord. Mais tout ça n'est qu'une fable.

— Essaye de te souvenir. À quoi ressemblait-il ?

— Il était gros, ivre et il parlait fort.

— Rien d'autre ?

— Tu en sais autant que moi. La seule façon d'obtenir une preuve, c'est de survoler systématiquement toutes les vallées d'Oahu. Jusque-là, ce n'est qu'une rumeur, un verre plein de brume. Pourquoi y croire ?

Gen arbora un sourire digne d'une publicité pour pâte dentifrice.

— À cause du Magic Circus. Tu as épinglé quelqu'un qui avait mis tous les autres dans sa poche.

— Tout ce que j'ai dit, c'est que j'avais vu un magicien en Chine. J'aurais pu me tromper.

— Pas du tout. Tu l'as rencontré à l'Olympic Bar de Shanghai, précisément là où tu as rencontré cet entrepreneur. On ne peut rien laisser tomber de ce que tu as vu et entendu là-bas.

— Est-ce que ça t'a servi dans ta carrière ? As-tu été mieux considéré par le C en C ?

— Ça ne m'a pas fait de mal, fit Gen souriant toujours. Et en retour, je m'occupe de toi.

— Eh bien, déclara Harry en écrasant une cigarette avant d'en tapoter une autre aussitôt, c'est justement de quoi je voudrais te parler. Tu sais ce qui compte plus pour moi que les espions ?

— Quoi donc ?

— Ma peau.

Gen mit une seconde à réagir.

— Qu'est-ce que tu racontes ?

— Ishigami est rentré de Chine. Ça ne me gêne pas d'éplucher les livres de compte de la Long Beach Oil ou de la Manzanita, ou Dieu sait quoi, n'importe quoi pour aider un empire dans le besoin. Maintenant, c'est moi qui ai besoin qu'on m'aide. Tu te souviens d'Ishigami ?

Le sourire de Gen s'effaça.

— Le nom me dit quelque chose. Il était en Chine, c'est ça ?

— Surtout à Nankin. Il y avait sa photo dans le journal hier. Je suis surpris que ça t'ait échappé.

Gen reprit le livre et le dossier pour les ranger dans sa sacoche.

— Nankin, ça remonte à quatre ans. Rappelle-moi ce que tu y faisais, où plutôt l'arnaque que tu avais montée.

— Je recherchais pour le gouvernement japonais des bateaux citernes pour la navigation fluviale. J'essayais de les repérer avant qu'on ne les saborde. J'étais là au cas où il y aurait des Américains à bord. J'ai peut-être bien libéré une voiture ou deux.

— Tu ne peux jamais t'arrêter cinq minutes, n'est-ce pas, Harry ? Tu ne peux pas faire un coup pareil à Ishigami.

— Justement, il m'en veut, et maintenant il me cherche. Dis-lui qu'il me fiche la paix.

Gen enfila son manteau de cuir, passa la courroie de sa sacoche sur son épaule et enfila ses gants.

— Il est dans l'armée, or l'armée et la marine ne se parlent pas. L'armée m'espionne, et espionne le C en C. D'ailleurs, j'ai cru comprendre qu'ils avaient programmé le retour d'Ishigami pour faire de la propagande. Après tout, c'est un héros.

— C'est un meurtrier.

— En ce moment, tout le monde est tendu. On ne va pas tarder à se mettre tous d'accord.

— Le vieil esprit d'équipe ?

— Tout juste. En attendant, notre boulot c'est de protéger le C en C de tous les dingues.

Harry accompagna Gen jusqu'à sa Harley, grosse comme un poney avec un réservoir en forme de larme et des garde-boue surbaissés. Gen avait une façon que Harry trouva inquiétante d'enfourcher sa moto, d'appuyer sur le kick et de tourner la manette des gaz pour que la machine brûle d'envie de démarrer.

— Le C en C est un bon joueur.

Harry devait crier pour se faire entendre.

— Meilleur que toi, Harry. Il a fait sauter la banque à Monte-Carlo. Il aurait pu, paraît-il, être un joueur professionnel, on dit qu'il y a vraiment pensé.

Harry avait déjà entendu ce genre d'histoire.

— La roulette, c'est un jeu coriace, d'accord. On ne joue pas contre d'autres joueurs, mais contre un casino dont les chances sont inexorablement contre les tiennes. Tu connais ça, le coup des chances ?

— Je connais.

Gen fit glisser ses lunettes sur ses yeux ; les verres lui faisaient comme un masque.

— Tu es sûr ? Pour la production de pétrole, Amérique et Japon sont à environ sept cents contre un. Ça te plaît, ça ?

— C'est bien pour ça qu'il est important de nous procurer tout le pétrole possible.

— Vraiment ? Crois-tu que quelques gouttes de pétrole supplémentaires à Hawaii changeront quelque chose ?

— Chaque goutte compte.

Harry tendit la main et tourna la manette des gaz.

— Non. Écoute-moi. Ce qui change les choses, c'est la Standard Oil et la Royal Shell. Ce qui change les choses, c'est une fontaine, un flot de pétrole. Le Japon recevait quatre-vingt-dix pour cent de son pétrole d'Amérique, soixante pour cent rien que de la Standard et la Shell, soit cinq millions de gallons par an. Depuis juin, le Japon n'a plus reçu une goutte, ni de la Shell ni de l'Amérique. Au Japon, la quasi-totalité du pétrole va à la marine, qui n'a pas assez de carburant pour effectuer des manœuvres en mer. Ne me demande pas comment je sais ces choses-là, tu sais que c'est vrai. Que cessent les arrivages de pétrole et tout s'arrêtera, je dirais dans les six mois. Si le Japon entre en guerre, il doit remporter la victoire avant. Les chances ? Cinquante contre une. C'est pire qu'à Monte-Carlo. Je sais comment fonctionnent les Opérations navales : une grande partie des plans sont préparés par de jeunes officiers comme toi. Parle-leur un peu de leurs chances.

Rien à faire : Gen évoquait une statue équestre.

— Je dis seulement : parle-leur des chances, poursuivit Harry. On ne gagnera pas une éventuelle guerre avec du sang et de la sueur. La victoire ira au camp qui a le pétrole, c'est tout.

Toujours aucune réaction chez Gen.

— Bon, écoute ça. L'essence d'aviation a un degré d'octane de quatre-vingt-neuf. Les États-Unis en ont des réserves infinies, mais pas le Japon. Alors on construit le Zéro, un magnifique chasseur, capable de voler avec de la pisse. Les avions américains voleront plus vite et plus loin, non pas à cause des pilotes mais à cause du carburant. Ça ne sera pas une question de courage ou d'habileté, il s'agira simplement d'avoir un meilleur carburant.

Gen aurait pu être en pierre : pas un mot ne l'avait touché.

— Ce qui change, c'est l'esprit, ce sont les hommes, finit-il par dire.

— D'accord. Au fait, tu te souviens de Jiro qui faisait partie de notre bande à Asakusa, et combien il avait envie de mourir pour l'empereur ? Eh bien, c'est fait. Il est au ciel, maintenant. Aujourd'hui, j'ai allumé un bâton d'encens pour lui.

— S'il est mort pour l'empereur, je suis heureux pour lui.

Oublié le vernis américain, songea Harry. Voici un pur Japonais.

Gen se remit à tripoter la manette des gaz en ayant l'air de considérer son vieux copain de loin.

— Je vais faire mon possible à propos d'Ishigami. Tu sais, Harry, Nippon Air a demandé mon avis pour te donner une place sur l'avion de Hong Kong. Je t'ai soutenu. Tu ne devrais pas répandre de la propagande défaitiste.

— Ce ne sont que des chiffres, Gen, oublie que je les ai cités. Je te remercie de tout ce que tu as fait pour m'obtenir une place sur l'avion.

— Quand décolle-t-il ?

— Le lundi 8.

— Dans deux jours. Je vais m'occuper d'Ishigami. Et toi, évite les ennuis.

Gen enclencha l'embrayage de la Harley. Le vent lui plaqua les cheveux en arrière tandis que la moto bondissait et fonçait bruyamment sur le quai. De l'autre côté de la baie, au pied de la falaise verdoyante de Yokohama, Harry vit des navires décharger les trésors de l'empire : des balles de coton de Chine, des sacs de riz de Thaïlande, du sucre et des fruits exotiques de l'île semi-tropicale de Formose et du minerai de fer et du bois de Mandchourie – le Mandchoukouo, à présent, création japonaise. Un forceur de blocus allemand, un cargo gris avec, à l'avant, une bâche recouvrant un canon, était mouillé un peu à l'écart. Partout, des bateaux de la Yoshitaki Lines : les quais n'y suffisaient pas. Sampans et péniches – l'une chargée au point d'embarquer de l'eau – grouillaient autour de cargos ancrés plus loin. Actionné par la seule force d'un unique rameur, un sampan pouvait transporter une demi-tonne de marchandises. Des dockers en chapeau de paille et gilet molletonné se balançaient à des crochets, grimpaient sur des filets et tiraient des charrettes entre les rails de chemin de fer. Partout, des hommes s'agitaient, évoquant pour Harry les fantasmes d'un ivrogne cuvant la dernière bouteille de sa réserve. Mais les jours où Yokohama engloutissait sa ration de brut douceâtre de Maracaibo ou de pur mazout américain couleur de miel, ces jours-là étaient loin.

Pour rentrer à Tokyo, Harry passa par Haneda Field, dont on apercevait au loin la tour blanche et les hangars. Il fut tenté de se rendre au parking de la Nippon Air afin de jeter un coup d'œil sur l'avion qui assurait le vol de Hong Kong, un DC-3 avec bar et sièges couchettes, mais, apercevant des soldats au bord de la route, il réprima son envie : qu'un gaijin manifeste trop d'intérêt pour un aéroport risquait d'être mal vu.

De l'autre côté de la route se disputait une partie de baseball, sur un petit terrain avec des pentes herbues en guise de tribunes et un petit tableau d'affichage auprès d'une publicité en forme de bouteille pour la bière Asahi. De sa voiture, Harry reconnut la tenue de flanelle grise avec le passepoil orange et noir, et il roula jusqu'à un club-house de parpaings peints en vert. Le guichet de vente des billets était fermé. Harry franchit le tourniquet pour rejoindre un groupe de journalistes qui cherchaient à déterminer qui touchait le plus gros salaire, de Bob Feller, la grande vedette du base-ball américain, ou de Satchel Paige, qui se débrouillait pour jouer aussi bien dans la division noire que durant la saison d'hiver[1].

Les Tokyo Giants profitaient de la douceur du temps

1. Paige était une vedette du base-ball, mais il était noir et, à cette époque, les Noirs ne pouvaient pas jouer en division nationale pendant la saison qui allait du printemps à octobre. Ils jouaient alors en division noire, mais pendant la saison d'hiver participaient à des tournois organisés dans les Caraïbes.

pour se payer une séance d'entraînement hivernale. Et pas seulement les nouvelles recrues. Harry repéra le batteur Kawakami et le lanceur Sawamura qui, un jour, avait successivement sorti le grand Ruth, Fox et Gehrig. Les Japonais étaient des fanatiques de l'entraînement : leurs lanceurs effectuaient des centaines de lancers par jour, ce qui expliquait sans doute pourquoi ils s'épuisaient si vite. Surtout des lancers dont la trajectoire changeait à mi-vol, une spécialité japonaise. À seulement quelques minutes d'intervalle des chasseurs passaient au-dessus de leurs têtes, projetant leur ombre sur le terrain et jusqu'au champ d'aviation de l'autre côté de la route. À ce détail près, tout était parfaitement normal. Un entraîneur battait des balles au ras du sol, un autre les lobait vers des joueurs postés devant le panneau publicitaire Asahi, des lanceurs s'exerçaient sur la touche. Sawamura, qui avait perdu deux saisons afin de servir dans l'armée pendant la campagne de Chine, commençait à récupérer ce qui avait été le meilleur bras du championnat : à chaque lancer, le gant du receveur émettait un claquement qui faisait plaisir à entendre.

Harry, fervent supporter des Giants, n'avait jamais laissé un membre de l'équipe payer une consommation au Joyeux Paris. Il aimait les séances d'entraînement presque autant que les rencontres. Il trouvait apaisantes ces actions répétitives des joueurs qui profitaient du bon rebond ou cette attente des joueurs en position pour lancer la balle dans le même mouvement vers la première base. Les Japonais refusaient d'attraper les balles trop au ras du sol ou de se précipiter pour rattraper celles qui arrivaient trop vite vers eux, mais à part ça ils étaient aussi bons que les Américains. En outre, ils jouaient un base-ball très honorable : jamais ils ne dérapaient vers le gardien pointes en avant pour prévenir un renvoi éclair de celui-ci, pas plus qu'ils ne cherchaient à jouer l'homme en visant le batteur. Chaque rencontre de la saison prenait des dimensions épiques : quand les Giants perdaient, tout Tokyo se lamentait et les joueurs qui commettaient une faute sur le terrain, honteux, devaient présenter leurs excuses à leur équipe. Après chaque match, les journalistes fonçaient à moto jusqu'à leur bureau pour rédiger leur article. Même lors d'un entraînement hivernal tel que celui-ci, quand Kawakami, « le roi des batteurs », s'approchait du poste de lancement avec sa fameuse batte rouge – taillée dans un arbre sacré d'une forêt tenue secrète – les journalistes étudiaient chacun de ses lancers comme ils l'auraient fait pour un grand acteur sur scène et, tels des enfants, poussaient des ohoh et des ahah quand il envoyait la balle par-dessus le tableau d'affichage. Les Japonais étaient fous de ces coups impossibles à rattraper.

Un des Giants quitta le terrain, laissant Sawamura sans partenaire. Apercevant Harry, il lui fit signe de prendre un gant qui traînait. Le lanceur avait un mouvement si fluide et la balle arrivait avec une telle vitesse qu'à chaque réception Harry sentait comme une violente claque sur sa paume. Pas question cependant de ne pas l'attraper ou de se laisser distraire par une vague de bombardiers débouchant de derrière le soleil pour s'entraîner à une attaque en formation serrée. Quand les avions survolaient les joueurs, les mitrailleurs dans leur bulle de plexiglas semblaient à portée de voix.

Le bras de Harry se réchauffant, la balle arrivait et repartait avec une énergie croissante. Attraper la balle expédiée par le lanceur ressemblait à une conversation où on n'avait besoin de rien dire en particulier. Le mouvement était tout, le mouvement et l'allongement du temps. L'activité sur le terrain – balles lancées au ras du sol ou qui montaient très haut, ou jetées avec nonchalance –, suivait le rythme régulier d'un métronome.

Devant la cage d'entraînement du batteur, Kawakami tenta un « cut », un coup sec de la batte. La balle, éclairée par les rayons du soleil, s'éleva et plana juste au moment où un chasseur qui venait de décoller de Haneda survola le clubhouse. L'espace d'un instant, la balle et l'avion se confondirent. Puis le chasseur passa, laissant derrière lui une traînée qui bondit par-dessus la clôture du terrain. La balle, elle, descendit dans un gant, et le joueur qui se trouvait là la lança d'un jet vers la base.

8.

La bagarre d'Ueno Park avait incité Kato à faire de plus en plus confiance à Harry : il l'accueillait dans son atelier et le payait pour livrer les ouvrages terminés. Harry aimait bien l'antre de Kato où, dans un bric-à-brac sophistiqué, se côtoyaient statues grecques, armures de samouraïs et vases emplis d'accessoires tels que parapluies-épées et plumes de paon. Des photographies au flou artistique représentant des meules de foin ou des cathédrales françaises tapissaient les murs ; des moulages de pieds et de mains maintenaient les bâches qui recouvraient les œuvres inachevées. Que ses modèles posent avec ou sans kimono, Kato portait toujours une blouse d'atelier et un béret car, comme il le disait : « Pour un professionnel, le sens des convenances n'est jamais aussi essentiel qu'avec une femme nue. »

Kato se réservait l'art occidental ; pour gagner sa vie, il produisait des gravures sur bois purement japonaises. Pour Harry, ce fut une révélation : Kato, de pseudo-Français s'agitant au-dessus d'une palette, se métamorphosait en maître capable de saisir les contours d'un modèle d'un trait d'encre apparemment continu. Et la version jaunâtre et courte sur pattes d'une prostituée parisienne cédait la place à une courtisane raffinée drapée dans un kimono de soie. Ce qui fascinait encore plus un garçon comme Harry, c'était le procédé de la gravure, qui démontait les pièces d'un puzzle pour le reconstituer ensuite. Kato confiait le croquis à un graveur qui renvoyait une planche mère de merisier à grain serré et, parfois, jusqu'à dix autres planches gravées pour les différentes couleurs. Ensuite, soit Kato les donnait à un imprimeur, soit il effectuait lui-même le tirage, imprimant une couleur par jour sur du papier de mûrier un peu feutré en passant des nuances claires aux plus foncées. Il utilisait des coquilles de palourde pour le blanc, le tan rouge pour le marron, le curcuma pour le jaune, la fleur de l'arbre de Judée pour le rose, le tartane pour le rouge, la cochenille pour le cramoisi, la comméline pour le bleu, le noir de fumée pour l'ébène. Les kimonos relevaient toujours de la gageure à cause de leurs motifs : œil de paon, feuilles mortes, cerisiers en fleur et pivoines. La couleur la plus subtile était celle de la peau, pour laquelle on utilisait le rose le plus léger afin de coucher les fibres du papier. Couche après couche, les couleurs se fondaient pour former une image : la souillon devenait une innocente beauté, une spirale de noir de fumée évoquait la vapeur de la théière, un fin nuage de mica suggérait la nuit. Harry se réjouissait des fausses indications : de grands artistes comme Hokusai ou Kuniyoshi pouvaient chacun tirer une série intitulée *Trente-Six Vues du mont Fuji*, qui représentaient non pas le Fuji mais la vie à Tokyo de courtisanes, pêcheurs ou colporteurs escaladant péniblement une colline sur arrière-fond de petit Fuji noyé dans la brume.

Un jour, Harry arriva en l'absence de Kato, sorti chercher des médicaments sans fermer la porte à clef. Il se retrouva seul à l'intérieur et fumait une cigarette volée quand une braise, en tombant, brûla une bâche. Il déplaça le moulage pour replier les tissus et dissimuler le trou accusateur. Il découvrit ainsi une œuvre inachevée qu'il n'avait pas encore vue : une courtisane vêtue d'un élégant kimono à rayures noires et bleues, les cheveux ramenés en un chignon orné d'un grand peigne blanc. Ce qui distinguait l'estampe des autres, c'était que la courtisane était installée sur la banquette en cuir d'une imposante automobile, où elle se penchait pour présenter une cigarette à une allumette enflammée que brandissait une main masculine. Harry fut frappé par la facture artistique des deux sources lumineuses – la petite boule de feu de l'allumette et la lune qu'on apercevait par la lunette arrière de la voiture –, par le déhanchement de la jeune femme qui révélait la courbe du cou ainsi que par les mèches de cheveux dénouées et le tissu un peu froissé du kimono qui trahissaient le souvenir d'ébats récents. Mais que la femme fût Oharu surprit Harry davantage encore.

Elle était sa meilleure amie au théâtre, sa sœur aînée, son

secret amour. Il ne l'avait jamais vue qu'en jupe élégante et coiffée de chapeaux français. Il déplaça un autre moulage pour écarter davantage la bâche. Un croquis presque terminé montrait Oharu à une fête des cerisiers en fleur, drapée dans un kimono rose de jeune fille et assise sur une couverture jonchée de fleurs roses et blanches. On aurait dit l'image même de l'innocence, à cela près qu'à côté d'elle gisaient un flacon de saké et des canettes de bière. Oharu était affalée sur le côté, le regard noyé d'alcool, un ukulélé abandonné entre ses mains. Des abeilles dorées butinaient parmi les fleurs, les bouteilles, les cheveux noirs. La troisième gravure était si sombre que Harry mit un moment à comprendre qu'elle représentait une salle de bal mouchetée par les reflets que lançait un miroir sur les couples de danseurs, silhouettes noires sur un sol bleu. La seule silhouette identifiable était celle d'Oharu, en kimono rouge, attendant dans la lumière qui filtrait par une porte entrebâillée.

Harry, à présent, ne pouvait plus s'arrêter. Il découvrit une pile de gravures, véritable catalogue d'accouplements : sur chacune d'entre elles un samouraï, ou un moine, pénétrait de sa monstrueuse érection une femme qui éprouvait de tels transports qu'elle gardait les yeux fermés et mordait dans un tissu comme pour étouffer le moindre cri tandis que, dans les plis en désordre d'un kimono, ses jambes écartées révélaient son sexe béant et ses doigts de pied crispés par l'extase. Harry nota que les gravures, anciennes, ne représentaient pas Oharu.

— Ça t'intéresse ? demanda Kato.

Harry ne l'avait pas entendu ; inutile de chercher à dissimuler sa trouvaille.

— Qu'est-ce que c'est ?

— Un trésor : des conseils pour une jeune épouse, des distractions pour un vieillard, un porte-bonheur à glisser dans son casque pour un samouraï. Pourtant, on en a fait aujourd'hui des objets de honte, victimes de la moralité occidentale. Tu sais, Harry, les Occidentaux connaissent si mal le sexe et paraissent y trouver si peu de plaisir que je m'étonne qu'ils arrivent à se reproduire. Ton père, évidemment, est un des pires.

— Pourquoi lui ?

— Parce que, en tant que missionnaire, il est un meurtrier de l'âme. Et il s'en vante. S'il ne tenait qu'à lui, le Japon ne connaîtrait plus ni shintoïsme, ni bouddhisme, ni christianisme, ni sexe. Que resterait-il donc ?

— Et les portraits d'Oharu ? Ils me plaisent.

— Vraiment ? Tu es un voyeur ou un connaisseur ?

— Est-ce que je pourrais en acheter un ?

— En acheter ? (Kato posa le flacon de sirop contre la toux, ouvrit lentement son étui à cigarettes et réfléchit un instant.) Voilà qui est différent. Je devrais te traiter avec davantage de respect. Ces portraits ne sont pas des gravures ordinaires, mais des pièces uniques, des tirages pour collectionneurs.

— Je paierai en plusieurs fois.

— Ça te prendrait toute une vie. Je ne connais aucun fils de missionnaire, même toi, Harry, qui puisse se permettre cela. À laquelle songeais-tu ?

Harry examina Oharu dans la voiture, les fleurs de cerisier répandues sur la couverture, la salle de bal.

— Ah, celle-ci raconte beaucoup de choses parce qu'elle a l'air d'attendre, n'est-ce pas, dans l'espoir de danser. La pièce est si sombre que tu pourrais même t'y trouver. Naturellement, tu attendrais la bonne danse. Pour l'instant, elle est encore un peu trop grande pour toi, mais dans ton fantasme elle est parfaite, son oreille juste à la hauteur de ta joue. Tu sais, voilà où réside le charme d'une danseuse professionnelle ou d'une serveuse de café : pas de sexe, mais de la conversation. Les hommes japonais ne parlent pas à leur épouse, réservant les relations les plus normales à leur serveuse préférée. Comment te procurerais-tu cet argent, Harry ?

— Je trouverai bien un moyen, assura Harry, agacé de se trouver à court d'idées.

— Ça recouvre bien des procédés, tous malhonnêtes. Il va falloir que j'y réfléchisse avant que tu te mettes à dépouiller les gens dans les rues. Mais, en tant qu'artiste, je n'ai jamais été plus flatté.

Harry se débrouillait assez bien avec un couteau et de la colle, et Kato lui trouva du travail après l'école au musée des Curiosités, où il aidait le propriétaire à bricoler ses monstres à demi humains. Harry aimait particulièrement les sirènes avec leur longue crinière, leur peau en papier mâché laqué, leurs abominables crocs et leurs yeux creux tels les vestiges d'un cauchemar projetés sur une plage. Harry commença à gagner davantage d'argent à partir du moment où Kato lui confia la gravure du sceau des censeurs qu'on apposait sur certains faux. Kato lui montra comment dessiner de vieux sceaux sur du papier calque et comment transcrire le dessin sur du balsa afin d'en graver une copie parfaite qui ajouterait à la gravure l'estampille de l'authenticité.

— Qui sait ? fit Kato. Tu deviendras peut-être un artiste.

— Je ne sais pas dessiner.

— Mais tu as la main sûre. Crois-tu que ça vienne de ce que tu fais les poches ?

— C'est fini, ça.

— Allons donc ! Les artistes n'arrêtent pas de voler, c'est pourquoi le goût est si important.

Une remarque continuait à travailler Harry.

— Vous n'allez pas m'en vouloir sous prétexte que mon père est missionnaire ?

— Non. J'ai déjà pris ma revanche sur lui.

— Comment cela ? s'étonna Harry, qui se demandait comment Kato parviendrait ne serait-ce qu'à atteindre un fanatique comme Roger Niles.

— Ta présence m'a suffisamment vengé, Harry.

9.

Une table roulante chargée de théières, de scones, de strudels et de cakes traversait dans un cliquetis de vaisselle le hall de l'Imperial Hotel. Cet établissement avait reçu des touristes au portefeuille bien garni, surtout des Américains, qui forçaient un peu leur rôle à grand renfort de claques dans le dos et de rires qui retentissaient sous les voûtes du hall. Dessiné par Frank Lloyd Wright, l'Imperial, entassant briques et blocs de lave, voulait imiter le style grandiose des temples mayas. Harry, quant à lui, trouvait que la pénombre de ses plafonds voûtés et ses courants d'air glacials auraient constitué un décor parfait pour *Dracula*. Cependant, cette tournée de la table roulante dans le grand salon était aussi triste qu'un tramway circulant dans une ville déserte.

Harry devait beaucoup à l'Imperial. Lors de son retour au Japon, où on lui proposait un poste dans les relations publiques – poste, qui, finalement, lui avait claqué entre les doigts –, il s'était retrouvé sur le sable, sans même assez d'argent pour payer son billet de retour. C'est alors que l'équipe américaine des All-Stars était arrivée en ville : Babe Ruth, Lou Gehrig et Lefty O'Doul, accompagnés de leurs épouses, menaient une tournée des plus grands joueurs de base-ball du monde et étaient, bien entendu, descendus à l'Imperial. Harry rôdait dans le hall en quête d'un touriste cherchant un bon guide quand un employé de la réception avait surgi, tout excité. Harry s'attendait à se faire vider. Le réceptionniste, au contraire, s'inclina et lui demanda de bien vouloir avoir l'obligeance de le suivre jusqu'au jardin au bassin : une réception officielle y tombait en quenouille. D'un côté, chargés de paquets, les Japonais en jaquette ou kimono, de l'autre les All-Stars en blazer arborant l'écusson de leur club et leurs épouses enveloppées de fourrures. Au milieu, un cameraman qui ne parlait pas un mot d'anglais, ce qui, d'ailleurs, n'était pas plus mal car, chaque fois que son assistant essayait d'amener Mrs Ruth dans le champ de la caméra, elle lui disait : « Bas les pattes ! » Babe avait arrosé de cognac le café de son petit déjeuner et cherchait à pousser O'Doul dans l'eau. Quand sa femme lui suggéra d'abandonner ce comportement digne d'un gorille, il lui répondit, pour la taquiner, d'une petite tape sur l'épaule, sous le regard sidéré des autochtones qui se ratatinaient. Les femmes en kimono reculaient, prêtes à battre en retraite. L'une des épouses, blonde permanentée en étole de renard, bâilla et cracha dans le bassin des bouts de chewing-gum, déclenchant une mêlée parmi les poissons rouges.

Harry estima que, étant donné la situation, il n'avait rien à perdre. Aussi s'avança-t-il pour annoncer en anglais, et au nom de l'hôtel, combien l'Imperial était honoré de recevoir les All-Stars et leurs charmantes épouses. Puis il enchaîna en japonais et au nom des joueurs pour dire à quel point ceux-ci étaient impressionnés par la chaleureuse hospitalité que leur accordait le célèbre Imperial Hotel. Il parlait rapidement, passant de l'anglais au japonais sans marquer d'interruption, s'exprimant d'un ton respectueux mais appuyé, poussant chacun des groupes vers le centre du jardin, donnant des instructions au cameraman, traduisant tour à tour chacun des discours et faisant signe aux Japonaises que le moment était venu de distribuer les cadeaux, un manteau happi pour chaque joueur et des serviettes pour ces dames.

— J'ai l'air mouillée ? s'informa Mrs Ruth auprès de Mrs Gehrig.

Babe, se prêtant au jeu, prit la pause drapé dans son long manteau japonais et esquissa même un sourire. Avant de quitter le jardin pour gagner le terrain de base-ball, il alluma un énorme havane et demanda à Harry :

— Petit, un peu de fric ça t'intéresse ? Ma belle-fille est du voyage : elle est mignonne et adore danser. Mais pas question de lui mettre la main au cul, sinon je te donne à bouffer à ces putains de poissons rouges.

— Message reçu, assura Harry.

Il ne quitta plus les All-Stars de tout le reste de leur tournée et, à la fin du voyage, la société de cinéma l'avait engagé pour assurer la promotion – un travail qu'il avait déjà effectué aux États-Unis. À partir de cet instant, il se sentit redevable aussi bien envers Babe qu'envers l'Imperial.

Revenant au présent, Harry acheta un journal au kiosque de l'hôtel pour voir s'il y était question d'Ishigami. Rien. Il ne trouva qu'un article sur l'entraînement hivernal des Giants et un appel à la victoire. Puis il revint à la première page où on affirmait – depuis deux semaines déjà – que les Allemands avaient pratiquement pris Moscou. En Amérique Charles Lindbergh déclarait : « Notre pays ne court aucun danger venu de l'extérieur. » À Washington les tensions s'étaient apaisées, les négociations avaient repris. Roosevelt se montrait plus conciliant. D'après *Incroyable mais vrai*, la plupart des chimpanzés seraient gauchers. Toutes informations présentant, aux yeux de Harry, un égal degré de probabilité.

Seuls quelques officiers allemands des forceurs de blocus animaient un peu le bar. Bien loin de Bordeaux où ils auraient dû éviter les croiseurs britanniques ou les torpilles d'un sous-marin, ils avaient parcouru vingt mille milles dans le but non pas de tirer un coup de canon, mais de rapporter en Allemagne de précieuses cargaisons de caoutchouc. Leur épuisement se mesurait à leur façon de se noyer dans le schnapps. Évidemment l'Imperial était bien content de les avoir : à part les transports de troupes, plus personne ne voyageait. On avait annulé l'Exposition universelle de Tokyo puis les Jeux olympiques, et fait rentrer au port les paquebots de luxe qui rapatriaient les familles des diplomates. Tout au fond, Harry découvrit tout de même Willie Staub en compagnie de DeGeorge et de lady Beechum.

— Harry, fit Alice Beechum en lui tendant sa main à baiser.

Elle était rose comme un petit four qui s'offrait en dégustation, rose comme un portrait de Gainsborough, plus rose qu'il n'était permis avec sa masse exubérante de cheveux roux. Les actrices des théâtres tokyoïtes portaient une perruque rousse pour incarner les Européennes, mais les yeux bleus d'Alice et ses cheveux roux n'avaient rien de factice, pas plus que les seins parfumés de Chanel dont Harry gardait le souvenir.

— Lady Alice. J'ai rencontré votre mari ce matin.

— En effet. Quand il est rentré il était d'une humeur

massacrante. Il m'a dit vous avoir passé un joli savon. Il en est très fier. Là-dessus il est parti disputer une partie de médecine-ball ou Dieu sait quoi avec ses copains.

— Le fait est, Harry, appuya DeGeorge, que tu n'es pas très populaire à l'ambassade britannique.

— J'en suis consterné.

— Prends garde quand même.

Willie buvait du thé, mais, pour les autres, « thé » signifiait martini ou mont Fuji – du gin recouvert d'une couche de blanc d'œuf battu en neige. Harry se demanda si le cercle de ses amis se réduirait à cela jusqu'à la fin de la guerre, au cas où il manquerait l'avion. Aux expatriés du bar de l'Imperial ? À DeGeorge qui dégouttait l'acide comme une épave le pétrole ?

— Que vous feraient-ils ? demanda Willie. Ils vous considéreraient comme un ennemi étranger, mais il existe des conventions pour régler ce genre de situation. Ils ne vous mettraient pas en prison.

— Ils nous obligeraient peut-être à apprendre le japonais ! suggéra DeGeorge. Je préférerais encore être derrière les barreaux.

— Quelle pétillante conversation, fit remarquer Alice Beechum à Harry. Comment va votre petite Michiko ?

— À propos..., commença Willie.

Harry sentit son cœur se serrer quand, son regard suivant celui de Willie, il aperçut une jeune Chinoise vêtue d'une *cheongsam* de soie – une longue robe boutonnée jusqu'au cou – décorée de pivoines, les cheveux maintenus en chignon par un peigne d'ivoire et les yeux rayonnant d'espoir, s'approcher de leur table. Harry vit dans sa silhouette légèrement potelée un mauvais signe : cela laissait entendre qu'elle était bien réelle et que Willie l'aimait sincèrement. Bref, elle représentait une désastreuse complication pour un homme qui n'aurait pas dû s'encombrer de bagages. Seulement, les Allemands sont d'incorrigibles romantiques. Pas autant que les Japonais, cependant, qui préfèrent les dénouements tragiques et le suicide. Ce qu'il aurait fallu à Willie, après la Chine, c'était un *Wanderjahr* quelque part sur une plage, une quête philosophique dans le désert, tout sauf traîner jusqu'en Allemagne nazie une pauvre petite Chinoise.

— Iris est institutrice, expliqua Willie une fois les présentations faites. Nous espérons qu'elle pourra continuer à enseigner en Allemagne.

— Je suppose, fit observer Harry, que ça dépendra du *Gauleiter* ou du *Gruppenführer* local.

— Certainement.

— Avez-vous essayé le mont Fuji ? demanda DeGeorge à Iris. C'est ici qu'on l'a inventé.

— Créer des boissons alcoolisées est le principal passe-temps des communautés d'expatriés, lui expliqua Harry. Où enseigniez-vous ?

— Dans une école missionnaire, répondit-elle.

— Le père d'Iris est un pasteur méthodiste, précisa Willie. Sa mère a fréquenté le collège Wesleyan aux États-Unis et son frère aîné est diplômé de Yale.

— Votre anglais sonne mieux que le mien, déclara Harry.

Même les échos chantants de l'accent chinois d'Iris étaient charmants.

— Quelle université avez-vous fréquentée, Harry ? interrogea Willie.

— Le collège biblique.

— Mais vous avez choisi de ne pas devenir missionnaire ? voulut savoir Iris.

— J'étais chargé de publicité pour la Paramount et pour Universal. Ça n'est pas très éloigné. Est-ce que l'hôtel vous plaît ?

— Je ne le trouve pas très japonais.

— Autant qu'un Walhalla avec des lampes orientales ! Mais l'empereur étant son principal actionnaire, ça rend l'établissement suffisamment japonais.

— Il est à l'épreuve des tremblements de terre, ajouta DeGeorge. C'est tout ce qui intéresse les touristes.

— Comment va Michiko ? fit Willie, s'efforçant de changer de sujet.

— Mais oui, insista Alice, nous voulons tout savoir. Quelle est sa spécialité : réussir les arrangements floraux ou faire mousser le thé ?

— Voilà une fille qui pourrait faire mousser les couilles d'un bouledogue, dit DeGeorge.

— D'après Willie, elle s'intéresse à la musique, lança Iris.

— La musique contemporaine, précisa Harry.

— Iris joue du piano, déclara Willie. Mozart, Bach.

— Michiko, du tourne-disque : Basie, Beiderbecke.

— Ça mérite une autre tournée, fit DeGeorge en appelant le serveur.

— A-t-on des nouvelles des négociations à Washington ? s'enquit Willie.

— Les Américains veulent que le Japon évacue la Chine, et le Japon veut rester. C'est la vieille histoire du singe et de la boîte de biscuits : il ne peut pas retirer sa main sans lâcher le biscuit, sinon il ne récupère ni le biscuit ni sa main. Mais Harry, en grand défenseur des Japonais, a peut-être une version différente à proposer.

— Je pense simplement que de nombreuses mains traînaient déjà dans cette boîte de biscuits : anglaises, russes, américaines.

— Vous savez ce qu'on m'a raconté, Harry ? Que les Japs vendent aux Chinois des cigarettes imprégnées d'opium.

— Bah ! les Anglais, que les Japonais admirent beaucoup, n'ont-ils pas fait jadis la guerre en Chine pour vendre de l'opium ?

— Il est vraiment incorrigible ! lança Alice Beechum.

— Vous n'avez jamais envisagé de devenir missionnaire ? demanda Iris.

— J'aurais peut-être dû, répondit Harry. Bonne combine : ce sont des missionnaires qui ont mis la main sur Hawaii.

— Ce n'est pas l'avis de tout le monde, protesta DeGeorge.

— Parce qu'ils lisent le *Times*, publié par le fils d'un ancien missionnaire en Chine. On bourre le crâne des Américains avec des histoires sur Chiang Kaï-shek comme s'il était Washington à Valley Forge. Le lobby le plus papelard des États-Unis, c'est celui des missionnaires envoyés en Chine et, si la guerre est déclarée, ils en seront en partie responsables.

— Vous n'avez vraiment aucun sens moral, n'est-ce pas, Harry ? (Iris s'inclina comme une fleur sous la tempête et changea de sujet.) Michiko paraît très intéressante. J'ai vraiment hâte de la rencontrer.

— Tout dépend de la durée de votre séjour. Combien de temps comptez-vous rester, Willie ?

— Un moment, peut-être. L'ambassade est lente à nous délivrer nos papiers.

— Willie est en règle, mais l'ambassade retient encore

les miens, expliqua Iris. On lui suggère de partir. Je le rejoindrai ensuite.

— Si je pars, prophétisa Willie, on ne lui donnera jamais ses papiers.

— Pourquoi font-ils traîner les choses ?

— Ils prétendent qu'une enquête sur les antécédents de tout étranger demandant un visa est nécessaire afin de s'assurer qu'il n'a pas de fréquentations politiques malsaines. C'est naturel, je le comprends. Mais il n'existe en Chine aucune agence allemande capable d'effectuer ce type de recherches ; les autorités japonaises doivent donc s'en charger. L'Allemagne et le Japon ont beau être alliés, la coopération ne semble pas acquise.

— Tiens donc !

— C'est pourquoi nous nous adressons à vous, Harry. Vous avez de l'influence auprès des Japonais. J'ai bien vu ce matin, au Club des chrysanthèmes, comment vous les avez convaincus. Si vous leur demandiez leur approbation au sujet d'Iris, ils la transmettraient à l'ambassade d'Allemagne. À partir de là, on peut espérer que les choses bougeraient. Sinon, ils risquent fort de m'obliger à partir seul.

— Comment s'explique l'influence de Harry auprès des Japonais, voilà ce que j'aimerais savoir, lâcha DeGeorge.

Harry prit une profonde inspiration, tel un chirurgien qui répugne à donner un coup de bistouri.

— Willie, votre ambassade vous a donné un bon conseil : emmenez Iris à Macao, par exemple, rentrez en Allemagne et attendez. À en croire le Führer, dans une semaine ou deux, la guerre sera terminée.

— Et si ce n'est pas le cas ?

— Oui, insista Alice Beechum, et si, contre toute probabilité, elle ne se terminait pas aussi rapidement ?

— Disons un an ou deux. Un véritable amour sait attendre.

Willie s'enflamma.

— N'importe quoi peut arriver ! Harry, il faut nous aider.

— Vous en avez de bonnes ! Je ne suis pas responsable de la situation dans laquelle Iris se trouve. Qu'aviez-vous besoin de la bénédiction d'un pasteur pour vous offrir une lune de miel ? Vous pouviez prendre du bon temps, puis dire adieu à Iris en lui laissant assez d'argent pour assurer sa sécurité en Chine.

— Je ne suis pas une prostituée ! s'insurgea Iris, les larmes ruisselant de ses yeux.

— L'argent, ce n'est pas seulement pour les prostituées, continua Harry. La Bible dit : « Là où est ton trésor, là aussi sera ton cœur. » Les Portugais sont des gens charmants. Ils connaissent le monde et, surtout, ils sont neutres. Le Macao portugais est sans doute l'endroit le plus sûr du monde.

— Harry Niles, conseiller conjugal ! Willie, laissez-moi vous expliquer, reprit Alice. En Angleterre, Harry m'aiderait dans mon mariage en jouant le rôle du complice en adultère, le rôle de « l'autre homme ». Nous mettrions en scène des photos au lit compromettantes. Il serait parfait, car rien ne peut nuire à sa réputation. Il est la mesure à laquelle se jaugent les autres scélérats.

— N'étiez-vous pas censée vous rendre à une réunion des « Femmes britanniques contre les Boches » ? lança Harry.

— Vous piquez ma curiosité, fit DeGeorge en se penchant vers Willie. Comment vous est venue l'idée de demander ne serait-ce qu'un coup de main à Harry Niles ? L'avez-vous déjà vu lever le petit doigt pour son prochain ? (Harry détourna les yeux.) Sérieusement, reprit DeGeorge, comment se fait-il que vous vous adressiez à Harry ?

— En Chine..., commença Iris.

— Je ne sais pas, l'interrompit Willie.

— On ne me la fait pas, je suis journaliste, et je flaire quelque chose, insista DeGeorge. Willie, vous avez connu Harry en Chine. Avouez.

— Willie, s'interposa Harry.

Ils étaient convenus de ne pas parler de cela.

— D'après mes sources, Harry aurait eu des pépins en Chine, poursuivit DeGeorge. De quoi s'agissait-il, cette fois ? De voler des bagnoles ou d'une arnaque comme son histoire d'essence de pin ?

— Ne faites pas ça ! lança Harry à Willie.

— Si, je vais le faire. Je passe pour un imbécile sous prétexte que je vous demande de l'aide. Je vais donc expliquer pourquoi.

DeGeorge se pencha pour ne rien perdre de l'histoire. Les martinis arrivèrent, et Harry se cala dans son fauteuil avec son verre : à un moment ou à un autre, il lui fallait bien s'alimenter.

— Je dirigeais la Deutsche-Fon de Nankin, société responsable du central téléphonique et de la fourniture du courant, commença Willie. En décembre, il devint clair que l'armée japonaise s'apprêtait à attaquer parce que, de la prise de Nankin, la capitale, découlerait la fin de la guerre. Mais les Chinois résistèrent plus que prévu et refusèrent même de capituler après la chute de la ville. Les Japonais, furieux, procédèrent à des exécutions, abattant les hommes d'une balle dans la nuque, les achevant à coups de baïonnette, les décapitant ou encore les noyant, soit individuellement, soit en groupe. On a parlé de dix mille à cent mille morts, beaucoup plus selon moi. J'étais responsable de centaines d'employés chinois et de leurs familles. Comme moi, vingt autres Occidentaux – pour la plupart hommes d'affaires allemands ou missionnaires américains – étaient restés à Nankin. Nous y avons créé une zone de sécurité internationale pour protéger ceux des Chinois dont les maisons avaient été incendiées. On m'a élu président du comité, poste que j'ai accepté parce que j'appartenais également au parti nazi de Nankin et que je me devais de donner l'exemple.

« La zone couvrait à peine quelques kilomètres carrés, mais nous nous sommes bientôt retrouvés avec trois cent mille Chinois. Je vous l'ai dit, nous n'étions que vingt, aussi la protection laissait-elle à désirer. Chaque jour, les Japonais raflaient des femmes pour les violer – nous en avons sauvé certaines, d'autres pas – et s'emparaient des hommes pour les abattre. Ils les encordaient par cent à la fois. Malgré quelques sauvetages, la plupart ont été pris. Ou alors les Japonais les dépouillaient, dérobant tout, jade, or, tapis, montres, cuillères de bois... Ils s'attaquaient aux coffres-forts à coups de fusil, de grenades, de torches à acétylène. S'ils emmenaient une femme pour diriger les recherches, nous savions que nous ne la reverrions jamais. Nous avons sauvé tous ceux que nous avons pu.

« Il nous fallait nourrir ces pauvres gens. Nous transportions des sacs de riz dans ma voiture, dont j'avais recouvert le toit d'un drap blanc marqué d'une croix rouge pour qu'on ne nous tire pas dessus. On n'arrêtait pas, en effet, de réquisitionner les voitures et de tuer les conducteurs. Nous ne faisions pas une seule sortie sans que quelqu'un ne se rue hors de sa maison pour nous dire qu'on était en train d'y violer sa femme ou sa fille et nous demander de l'aide. Grâce à mon brassard nazi, mon seul signe d'autorité, je suis arrivé à prévenir certains incidents, mais je ne réussissais pas toujours. Un jour où ça ne marchait pas, notre chauffeur, un Américain dont le visage m'était inconnu, m'a accompagné – il portait un stéthoscope et j'en avais conclu qu'il s'agissait d'un médecin. Écartant un rang de soldats, il a soulevé la jupe de la fille, l'a examinée, puis s'est adressé aux soldats en japonais. Il les a convaincus que la fille souffrait d'une maladie vénérienne. C'était Harry. Je ne sais pas où il s'était procuré le stéthoscope – volé sans doute. À partir de ce moment, Harry est devenu mon chauffeur.

Harry examinait la pénombre gothique du plafond, les traverses de béton et de lave – il n'y manque que des chauves-souris. Willie poursuivit :

— Lors de certaines patrouilles, Harry et moi chargions la voiture de filles. Harry avait falsifié des documents émanant du commandement japonais : ils lui donnaient autorité pour prévenir la contagion parmi les troupes, donc pour éloigner les femmes des violeurs. Pour renforcer son autorité, il arborait un de mes brassards, paraissant ainsi être l'un de mes compatriotes.

« Nous ne nous occupions pas uniquement des femmes. Nous possédions aussi un camion dans lequel nous enfournions tous les hommes que nous venions d'arracher à leur cachette, puis nous les recouvrions d'une couche de cadavres au cas où on nous arrêterait, ce qui arrivait souvent. Harry exhibait alors des papiers selon lesquels nous étions chargés de ramasser les corps dans la zone afin d'empêcher les épidémies de choléra ou de typhoïde. Il créait des documents officiels avec une maestria remarquable. Le massacre a continué durant des semaines. On exerçait les nouvelles recrues japonaises au maniement de la baïonnette avec des Chinois vivants – pour les habituer au sang. Un officier, un certain lieutenant Ishigami, devint une sorte de légende pour avoir décapité une centaine de ces malheureux.

— Fin de l'histoire, déclara Harry. Willie, vous en avez dit assez.

— Mais pas qu'Ishigami est passé au Joyeux Paris hier soir, après votre départ.

— Ça suffit.

Willie se carra dans son fauteuil.

— Très bien. Quoi qu'il en soit, voilà une partie de ce qui s'est passé à Nankin, et voilà pourquoi je ne suis peut-être pas si bête de croire que Harry, le Harry Niles que j'ai connu en Chine, pourrait nous aider ici.

Le silence se fit autour de la table.

— Harry, le svastika au bras ! finit par dire DeGeorge. J'imagine très bien.

— Non. Harry a été héroïque.

— Peut-être. Seulement vous ne parlez pas japonais, vous ne savez donc pas vraiment ce qui s'est passé, tout ce que vous savez, c'est ce que Harry vous a raconté. Mais Harry avec un brassard nazi, ça, je peux y croire.

— Je vais contacter quelques personnes à propos d'Iris, promit Harry.

— Je vous en serai à jamais reconnaissant, fit Willie en se levant d'un bond pour lui serrer la main. Au ministère de la Guerre ? Ou encore mieux de la police militaire ? Ayant un poste important ?

— Oh, des gens ayant une certaine influence.

— Merci, dit Iris. Vous êtes tel que Willie vous a décrit.

— Il fait preuve d'une imagination débordante, fit Harry en se levant pour prendre congé. Enchanté de vous avoir rencontrée. Seulement, finis les contes de fées.

— Restez, proposa Willie.

— Il faut que je file aussi. Chez Matsuya faire des provisions : savon, scotch, cigarettes, déclara Alice.

— Lady Beechum croit que la guerre interviendra d'ici à un jour ou deux, annonça DeGeorge.

— Votre mari a dit « Ces petits salopards de Jaunes n'ont pas de cran », dit Harry.

— Parfaitement. (Elle adressa un sourire à Harry.) Ce sont des hommes comme Arnold qui ont conduit l'Empire britannique là où il est aujourd'hui.

Le Hajime de la gare de Tokyo n'avait plus rien à voir avec l'ivrogne pleurnichant de la veille au soir. Un Hajime dégrisé, vêtu de kaki, casquette de campagne et cape le remplaçait. Le quai grouillait de recrues, de parents, d'amis, de petits frères agitant des drapeaux et de sœurs distribuant des ceintures à mille points aux vertus protectrices. Certains partaient pour la seconde fois, mais la plupart étaient des bleus empêtrés entre casque et paquetage, couverture roulée autour de l'épaule et pelle. Des bannières accrochées aux lampadaires annonçaient : CENT MILLIONS D'HOMMES AVANÇANT

COMME UN MUR DE FEU ! Le genre de vision dont certains se passeraient bien, songea Harry. Une fanfare jouait une version japonaise de « My Old Kentucky Home » qui soulevait la poussière des verrières couvertes de toiles d'araignée.

Hajime considérait toute cette agitation avec le détachement d'un vieux de la vieille.

— Harry ! Merci d'être venu. On a toujours besoin d'un ami au moment des adieux, pas vrai ?

— Sans doute.

Harry ne se serait probablement pas dérangé s'il n'avait oublié de rendre son pistolet à Hajime. Il le lui remit donc, encore enveloppé dans son carton, comme s'il offrait un cadeau d'adieu. Cette perte étant punie de mort, Harry s'attendait à un peu de gratitude. Au lieu de cela, Hajime réclama une clope. Harry lui donna son paquet.

— Merci, dit Hajime en allumant une cigarette avec un calme ostentatoire. Tu te rappelles les jours où on traînait dans Asakusa ? On faisait la loi, toi, moi et Gen, on faisait vraiment la loi.

Hajime ne s'était pas mal débrouillé dans l'armée, à voir les galons de sergent-major sur son uniforme fraîchement repassé. La moustache hérissée et bien cirée ainsi que les grosses lunettes soulignaient l'air important qu'il se donnait. Il n'y avait plus trace de l'ivrogne trébuchant qui avait pissé dans la rue devant le Joyeux Paris le soir précédent. Il n'empêche, il restait répugnant. Mais sans famille ni amis, cet enfant de salaud méritait malgré tout que quelqu'un vienne lui dire au revoir. Personne sur le quai ne semblait remarquer que Harry n'était pas japonais. Dans cette cohue, dans cette ambiance pleine d'émotion, il s'intégrait sans problème à la foule.

— Ces mômes s'imaginent qu'ils ont tout vu au camp d'entraînement, déclara Hajime. Attends un peu que je leur mette la main dessus. Sais-tu pour quelle raison l'un d'entre eux chargera une mitrailleuse en terrain découvert ?

— Non.

— Il aura plus peur de moi que de la mitrailleuse.

Ce qui devait être vrai. Harry avait entendu beaucoup d'histoires au sujet de recrues dont on critiquait, selon l'humeur, la taille ou la rapidité, et qui s'étaient fait rosser jusqu'à se retrouver le nez cassé, édentées ou les tympans éclatés. Une manœuvre psychologique, en somme, pour provoquer une rage qu'elles détourneraient ensuite contre l'ennemi. Rage, plus peur, plus, bien sûr, dévouement à l'empereur. Harry ne cessait de s'étonner de la capacité des militaires à transformer en tueurs tant de jeunes érudits, doux poètes, honnêtes fermiers ou fils de pêcheurs. Voilà en quoi consiste la dure tâche d'hommes comme Hajime.

— Eh bien, je comprends pourquoi tu es si pressé de retourner en Chine. Tu ne crains pas de recevoir une balle d'un de tes propres hommes ?

— Pas de danger, je ne leur tourne jamais le dos.

Le train avait du retard. La foule envahissait la plateforme sans tomber sur les rails, pourtant. Des pères se redressaient, orgueilleux, tandis que les femmes semblaient hésitantes devant le départ de fils en âge d'échanger des images de base-ball. Un homme en chapeau melon demanda à Harry : « Voudriez-vous avoir l'obligeance ? » en lui tendant un petit boîtier Kodak. Harry le prit en photo en compagnie d'une jeune recrue au visage rougi par les verres de saké du cérémonial d'adieu, une ceinture aux mille points nouée en écharpe autour du cou – un fils digne, de toute évidence, de l'amour de son père.

— Tu te rappelles les Quarante-Sept Ronin ? demanda Hajime. Tu te rappelles qu'on te laissait jouer bien que tu ne sois pas japonais ?

— Je crois surtout que vous aviez besoin d'une tête de Turc.

— On formait une sacrée bande jusqu'à ce que Gen et toi commenciez à traîner autour du théâtre et nous laissiez tomber.

— On avait grandi.

— Comment s'appelait cette danseuse dont tu étais dingue ? Oharu ? Tu en pinçais vraiment pour elle.

— À quoi bon tout ça, Hajime ?

— Pour que tu comprennes bien que je connaissais ton désir d'être japonais et que je sais que, aujourd'hui, tu te rends compte que tu ne l'es pas.

— Qu'est-ce que tu cherches à me dire ?

— Que rien ne pourra arrêter cette armée qui est seulement pour les vrais Japonais. C'est une armée pure. Ici, pas de prétendus Japonais. Tu crois que tu connais tout, tu t'estimes tellement malin. Mais bientôt les Blancs seront éjectés hors d'Asie, et tu feras partie du lot.

Hajime dut élever la voix à l'approche d'une locomotive qui tirait un convoi orné de fanions rouge et blanc. Des drapeaux flottaient sur les cheminées et devant la chaudière. Les recrues rassemblées auparavant dans d'autres gares se penchaient aux fenêtres pour pousser des clameurs dominant le chuintement des freins pneumatiques, le crissement sur les rails et la ferveur renouvelée de la fanfare qui les accueillait avec une chanson populaire.

Des balles, des chars et des baïonnettes,
Un bivouac avec l'herbe comme oreiller.
Mon père, apparaissant dans un rêve,
M'encourage à mourir et à rentrer au pays.

— Tiens ça, dit Hajime en lui tendant le pistolet pour nettoyer les verres de ses lunettes.

On s'embarqua dans la bousculade car le train était en retard. Dans cette ville, on savait s'entasser, au sens propre du terme, dans le métro ou dans le bus. Harry laissa les familles se presser jusqu'aux marches pour les derniers adieux, les parents s'inclinant devant leurs enfants-soldats en tremblant de tous leurs membres, mais sans pleurer. Hajime chaussa ses lunettes et recula d'un pas vers le wagon.

— N'oublie pas ça, fit Harry en lui tendant le paquet.

— Un cadeau de ma part, répondit Hajime.

Un petit sourire lui crispa le visage comme s'il attendait cet instant depuis des années, ce moment où il réglerait enfin de vieilles dettes. La locomotive lâcha un jet de vapeur, brûlant d'envie de se mettre à rouler ; les machines japonaises, tels des pur-sang, étaient noires et sveltes. Le flot des corps, l'enthousiasme et le brouhaha poussèrent aussitôt Hajime en haut des marches d'un wagon qui vibrait sous les pas de soldats cherchant une place.

— C'est à toi, riposta Harry.

Mais la cohue des passagers qui embarquaient, de ces garçons impatients de couper aux adieux, eut tôt fait de pousser Hajime dans la voiture.

— Trop tard, cria-t-il, ou quelque chose comme ça, ses mots noyés par le fracas de la fanfare.

La mêlée se fit plus forte et Harry ne revit Hajime que derrière une vitre ouverte par laquelle des familles passaient d'ultimes souvenirs et des cartons de provisions. Hajime écarta sa cape, ouvrit le rabat de son étui et montra à Harry un autre pistolet, un vrai Nambu, déjà niché là.

— Bonne chance, Harry, articula-t-il.

Le convoi s'ébranla et commença à glisser le long du quai. Harry essaya de se frayer un chemin jusqu'à Hajime, mais devant lui se dressait un rempart infranchissable de corps, de bannières et de drapeaux. Les mains qui s'agitaient avec ferveur l'empêchèrent même de suivre du regard la voiture de Hajime. Les jeunes soldats s'en allaient, s'élançant vers leur destin, leur vie plus légère qu'une plume sous la protection des prières de leurs chéries, pour faire se lever une aube nouvelle sur l'Asie. Comment un élan aussi pur pouvait-il échouer ?

10.

Les gaijin étaient des excentriques et les parents de Harry, les pires. Le spectacle qu'ils offraient tous les deux quand ils prêchaient l'Évangile au coin d'une rue embarrassait affreusement Harry. Premièrement, cette arrogance qui les incitait à prêcher alors qu'on ne leur demandait rien ; deuxièmement, la totale incapacité de son père à parler japonais ; troisièmement sa mère, elle, le parlait un peu mais, et c'était le quatrième point, elle parlait non pas celui des femmes, mais celui des hommes, plein de fanfaronnades qu'aucune femme convenable ne devait utiliser ; cinquièmement, sa façon de se tenir auprès de son mari au lieu de rester derrière lui ; sixièmement, leur incroyable ignorance des usages qui les empêchait de savoir jusqu'où et devant qui s'incliner ; septièmement, leur comportement bruyant ; huitièmement, leurs maladresses ; neuvièmement, la couleur de leur peau, et dixièmement leur taille. Chaque jour Roger et Harriet Niles commettaient l'un de ces Dix Péchés des gaijin. Et s'il existait une certaine contradiction entre la façon dont Harry les condamnait et la sinistre réputation dont lui-même jouissait, cette nuance lui échappait. Le dimanche détenait le record des jours les plus pénibles. Un temple baptiste, dépourvu de vitraux et de sculptures papistes, ne proposait que des bancs alignés jusqu'à l'harmonium du chœur et la chaire du pasteur avec, entre les deux, le rideau de satin dissimulant les fonts baptismaux. Le service invitait seulement au culte, les Écritures, la prière et le sermon aboutissant au tribut des croyants : la main de Jésus rendue visible, Son intervention et la rédemption du pécheur suivie d'hymnes traduites et chantées en japonais avec les accents triomphants d'une discordante satisfaction. Quand le service comprenait un baptême, on écartait le voile de satin pourpre pour une immersion qui purifierait l'âme, spectacle dramatique que, quand il était en ville, Roger Niles menait avec l'énergie théâtrale du Jean-Baptiste originel. La congrégation tout entière se penchait en avant en retenant son souffle, tous les fidèles pétrifiés à l'exception de deux silhouettes au premier rang, Harry et son oncle Orin, qui tous deux embaumaient la menthe – Orin pour dissimuler les relents du whisky, Harry, son penchant pour les cigarettes. Il aurait préféré prendre l'air sur le Rokku avec Kato et Oharu ou, mieux encore, partager une cigarette dans une salle de cinéma.

Bizarrement, Harry aimait bien le tableau représentant le Jourdain au-dessus des fonts baptismaux. L'artiste avait peint Jésus vêtu d'une robe blanche et Jean d'une peau de lion, barbotant dans une eau azurée tandis que le Saint-Esprit descendait du ciel sous la forme d'une colombe ; des cèdres et des dattiers poussaient sur les berges. Le tout entouré d'un rang de perles. Harry trouvait dans cette toile un calme apaisant, grâce non pas au baptême mais au lent courant du fleuve.

Une rivière de ce genre coule à Kyoto. L'été suivant sa rencontre avec Kato, Harry avait accompagné ses parents dans la vieille capitale où se trouvaient un hôpital et une église baptiste. Dès que la congrégation avait attaqué les hymnes, Harry s'était éclipsé pour aller flâner. Il avait découvert une rivière aux eaux d'un vert brunâtre avec des rides et des remous paresseux sous une brume jaunâtre. Une branche traînait dans l'eau telle une main nonchalante. Sur un rameau, deux libellules frottaient leurs ailes dorées. Harry s'assit au pied de l'arbre pour extraire des cigarettes de la poche de sa chemise.

— On partage ?

Levant les yeux, Harry aperçut une Américaine de deux ou trois ans plus jeune que lui à la chevelure bouclée en désordre et vêtue d'une robe bain de soleil poussiéreuse. Une mâchoire carrée et de grandes dents l'empêchaient d'être vraiment jolie, mais des yeux aussi éblouissants, Harry n'en avait jamais vu : on aurait dit le fond d'une bouteille de Coca écrasé en fins cristaux. Il lui alluma une cigarette seulement pour voir ce qu'elle allait en faire. Elle exhala la fumée avec extase et s'adossa à l'arbre.

— Je sais qui vous êtes, Harry Niles, le mauvais garçon. Tout le monde prétend que vos parents n'ont même pas de véritable église.

— Vous en savez, des choses.

— Et qu'ils vous envoient à l'école japonaise.

— Pourquoi pas ? Premièrement, je ne suis pas snob, deuxièmement mon père prêche dans une église quand il est à Tokyo. Si ça ne vous plaît pas, allez jouer ailleurs.

Elle s'accroupit pourtant auprès de lui. Malgré ses chaussures éraillées et ses coudes écorchés, Harry reconnut chez elle une belle maîtrise de soi.

— Je sais pourquoi vous êtes ici, poursuivit-elle.

Harry, lui, l'ignorait, puisque ce voyage à Kyoto avait été décidé à l'improviste.

— Des affaires d'Église, fit-il en haussant les épaules.

Le dimanche était toujours occupé par des affaires d'Église, des réunions du conseil des fonds ou du comité de surveillance, des ligues antialcooliques et des rassemblements religieux. L'ennui, le dimanche, se manifestait sous une infinité de formes.

— À cause du procès, précisa-t-elle.

— Du procès ?

— On appelle ça une réunion de mission, mais mon père dit qu'il s'agit d'un procès.

— On aurait volé la quête ?

Si quelque chose valait la peine d'être piqué, Harry tenait à le savoir.

— On n'a pas vraiment volé.

— Comment ça ?

— On a joué sur les taux de change.

Harry, déconcerté, fronça les sourcils ; il n'aimait pas avoir l'air idiot.

— Qu'est-ce que c'est ?

— Ce n'est pas illégal, expliqua-t-elle. (Elle prit un bâton et traça des marques sur le sol.) Si on convertit des dollars en yuans chinois au taux pratiqué à Shanghai, puis ces yuans en yens japonais, et qu'ensuite, une fois rentré chez soi, on reconvertit les yens en dollars, on peut doubler sa mise.

— C'est légal ?

— Hum ! hum !

Harry contempla les chiffres comme s'il déchiffrait un nouvel alphabet. Elle les effaça de la main.

— Pourquoi avoir fait ça ?

— Les missionnaires ne sont pas autorisés à changer de l'argent, même pour la mission ou pour nourrir des gens. Alors ils vont passer en jugement.

Elle jeta un coup d'œil sur la berge d'en face ; un homme seul, tête baissée, y marchait à l'ombre d'un bouquet de saules.

— Où est votre maman ?

— Elle est morte. De pneumonie.

— Qu'est-ce que vous allez faire ?

— Je crois qu'ils vont nous renvoyer en Floride, mais je préférerais rester ici.

— Vous êtes déjà allée là-bas ? demanda Harry, qui n'avait encore jamais mis les pieds aux États-Unis.

— Oh oui ! Tout ce qu'ils savent faire, c'est répéter « Dis quelque chose en japonais ». Ils sont incapables de situer le Japon sur une carte et ils nous prennent pour des mijaurées. Ils sont stupides !

— Fichtre, quelle bonne opinion de vous-même vous avez !

Elle haussa les épaules. Ils restèrent un moment assis en silence à regarder les flots lents de la rivière. Harry sentait les yeux brillants se poser sur lui puis se détourner.

— Vous savez nager ? demanda-t-elle.

— Bien sûr.

Il était bon nageur, ce qui n'était pas tellement japonais. Les Japonais s'ébattent volontiers, en groupe, dans les vagues, mais considèrent pratiquement la natation – sport individuel – comme une activité antisociale.

— Si je restais au Japon, déclara-t-elle, je serais pêcheuse de perles. Avez-vous déjà vu des pêcheurs de perles ?

— En photo seulement.

Des filles aux seins nus portant de grosses lunettes de plongée.

— Tenez.

Elle lui prit la main et y déposa une perle d'un bleu laiteux, percée d'un trou. Elle a dû tomber d'un collier, se dit Harry. Je la vois très bien plonger sous un banc pour la ramasser.

— Qu'est-ce que je vais faire d'une perle ?

— Vous en voulez d'autres ? Je peux en trouver. (L'intensité de son regard incita Harry à décliner son offre.) Mettez-la dans votre poche.

Il suivit son conseil. Elle lui prit alors la main pour la glisser sous sa robe jusqu'à sa cuisse – tellement maigre qu'il sentit les os. Pas de poitrine, aucune forme du tout, d'ailleurs, mais il y avait dans ses yeux une telle profondeur, tant de bleus et de verts à la fois que Harry resta incapable de retirer sa main jusqu'au moment où une voix lança à travers l'eau : « Abby ? Abigail ? » L'homme, sur l'autre rive, faisait de grands signes. Elle laissa Harry retirer sa main.

— Il faut que j'y aille, murmura-t-elle.

— Abby ?

— Oui ? fit-elle en le regardant.

— On peut doubler la mise, vraiment ?

— Oui.

— C'est formidable. Merci.

Elle se leva, écrasa du pied sa cigarette et hésita, sur le point d'énoncer quelque chose d'inexprimable.

— J'espère que votre père s'en tirera, dit Harry.

Elle hocha la tête et fila sous les arbres qui bordaient la rivière. Harry sentait pourtant son regard planer encore au-dessus de lui.

Il perdit presque tout de suite la perle. Il apprit par la suite que l'Église avait réprimandé le père d'Abby mais l'avait autorisé à rester puis, l'année suivante, qu'Abby avait, tout comme sa mère, succombé à une pneumonie au Japon.

11.

Accrochée à un câble, une gondole se balançait au-dessus du jardin aménagé sur le toit du grand magasin Matsuya. Carénée d'aluminium étincelant, elle évoquait un vaisseau spatial du futur. Seuls dans l'embarcation, Harry et Alice Beechum ne se souciaient pas de la banalité de l'aménagement intérieur, sièges d'osier et courroies de cuir, et découvraient par les hublots le panorama des larges avenues de Ginza avec ses saules et ses cafés français. La gondole flottait à huit étages au-dessus des tramways, des charrettes chargées de nouilles, des motocyclettes pétaradantes des livreurs de journaux. Plus loin se dessinaient les vagues des toits en tuiles bleues et l'arête verte du palais impérial. Vers le sud, s'élevant au-dessus de la fumée du charbon de bois, se dressait le cône enneigé du Fuji.

Le jardin sur le toit offrait au client fatigué un parc d'attractions en plein ciel : atèles bondissant d'arbre en arbre à l'intérieur d'un grand enclos grillagé, aras, pécaris ou ratons laveurs dans des cages, une piste pour voitures à pédales pilotées par des enfants pendant que les mères contemplaient des jardins de bonsaïs. L'attraction la plus récente consistait en un bassin de quinze mètres de diamètre, rempli d'eau, et sur lequel flottaient des maquettes de navires de guerre japonais et américains. Des petits garçons se rassemblaient autour des cadets de la marine qui manipulaient les contrôles radio et faisaient évoluer les deux flottes dans le bassin, les Japonais poursuivant les Américains, le Soleil levant traquant la Bannière étoilée. Des cuirassés gros comme des requins précédaient des porte-avions, des croiseurs et des destroyers, leurs hélices battant furieusement l'eau. Des haut-parleurs nasillards déversaient un hymne de la marine : « Par-delà l'Océan, un corps flotte sur l'eau / Par-delà les montagnes, un corps gît dans l'herbe. » Les navires japonais ouvrirent le feu, chaque salve de canons signalée par des lumières rouges s'allumant sur les tourelles, tandis que les Américains en déroute crachaient des panaches de fumée noire.

— Il n'y a rien de plus satisfaisant qu'un combat truqué, déclara Harry. Une rencontre loyale n'est jamais qu'une bagarre, alors qu'un combat truqué obéit à une mise en scène.

— Vous exprimez des opinions toujours très personnelles.

Alice, vêtue de son costume de cheval en tweed vert, se renversa contre le dossier de son fauteuil, reposant sa tête sur le coussin doré de sa chevelure. Est-ce le teint des Anglaises qui donne au tweed ce caractère sensuel ? se demanda Harry. Il ne pouvait s'empêcher de penser aux fibres de laine rugueuse picotant sa peau délicate, au dessin de ses légères taches de rousseur et au fin duvet de ses bras et du creux de sa nuque. Elle parlait :

— J'ai fait de mon mieux pour noircir votre réputation après votre départ de l'Imperial, mais il faut vraiment que vous empêchiez votre ami d'en raconter davantage à propos de Nankin.

— Il s'est laissé emporter.

— Il va vous faire tuer, avec ces histoires. Les Japonais présentent une version très différente de leur victoire à Nankin. Willie prétend aussi qu'un certain colonel Ishigami vous poursuivrait d'une épée vengeresse.

— Ishigami, j'en fais mon affaire.

— Pas de quoi s'inquiéter, alors ! Vous souvenez-vous de la merveilleuse indication scénique de Shakespeare : « Il sort, poursuivi par un ours » ? Vous semblez avoir pas mal d'ours à vos trousses. Dites-moi ce qui s'est passé. D'abord, avez-vous trouvé une place dans l'avion ?

Harry eut un grand sourire. Il tira de leur emballage deux verres et une demi-bouteille de champagne dénichée à l'épicerie fine de Matsuya.

— Non seulement j'ai trouvé une place dans l'avion, mais mon petit speech de ce matin a également incité mon ami de Nippon Air à venir en personne me border sur mon siège. (Il poussa du pouce le bouchon tout en retirant l'écume qui débordait. Entreprise risquée, mais dans certaines occasions le saké ne convenait pas.) Je serai assis juste à côté de vous, Alice. Nous dirons adieu à Tokyo ensemble. Peut-être même vous apprendrai-je le poker pendant le voyage.

— Harry, vous êtes l'homme le plus impossible que j'aie jamais rencontré.

— Vous me faites rougir. Santé, dit Harry comme s'il abattait une main gagnante. Lundi 8, le vol de Nippon Air pour Hong Kong. Puis le vol de la BOAC qui décolle de Hong Kong pour le clipper de Manille, et puis Midway, Hawaii et la Californie, dans cet ordre. Heureuse ?

— Aux anges.

— Il me semble que tout baigne.

Alice mit la main en visière au-dessus de ses yeux pour observer un vendeur qui faisait une démonstration de yo-yo sur le toit.

— Que pense Mme Butterfly de votre départ ? demanda-t-elle.

— Michiko ? Je lui annonce la nouvelle ce soir. Qu'elle ait au moins une chance de prendre d'autres dispositions. Je m'occupe de l'aspect financier.

— Croyez-vous que ça la rendra heureuse ?

Le terme heureux ne convenait pas vraiment à Michiko. « Heureux » évoquait à Harry la rondeur béate d'un ballon gonflé à l'hélium, alors que Michiko contenait en elle la menace d'une forte explosion.

— Je lui expliquerai qu'il est temps pour moi de partir... en me protégeant derrière un blindage.

— Sage précaution ! (Une secousse ébranla le câble et un bruit sourd monta du *furoshiki* au pied de Harry.) Aurais-je parlé trop tôt ?

Harry souleva le couvercle de la boîte de cigares pour montrer le pistolet à Alice.

— Ravissant, mais savez-vous que posséder une arme de poing est illégal ?

— Je me suis trouvé coincé avec. C'est un pistolet de l'armée, un Baby Nambu.

— Pourquoi un soldat vous laisserait-il son arme ?

— Un coup monté : il avait la sienne.

— Si c'était prémédité, il va prévenir la police. Confiez-moi ce pistolet, je jouis d'une certaine immunité. Une fois rentrée chez moi, je le fourrerai dans la collection de Beechum, avec ses fusils pour chasser l'éléphant, ses lances africaines, tout son barda.

— Non, mais je vous serais reconnaissant de prendre la boîte.

Il glissa le pistolet dans sa ceinture et essaya de s'installer dans son fauteuil.

— Confortable ? s'informa Alice.

— J'ai connu mieux.

— Qu'allez-vous en faire ? On n'est pas à Chicago, ici, les gens ne portent pas d'arme. Vous ne songez pas à l'utiliser contre Ishigami, n'est-ce pas ?

— Un étranger tirant sur un guerrier, un héros ? Ce serait une forme intéressante de suicide.

Il aperçut un soldat et une fille qui picoraient ensemble une barbe à papa. Les manifestations publiques d'affection étaient vues d'un mauvais œil, mais tolérées pour ceux qui allaient au front.

— Autrefois, cette terrasse était considérée comme le lieu rêvé pour les suicides. Vous auriez dû voir ça, les amoureux faisant la queue pour sauter main dans la main.

— Michiko vous a-t-elle déjà suggéré ce double saut ?

— Il est vrai qu'elle a un côté romantique.

— Je me souviens qu'un journaliste américain, l'année dernière, est mort après être tombé du premier étage d'un commissariat de police. Selon les policiers, il aurait sauté.

— Il n'a probablement pas eu le choix.

— Alors que vous, vous n'avez qu'à dissimuler un pistolet à la police… qui vous suit déjà !

— Ne vous inquiétez pas, je vais m'en débarrasser.

Une gondole, se balançant dans la direction opposée, les croisa. Deux petites filles en kimono rouge les saluèrent au passage tandis qu'Alice examinait Harry comme si elle l'avait regardé de loin alors que leurs genoux se touchaient.

— Harry, nous en avons bien profité, n'est-ce pas ?

— Ça, oui.

Et il le pensait vraiment : Alice était drôle et avec elle il ne risquait pas d'être tué par jalousie ou dans un accès de dépit. On ressortait vivant d'une expédition avec Alice sur son matelas confortable et dans la houle de son édredon de duvet. Elle pratiquait avec brio le japonais, adorait la façon dont la « flûte » se frayait un chemin jusqu'à la « perle précieuse » et elle aimait des positions comme celle du « chat et de la souris dans un seul trou ». Au creux de ses draps inondés de Chanel on se sentait comme niché dans une rose. Seul problème, la capacité de Michiko à repérer du Chanel à un bloc de distance.

— Et ça n'est pas fini. Vous avez prévenu Beechum ?

— Seigneur, non ! Il croit que je vais là-bas pour m'amuser et que je serai de retour le lendemain. Mon frère possède une plantation de café au Kenya. Les Blancs y mènent une vie de stupide dissipation. Si nous nous rendions là-bas tous les deux, on n'y verrait que du feu.

— Pour jouer le couple Windsor ? Vous épouseriez un vulgaire Américain ?

— Je n'ai pas l'intention de faire de vous un honnête homme, personne n'en est capable. Je vous signale simplement que certains n'approuvent pas votre mode de vie, en particulier parmi le personnel de votre propre ambassade, et vous rendraient la vie inconfortable si vous rentriez aux États-Unis.

— Les gens m'ont toujours désapprouvé. Quand ils m'approuveront, je vous donne le droit de me tirer une balle dans la tête. Si je m'échappe d'ici, ce n'est pas pour m'enterrer dans un trou en Afrique. Je veux vous montrer Hollywood, Monterey, Big Sur.

La gondole pencha vers l'enclos des singes dont les résidents se prélassaient sur les branches. Alice, elle, frissonnait. Harry avait remarqué, quand elle lui avait rendu son verre vide, les jointures rouges de ses doigts, tout comme le bout de son nez, ce qui la rendait encore plus attendrissante.

— Chaque jour, dit-elle, ma femme de chambre fouille les poubelles pour y dégoter des preuves qui m'accuseraient. Elle est adorable : elle m'a demandé s'il me serait possible de laisser traîner quelque chose qu'elle puisse remettre à la police. Je fais de mon mieux pour l'aider en bourrant la poubelle de grilles de mots croisés que la police, paraît-il, trouve extrêmement prometteuses.

— Vous n'aurez aucun mal à les satisfaire.

Harry avait vu Alice terminer les mots croisés du *Times* aussi rapidement qu'elle pouvait noircir les grilles. En quatre langues. Le plus clair de la journée, elle se comportait en écervelée, passant sa vie dans les boutiques de Ginza et les cafés à la mode. Cependant, elle consacrait chaque matinée à la salle du chiffre de l'ambassade britannique. Même Beechum n'en savait rien ; il croyait qu'elle s'était portée volontaire pour servir le café, ce qui lui paraissait un fichtrement bon signe.

— Ceux de la Police de la pensée sont à vos trousses, Harry. Ils ne vont pas vous empêcher de partir ?

— Nous travaillons ensemble. Je ne produis plus désormais que des bonnes pensées !

— Vous leur avez parlé du Magic Circus ?

— Pas question.

Ses joues roses pâlirent.

— Vous ne les avez pas emmenés à Yokohama ? Dites-moi que vous n'avez pas fait ça ?

— Ils ont rappliqué d'eux-mêmes. Peut-être ainsi seront-ils convaincus que je participe moi aussi à l'effort de guerre.

— En quoi ?

— Chacun à sa façon apporte sa contribution : la vôtre est celle d'un génie, la mienne, celle d'un homme d'affaires, en quelque sorte.

— D'un joueur, plutôt.

— Tout comme Yamamoto. Il sait qu'aucune marine ne peut entrer en guerre sans approvisionnement en pétrole et que la source la plus proche du Japon, la Dutch, se trouve à Sumatra, à des milliers de kilomètres. Couler la flotte américaine du Pacifique ne suffit pas, car Roosevelt a la faculté de rapatrier à toute vapeur des navires de l'Atlantique ; ils se ravitailleront à Pearl et commenceront par couler les minables petits pétroliers de l'empereur. Mais si les Japonais s'attaquent à la totalité des réserves de pétrole de Pearl, ça change tout. Facile, en fait : un Zéro armé d'un canon de cinquante suffit à réduire en poussière ces réservoirs. La source de pétrole la plus proche pour Pearl Harbor serait alors la Californie, à des milliers de kilomètres. Les pétroliers américains devraient alors transporter chaque goutte, or ils ne sont pas nombreux puisqu'ils ravitaillent l'Angleterre et qu'ils se font couler sur la route de l'Atlantique Nord. La flotte de Pearl est remplaçable. Anéantir les réservoirs de carburant ferait gagner au Japon un an, peut-être deux.

— C'est dément, fit Alice en fermant les yeux. D'abord le pistolet et maintenant ceci.

— Je ne fais que renforcer mes précautions.

— Vous continuez à truquer les livres de compte ?

— Un peu. Ce n'est pas comme s'ils étaient sous clef, pas

vraiment. Ça ne nuit à personne, puisque les directeurs américains que les Japonais pourraient incriminer sont rentrés aux États-Unis, hors d'atteinte. Stratagème bien inoffensif, quand on y pense, que de faire naître dans l'esprit japonais l'idée qu'on livrait en secret du pétrole dans des réservoirs non repérés. Vous savez à quel point les Japonais sont méticuleux et paranoïaques. C'est le genre de rumeur qui les rend fous : ils n'ont plus la certitude qu'une attaque repérera et fera sauter toutes les réserves de pétrole de Hawaii. Yamamoto évalue le pourcentage de chances : s'il pense ne pas pouvoir liquider à la fois la flotte et le pétrole, il ne touchera pas à Pearl. Alors, pas de Pearl, pas de guerre.

— Que se passera-t-il quand la Haute Police spéciale et la marine japonaise découvriront que vous les avez roulés ?

— Ils ne le découvriront pas, à moins de survoler chaque vallée d'Oahu. D'ailleurs, je les ai découragés de prendre au sérieux ce renseignement. Je n'ai pas cessé de leur répéter à quel point il me paraît bidon. Plus je le démens, plus ils y croient. C'est à ce moment-là qu'on a la certitude d'avoir mis le grappin sur un cave : quand on ne peut plus s'en débarrasser.

— C'est vrai, ils ont complètement mordu à l'hameçon ? Alors, pourquoi prendre l'avion pour Hong Kong ?

— Il faut être un joueur bien stupide pour ne pas répartir ses risques. D'ailleurs, vous prenez l'avion aussi.

— Harry, je suis au désespoir.

— Allons, ça vaut la peine d'essayer.

Le hublot pivotait : Harry trouva des cigarettes et en alluma une pour elle aussi.

— Avez-vous mis Butterfly au courant de votre petit jeu ? interrogea Alice.

— Non. Elle ne me dénoncerait pas, mais elle pourrait me tuer.

— Il y a quelque chose de pathologique dans vos relations avec elle, non ?

— Je dirais, répondit Harry après un instant de réflexion, que ça me garde l'esprit en éveil.

— Je n'en doute pas.

Elle regarda sur la terrasse un vendeur souffler dans un cornet pour annoncer les soldes sur les planeurs en balsa et papier accrochés comme des éphémères à un piquet.

— Puis-je vous dire quelque chose ? reprit Alice. Cela fait

deux ans maintenant que je fréquente la salle du chiffre de l'ambassade. Nous avons régulièrement envoyé à Londres quantité de renseignements qui, j'en suis convaincue, ont immédiatement fini dans la Tamise. Nous nous adressons à des sourds. Hier, nous avons reçu un câble nous demandant si ce sont bien des Allemands qui pilotent les avions japonais. Londres ne croit pas que les Japonais sachent piloter. Question d'acuité visuelle et d'épaisseur de verres de lunette, selon eux. Les Japonais ne valent pas mieux : à leurs yeux, les Américains ne sont pas capables de se battre. Harry, exact ou non, un renseignement ne changera plus rien désormais. Qu'est-ce qui vous donne tout d'un coup l'envie d'être un héros ? C'est de la perversité.

Harry lui délivra ce qu'il estimait être son sourire le plus charmeur.

— Alice, je n'ai pas l'intention d'être un héros. Ça n'est pas mon style. D'ailleurs, les héros se font prendre, ce qui les rend si héroïques. Moi, on ne me prend pas.

— Tout le monde finit par se faire prendre.

— Et vous ?

— Je suis une épouse de diplomate. Dès l'instant où la guerre éclatera, on nous échangera simplement contre des diplomates japonais.

— Dès l'instant... ? Expression intéressante. (Harry lui prit la main en suivant les lignes de sa paume comme si elles détenaient un secret.) Lady Alice, y a-t-il quelque chose dans l'air ? Connaîtriez-vous des choses que j'ignore ?

— Je sais où m'arrêter. Harry, je déteste quand vous me regardez comme ça. Je vous trouve parfois très japonais.

— C'est vrai ?

— Je crois que j'ai fini par vous comprendre. Je tiens votre code, celui d'une grille de mots croisés où, tous les dix mots, la solution serait en japonais. Cela explique peut-être Michiko.

— Peut-être.

— Peu importe, de toute façon, que je sache des choses que vous ignorez. On ne peut plus rien y faire, maintenant.

— Quelle importance ? Nous nous enduirons l'un l'autre de crème solaire dans un bungalow du Bervely Hills Hotel. Ce n'est pas un safari, mais ça a son charme. Pourquoi souriez-vous ?

— Harry, c'est un fantasme. Ni vous ni moi ne sommes

faits pour partager la vie de qui que ce soit. C'est une pure incompatibilité d'humeur qui nous a rapprochés.

— Essayons tout de même.

— Soyons réalistes : selon vous, combien de temps ça durerait ?

— Je nous donne six mois.

— Beechum me coupera les vivres. Je n'aurai pas un sou.

— Trois mois.

— Vous boirez comme un trou et vous me battrez ?

— Comme un gong.

— Comme une cloche d'église, dirait un Américain.

— Vous faites machine arrière ?

— Pas du tout. Mais j'aimerais que vous me rendiez un service et que vous donniez un coup de main à votre ami Willie avant de partir.

— Willie et Iris ? J'ai déjà dit que je le ferais. Pourquoi y attachez-vous de l'importance ?

— J'aime bien les histoires de Willie. Si vous devez l'aider, faites-le vite.

La gondole descendit au-dessus de l'éventaire du marchand de glaces et de la piste des autos à pédales tandis que des acclamations montaient des collégiens qui suivaient le simulacre de bataille navale. Si jamais on avait pu avoir des doutes sur les chances d'un engagement naval, l'issue de la bataille était maintenant claire. La flotte japonaise fendait l'eau, le tir des obus éclairant les canons, tandis que la flotte américaine pataugeait en plein désordre, ses cheminées déversant une fumée de charbon de bois qui indiquait des coups au but dans la salle des machines. Certains navires de guerre américains étaient enveloppés d'un tel nuage de fumée qu'ils donnaient l'impression de couler. La scène évoquait un affreux massacre dans l'horreur et la confusion, des hommes plongeant du haut du pont pour échapper au mazout qui brûlait ou à l'aspiration d'un grand bâtiment s'enfonçant dans les flots au milieu de canots de sauvetage surchargés entourés de requins. Lorsqu'ils descendirent de la gondole, Harry ne remarqua personne qui aurait pu les observer. Tout le monde était captivé par le combat qui se livrait dans le bassin. Si grande était l'excitation que certains garçons, incapables de se tenir tranquilles, couraient en écartant les bras comme des avions torpilles ou bien levaient des périscopes imaginaires. Le haut-parleur clamait : « Par-delà les mers, et les corps gorgés d'eau, nous mourrons aux côtés de notre seigneur.» Les enfants répétaient : «*Banzaï! Banzaï! Banzaï!*»

Harry était impatient de se débarrasser du pistolet, mais il supposait qu'on le suivait. Histoire de vérifier, il fit un détour par une galerie marchande spécialisée dans la vente d'animaux de compagnie. Le passage retentissait du vacarme provoqué par les canaris, perruches, cacatoès et les trilles qu'un rossignol lançait du fond d'une cage. Des chatons, dont on avait coupé la queue pour les empêcher de devenir de vrais lutins, miaulaient dans une boîte de fruits. Une belette tournait en rond inlassablement dans un panier. Il y avait un unique marchand de scarabées avec un maigre stock hivernal.

— Ce qu'il vous faut, c'est un cerf-volant. (Le marchand remuait régulièrement les mains pour permettre au scarabée, un monstre de cinq centimètres avec des cornes, de passer du dos d'une main à l'autre.) Il n'y a pas de meilleur investissement en matière d'insectes. Un hercule comme le vôtre succombera à son premier accouplement. Vous parlez d'un champion ! Tandis que la passion engraisse un cerf-volant. Non ? Attendez, j'en ai d'autres. (Il désigna une cage avec des mantes de quinze centimètres et un dard vert.) Quel spectacle éducatif que de voir une femme manger la tête de son mari ! Non ?

Harry n'appréciait pas plus ce spectacle que la vue des deux policiers en civil qui s'étaient accroupis auprès de la boîte de fruits pour taquiner les chatons. Deux flics à pied avec sans doute deux collègues attendant dans une voiture garée à côté de la sienne. Je la jouerai subtile à un autre moment, songea-t-il.

— Vous avez du mal à dormir ? Je vous suggère la sérénade bucolique des criquets. J'en possède qui sont de véritables chanteurs. Non, vous n'êtes pas un gars de la campagne. Vous avez grandi à Tokyo, comme moi. (Le marchand de scarabées continuait à faire tourner ses mains tout en toisant Harry de la tête aux pieds.) Alors, tenez : si c'est le sport qui vous intéresse et que vous vouliez récupérer dix fois votre mise, c'est un cerf-volant qu'il vous faut.

Harry pariait sur les chevaux, sur les scarabées seulement quand il était gosse. Il en acheta pourtant un dans sa cage en bambou avec une litière de copeaux de bois. J'essaye de quitter la ville et de quoi est-ce que je m'encombre maintenant ? D'un pistolet d'abord, d'un scarabée ensuite. Formidable !

Quand il avait été décrété que les danses occidentales heurtaient le patriotisme, une société de garde-meubles dirigée par un yakuza avait racheté le dancing d'Asakusa et recouvert le parquet de décors et de châssis provenant des music-halls et des théâtres environnants. Le yakuza se spécialisait dans l'emmagasinage de décors, excellent moyen d'expliquer la présence d'hommes qui traînaient sans rien faire. Le dancing accueillait aussi les bons à rien de la société du temps de guerre, professeurs de danse au chômage s'entraînant au tango aux accents grinçants d'un phonographe et parieurs oisifs depuis la fermeture des champs de course. Harry arriva en pleine partie de cartes. Taro, assis sur deux chaises, tenait une boîte contenant les cendres de son frère et, même si le sumo était drapé dans des mètres d'un somptueux kimono, il paraissait défait et abattu.

— Je n'arrête pas de penser à mon frère, confia-t-il à Harry.

— As-tu déjeuné ?

— Je n'aurais pas pu.

— Jiro aurait voulu que tu manges, et moi aussi je crois.

Un jeune garçon s'occupait des joueurs de cartes. Harry l'envoya acheter des nouilles à l'éventaire voisin. Superstitieux, plus impressionnés que respectueux, les joueurs ne quittaient pas des yeux Taro et sa boîte. On n'inscrivait plus rien en rouge, couleur des affiches de mobilisation, et le blanc qui évoquait la mort leur faisait horreur. Or voilà que Taro avait apporté une boîte blanche avec « LES RESTES DE KAGA JIRO » tracé à coups de pinceau sur le côté. Un homme de petite taille et vêtu d'un costume serré à la taille arriva en courant, comme si on l'avait convoqué. Les joueurs de cartes l'appelèrent et, quelques secondes plus tard, il s'avança à grandes enjambées vers Harry et Taro.

— Tetsu ! fit Harry en saluant son vieil ami.

Tetsu avait bien réussi. N'atteignant pas, providentiellement, le mètre cinquante exigé par l'armée, il avait exaucé son désir de jeunesse de devenir un yakuza et organisait les parties de cartes du dancing. Ce qui n'était pas bien difficile, la police mettant à effectuer des descentes aussi peu de conviction que les prostituées autorisées à étudier la morale, ce qu'elles étaient censées faire une fois par semaine.

— Harry ! Taro ! Content de vous voir tous les deux. Allons manger un morceau. Vous aimez le chinois ?

— Le repas arrive, annonça Harry.

— Jiro, annonça Taro en désignant la boîte en bois.

— Je suis désolé, fit Tetsu. Je veux dire, tu dois être fier. Les cendres de Jiro ? Oh ! (Il s'inclina devant la boîte.) Quand même, nous devrions aller ailleurs. Tu comprends, Harry. C'est à cause d'Agawa, le vieux là-bas. Il prétend que cette boîte le dérange et qu'il n'est même plus capable de compter ses cartes.

Harry observa un joueur au cou noueux.

— Allons-nous-en, soupira Taro.

— Attends ! Agawa est capable de jouer quand on danse le tango derrière son dos, mais pas à proximité des cendres d'un héros ? (Harry n'appréciait pas du tout qu'on fasse un affront à un défunt ni qu'on rabaisse un frère affligé, un sumo par-dessus le marché.) Dis donc, Agawa, tu sais quel jour c'est, demain ?

— Je joue, tu ne vois pas ?

— Quel jour sommes-nous demain ?

— Dimanche ! N'importe quel idiot te le dirait, lança Agawa en échangeant un sourire avec ses copains.

— Et la date ?

— 7 décembre.

— Un grand jour, reprit Harry. Peut-être le plus grand jour de l'Histoire.

— Comment ça ? fit Agawa en disposant les cartes qu'il avait en main.

— Il y a quelque temps, un évêque a estimé, après avoir soigneusement étudié la Bible, que le déluge de Noé avait commencé le 7 décembre 2347 av. J.-C. C'est-à-dire deux mille trois cent quarante-sept ans avant J.-C., soit deux mille trois cent quarante-sept années avant la naissance du Christ. Demain, c'est l'anniversaire, exactement, c'est le...

Comme Harry commençait à compter sur ses doigts, Agawa lança :

— ... le quatre mille deux cent quatre-vingt-huitième anniversaire.

— Exact. Awaga-san, de tous ici c'est toi qui as l'esprit le plus rapide. Il semble bien que ton compte soit juste.

Agawa reposa ses cartes.

— Cette histoire est ridicule. Il n'y a pas eu de déluge de Noé, pas au Japon. Tout ça n'est qu'un conte de fées.

— Les croyances – contes de fées, superstitions, démons et fantômes – ne sont-elles pas étonnantes ? Mais tu es un homme rationnel, Agawa-san, et tu ne vois donc pas d'inconvénient à ce que notre ami Taro apporte ici les cendres de son frère, n'est-ce pas ? Je te remercie.

Agawa émit un grognement, ce que Harry ne traduisit ni par oui, ni par non, ni par une violente objection. Pour communiquer, Harry en était persuadé, deux Japonais peuvent se passer de mots : il leur suffit de grogner, de grimacer et de froncer les sourcils, d'inhaler et de pousser un soupir, de baisser les yeux en regardant de côté, le front barré d'un pli soucieux ou coléreux – sans parler des signes de tête.

Cet échange enchanta Tetsu qui, en vrai yakuza, détestait les confrontations. Il jouait avec un briquet, ce qui attirait respectueusement l'attention sur le fait qu'il lui manquait le petit doigt de la main gauche – il l'avait coupé pour se punir d'avoir infligé un déshonneur à son patron. Les gens ignoraient de quoi il s'agissait, et d'ailleurs ils s'en moquaient. Seule comptait la sincérité de son expiation.

— Bien joué, Harry, dit-il.

La tension dissipée, les joueurs de cartes s'approchèrent pour exprimer leurs condoléances à Taro et rendre hommage à la petite boîte blanche avec cet indicible mélange d'orgueil et de regrets que chacun éprouvait devant ceux qui avaient sacrifié leur vie à l'empereur. Ils en profitaient pour jauger Taro du regard – tentés, en tant que fans du sumo, de lui tâter les bras. Parier sur le sport semi-sacré du sumo n'était autorisé que pour les membres des clubs de fans, dont on attendait qu'ils jouent fidèlement des sommes symboliques. Naturellement, tous ceux présents au dancing, Harry compris, appartenaient à l'un de ces clubs et, lors des tournois, pariaient des fortunes. Comme les sumos se laissaient de plus en plus facilement graisser la patte, cela aidait les choses. Même dans les écuries de sumos sévissait le rationnement, et les lutteurs en bas de la hiérarchie devaient se contenter des miettes laissées par les vedettes. Harry avait vu de jeunes sumos affamés par une matinée d'exercices mendier aux éventaires du marché, spectacle aussi triste que celui d'hippopotames dans le lit d'une rivière asséchée.

L'élégant Goro vint se joindre à eux. Ex-pickpocket, il avait épousé un beau parti et n'avait plus besoin de faire les poches; il ne résistait pourtant pas au plaisir de s'encanailler.

— Montre-lui tes dernières nouveautés, dit-il à Tetsu en lui donnant un coup de coude.

Celui-ci se mit torse nu, révélant ainsi que le haut de son corps était, du cou jusqu'à la taille, entièrement tatoué : sur sa poitrine un tigre sibérien entrait dans une mare défendue par une pieuvre; sur son dos s'affichait l'image d'un bouddha souriant, les yeux fermés, les mains jointes dans la prière, ignorant monstres et dragons qui grouillaient tout autour. Tetsu paraissait avoir été baptisé non dans l'eau mais dans l'encre. Au cours de leur enfance, Harry l'avait accompagné à sa première séance de tatouage, exécuté par un ivrogne sur un banc du Ueno Park avec des éclats de bois au lieu d'aiguilles d'acier. Tetsu se retourna pour montrer la nouvelle œuvre, un lutin grimpant autour de ses reins; l'encre était encore fraîche et la peau gonflée. Le visage de Tetsu luisait de sueur.

— Ça va faire de l'effet aux bains publics, assura Harry.

— Et devant les femmes, observa Goro en expert averti. Enfin, sur certaines.

— À ton avis, qu'en aurait pensé le vieux Kato? demanda Tetsu à Harry.

— Il t'aurait déclaré chef-d'œuvre ambulant.

— Ah oui? C'est bon de vous voir, Taro et toi. Jiro aussi, bien sûr. (Tetsu remit sa chemise.) Nous représentons le gros de la vieille bande, quatre sur six, pas vrai? Manquent Hajime – bon débarras – et Gen, qui fait carrière dans la marine.

Taro sortit de sa mélancolie à la vue des nouilles. Une plante, il suffit de l'arroser, un sumo de le nourrir, ça n'est pas plus compliqué que cela, se dit Harry. Taro redevint une montagne enveloppée du délicat parfum de la cire qui empesait son chignon. Il se détendit, et les joueurs de cartes en profitèrent pour lui soutirer des renseignements à propos de ses confrères. Untel a-t-il vraiment perdu un ongle? Celui-là se serait foulé un doigt de pied? Les professeurs de danse posèrent l'aiguille sur un nouveau disque et changèrent de place; ils évoluaient en silhouettes, mêlant et démêlant leurs jambes. Harry se souvint de la première fois où Oharu l'avait fait entrer en cachette au dancing. Un pseudo-Rudy Vallee chantait dans un mégaphone. Une danse coûtait alors trois yens et les hommes devaient acheter un ruban de billets avant de pouvoir franchir le cordon de velours qui permettait d'accéder à la piste. Là, deux cents couples tournaient en rond sous l'éclairage hypnotique d'une boule miroitante, s'essayant au fox-trot, à la valse ou au slow. Des femmes en robe longue à l'occidentale se tenaient assises, l'air modeste, le long du mur, pendant que les hommes faisaient les cent pas pour les examiner. Oharu emmena Harry jusqu'à une mezzanine déserte d'où l'on voyait l'estrade de l'orchestre et le technicien qui, de sa cabine située au-dessus de l'entrée, alternait lumières colorées et boule miroitante. Des reflets couraient sur la piste. Harry les sentait passer sur son visage. Il remarqua aussi que rares étaient les hommes qui savaient vraiment danser.

— C'est juste pour tenir une femme dans ses bras, murmura Oharu. Ce sera peut-être la seule qu'il serrera jamais contre lui.

— Sauf une putain, fit remarquer Harry.

— Oh, c'est plus agréable ici. Les filles ne sont payées qu'en fonction du nombre de billets qu'elles remettent : elles ont intérêt à être aimables.

— Mais comment se fait-il que nous soyons seuls à ce balcon ?

— La direction l'a fermé. Elle ne veut pas que les clients s'asseyent : il faut qu'ils dansent et donc qu'ils achètent de nouveaux billets. D'ailleurs, il se passerait trop de choses à la faveur de l'obscurité.

— Par exemple ?

— Des choses. Il arrive parfois qu'un homme prenne une femme de force.

— Si quelqu'un essayait sur toi, je l'arrêterais.

— Je sais bien.

Elle ne fit pourtant qu'effleurer doucement de ses lèvres la joue de Harry, mais celui-ci se sentit enflammé.

Tetsu expliquait à Taro et aux joueurs de cartes qu'une petite taille avantageait un sumo.

— Les petits font preuve d'une ardeur plus grande, plus concentrée.

Harry, profitant de ce que Tetsu était d'humeur à bavarder, le prit à part et évoqua le problème du visa d'Iris. Un problème d'ordre purement bureaucratique, tel que Harry le décrivait, qu'un simple coup de fil au ministère des Affaires étrangères émanant d'un groupe patriotique respectable comme, par exemple, Pureté nationale, réglerait en une minute. Pureté nationale appliquait le patriotisme en assassinant libéraux et modérés, en élaguant et en modifiant la nature du discours politique. Pureté nationale agissait partout. Les mêmes superpatriotes, honorables invités du palais impérial, avaient recours à un yakuza pour extorquer de l'argent aux entreprises, petites ou grandes. Si Harry réussissait à maintenir son Joyeux Paris ouvert, ce n'était pas en recourant à une méthode aussi grossière que celle de verser de l'argent à un vulgaire encaisseur, mais en prodiguant de généreux dons à l'autel de Pureté nationale.

— Cette fois, dit Harry, je veux rencontrer notre ami patriote de Pureté nationale en personne de façon à lui expliquer la situation et à lui demander son avis. Il passera alors un coup de fil au ministère. C'est bien simple. Après tout, il s'agit d'un allié allemand. Mais je veux que tu m'accompagnes pour que, quand je me porterai garant de cet Allemand, tu puisses te porter garant de moi.

— Je ne sais pas, Harry.

— Je ferai également un don à ton autel favori.

— Ah !

Harry fixa l'heure du rendez-vous. Il envisagea un instant de parler du pistolet, mais, après avoir évoqué la situation d'Iris, il risquait de faire échouer le marché. Un pistolet, c'était comme un drapeau rouge : les yakuzas eux-mêmes en utilisaient rarement. Et, pour un civil, se débarrasser d'un pistolet amenait une foule de complications. Pourquoi Hajime se serait-il donné le mal de lui refiler un pistolet si celui-ci n'avait pas été impliqué au moins dans un triple homicide ? Harry ne parvenait pas à oublier le sourire ricanant de Hajime derrière la vitre du train, tandis qu'il exhibait son arme pointant hors de son étui.

Agawa quitta la partie et s'approcha d'eux. De la tête il désigna la boîte en bois posée auprès de Taro.

— Tout y est bien ? Je connais quelqu'un à qui on avait remis une boîte vide.

— Vide ? fit Taro, consterné.

— Oh, je disais ça comme ça ! Ça a été un choc pour la famille.

— Ma mère en mourrait.

Taro souleva d'une main hésitante la boîte en bois de

glycine décapé au point de briller comme du satin et ceinte d'une écharpe blanche. Il l'avait apportée jusqu'au dancing mais ne l'avait pas encore soupesée.

— Elle doit contenir, reprit Agawa, l'album officiel de l'unité à laquelle appartenait Jiro avec des photos de l'empereur, de l'étendard impérial, du drapeau du régiment et des officiers supérieurs, ainsi que des photos personnelles, une carte et une description des circonstances dans lesquelles il a trouvé la mort ; des rognures d'ongle et des mèches de cheveux aussi. Et, naturellement, les cendres et les os réduits en poudre dans un flacon fermé ou dans un sac.

— J'ai l'impression que tout est bien là, fit Taro en inclinant la boîte d'un côté puis de l'autre.

— Il vaudrait mieux s'en assurer, recommanda Agawa.

— Je ne suis pas prêt, Harry, gémit Taro. Il faut que je me prépare.

— Il faudra bien que tu l'ouvres quand tu rentreras, rétorqua Agawa.

Taro posa alors la boîte sur ses genoux et commença à tirer sur le nœud avec ses gros doigts. Il souleva le couvercle comme s'il ouvrait une tombe.

Taro plongea la main à l'intérieur et tria le contenu avec précaution.

— L'album. L'album et le petit sac des cendres... il est vide. (Son visage devint aussi blanc que la boîte.) C'est tout.

— C'est scandaleux, s'écria Agawa. Tu dois faire une réclamation.

— Tu ne feras rien du tout, s'interposa Harry. Allons-nous-en.

— Ta mère en mourra, insista Agawa.

— On s'en va, répéta Harry en remettant le couvercle en place et en aidant Taro à se lever.

Pendant que Tetsu emportait la boîte, Harry emmena Taro jusqu'au foyer du dancing et l'installa sur une chaise ; sa masse débordait de chaque côté. Harry renvoya Tetsu afin qu'il empêche qui que ce soit de les suivre.

Le fauteuil tremblait sous le poids de Taro.

— Non seulement j'ai pris le bateau qui revenait à Jiro mais maintenant j'ai perdu ses cendres. J'aurais dû veiller sur lui. C'était mon petit frère.

— D'un quart d'heure ! Il t'a sans doute expédié dehors d'un coup de pied : c'était bien son genre.

— Maintenant, j'ai perdu ses cendres, répéta Taro en baissant la tête.

— Tu n'as pas perdu les cendres de Jiro.

— Que pensera ma mère ? Elle racontera à tout le monde que je l'ai fait exprès.

— Pas du tout.

Parfait exemple, songea Harry, de la façon dont une petite bonne femme peut mener un sumo à la baguette. Il examina la moquette crasseuse du foyer, l'alcôve du vestiaire, les cendriers mal nettoyés, le boulier brisé et le poêle ventru tout froid. Harry ouvrit la boîte et en sortit le sac vide.

— Qu'est-ce que tu fais, Harry ?

— J'arrange les choses.

Avant que Taro ait pu esquisser un geste, Harry avait ouvert la trappe du poêle et, d'une pelletée, empli à demi le sac. Harry resserra le cordon, déposa le sac dans la boîte, s'essuya les doigts sur son pantalon et se baissa un peu pour regarder Taro droit dans les yeux.

— Maintenant, tu as les cendres. Maintenant, ta mère aura l'esprit en paix. Et toi aussi, parce que tu sauras que tu as fait tout ton possible pour la rendre heureuse et lui permettre de prier pour lui. Tu l'avais perdu, le voilà retrouvé. Un bon berger se réjouit davantage de retrouver une brebis perdue que de la présence des cent autres.

— Tu crois ?

— J'en suis certain, reprit Harry, dénouant l'écharpe et la passant par-dessus la tête de Taro pour qu'il la porte.

— J'ai eu envie de tuer Agawa, mais il a bien fait de poser la question.

— Les événements tournent parfois de curieuse façon.

— Comment puis-je te remercier ?

— À ce propos, je compte apporter un don au chef de Pureté nationale, célèbre fan des sumos. Pourquoi ne pas m'accompagner pour donner à cette visite un accent patriotique ? (Il précisa à Taro l'heure et le lieu du rendez-vous.) Je compte sur toi.

— Bien sûr, Harry. Pardonne-moi. Pendant un instant, j'ai perdu la tête.

— Il n'y a pas de mal. Tu es prêt ?

Taro se leva ; il avait repris sa stature de sumo. Ils sortirent dans la rue, et chaque pas supplémentaire le rendait plus solide sur ses jambes et plus impressionnant, les épaules carrées, l'air grave. Arrivés sur le Rokku, Harry et lui se séparèrent. Suivant du regard Taro qui s'éloignait dans la foule, Harry éprouva, plus que l'orgueil du bon berger, la satisfaction du boucher qui parvient sans cesse à garder le pouce sur le plateau de la balance.

12.

Ce fut un soir d'avril que Gen fit connaître à Harry le Magic Circus. Ils s'étaient retrouvés pour un nouveau film de John Wayne et, à la sortie, se mirent à déambuler comme des cow-boys à la lueur des enseignes de cinéma. La plupart des officiers de marine étaient tondus comme des moutons, mais Gen avait réussi à conserver ses cheveux. Il portait un panama qui lui conférait une assurance et un style tels que Harry avait envie de reculer d'un pas pour applaudir. Pourtant – et c'était le seul problème de Gen –, il évoquait davantage un acteur interprétant un héros qu'un héros véritable. Il avait été affecté aux Opérations. Un officier à la carrière prometteuse aurait sans doute coupé toute relation avec un personnage aussi douteux que Harry, mais Gen ne se préoccupait guère de prudence. Leur relation était trop ancienne, trop forte, trop compliquée : chacun oscillait constamment entre confiance et méfiance. Gen connaissait trop bien Harry, et réciproquement.

Gen consultait de temps en temps sa montre, ce que Harry ne remarqua qu'au moment où, en route pour le Joyeux Paris, Gen suggéra d'aller plutôt à la maison d'osier de l'autre côté de la rue. Harry aperçut Michiko par les fentes des persiennes de son bar. Appuyée au juke-box, elle l'attendait au milieu des volutes de fumée en murmurant les paroles d'une chanson. Derrière une grille ouverte, la lanterne de la maison d'osier leur adressait un appel plus discret.

— Tu plaisantes, dit Harry. Tu es ivre.

— Pas du tout. (Non, Gen était parfaitement à jeun ;

Harry dut l'admettre.) Un de mes amis s'y trouve. Je suis sûr qu'il te plaira.

— Une soirée de geishas ?

— Pas de geishas. Il veut jouer aux cartes.

— Il y a des parties dans toute la ville.

— Avec lui, c'est très particulier. Il devrait te plaire. Rencontre-le et, si ça ne t'intéresse pas, tu partiras. C'est l'affaire de cinq minutes, Harry.

Des pierres disposées sur un tapis de mousse menaient de la grille de la maison à une entrée de cèdre soigneusement astiquée. À peine déchaussés, Harry et Gen entendirent derrière les panneaux de papier coulissants la rumeur bien reconnaissable d'une fête qui battait son plein : toasts portés d'une voix avinée, bousculades autour de coussins musicaux (la version japonaise des chaises musicales), calembours et jeux de mots stupides censés être des plaisanteries. Riches ivrognes et poupées pimpantes, ça avait tout l'air d'une soirée de geishas, avec son côté culturel limité et son niveau de distraction quasi préhistorique. Une fille s'appliquait à chanter comme un rossignol, le principal talent de ses camarades se bornant à leur aptitude à faire avec la langue un nœud à une queue de cerise. Le propriétaire, bossu à force de s'incliner, qui accueillait d'habitude les clients sur le pas de la porte, était, pour une fois, absent. Gen entraîna Harry dans le salon le plus éloigné de la rue – par tradition le mieux situé et le plus calme –, celui où Harry se retrouvait parfois quand il s'échappait du Joyeux Paris ; en retour, il ne manquait jamais de reconduire chez elles les geishas trop éméchées pour marcher. Une fenêtre ronde donnait sur un jardin à l'éclairage tamisé, plein de bonzaïs et de misères. Dans un coin, un paravent décoré d'une carpe dorée qui nageait sur un fond de soie bleue. Mais aucune geisha ce soir-là, seulement un petit homme vêtu d'un kimono usé jusqu'à la corde et qui battait des cartes. Tout ridé, bronzé et râblé, sans un gramme superflu. Cheveux gris rasés jusqu'au cuir. Amputé du médius et de l'index gauches. Il ne se leva pas pour accueillir Harry, ne fit même pas semblant de s'incliner ; son accueil fut cependant aimable et décontracté.

— Il paraît que vous jouez, dit-il à Harry.

— À vous la donne.

L'homme distribua les cartes face cachée pour une partie de poker à cinq cartes et ils commencèrent par un coup avec une mise d'un yen, histoire de rendre la partie intéressante. L'homme jouait bien : doté d'une grande maîtrise, de la mémoire des cartes et du sens de l'évolution des chances, il affichait un visage naturellement impassible – ce qui était le plus important – et un détachement amusé qui lui permettait de perdre ou de gagner une main sans sourciller. Harry dut batailler jusqu'à deux heures du matin pour le laisser sans un sou.

— Vous comprenez, expliqua l'homme à Gen tandis que Harry empochait le dernier pot, qu'on commence par jouer un yen seulement, un bateau ou un soldat, on perd tout quand même si on ne sait pas s'arrêter à temps. Et à cela, les Japonais n'excellent pas. (Il montra ses mains à Harry.) Parfois, il faut même laisser des doigts sur la table. J'ai perdu les miens le jour où mon propre pistolet m'a sauté entre les mains. Mais les geishas font preuve d'une grande gentillesse : au lieu de me demander un yen pour me faire les mains, elles se contentent avec moi de quatre-vingts sens.

— Sur qui tiriez-vous ?

— Sur des Russes. C'était la guerre et c'était parfaitement légal.

Les chants et les rires dans les autres pièces avaient totalement cessé. Le silence descendait sur la maison d'osier. Gen, quant à lui, avait suivi la partie de poker d'un bout à l'autre sans dire un mot ni même bouger, sauf pour vider un cendrier ou aller chercher du thé, et observé chacun des gestes du vieil homme avec l'attention et le respect d'un enfant de chœur.

— Je ne suis vraiment pas un bon client pour les geishas, reprit l'homme. Je ne bois pas et je n'ai pas grand-chose à dépenser. Malgré cela, elles m'acceptent. Je trouve ce salon en particulier très reposant. (Il se frotta la tête d'un air gêné.) Ce soir, j'ai tenté de rentrer chez moi – la première fois depuis des mois –, mais j'ai trouvé porte close : ma femme a probablement emmené les enfants en vacances. Alors je suis venu ici avec la petite monnaie que je possédais et des cartes pour me refaire. Malheureusement, je suis tombé sur vous et je me retrouve sans un sou.

— Je vous avais prévenu, dit Gen.

— Vous aviez raison. Désormais, j'écouterai mes subalternes. (L'homme se retourna vers Harry.) Quelles erreurs ai-je commises ?

— Rien de spécial. Simplement, comme vous n'aviez que peu d'argent, vous m'avez laissé empocher deux pots, ce qui vous a obligé ensuite à vous montrer trop agressif. Puis les pertes ont fait boule de neige.

— C'est si vrai ! Vous savez, il m'est arrivé de songer sérieusement à quitter la mer pour devenir joueur à plein temps. Pas aux cartes. À la roulette. J'ai vécu une expérience très encourageante, jadis, à Monte-Carlo. J'aime bien les dés.

— Essayons, proposa Harry en tirant de sa poche une paire de dés.

— Oh, je ne me risquerais pas à jouer avec quelqu'un qui se balade avec des dés sur lui.

— Je fais crédit.

— Encore plus dangereux. Lieutenant, votre ami est à la hauteur de la réputation que vous lui faites. (L'homme se frotta les mains.) Excellent !

Dans son coin, Gen rayonnait d'orgueil.

— Avez-vous un système ? demanda l'homme à Harry.

— Non, je laisse l'adversaire adopter le sien, puis j'essaie de le deviner.

— Vous pariez sur n'importe quoi ?

— Les cartes, les voitures, les chiens, les chevaux, les pigeons, à peu près n'importe quoi.

— Le lieutenant m'a parlé de la course de voitures à Tamagawa. (Tamagawa était un circuit sur la route de Yokohama.)

— On y organise de belles courses, dit Harry. Des Bentley, des Bugatti, des Mercedes.

— Est-il vrai que vous avez engagé une voiture avec un moteur d'avion ?

— Un Curtis à treize cylindres.

— La voiture est restée sur le sol ?

— Tout juste, mais elle a gagné.

— C'est ce qui compte. Je regrette de ne pas avoir vu ça.

— Certains des concurrents n'étaient pas contents, rappela Gen.

— Dommage, dit l'homme. On est rarement content dans le camp des perdants ! (Il revint à Harry.) Mais vous avez aussi des intérêts dans le pétrole.

— J'aide le gouvernement à développer les sources de pétrole.

— À partir de quoi... ?

— Du schiste principalement, mais j'en recherche d'autres aussi.

— C'est-à-dire ?

Avec celui-là, les foutaises ne marcheraient pas.

— Les pins.

L'homme eut un sourire émerveillé.

— Il paraît aussi que, dans votre enfance, vous vendiez des peaux de chat. Je suppose que vous allez essayer d'en extraire du pétrole.

— Le Japon ne possède aucune des sources habituelles de pétrole.

— Inutile de me le préciser, fit l'homme, dont le sourire s'effaça. Autrefois, je buvais un peu. Là-dessus, il m'a été donné de voir le spectacle le plus dégrisant de ma vie. Un champ pétrolifère, au Texas. Des puits de pétrole à perte de vue, un gisement produisant à lui seul plus que le Japon tout entier. J'ai visité des chaînes de montage à Detroit et vu des gratte-ciel à New York, mais la dernière image que je vois en fermant les yeux, le soir, c'est ce champ de pétrole. Chaque fois que je parle pétrole, l'armée me dit qu'il ne faut pas s'inquiéter parce que nous autres, Japonais, sommes animés par l'esprit Yamato. L'esprit Yamato. L'esprit Yamato, dans l'armée on ne connaît que ça : on prétend que le Japon est tellement différent, tellement supérieur, que, forcément, il l'emportera. Mais j'ai vu les cerisiers de Washington et ils sont tout aussi beaux que les nôtres. L'armée parle beaucoup du caractère incomparable des Japonais. Vous savez, la façon dont un homme aborde une femme peut en apprendre beaucoup sur son caractère et son intelligence. Le Japonais s'approche d'une femme et demande : « On baise ? » Même une prostituée répondrait non. Un Américain se présente avec des fleurs et des cadeaux et obtient ce qu'il veut. Autant pour la supériorité morale et autant pour les résultats. L'armée peut bien se targuer de l'esprit Yamato : je préfère le pétrole.

Son débit était tellement soutenu que Harry mit un moment avant de trouver la possibilité de répondre :

— Je ne peux pas vous conduire au Texas.

— Je comprends, mais je devine en vous le regard sceptique et l'expérience qui nous seraient très utiles dans certaines situations. Vous êtes unique. Le lieutenant avait raison : vous êtes exactement celui qu'il nous faut.

— Pour quoi ? s'enquit Harry, ne sachant s'il devait s'estimer flatté.

— Faites-vous des tours de cartes ?

— Je joue simplement aux cartes, je ne suis pas prestidigitateur.

— Vous connaissez des prestidigitateurs ?

— Des douzaines. Des prestidigitateurs avec des colombes, des lapins, des foulards, des scies, des tours de télépathie, tout ce que vous voulez.

— Êtes-vous libre demain soir ?

— Pour un spectacle de magie ?

— C'est là le problème, répondit l'homme avec un sourire. Nous ne savons pas exactement si ça relève de la magie ou du miracle. J'espère que vous nous aiderez à trancher.

Le lendemain soir, une voiture de la marine avec un insigne en forme d'ancre vint prendre Harry au Joyeux Paris. Gen l'attendait à l'intérieur, derrière des rideaux tirés. Il portait un costume bleu marine et sa désinvolture de la soirée précédente avait cédé la place à une humeur morose.

— Où est notre ami aux cartes ? demanda Harry.

— Il sera là. Mais pas de noms, prévint Gen.

— Comme tu voudras.

Peu importe, Harry connaissait le nom du joueur. Il suffisait de lire un journal ou de regarder les actualités pour connaître le visage sévère et les manières brusques du commandant en chef de la Flotte combinée. Même si aucun nom n'avait été prononcé, Harry avait reconnu Yamamoto dès l'instant où l'amiral s'était mis à battre les cartes avec ses célèbres huit doigts. Harry se rendait parfaitement compte aussi que l'heure, minuit, et le lieu, le salon du fond d'une maison d'osier, avaient été choisis pour que, à part le fidèle Gen, le rendez-vous se passe sans témoin. Harry pourrait-il prétendre avoir même été présenté à Yamamoto ? Non. Parfait. Quand il s'agissait d'associer son nom à celui de Harry, il n'y avait pas foule.

— C'est une situation très délicate, prévint Gen.

— Tu veux dire que tu joues ta carrière. Magie ou miracle, que faut-il que je comprenne ? Le Grand Homme m'a examiné et a donné son approbation, mais je ne sais toujours rien. Rancarde-moi.

— Il faut que tu le voies pour y croire.

— Précieux renseignement ! S'agirait-il de la Résurrection ? D'eau changée en vin ? D'un buisson ardent ?

— De ce niveau-là.

— Fichtre ! Écarter les eaux de la mer, alors, et se diriger tranquillement vers la destination choisie ?

— Un peu. C'est un très gros coup, mais..., reprit Gen en baissant la voix, il y a un risque aussi, celui d'être très gêné.

— De perdre la face ?

— Pas seulement. D'être terriblement, catastrophiquement gêné.

Harry était intrigué, néanmoins Gen hocha la tête pour indiquer que la conversation s'arrêtait là. Au sud du palais, le chauffeur s'engagea dans une allée derrière le ministère de la Marine et s'arrêta. Gen scruta la pénombre, puis poussa Harry hors de la voiture et lui fit gravir à toute allure une volée de marches, comme s'il amenait une prostituée. Une fois dans le bâtiment, ils suivirent une succession d'ampoules poussiéreuses et traversèrent un tunnel, où couraient des canalisations d'eau et de vapeur, jusqu'à une porte donnant sur un couloir en sous-sol et sur lequel s'ouvraient des bureaux. À en juger par un bruit de voix et une vague lumière au fond du couloir, quelqu'un travaillait. Mais qui ? se demanda Harry. À une heure du matin ! Gen marchait presque sur la pointe des pieds et, une fois arrivé tout près des voix, poussa Harry dans une pièce, un réduit plutôt, un débarras encombré de balances, de plateaux de stérilisation, d'urinoirs. À la hauteur des yeux, un panneau vitré encastré dans le mur.

— De l'autre côté, chuchota Gen, c'est un miroir sans tain. Nous nous trouvons dans une clinique désaffectée où les pilotes subissaient des examens médicaux, ce qui exigeait parfois une observation discrète.

Harry examina la pièce de l'autre côté du miroir. Une table métallique supportait un réservoir d'eau d'environ deux mètres cinquante de large sur un mètre vingt de haut, un aquarium de bonne taille qui, à la place de sable et de poissons, contenait six bouteilles de verre bleu. Chacune d'elles était scellée et reliée par un fil électrique sortant du goulot à une batterie aussi grosse que celle d'un sous-marin – la faire entrer là équivalait à déplacer un piano. Des tiges en forme de V enveloppées dans du fil de cuivre étaient plantées aux quatre coins du réservoir, au-dessus duquel pendait une sphère de cuivre. Était rassemblé là un public restreint mais choisi : quatre officiers de marine, avec, pour le moins gradé, les galons de capitaine de frégate, et deux civils qui ne semblaient pas à leur aise. Harry remarqua deux sous-officiers armés d'un pistolet postés près de la porte. Il aperçut aussi Yamamoto, avec tant de galons au bas des manches qu'on aurait cru qu'il avait trempé ses poignets dans l'or. Yamamoto, son uniforme semblant peser sur ses épaules, fixait avec angoisse, de même que les autres, un homme décharné en blouse blanche qui relevait les chiffres d'une batterie de cadrans reliés chacun par un fil aux tiges de cuivre. Tous les spectateurs portaient, pendues autour du cou, des lunettes de soudeur. D'après la montre de Harry, cinq minutes s'écoulèrent avant que l'homme en blouse blanche relève la tête pour déclarer :

— Il y a du progrès, résolument du progrès.

— En quoi ? demanda Harry à Gen. Qu'est-ce qu'il fait ?

Gen choisit soigneusement ses mots avant de déclarer :

— Il fabrique du pétrole.

— Comment ça ?

— Il transforme l'eau en pétrole.

Harry recula bel et bien d'un pas. Plus grand-chose ne l'étonnait, mais ça, ça lui en bouchait un coin.

— Il transforme de l'eau en pétrole ?

— Tu peux sourire, mais je l'ai vu le faire.

— Dieu lui-même ne l'a pas tenté. L'eau en vin, d'accord ; en pétrole, non. Tu réalises bien que c'est impossible.

— Les opinions sont partagées, reconnut Gen. Le programme est ultra-secret.

— Je n'en doute pas. Quel est le nom du chercheur ?

— Ito. Le Dr Ito.

Pendant qu'Ito ajustait ses réglages, Gen développa les explications du docteur. Selon ce dernier, le tableau des éléments ne serait ni fixe ni limité et, par un « remodelage électrique », il serait possible de casser la structure atomique de ces derniers et de la recombiner. Ito était en train d'établir la cartographie des états intermédiaires des éléments et, conscient des besoins du pays, consacrait son talent et ses découvertes à obtenir la transformation de l'eau en pétrole. À voir leurs visages, Harry devina qui dans la salle gobait cette théorie. Un civil au moins maîtrisait visiblement son indignation professionnelle, mais il y avait dans la marine des optimistes et des croyants. Le spectacle d'Ito n'était pas mauvais, d'ailleurs : sa maigreur spectaculaire, ses cheveux plats tombant sur un front pâle, ses yeux rendus creux à force d'insomnie, sa blouse couverte de taches, ses mains sales, tout en lui respirait le génie. Il s'agitait fébrilement en galoches de caoutchouc, réglant des cadrans, changeant la position des tiges de cuivre, ne s'arrêtant que pour attendre que cessent ses quintes de tuberculeux.

— C'est peut-être suffisant pour ce soir, lâcha-t-il d'une voix rauque.

— Docteur, demanda Yamamoto, voudriez-vous, je vous prie, essayer encore une fois ? C'est tellement important.

Ito sembla puiser dans ses réserves d'énergie.

— Encore une fois.

Il enfila des gants de caoutchouc tout en s'approchant d'un énorme commutateur. Suivant son exemple, tous ceux qui se trouvaient dans la salle chaussèrent des lunettes protectrices aux verres fumés et Ito parut attendre que toute l'assistance eût retenu son souffle. D'après Harry, seul un public habitué aux mises en scène affectées du kabuki pouvait avaler le cirque d'Ito.

— Prenez vos positions.

Tout le monde s'installa sur un tapis de caoutchouc. Harry n'avait pas eu le temps de comprendre ce qui se passait qu'Ito abaissait la manette du commutateur et que l'eau du réservoir virait au bleu vif. Ito augmenta le voltage. Des éclairs filèrent le long des deux bras des tiges de cuivre, jaillirent avec force, se rejoignant d'une tige à l'autre, puis formèrent un arc électrique au-dessus du réservoir. Enfin ils montèrent jusqu'à la sphère placée au-dessus, si bien que le réservoir et la table se trouvèrent surplombés d'une sorte de méduse électrique qui se mit à grésiller avant d'éclater dans des relents de laine brûlée. Gen et Harry levèrent précipitamment les bras pour se protéger les yeux de la lumière qui inonda leur réduit. Ito brancha un transformateur et le noyau de la cellule menaça de lancer ses tentacules hors de la table. On se trouvait devant le spectacle des forces de l'univers se déchaînant dans un chaudron électrique, un aperçu de la Création elle-même. Des courbes ondulaient sur l'écran d'un oscilloscope. Ito tournait autour du réservoir en brandissant un petit tube à néon qui s'allumait, s'éteignait, repartait. Ses longs cheveux se dressaient, se tordaient et pointaient en direction d'une tige puis d'une autre. Des décharges électriques s'enroulaient comme du feu autour de ses bras pendant qu'il évoluait avec l'assurance d'un sorcier. Quand la séance cessa, Harry se sentait à demi aveuglé. Tous, d'ailleurs, semblaient aussi secoués que s'ils venaient d'être frappés par la foudre.

— Pas mal, apprécia Harry. Des arcs électriques, des étincelles, il ne manque qu'un bossu qui passe en courant avec un seau plein de cervelles.

Yamamoto descendit du tapis et s'approcha du réservoir. Toujours prêt à tout risquer, il y posa les mains, ses deux doigts sectionnés en poursuivant les Russes bien en évidence. Comme si ce geste était un signal, une bouteille s'agita, pencha, s'éleva lentement et monta jusqu'à la surface, où Ito la cueillit. Il trancha le fil qui la retenait prisonnière et la posa sur un porte-éprouvette. Bien entendu, il ne déboucha pas lui-même la bouteille.

— L'éminent professeur Mishima me fera-t-il l'honneur ?

Le plus petit et le plus grassouillet des deux civils prit un air offusqué.

— C'est ridicule, cela n'a rien de scientifique.

— Je vous en prie, insista Yamamoto.

Mishima brisa le cachet de cire avec un canif et versa le contenu du flacon dans un tube à essai, en laissant la dernière goutte rouler sur son doigt pour la goûter.

— Qu'est-ce que c'est ? demanda Ito comme à un proche collègue.

— Du pétrole, admit le professeur en s'essuyant les lèvres.

— Qu'y avait-il à l'origine dans la bouteille ?

— De l'eau.

— Votre conclusion ? s'enquit Yamamoto.

— C'est grotesque. On ne peut pas changer de l'eau en pétrole grâce à une petite décharge électrique, sinon les océans ne seraient qu'une mare de pétrole.

— Leur eau est salée, très différente, rétorqua Ito, imperturbable.

— Vous ne pouvez pas défier les lois de la nature.

— Nous les réécrivons.

— Impossible...

Le professeur fit une tentative, mais il était perdu, battu par l'une de ses propres cartes.

— Peut-être est-ce l'esprit Yamato dont on parle tant, suggéra Yamamoto. Mais, docteur Ito, il semble que, des six bouteilles, une seule ait été transformée.

— C'est vrai, aussi poursuivons-nous nos recherches.

Le docteur disparut un instant du champ de vision de Harry pour revenir avec une nouvelle bouteille d'eau. Il tourna ensuite scrupuleusement le dos tandis qu'un vice-amiral inscrivait quelque chose sur un bouchon. Ito récupéra immédiatement le bouchon et ferma le récipient avant d'allumer un bâton de cire à cacheter, la flamme éclairant faiblement son visage tandis qu'il faisait pivoter la bouteille pour recueillir les gouttes de cire.

— Il faut penser à la production, déclara Yamamoto.

— D'abord les recherches.

— Avec une date limite, insista l'amiral.

Ito se retourna pour tousser et Harry aperçut des taches rouges qui s'élargissaient sur son mouchoir. Il paraissait épuisé tout à coup, comme si la foudre provenait de son corps. Les quintes le secouant, on lui trouva un fauteuil. Yamamoto fut contraint de céder, mais leva les yeux vers la vitre à travers laquelle Harry observait la scène.

— Qu'est-ce que tu en penses ? demanda Gen.

— Formidable, ironisa Harry. Des éclairs, de la lévitation, de la transmigration. J'ai adoré.

Dès le lendemain à midi, Gen apporta des diagrammes au Joyeux Paris. Michiko triait des disques en l'observant d'un air maussade, tel un chat qui trouve qu'on ne s'occupe pas assez de lui.

— Vous êtes encore allés avec des geishas hier soir ? s'informa-t-elle auprès de Gen.

— Je te l'ai dit, répondit Harry, la première fois il s'agissait d'une partie de cartes.

— Et hier soir ?

— Une simple arnaque, fit Harry en étalant les plans sur une table. Non, mieux que ça, la plus belle que j'aie jamais vue. Un vrai filon, de la magie !

— C'est tout ce que tu as à me dire ? interrogea Michiko.

— J'ai les lèvres cousues.

— Je pars, Harry. Je vais dépenser tout ton argent et me trouver un meilleur amant.

— J'espère qu'il aura un zizi qui sonne comme une clochette.

— Je ne reviendrai pas.

— Amuse-toi bien.

Gen frissonna en l'entendant claquer la porte derrière elle.

— Pas commode.

— Ce n'est pas Shirley Temple, fit Harry. As-tu dormi ?

— J'ai pris du café.

Les officiers de la marine japonaise commençaient en effet toujours la journée avec du café et des œufs brouillés. La compassion de Harry se dissipa.

Outre les plans, Gen s'était occupé de faire analyser l'eau et le pétrole. L'eau se composait bien de deux parts d'hydrogène et d'une part d'oxygène ; quant au pétrole, il équivalait au brut Rising Sun.

— Imagine que nous arrivions à produire ça ! s'exclama Gen, que nous réussissions à dépasser le stade expérimental. Sur les six bouteilles, cinq n'ont pas été transformées.

— L'échec est important. Il ajoute une part de mystère et permet de gagner du temps. Si la marine veut qu'on se lance dans la production de quantités importantes de pétrole, ça implique une équipe d'authentiques techniciens. Alors, un arnaqueur préfère les recherches sans fin et onéreuses. Combien tout cela coûte-t-il actuellement à la marine ?

— Avec des filtres à eau en or et le matériel électrique, dix mille yens par semaine.

— Ça vaut la peine de faire traîner les choses. Et chaque fois que la marine fait pression pour avoir des résultats, Ito peut jouer la Dame aux camélias et se mettre à tousser à mort. À ta place, je ferais examiner le mouchoir du docteur pour voir si on n'y trouve pas un petit flacon de liquide rouge.

— Tu es convaincu que c'est une supercherie ? Tu sais qu'il fait marcher de vrais savants.

— J'ai eu l'occasion de visiter le magasin des accessoires des studios Universal, et je parierais que le bon docteur a acheté la moitié du labo de Frankenstein. Ils appellent les tiges des échelles de Jacob et la sphère n'est autre qu'un générateur Van de Graaf qui provoque des effets formidables. L'électricité produite est totalement statique et parfaitement inoffensive à condition de ne pas être sur la masse. Parle-moi plutôt d'Ito.

Né à Kyoto dans une famille qui s'était d'abord installée en Malaisie, puis à Londres, Ito prétendait avoir fait, après des études de chimie et de physique à l'université, des recherches pour la British Petroleum.

Allez donc savoir ! Impossible de consulter les archives anglaises incendiées par la Luftwaffe. Ito avait récemment regagné son pays natal pour étudier en solitaire au cap Sata, l'extrémité méridionale du Japon. Là, sur une falaise battue par la mer, il avait pénétré les mystères mêmes de la structure atomique. L'homme pouvait obtenir la fission de l'atome. De nouveaux éléments ne cessaient d'être créés. L'eau et le pétrole ne constituaient que des états différents d'un flux d'électrons. Plutôt que de suivre la voie lente et prudente d'une publication universitaire, il offrit directement ses services au pays. Et la marine sauta sur l'occasion. Comment résister ? songea Harry. Avec une source fiable de pétrole, la marine régnerait sur le Pacifique alors que, sans pétrole, la Flotte combinée finirait tôt ou tard par rester au port, ses coques d'acier recouvertes de fientes de mouettes.

— Il y a plein de prestidigitateurs à Asakusa. Je vais me renseigner, dit Harry.

— Non. Tout cela est secret, nous ne sommes même pas censés mentionner son nom.

— Alors laisse-moi me renseigner sur le tour de magie. Je ne parlerai pas de pétrole.

— Non, fit Gen en posant son bras sur la table, ça ne concerne que toi. Toi seul.

Harry traduisit : son implication dans un projet de la marine ne devait être connue de personne d'autre.

— Rien que toi, insista Gen. Selon toi, Ito ne serait pas un vrai savant ?

— Il me semble l'avoir déjà vu, à l'Olympic Bar de Shanghai, il y a des années de cela. Je l'ai remarqué quand il faisait la tournée des tables. C'était un artiste du travail rapproché : il pratiquait des tours de cartes et faisait disparaître des objets. Il était tout à fait différent à l'époque : chauve et habillé comme un moine.

— Vraiment ? Quelqu'un que tu as à peine entrevu dans un bar il y a des années et qui était différent ?

— Et qui faisait déjà le coup de la toux et du mouchoir ensanglanté quand les Anglais l'ont épinglé en train de piquer des portefeuilles.

— Eh bien, à nous d'être plus précis.

Gen avait listé les préparatifs de l'expérience : la façon dont on remplissait minutieusement d'eau les bouteilles, dont les témoins inscrivaient sur les bouchons des mots ou des chiffres qu'Ito ne voyait pas avant d'insérer le fil électrique, de cacheter le bouchon avec de la cire fondue et de déposer la bouteille dans le réservoir. Gen avait noté toutes les étapes suivies par Ito : les mesures de sécurité grâce aux lunettes protectrices et au tapis, l'installation des tiges de cuivre et le dosage du voltage pour chacune afin d'« orchestrer le champ électrique ».

— Est-ce que, en général, une décharge suffit pour opérer la transformation ? demanda Harry.

— Non, ça peut prendre des jours. Mais dès l'instant où les bouteilles sont dans le réservoir, impossible d'y toucher : on risquerait l'électrocution. D'ailleurs, la salle d'expérimentation est gardée vingt-quatre heures sur vingt-quatre.

— Pourquoi des bouteilles bleues ? interrogea Harry.

Il trouvait qu'elles ressemblaient à des flacons médicinaux.

— Pour filtrer les rayons nocifs, d'après Ito.

— Impossible alors de voir si le contenu est du pétrole ou de l'eau.

— Mais si : au moment où la bouteille monte à la surface.

— C'est ta réponse.

— Tu n'y crois pas du tout ?

— Toi non plus, sinon tu ne m'aurais pas fait venir. Yamamoto ne se laisse pas duper non plus, pas vraiment.

— Mais…

— Je sais, fit Harry en souriant. Ça me rappelle la vieille blague : une femme amène son mari chez le psychiatre et lui dit : « Mon mari est fou, il se prend pour une poule. » Le psychiatre propose alors : « Laissez-le-moi une semaine, je le guérirai. » Ce à quoi elle répond : « Mais nous avons besoin des œufs. » La marine, c'est ça. On sait que c'est dingue, mais on a besoin du pétrole.

Harry réalisa subitement que Yamamoto risquait fort, avec cette affaire, de passer pour fou. Étant donné qu'on le considérait comme l'homme le plus raisonnable de la marine, mais qu'il était aussi le plus résolument hostile à la guerre, l'armée sauterait sur la moindre occasion pour le discréditer.

Harry n'était pas surpris de ne pas avoir eu de contacts directs avec l'amiral. Se servir d'un gaijin était une idée géniale : lui, on pourrait toujours le désavouer.

Gen avait tracé un plan en coupe de la salle. Mur est : des placards à produits, des bombonnes d'eau, des tableaux anatomiques. Mur nord : d'autres placards, une balance, une porte et le linteau, une table sur laquelle étaient posés des bottes en caoutchouc, des gants et des lunettes de protection à verres fumés, un diagramme de l'œil ainsi que du matériel optique. Mur ouest : des béquilles, des fils de cuivre, un tableau des maladies vénériennes, un évier, des instructions recommandant de se ceinturer la taille pour neutraliser la force de gravité dans un virage serré. Mur sud : des fauteuils roulants, encore des placards, la vitre d'observation, d'autres bombonnes et une rangée de bouteilles.

— Mais imagine, reprit Gen, imagine que nous réussissions à transformer l'eau en pétrole. Quel élan nous donnerions alors au bien, au progrès !

— Gen, je peux te dire que pour moi ça ne change rien, mais j'ai vu des progrès, des tas de progrès. Je les ai vus ruisseler dans les rues. J'ai vu le progrès s'entasser dans des puits, s'élever jusqu'au ciel et brûler comme des bûches. Le progrès, c'est surfait.

— Mais tu nous aideras ?

— À quoi servent les amis ?

Gen s'appuya sur une table et ferma les yeux tandis que Harry examinait les diagrammes. Quand il s'agit d'arnaques, la solution la plus simple est la meilleure. Pas besoin de fréquenter Havard pour savoir ça. Harry rangea dans la catégorie « foutaise » les précautions minutieuses prises pour marquer et cacheter les bouchons et assimila les éclairs électriques et les violentes décharges à une belle mise en scène. Ce qui comptait vraiment, c'était la prétendue transformation d'eau en pétrole dans six bouteilles bleues plongées dans un réservoir d'eau. Le pétrole était plus léger que l'eau, ce qui expliquait pourquoi une bouteille se mettait à flotter une fois le liquide qu'elle contenait transformé par les éclairs déchaînés par Ito. Mais un fil très fin pouvait soulever une bouteille et le changement de contenu se produire n'importe quand. On n'avait même pas besoin que les six bouteilles s'élèvent : une seule suffisait à maintenir l'excitation, parce qu'il s'agissait d'un public qui, malgré son intelligence, avait décidé de croire ce qu'un prestidigitateur lui montrait. Houdini, un jour, avait fait disparaître un éléphant de Madison Square. Il avait montré à la foule le pachyderme de face puis avait tiré le rideau. Quand il l'avait rouvert, l'animal avait disparu. Houdini s'était contenté de l'entraîner sur le côté derrière un rideau de velours noir. Ce n'était pas plus compliqué que cela, car les gens avaient envie de croire. Il existait de nombreuses autres possibilités : les gardes présents en permanence pouvaient être achetés, et l'irascible professeur Mishima, de mèche. Mais cela se compliquait, ce qui incita Harry à se concentrer de plus en plus sur la blouse blanche du Dr Ito. Il en faisait la source la plus probable du « sang » craché à volonté par le docteur, et le rideau dissimulant une substitution de dernière minute. Entre les feux d'artifice, les verres fumés et son ample blouse blanche, Ito pouvait subtiliser une caisse entière de bière.

Harry réveilla Gen à seize heures. Kondo avait commencé à préparer le bar et essuyait les verres avec entrain. Du dehors provenaient les cris des vendeurs de saké et des diseurs de bonne aventure.

— On ne peut pas tromper un honnête homme.

Gen se redressa en se frottant les yeux.

— Que dis-tu ?

— On ne peut pas tromper un honnête homme. Sais-tu ce que ça signifie, gamin ?

— Oui.

— Pas du tout. Ça signifie qu'un honnête homme peut se permettre l'objectivité, car peu lui importe que ça marche ou non. Il est donc difficile de le tromper. En revanche, un complice cherche à obtenir quelque chose pour rien. Il veut la bonne carte du bonneteau, sa part d'un portefeuille perdu, un tuyau sur un cheval, du pétrole contre de l'eau. Il a déjà perdu son objectivité, il s'est fait acheter. Et comme la partie est truquée, impossible pour lui de se plaindre à la police qu'on lui a piqué ce qu'il espérait voler, ou à Dieu parce qu'on ne peut pas changer de l'eau en essence d'avion. As-tu une tenue blanche ?

Ce soir-là, Harry se glissa seul derrière la vitre d'observation ; Gen s'était joint aux témoins, des officiers de marine uniquement – Harry y vit le signe qu'on ne tarderait pas à ignorer totalement les arguties scientifiques. Yamamoto était présent ; cela faisait assez de galons d'or dans la salle pour tisser un cordon de sonnette. Le seul officier en uniforme blanc était Gen. Évidemment, tous les regards étaient braqués sur le Dr Ito et les six bouteilles bleues plongées dans le bassin.

Toujours aussi émacié, le docteur paraissait avoir passé la journée sous un nuage atomique. Il fascinait vraiment son auditoire : des officiers qui, en général, ne juraient que par des cuirasses de quinze centimètres d'épaisseur étaient pendus à ses lèvres. Harry se concentra sur les gestes d'Ito : les déplacements incessants autour du réservoir, les longues mains et les doigts adroits, la blouse blanche dont les pans volaient en tous sens. Chacun avait chaussé les lunettes et Ito s'approchait du commutateur quand Gen le pria de lui prêter sa blouse blanche.

— Je crains que des étincelles ne brûlent ma tunique. C'est la seule que je possède. Cela vous gênerait-il beaucoup ?

Les officiers étaient horrifiés, tous sauf Yamamoto, qui affichait une curiosité impartiale.

Ito hésita, exprimant de façon magistrale le plus grand étonnement.

— Vous avez besoin de ma blouse ?

— Oui.

Gen agissait ainsi sur les conseils de Harry.

— Dans ce cas…

Ito ôta la blouse et la tendit à Gen, puis, en manches de chemise, abaissa le commutateur.

Des traits lumineux emplirent la salle, palpitant des tiges à la sphère au-dessus de l'eau bleue du réservoir et aux bouteilles bleu sombre qui tremblaient à l'intérieur. Ito modifia le voltage, et les traits lumineux s'étendirent alors, tel le déferlement fascinant des vagues, évoquant peut-être le spectacle Sata qui lui avait, pour la première fois, donné un aperçu des forces fluides de la nature. Quand il coupa le courant, une bouteille était déjà remontée à la surface. Ito la repêcha et choisit Gen, le visage rouge de honte jusqu'à son col blanc, pour briser le cachet, vérifier la marque sur le bouchon et identifier le contenu.

— C'est du pétrole.

— Vous êtes certain ?

— Oui, docteur.

— Puis-je récupérer ma blouse maintenant ? (Ito l'enfilait quand il trébucha contre le réservoir, se mettant aussitôt à cracher du sang. Il agita la main comme un nageur en train de couler.) Les expériences sont finies pour cette semaine. Je ne peux pas continuer dans un tel climat de suspicion, la tension est trop forte.

Le commandant en chef détourna les yeux pour ne pas voir le déshonneur de son lieutenant.

À trois heures du matin, les deux amis retournèrent au Joyeux Paris pour fêter la fin de la carrière de Gen. Harry alla chercher une bouteille de scotch au bar tandis que son compagnon fumait une cigarette comme il aurait mâché un clou.

— Désolé, Gen, ce n'était pas la blouse.

— Pas la blouse ? Hein, ce n'était pas la blouse ? Harry, tu as ruiné ma carrière. Demain, je serai incapable de regarder ces officiers en face.

— Pourquoi ne pas en parler demain ? Mais, pour aujourd'hui, *banzaï* ! fit Harry en levant son verre.

— *Banzaï* ! répéta Gen en vidant le sien d'un trait. Un des commandants m'a dit que j'avais mis dans l'embarras la marine tout entière et m'a conseillé d'envoyer une lettre de démission.

— Tu n'as fait que ce que Yamamoto t'avait demandé.

— J'ai fait ce que *tu* m'as demandé de faire. D'où te venait cette certitude au sujet de la blouse ?

— Ça semblait logique. J'ai pensé : oublie les jeux de lumière, il se contente d'échanger les bouteilles.

— On marque le bouchon. C'est le même bouchon quand on plonge la bouteille dans l'eau et quand on l'en ressort, c'est donc la même bouteille. Alors ?

— Je ne sais pas. Je ne suis pas un savant. Peut-être y arrive-t-il vraiment ?

— À transformer l'eau en pétrole ?

— Qu'est-ce que j'en sais ? Les savants font toutes sortes de choses, un truc synthétique ou un autre. Tu avais devant toi un véritable Einstein.

— Un Einstein japonais ! ricana Gen. Et moi, l'Histoire me fera passer pour un imbécile.

— Et moi avec.

— Harry, tu ne passeras pas le moins du monde à l'Histoire. Comment as-tu pu me suggérer de lui faire retirer sa blouse ? C'est toi qui paries et c'est moi qui trinque. Si j'étais un samouraï, je me tuerais. Non, je te tuerais d'abord. Si j'avais un pistolet, je t'abattrais sur-le-champ.

— De l'eau changée en pétrole ! Un grand moment pour la science. Aussi excitant que la première ampoule électrique !

— Et maintenant, à t'entendre, il le ferait vraiment.

— Ça en a tout l'air. Il verse de l'eau dans une bouteille et en retire du pétrole.

— Je le sais, j'y assistais.

En y réfléchissant, Harry comprit que lui-même n'avait pas tout vu : Ito était sorti de son champ de vision pour emplir la bouteille.

— Il ne s'est pas servi du robinet de l'évier. Où a-t-il pris l'eau ?

— Il l'a siphonnée.

— Pourquoi ? C'est quand même plus facile de tourner un robinet. (Harry se rappela les plans de la salle et les grosses bombonnes d'eau.) Pourquoi se donner tant de mal quand on dispose d'un robinet ? C'est de l'eau distillée ? De l'eau filtrée ?

— Elle vient du Fuji. L'eau dans la bombonne provient d'une source sacrée située sur le mont Fuji. Ito ne veut pas en utiliser une autre.

— De l'eau sacrée ?

— Parfaitement.

Harry prit une profonde inspiration et leva les bras.

— Loué soit le Seigneur ! Je sens mon cœur bondir et les nuées se dissipent. Je l'avoue avec honte : je commençais à douter. La raison me revient. C'est une arnaque, définitivement une arnaque.

— En quoi ?

— Aucune idée. Ito est meilleur magicien que moi. Mais je sais que pour les supercheries, l'eau sacrée, c'est ce qu'il y a de mieux. Peut-être m'autoriseras-tu maintenant à parler à d'autres magiciens ?

— Je ne peux pas, Harry. C'est toi que j'avais choisi.

Gen, dans son uniforme blanc tout froissé, évoquait un sac de linge sale, un champion de football bloqué à un mètre du but, une vedette de cinéma qui aurait perdu son script, un aviateur en panne d'essence. Il n'était plus dans la partie, plus dans le coup, et n'arrivait pas à comprendre pourquoi. Harry avait déjà vu Gen dans cet état : capable de perdre toute confiance, d'imploser et de rester apathique.

— Harry ? fit Michiko en passant la porte en compagnie de Haruko. (Toutes deux, vêtues de neuf des pieds à la tête, arboraient une toilette très élégante, celle de Haruko, soupçonna Harry, copiée sur celle de Michiko.) J'ai passé un jour et demi chez Haruko, à attendre que tu viennes me chercher.

— C'est ce que je m'apprêtais à faire, dès que Gen et moi en aurions fini. J'étais très inquiet.

Michiko se ragaillardit en voyant Gen ainsi déprimé. Elle considérait qu'il usurpait l'intérêt de Harry, et lui avait la même réaction à son égard. Elle montra à Harry un petit flacon bleu de laudanum qu'elle avait tiré de son sac.

— Il y en a assez là-dedans pour ne plus jamais avoir à penser à toi.

Harry ne prit pas la menace au sérieux : il imaginait plutôt Michiko une grenade à la main.

— Je comptais aller à ta recherche en commençant par l'appartement de Haruko.

— Tu aurais pu appeler.

— J'aurais dû. J'ai pensé à toi. Vraiment. Tu m'as manqué.

Il baissa le volume du juke-box. Le dôme en plastique prit des reflets nacrés. On déposa un disque sur le plateau et une aiguille glissa sur un sillon tandis que la main de Harry se glissait au creux des reins de Michiko. *Blue moon, you saw me standing alone / Without a dream in my heart / Without a love of my own.* L'une des rares Japonaises à connaître les secrets de la danse, elle savait que mieux valait se faire sinueuse plutôt que raide et qu'il fallait se déhancher un tout petit peu. Il toucha un point précis entre deux vertèbres et elle vint blottir sa tête contre son épaule.

— Tu es insupportablement belle, tu sais.

La main droite de Michiko se nicha dans sa main gauche – qui tenait encore la bouteille –, le pouce de Harry au creux du poignet de Michiko.

— Gen est un peu déprimé, expliqua Harry à Haruko.

Gen venait de lui refuser une danse.

— Comme toujours, murmura Michiko.

— Je pourrais te remonter le moral, proposa Haruko à Gen. Appelle-moi de temps en temps. J'ai le téléphone.

— Tu te rends compte, elle a le téléphone ! Haruko est une admiratrice du central téléphonique, expliqua Harry à Gen. Elle est folle de toi, depuis toujours.

— Qu'est-ce qui te remonterait le moral ? demanda Haruko.

— Je ne suis pas d'humeur, marmonna Gen.

— L'est-il jamais ? demanda Michiko. Gen, quand es-tu d'humeur ? Ça ne t'arrive jamais.

— Laisse-le tranquille, temporisa Harry.

— Mais je n'ai aucune envie de le laisser tranquille. Quel genre d'amant es-tu, Gen ?

— Pas ton genre.

— Certainement pas, j'en suis sûre. Absolument pas.

— Chut, fit Harry en posant son doigt sur les lèvres de Michiko et en lui reprenant la main.

You knew just what I was there for / You heard me saying a prayer for / Someone I really could care for.

La délicatesse de ses doigts autour du goulot de la bouteille tranchait nettement avec la surface granuleuse du verre. Ils tournèrent une nouvelle fois autour du juke-box, mais Harry avait l'esprit ailleurs.

— Qu'est-ce qu'il y a, Harry ? demanda Michiko.

Harry tenait le flacon de pharmacie. Il le posa auprès de la bouteille de scotch devant Gen, si vivement que Haruko sursauta.

— Qu'est-ce que tu vois ? demanda Harry.

Gen détourna son regard furibond de Michiko et le fixa devant lui.

— Deux bouteilles.

— Une bouteille de première qualité de Johnnie Walker. Et un flacon bleu de mauvaise qualité.

— Oui.

— Réveille-toi, en quoi sont-elles différentes ?

— L'une est lisse et transparente, l'autre, bleue et rugueuse.

Du verre bleu recyclé à partir de vieilles bouteilles de saké, se dit Harry. Du verre retiré trop vite du chalumeau, un détail qui va peut-être sauver la peau de Gen, sans même parler de ses galons et de son uniforme blanc de cérémonie.

— Qu'est-ce qui rend le verre rugueux ?

— Les bulles.

— Répète, lieutenant.

Gen se redressa sur son siège et leva le menton.

— Les bulles.

Dans les bulles résidait la solution.

Gen profita de l'arrêt momentané des expériences pour faire secrètement dessiner par des techniciens la paroi des bouteilles bleues plongées dans le réservoir d'eau. Les techniciens prirent soin de souligner chacune des bulles du verre, « les empreintes digitales », en somme, de chaque bouteille. Lors de la séance suivante du Magic Circus, le Dr Ito transforma en pétrole non pas une mais deux bouteilles d'eau. Toutefois, quand on compara les dessins, il apparut clairement que, même si les bouchons spécialement marqués étaient identiques, les bouteilles contenant du pétrole – comme en témoignaient leurs « empreintes » – n'étaient pas celles contenant de l'eau placées à l'origine dans le réservoir. Là-dessus, les gardes avouèrent qu'on les avait payés pour détourner le regard, et ils tentèrent de se suicider. On attribua à Gen le mérite d'avoir dévoilé le subterfuge et Ito fut livré à la police.

Cependant Harry avait appris l'essentiel, à savoir jusqu'où pouvaient aller la paranoïa et la démence de la marine quand il était question de pétrole. Quand, en décembre, huit mois plus tard, il truqua les registres d'expédition à Yokohama et inventa de toutes pièces la présence de réservoirs à Hawaii, il estima que la marine ne devait s'en prendre qu'à elle-même.

13.

Oharu, lisse comme une feuille de papier blanc, représentait le modèle parfait. Kato s'apprêtait à tirer d'elle une gravure sur bois la montrant prenant la pose auprès d'une théière et d'un brasero, un élégant kimono décoré de cimes neigeuses serré autour de la taille et un peu lâche autour du cou, ses cheveux relevés en trois rangées et maintenus par un peigne doré et une épingle d'écaille. Au premier regard, on voyait une femme perdue dans ses pensées, puis on remarquait l'ombre que projetaient les barreaux d'une fenêtre de chambre de prostituée. Aucune trace de vapeur ne montait de la théière. Dépassant de sa manche, la main d'Oharu écrasait un paquet vide de Golden Bats. L'observateur devait s'attarder sur le contexte – non comme sur une image isolée, mais presque comme sur les plans successifs d'un film –, celui d'une femme dont les clients avaient détruit l'orgueil et qui, à la fin de la journée, le soleil s'enfonçant dans une brume rougeâtre au-dessus du quartier réservé, ne pouvait même plus compter sur une cigarette quand il était trop tard pour les regrets.

Ou alors on pouvait supposer que le soir proposerait d'autres rencontres. La gravure suivante montrait Oharu dans un bateau entouré d'un nuage de lucioles qui éclairaient la surface de l'eau. Les cheveux un peu ébouriffés, la bouche molle, certainement un peu éméchée, elle portait un kimono à motifs en résille. On apercevait juste de l'homme qui l'accompagnait une manche kaki. Sa propre manche traînait dans l'eau tandis qu'elle contemplait la lune qui s'y reflétait. Dans le faible miroitement des lumières, elle paraissait se dissoudre dans l'eau, et la lune qui flottait sur les remous aurait pu être son pâle visage. Le visage d'une femme qui a renoncé à tout, songeait le jeune Harry.

Mais non. Cette hypothèse valait pour la gravure suivante. Le modèle, cette fois, était Chizuko, la petite danseuse qui avait enfilé son tutu devant Harry lors de sa première visite en coulisses. Ses cheveux coupés court comme ceux d'une collégienne encadraient son large visage. Kato l'avait représentée debout dans la neige, vêtue d'un kimono rouge un peu souillé, pieds nus dans des sabots aux semelles surélevées, un paon de papier planté dans les cheveux et une natte en paille de riz roulée en bandoulière sur son dos. Cette natte identifiait un « moineau », une prostituée recrutant la clientèle de la plus basse extraction. Bien que plus jeune qu'Oharu, Chizuko soutenait avec une brutale franchise le regard du spectateur. Elle avait les joues et les pieds rougis par le froid et, malgré les flocons de neige qui tourbillonnaient autour d'elle, Harry était sensible à la chaleur qu'elle dégageait.

— Tu y attaches trop d'importance, dit Kato, tandis que Harry et lui, au milieu des bâches, des tubes de peinture et des chevalets qui encombraient son atelier, enveloppaient les gravures. Ce ne sont que des images. Oharu attire certains clients, Chizuko d'autres. Elles jouissent d'attraits différents. Je choisis ce que je donne au client en fonction de ce qu'il me dit avoir envie de voir. Une bonne leçon à retenir, Harry : donne au client ce qu'il veut.

— Mais la gravure de Chizuko n'est pas comme les autres. Il n'en existe qu'un seul exemplaire et vous avez ordonné à l'imprimeur de détruire les planches.

— Pour respecter l'accord passé avec le client. Une question très personnelle. C'est pourquoi il est important que tu fasses montre de la plus grande discrétion en livrant la gravure. Tu sais ce qu'est la discrétion, n'est-ce pas, Harry ?

Gen l'accompagnait pour cette livraison-là. Il insista pour voir les gravures et ils s'arrêtèrent dans un salon de thé. Aussi entiché de Chizuko que Harry d'Oharu, Gen reçut lui aussi un choc en la découvrant représentée en prostituée de bas étage.

— Kato dit que ça n'est qu'une image, expliqua Harry. Qui ne signifie rien.

Gen aurait souhaité déchirer la gravure ; au lieu de cela il se contenta d'observer la livraison. Harry se rendit à un appartement en rez-de-chaussée avec des bambous en pots dans l'entrée où l'accueillit un homme de belle prestance, arborant canotier, chemise blanche et pantalon de flanelle comme si, malgré le froid, il s'apprêtait à aller ramer. Il prit le paquet sans un mot, mais Harry avait reconnu l'officier assis à côté de Chizuko au cinéma.

— Il t'a invité ? demanda Kato quand Harry revint.

— Non.

— Bon. Si jamais il te propose d'entrer, trouve une excuse.

— Pourquoi ?

— Parce que je pense que tu ne ferais pas l'affaire, fit Kato en s'éloignant de son tableau, une vue de la Seine, pour jeter un coup d'œil à Harry. Tu n'es pas assez beau.

Cela piqua la curiosité de Harry. Il grappilla quelques informations lâchées de temps à autre par Kato ou Chizuko : officier bien né, riche et oisif, le client s'était fait tout seul. Kato le dénigrait, contrairement à Chizuko, qui le parait de toutes les qualités. Quoi qu'il en fût, le client commanda un nombre étonnant de gravures : un char roulant au milieu d'une grêle d'obus, des épéistes de légende taillant en pièces des bandits, des tigres, des baleines, ou encore d'autres, plus macabres, un essaim de singes ailés sur la cime d'un arbre, une femme crucifiant son amant dans les ténèbres d'une grotte, un démon accrochant par les pieds une femme enceinte pour mieux lui arracher le foie.

Kato se fiait de plus en plus à Harry, certain que s'il l'envoyait chercher chez l'imprimeur la gravure d'un éventail ou d'un miroir, ou bien de l'indigo, Harry ferait le bon choix. D'ailleurs, c'était bien plus simple, les jours d'hiver pluvieux ou d'été humides, de charger Harry des courses tandis que Kato se consacrait à copier des Degas, des Renoir, des Monet – pour lui, pas pour les vendre. À son retour, le garçon regardait Kato presser des tubes de peinture à l'huile pour en extraire des filets brillants de jaune de cadmium, d'ocre et de cornaline afin de les étaler sur la toile. Simple enfant de la rue, comment Harry aurait-il pu exprimer à l'artiste qu'il trouvait dans ses estampes japonaises grâce et précision et dans cet art français que Kato admirait tant rien de plus que du barbouillage ? Qu'il trouvait aux fleurs françaises un air de pâtisserie ? Que dans le plus modeste portrait japonais se glissait toujours la dignité d'un chapeau de paille, d'une ombrelle, d'un kimono ? À côté, les nus français, maladroits, ne révélaient rien de mieux que des gros jambons aux reflets roses et verts. Et puis cette manie des peintres français de chercher à s'encanailler, alors que les gravures japonaises traitaient les prostituées en princesses et les comédiens, vauriens ou joueurs, en héros.

Soudain, entre deux coups de pinceau, Kato s'interrompit – il peignait une cathédrale bleue dont le bleu maculait ses mains, ses chaussures et son béret.

— As-tu l'intention d'être missionnaire, Harry ?

— Non.

— Si tu restes au Japon, tu devrais songer à devenir joueur professionnel. Cela convient à ta personnalité, et les Japonais estiment presque autant les joueurs que les samouraïs. Je vais te trouver des dés.

— J'en ai.

— Tu vois, tu es déjà sur la bonne voie. Parle-moi de tes parents. Explique-moi pourquoi les Américains veulent se faire aimer de tout le monde. Et leur façon de pratiquer le japonais ? N'ont-ils pas compris que le japonais n'est jamais meilleur que quand on ne le parle pas ? Tu comprends cela, Harry, parce que tu es un voleur et que les voleurs sont de bons observateurs. Tu ne seras jamais japonais, mais je parierais que dans l'obscurité tu pourrais tromper ton monde.

C'était vrai. Par les étouffantes soirées d'août, Harry allait se promener avec Oharu entre deux séances et la faisait rire en imitant les vendeurs. Il tapait sur une flasque de saké comme sur un tambour et criait d'une voix nasillarde et haut perchée : « Faites réparer vos sabots, faites réparer vos sabots ! », ou bien il soufflait dans une trompette d'enfant tout en chantant : « Tofu ! Tofu doux comme un derrière de bébé ! » Du haut en bas de la rue les ménagères surgissaient alors sur le pas de leur porte, de l'argent à la main. Oharu dissimulait ses rires derrière sa main tandis qu'ils tournaient le coin de la rue pour regagner les salles de spectacle du Rokku, leur royaume, leur cher quartier d'Asakusa. Ils passaient devant les affiches des dernières épopées hollywoodiennes, et Harry aimait par-dessus tout voir leurs silhouettes se refléter dans la vitre, Oharu et lui qui passaient, sa jupe sinueuse se détachant sur un fond de kimono affecté, ses sourcils en demi-lune observant tout ce monde, sa main posée sur le bras de Harry comme s'ils étaient la crème de la crème du

Rokku. Sans cesse l'esprit d'Oharu était traversé de fantasmes dans lesquels il devenait son amant et son protecteur. S'il réussissait à la faire rire, il pourrait s'en faire aimer. Si, d'aventure, il la sauvait d'un quelconque péril, elle poserait alors sur lui un regard nouveau. Mais son intrépidité lui permettait de se passer d'un éventuel sauveteur ; en outre Harry se rendait bien compte que l'attrait qu'elle exerçait sur lui tenait en partie à ce qu'elle n'arrivait pas à le prendre au sérieux.

Kato confia une livraison à Harry un jour où Oharu lui avait demandé de l'accompagner en matinée voir un film de Chaplin. Gen connaissait l'adresse et remplaça Harry. Le film était hilarant : Charlot, dans un grand magasin, dévalait l'escalator qui montait et grimpait celui qui descendait tandis que le présentateur, installé devant l'écran, lançait des « Il monte, il monte, il monte ! Il descend, il descend, il descend ! » parfaitement superflus. Oharu avait posé une main légère sur celle de Harry et, pendant tout le film, il l'observa à la dérobée en se demandant s'il devait retourner sa main pour prendre la sienne ou poser ses lèvres sur son cou pâle. Il ne fit ni l'un ni l'autre, respectant la stricte bienséance prônée dans les salles de cinéma. Quand les allées étaient éclairées, les ouvreurs étaient tenus de porter un caleçon et l'éclairage n'était jamais assez tamisé pour encourager les contacts physiques dans le public. Cependant, ce qui arrêtait Harry, ce n'étaient pas les règlements, mais la crainte. Il méprisait pourtant la lâcheté et ne comprenait pas la paralysie qui s'emparait de lui dès qu'il s'agissait d'Oharu. Il pouvait la taquiner et plaisanter avec elle, mais le moindre geste sérieux lui serrait la gorge.

Ce fut seulement quand Oharu partit pour se changer avant de faire son numéro aux Folies que Harry se rendit compte de l'absence de Gen : celui-ci n'était pas revenu au cinéma comme ils en étaient convenus. Des heures s'étaient écoulées. Grand et costaud, Gen se remarquait en général dans la foule, mais Harry ne le trouva ni sur le Rokku ni dans le parc d'Asakusa ni dans les parages du temple. Il alla chez lui, près de l'aquarium où se tenait une partie de cartes, dans leur café favori. Gen n'était nulle part. Kato avait compté sur Harry pour livrer cette estampe et jamais encore Harry ne l'avait laissé tomber. Celui-ci finit par prendre un tramway qui traversait la ville jusqu'à l'adresse du client – celui auquel il avait livré la gravure de Chizuko –, une maison de bois rachetée et restaurée par quelqu'un qui avait de l'argent. Le client, vêtu d'un léger kimono d'été, vint répondre aux coups frappés à la porte par Harry. Âgé d'une vingtaine d'années, large d'épaules, le jarret musclé, il était bâti tout d'une pièce comme un ours. Pas joli garçon à proprement parler, il arborait un air dominateur qui se lisait dans ses yeux gris à l'iris noir sous d'épais sourcils et à la force d'attraction comparable à celle d'une grande planète.

Son regard se porta sur Harry.

— Tu es l'ami de Gen. Tu es déjà venu ici.

— En effet. Je suis tout à fait désolé de vous déranger, pardonnez-moi, mais auriez-vous l'obligeance de me dire à quelle heure Gen est parti ?

Le client parcourut une nouvelle fois du regard la rue avant de faire signe à Harry d'ôter ses chaussures et d'entrer. Harry le suivit à travers un appartement très masculin jusqu'à un salon où trônait un bureau de marin sur un tapis persan. Toute maison bourgeoise se devait de posséder une pièce européenne, mais celle-ci avait quelque chose d'authentique. Au mur une tête de sanglier auprès d'un choix de gravures de démons peintes par Kato, sur un coussin de satin des médailles ainsi qu'une tunique d'officier avec une épaule arrachée et une tache couleur rouille. Le cadran d'une radio luisait dans un coin, mais le volume de la musique, un lied, ne dépassait pas le murmure. Sur le mur opposé, les gravures de champs de bataille de Kato et un râtelier avec des sabres européens et des épées japonaises. Une pendule Westminster tictaquait devant la cheminée. Des coussins orientaux étaient jetés autour d'une table basse mauresque où étaient présentés du cognac et des dattes. Gen était accoudé sur un coussin, le regard légèrement noyé et avec une curieuse expression d'orgueil dessinée sur ses lèvres.

Le client se laissa tomber dans un fauteuil.

— Gen, dit-il, s'intéresse à la vie militaire. Je lui racontais tout.

En japonais, les quelques coups de pinceau d'un seul caractère suffisent à définir le milieu social et le degré d'instruction de celui qui les a tracés. La pièce d'une nonchalante élégance, les quelques mots prononcés par le client, leur intonation tout à la fois formelle et négligente évoquaient l'école des Pairs du royaume, l'université, les voyages à l'étranger. Dans le cas d'un officier, Berlin certainement.

— Vous perdez votre temps, dit Harry en espérant que Gen allait se lever.

— Pas du tout. Gen est prometteur.

— Il vous a livré l'estampe ?

— Oui, dit le client après avoir réfléchi, il m'a délivré la gravure et nous nous sommes mis à bavarder. Vous n'êtes pas du tout japonais, n'est-ce pas ?

— Non, monsieur.

— Ah !

Il sourit à Gen, dont le visage s'éclaira comme si on avait tourné une lampe vers lui. Le client étira ses pieds nus et examina Harry. Il flottait dans l'air une odeur de sueur en même temps que des relents de cigare. Dans un coin, un mannequin avec un masque de kendo et une armure tenait un javelot. Harry remarqua des photographies un peu sombres d'épreuves équestres, un trophée gravé pour on ne sait quelle victoire, une citation en allemand sur une plaque dorée et un petit guéridon sur lequel était posé un vase avec un unique chrysanthème blanc. Le client semblait avoir déjà fait beaucoup de choses pour son jeune âge. On sentait chez lui une nervosité qui évoquait un ressort sous pression. Ce que Harry réussissait à distinguer du reste de l'appartement était un décor parfaitement japonais de paravents et de nattes, mais ce salon européen avait les reflets personnels d'une tanière. Le client s'extirpa soudain de son fauteuil et demanda à Harry :

— Que savez-vous des épées ?

— L'épée est l'âme du samouraï.

— Tout à fait. Et le samouraï est l'épée de l'empereur. Essayez donc ceci. D'une seule main.

Le client souleva de son présentoir non pas une épée japonaise mais un sabre occidental avec des rainures destinées à permettre au sang de s'écouler et une garde arrondie. D'une main, Harry ne le soulevait qu'à grand-peine.

— À vrai dire, on l'utilise plutôt à cheval. Le cavalier empale un homme à pied et la charge du cheval projette la victime par-dessus son épaule, simple question de mécanique. Ça donne même l'impression d'être un outil, vous ne trouvez pas ?

— Si.

Harry pensait à une gigantesque clef à molette.

— Je dois rendre cette justice aux Allemands : quand ils

se battent à l'arme blanche, ils se taillent en pièces, ils ne reculent pas. Leurs cicatrices sont très impressionnantes.

— Mais ils ne pratiquent pas le seppuku, n'est-ce pas ? fit Gen.

— Non, s'ôter la vie en s'ouvrant le ventre est une coutume strictement japonaise, un honneur qui malheureusement perd de sa dignité. Aujourd'hui, on se pique à peine le ventre qu'un ami vous a déjà tranché la tête.

— En avez-vous vu ? demanda Gen.

Le client ne répondit pas directement.

— Même la décapitation est exécutée sans style. Il faut trancher le cou, non l'entailler. Cela aide à crier.

Tu parles, songea Harry.

— Tu as fait du kendo à l'école ? demanda le client.

— Oui, répondit Harry.

— Lequel est le meilleur escrimeur ?

— Gen.

— Ça ne m'étonne pas. C'est un modèle de jeunesse.

— Harry sert généralement de cible, déclara Gen.

— S'il est brave, celui qui tient ce rôle peut en apprendre plus que n'importe qui, déclara le client.

Il avait l'haleine chargée de relents de cognac. Il fit glisser sa main dans le dos de Harry, des omoplates jusqu'au creux de ses reins.

— Tu es plus fort que tu n'en as l'air. Tiens, essaie donc ça.

Il reprit le sabre à Harry et le remplaça par une épée de samouraï. La lame, étroite et effilée, était traversée dans toute sa longueur par une ligne sinueuse séparant l'acier du tranchant du cœur plus sombre et plus doux du fer. Même si elle était plus longue que le sabre et avait une poignée évidée pour montrer la signature du fabricant gravée dans le métal, l'épée se maniait à deux mains et Harry n'avait aucun mal à la tenir. Immobile, il semblait pourtant en mouvement.

— C'est une lame de l'école de Bizen, au tranchant affûté comme un rasoir. La première prétendue réforme du Japon après que l'Occident s'est imposé interdisait aux samouraïs de porter leur épée. On en fondit des milliers pour faire des presse-livres. Des armes transformées en colifichets et en souvenirs ! Tiens-la légèrement, aussi légèrement que tu devrais tenir ta vie.

Le client redressa les épaules et les hanches de Harry, ses

mains telles celles d'un sculpteur modelant de l'argile. Quand Harry se dégagea de sa poigne, l'homme le prit par la tête et l'obligea à reporter son attention sur l'épée.

— Sais-tu comment on fabrique une lame aussi fine et aussi résistante ? On bat le métal, on le plie et on le bat encore et encore, des centaines de fois, tout comme on s'y prend pour faire d'un homme un soldat. Voilà pourquoi un soldat japonais est capable de marcher dans son sommeil, de rester au garde-à-vous tandis que la glace se forme sur son visage. On porte l'épée la lame vers le haut, de façon que l'acte de dégainer devienne un geste d'attaque. La courbe de la lame fait que, quand on tire l'épée, elle se présente sous l'angle le plus efficace pour frapper un ennemi. Chaque botte a sa parade ; celle-la traduit l'esprit Yamato. Tiens l'épée bien droite. On t'enseigne aussi à manier la baïonnette ?

— Nous nous entraînons à l'école, répondit Gen. Sur Harry.

— Ils s'entraînent sur toi et pourtant tu es toujours ici ? À défaut d'autre chose, tu as de l'endurance. Peut-être, après tout, as-tu l'étoffe d'un soldat. Mais je t'ai vu une fois dans un cinéma. Tu semblais plus intéressé par les femmes.

— Il est amoureux d'Oharu, précisa Gen.

— C'est vrai ? demanda le client à Harry. Es-tu amoureux d'une femme ?

Harry sentit le rouge qui montait à ses joues le trahir. Tenue toute droite, l'épée tremblait.

— Posséder un bien est une chose, déclara le client, mais être amoureux d'une femme en est une autre. Que ressens-tu à aimer un être plus faible ? Le fait de fondre une épée dans un acier de qualité inférieure la rend-il plus faible ou plus forte ? Plus faible… ou… plus forte ?

Il retroussa la manche de son kimono et plaça le creux de son poignet sous l'épée. Harry s'efforçait de maintenir celle-ci levée, sinon immobile, mais il ressentait des crampes dans les épaules. La lame se faisait plus lourde et commençait à descendre. Gen s'agenouilla pour mieux voir. Le tranchant de la lame effleura la peau du client et une goutte de sang ruissela sur son poignet. Mais il ne broncha pas.

— L'amour véritable ne peut exister qu'entre égaux, déclara-t-il.

Au moment où Harry laissa tomber la lamc, le client retira prestement sa main, s'empara de l'épée et recula pour avoir plus d'espace. Tenant l'arme à la verticale, il prit son équilibre, les genoux légèrement fléchis, et, regardant à droite puis à gauche, il effectua un tour complet, la lame s'abattant puis décrivant une trajectoire horizontale, son kimono tourbillonnant autour de jambes musclées et lisses tel du marbre. Harry avait vu sur la scène d'un kabuki et dans des films de samouraïs cette sorte de mouvement dansant, mais jamais encore pratiqué avec autant d'aisance et de menace authentique, comme un animal se laissant brièvement aller à exhiber ses griffes. Harry comprit en cet instant la différence entre se trouver dans ou hors de la cage d'un ours. Le client termina sur un coup d'épée qu'on appelait « le tournoiement du sang », glissa la lame sous son bras comme s'il la rengainait et s'inclina devant Harry.

— Excuse-moi. C'était impoli. Pis, mélodramatique.

— Pas du tout, s'exclama Gen, c'était merveilleux, formidable !

— Pas encore, dit le client, mais en temps voulu nous verrons ce qui est vraiment formidable. C'est inévitable.

— Il appartient à l'armée de Kwantung, expliqua Gen à Harry. En Mandchourie, ils en verront, des combats.

— Nous devrions partir, suggéra Harry. Allons-nous-en, Gen.

— Ce serait grossier, protesta Gen.

Le client remit l'épée à sa place contre le mur. Il prit Gen par la main pour l'obliger à se lever.

— Non, ton ami a raison, et je suis censé faire des choses plus importantes que de distraire les gosses qui viennent de la rue.

— Est-ce que je pourrai revenir ?

— Peut-être me livreras-tu une autre gravure.

— Vous avez été très aimable, fit Harry entraînant Gen vers la porte.

Gen avançait d'un pas raide et chaussa à regret ses *geta*. Le client parut congédier les deux garçons sans même un signe de tête, mais, au moment où ils franchissaient le seuil, il leur demanda d'attendre, s'approcha du vase et offrit à Gen l'unique chrysanthème. Celui-ci l'accepta comme s'il s'était agi d'une épée ; il s'inclina et, bien que son épaisse chevelure noire dissimulât son visage, Harry vit ses joues rougir de plaisir.

Harry retrouva Kato aux Folies, au balcon où il assistait au dernier acte du *Violon amusant* en compagnie du directeur, lequel portait un canotier graisseux et ricanait en découvrant des dents jaunies par les cigarettes et le thé. Entre Harry et lui le courant n'était jamais passé depuis ce jour où Harry avait déboulé dans le vestiaire. Sur la scène, un comique musicien, affublé d'un nœud papillon pendant mollement et d'un habit à l'européenne dont les pans ridiculement longs flottaient autour de ses pieds, jouait « le Vol du bourdon ». Son nœud papillon, se prenant dans les cordes, fut catapulté à travers la salle jusqu'à Oharu, vêtue d'un maillot une pièce étriqué et de bas résilles. Elle le récupéra et le tendit, pendant, à son propriétaire. Celui-ci la regarda s'éloigner et le nœud se redressa, déclenchant chez le directeur un rire aussi harmonieux que les braiments d'un âne.

— Il paraît, dit Kato à Harry, que tu as confié la livraison à Gen. Je t'avais pourtant demandé de la faire toi-même.

— Il ne s'est rien passé. Le client semblait trouver Gen plus à son goût que moi.

— Pourquoi pas ? Il est bien plus séduisant que toi. Tu es un bâtard et Gen est le jeune idéal.

Troublé par la présence d'Oharu, le comédien fouilla dans son étui à violon et en sortit un éventail pour se rafraîchir. Cela ne suffisait pas ; il attrapa alors un ventilateur électrique muni d'un long cordon et demanda à un musicien de la fosse d'orchestre de le brancher. Le comédien en braqua le souffle du haut en bas de son corps et sur son nœud papillon.

— Raconte-moi exactement ce qui s'est passé, demanda Kato.

Harry décrivit la scène qui s'était déroulée chez le client. Cependant, le comédien attaquait de nouveau « le Vol du bourdon » mais, remarquant un bout de papier qui voletait, il l'éperonna avec son archet sans cesser de jouer. Le papier, collant bien entendu, adhéra à son archet, à sa chaussure, à sa main et pour finir à son front. Le musicien continua son interprétation tout en soufflant pour se débarrasser du papier. Les spectateurs autour de Harry riaient si fort qu'ils fourraient leur mouchoir dans leur bouche.

— Très bon, apprécia le directeur.

— Il a donné à Gen un chrysanthème blanc ? s'informa Kato.

— En cadeau.

— Le client s'est-il présenté ?

— Non.

— Alors, je vais te dire. Il s'appelle Ishigami, lieutenant Ishigami, étoile montante de l'armée. Fils naturel d'un prince royal – personne ne sait très bien lequel –, il jouit donc de la protection de la cour et d'une pension versée par la maison impériale. Il aurait pu faire carrière dans la banque ou écrire des poèmes, mais il a choisi l'armée. Il s'est engagé dans celle du Kwantung pour être certain de se trouver sous le feu des bandits, des Russes ou des Chinois, et il s'est si bien acquitté de sa tâche que ses admirateurs le considèrent comme un samouraï virtuel. Tu pourrais donc te demander ce qu'il fait ici, à Tokyo. Ishigami est en disgrâce. Une commission d'enquête étudie l'accusation selon laquelle il appartiendrait à un groupe de jeunes officiers menant campagne contre le gouvernement civil. Ishigami déclare que sa loyauté va à l'empereur, pas aux politiciens. Cela l'a rendu encore plus populaire dans l'armée et dans les groupes patriotiques en général mais, tant que la commission poursuit son enquête, il est contraint de garder un profil bas et de perdre son temps avec des gens comme toi et moi et, apparemment, comme ton ami Gen. Voilà pourquoi j'avais choisi de t'envoyer ; parce que Ishigami ne te toucherait pas, tu n'es pas son type.

— Que voulez-vous dire ?

Le directeur se pencha vers lui.

— Il veut dire qu'un chrysanthème blanc n'est pas simplement une fleur. Il représente le petit trou du cul bien serré d'un garçon. Tu l'ignorais, Harry ? Alors, au fond, tu ne sais pas tout. Ce genre de samouraï existe, depuis toujours. Ne prends pas cela au sérieux, il ne s'agit que de sexe.

Une nouvelle fois le nœud papillon s'envola de la scène. Une nouvelle fois Oharu le rattrapa et vint décoller le papier du front du comédien. Alanguie, elle déambulait sans hâte. Harry se sentait des droits de propriétaire sur ses longues jambes, sur ses flancs auxquels il avait administré tant de piqûres de vitamines. Le comique regarda avec sévérité son nœud papillon, qui se raidissait, mais le nœud essayait de la suivre, l'entraînant à travers la scène.

— Pas Gen, fit Harry, furieux et déconcerté.

— Pourquoi pas ? reprit le directeur. Gen est un pauvre garçon, Ishigami un héros. Ça vaut la peine d'attirer son attention. Tout ce que Gen a à offrir, c'est sa beauté. Si ça l'oblige à baisser son pantalon, pourquoi pas ?

— Gen n'est pas comme ça.

— Comme quoi ? intervint Kato. Qu'est-ce que tu en sais ? (Kato venait de se tourner vers Harry, qui put constater le degré de sa mauvaise humeur.) Tu n'aurais pas dû laisser Gen prendre le paquet, Harry. Tu aurais dû te conformer à ce que je t'avais demandé.

— Je ne pensais pas que ça changerait quoi que ce soit.

— Manifestement, si.

— C'est toujours moi qui fais les livraisons. Gen avait envie d'avoir son tour.

— Gen se chargerait de n'importe laquelle de tes tâches. Il t'admire et, en même temps, il t'en veut. Tu es un chien errant qui a su gagner la faveur d'un maître, ce qui, à mon avis, a rendu Gen d'autant plus sensible aux attentions d'Ishigami. À cause de toi, Gen a changé. Ce qui laisse supposer qu'une partie de Gen était ainsi. Au bout du compte, tout ça est affaire de goût, et qui sommes-nous pour juger, n'est-ce pas, Harry ? D'ailleurs, je crois que nous t'admirons tous, comme le plus bel exemple de survivant que nous ayons jamais vu. Ce fameux jour où ils t'ont poursuivi dans l'escalier jusqu'au vestiaire, je me suis dit : voilà un poisson qui serait capable de vivre dans un arbre s'il y était obligé. Je me suis beaucoup attaché à toi, trop.

— Que voulez-vous dire ?

Kato se remit à observer le spectacle.

— Harry, je crois que je ne continuerai pas à t'utiliser, c'était une erreur. Tu devrais passer plus de temps avec ta famille. Est-ce que tu ne vas pas bientôt retourner en Amérique ?

— Je n'y suis jamais allé.

— Eh bien, tu devrais t'y préparer.

À part ses films et sa musique, l'Amérique n'intéressait pas Harry. À Tokyo, il menait sa vie comme il l'entendait et il se doutait que, une fois aux États-Unis, ses parents le surveilleraient au point de l'étouffer, ainsi que les gens de la paroisse, les oncles, les tantes, les cousins, tous stupides. Tokyo était le centre de la couleur du monde, de la beauté de la vie. Mais le Kentucky ? Le cinéma lui avait montré des péquenauds assis devant des boîtes à biscuits, les bottes posées sur la table, crachant du jus de chique dans des crachoirs.

Est-ce que c'était son genre ? Combien de fois s'était-il regardé dans un miroir en espérant que, par magie, on lui avait donné un nouveau corps avec une peau lisse, des cheveux noirs et raides et des yeux bridés ? Cela finirait bien par arriver.

— Je vous revaudrai cela, dit Harry. Je ferai moi-même toutes les livraisons.

— C'est fini, Harry. Ne reviens pas.

Harry essaya de surprendre dans le regard de Kato une lueur de moquerie.

— Vous plaisantez.

Kato resta insensible.

Harry essaya un autre ton.

— Je suis désolé pour Gen. Je n'aurais pas dû le laisser prendre la gravure.

— Trop tard.

— Je pourrais m'arrêter un moment.

— Reste absent pour de bon. Tu m'ennuies, Harry. Tu ne m'amuses plus.

Harry en eut le souffle coupé : brutalement de chouchou et confident de Kato, il n'était plus… plus rien, comme si un caprice de l'artiste l'avait effacé d'un tableau.

— Finies aussi les visites en coulisse, ajouta Kato. Cesse de voir Oharu.

— Oharu et moi…

— Oharu n'est plus une de tes amies. Cesse de la voir.

Le directeur se pencha devant Kato pour remuer à son tour le couteau dans la plaie.

— Plus de coulisses, plus de filles. Oublie complètement le théâtre. La prochaine fois que je te vois ici, je te fais jeter dehors.

— Vous ne pouvez pas m'en empêcher, riposta Harry.

— Un garçon japonais aurait, lui, montré un repentir sincère, commenta le directeur.

— L'Orient est l'Orient et l'Occident, l'Occident, Harry, déclara Kato. Tu étais là en invité, maintenant il est temps pour toi de partir.

Le directeur tira sur la manche de Kato.

— Oh, voilà le final que je voulais que tu voies.

Kato sourit devant Oharu qui revenait avec une grosse abeille qu'elle attacha au bout du nœud papillon du comédien. L'insecte bourdonnait de façon menaçante. Le comédien essaya d'abord de la chasser, puis de se battre avec elle sans cesser, si incroyable que ce fût, de jouer du violon, les pans de son habit voletant autour de lui au rythme de sa passion, de plus en plus vite, jusqu'au moment où il s'effondra sur la scène, comme mort, le nœud papillon s'écroulant d'épuisement.

— Attends, fit le directeur.

Oharu revenait. Elle portait un drapeau japonais qu'elle plaça dans la main du comédien qui, ressuscitant aussitôt, se remit debout. Le rideau s'ouvrit et toute la troupe – acteurs, girls, acrobates, ventriloques et magiciens – s'avança pour un dernier salut, chacun agitant un drapeau. Derrière eux se dressait un cuirassé, un superbe accessoire avec des tourelles à trois canons et une passerelle volante surmontée de girls ainsi que de cordages garnis de fanions. Les canons se mirent à tonner. Des anneaux de fumée, jaillis de leur gueule, flottèrent vers le balcon.

Kato se tourna vers le directeur.

— Quand as-tu introduit cela dans le spectacle ? Qu'est-ce que cette foutaise militariste a à voir avec le music-hall ?

— Pas militariste, patriotique.

— C'est d'une stupidité suprême. Tu joues sur les pires instincts des gens.

— Les gens adorent, fit le directeur en haussant les épaules.

Cela faisait des années que Harry n'avait pas pleuré. Les yeux secs, il avait surmonté les coups, l'absence de ses parents, la mort de ses animaux favoris – mais maintenant il avait des picotements dans les yeux. Dans une sorte de brouillard, il vit un anneau de fumée passer en flottant, hors de portée.

14.

Harry prit une vedette avec l'intention de jeter le pistolet dans l'eau quelque part entre le centre et Asakusa. Le bateau était étroit et la cabine bondée d'étudiants hirsutes, d'une brigade de jeunes employés en chapeau de paille, d'un joueur de go avec son échiquier, de ménagères avec leurs filets à provisions débordant de pastèques, et d'enfants portant des plus petits. Bravant la fraîcheur du soir, Harry s'installa sur la plage avant, découverte, où avaient pris place seulement un homme d'affaires lisant un journal auprès d'une lampe accrochée à la proue et un petit garçon jouant avec un tank qui crachait des étincelles.

Le ciel nocturne était d'un bleu profond bordé par la plus douce lumière qu'il soit donné de voir dans une grande ville, une lumière qui filtrait des fenêtres en papier et des portes coulissantes, ou bien des larmes lumineuses des lampadaires bordant les rives de la Sumida. Loin de Ginza, il n'y avait plus d'immeubles de bureaux pour masquer la vue mais seulement, çà et là, des pointes de néon comme celles de la tour de la bière Ebisu ou de l'immense horloge illuminée de la gare d'Ueno et, ailleurs, un bouillonnement régulier derrière les murs d'obscures petites maisons à un ou deux étages. Des silhouettes essoraient du linge sur les balcons dominant l'eau. La lueur tamisée des fenêtres rapiécées cédait la place à un coin bien éclairé par un lampadaire, avec une fontaine publique, les cris des enfants entourant un musicien des rues, à quoi succédait bientôt une nouvelle rangée de fenêtres aveugles, la musique avalée aussi vite qu'elle avait jailli. Sur le fleuve ne passaient que des vedettes ou des péniches se glissant dans les canaux ou en sortant. Harry avait l'intention de parler à Michiko dans la soirée. Pour adoucir sa trahison il avait prévu quelques gestes : il lui laisserait l'appartement et les revenus du Joyeux Paris. D'ailleurs, coriace petite mama-san, elle était faite pour ça. Ça valait mieux pour elle, elle s'en rendrait compte. Il passa la main sous la rambarde et laissa ses doigts tremper dans l'eau glacée. Il s'apprêtait à prendre le pistolet quand un passager sortit de la cabine, s'excusa auprès du petit garçon d'empiéter sur le champ de bataille où évoluait le char d'assaut et vint s'asseoir auprès de Harry. C'était le sergent Shozo, de la Police spéciale, un porte-documents à la main, l'image même du travailleur rentrant chez lui après une rude journée de labeur.

— Il me semblait bien vous avoir reconnu, dit-il à Harry. J'étais en train de me dire : on dirait Harry Niles, et c'est bien vous. Mais vous avez une voiture, pourquoi prenez-vous le bateau ?

— Ça change.

— Oui, je comprends ce que vous voulez dire. J'aime le fleuve. (Il prit une attitude contemplative tandis que Harry enfonçait plus profondément le pistolet dans sa poche.) Mais comment reprendrez-vous votre voiture ?

— Par le bateau, je suppose. Ou à la nage !

— Je ne serais pas surpris si vous y alliez en volant, répondit Shozo avec un large sourire. (Il s'adossa au bastingage pour contempler l'autre rive, une corniche sombre qui se découpait parmi les branches.) Des cerisiers. J'ai amené mon fils ici l'année dernière quand ils étaient en fleur. Nous venions de voir *Tarzan*. Tout ce qu'il voulait, c'était grimper aux arbres. Il a huit ans, précisa Shozo en secouant la tête.

— Le film vous a plu ? demanda Harry.

— Beaucoup. Un peu raciste, mais très distrayant. Vous ne trouvez pas ?

— Un film formidable. Un grand garçon en caleçon de cuir et une fille de la haute société qui se rencontrent en pleine jungle, bâtissent une maison dans les arbres et adoptent un chimpanzé. Il y a tout, là-dedans.

— Présenté comme ça, oui. Ce que j'ai trouvé intéressant chez Tarzan, c'est son désir d'être un singe avant qu'il ne prenne conscience de sa différence. Ce qui, me semble-t-il, provoque chez lui une grande tension psychologique. Qu'en pensez-vous ?

— Je suis sûr que Tarzan était déchiré.

— Comment ça s'est passé quand vous êtes rentré chez vous aux États-Unis ?

— Oh, ce n'était pas chez moi. Chez moi, c'est ici.

— En effet. Ça a dû être dur.

— On s'adapte.

Shozo eut un hochement de tête compatissant.

— Je suis curieux de savoir ce qui vous a frappé le plus aux États-Unis.

Harry réfléchit.

— Les parquets sales.

— Fascinant.

— Le thé âcre.

— Vraiment ?

— Le côté terne des choses.

Aucune bannière, aucune couleur, aucune décoration.

— J'ai envie de noter tout cela. (Le sergent ouvrit sa serviette pour y prendre un carnet. Il dévissa le capuchon de son stylo.) Qu'avez-vous fait là-bas ?

— S'agit-il d'un interrogatoire officiel ?

— Non, je ne pense pas. Et vous, qu'en pensez-vous ?

Harry n'appréciait pas du tout la tournure que prenait la conversation. Shozo révélait une sournoiserie bon enfant qui aurait fait merveille dans une partie de cartes.

Un remorqueur passa, tirant une péniche de charbon. Un homme assis sur les boulets agita l'arc orange d'une cigarette.

— Quelques études, finit par répondre Harry. J'avais des lacunes en histoire des États-Unis, notamment à propos de la guerre de Sécession. J'ai fait un bref séjour dans un collège religieux, puis je me suis retrouvé tout seul. J'ai été pompiste dans le Kentucky, plagiste en Floride, moniteur de ski nautique.

— Des petits boulots. Mais votre occupation principale, c'était le jeu ?

— Le jeu était en tout cas ce qu'il y avait de plus régulier.

Shozo sourit comme s'il partageait ces aventures.

— Ensuite vous êtes parti pour la Californie ? Pour un jeune homme comme vous, un esprit libre, cet État représentait une destination logique. (Il feuilleta deux ou trois pages.) Hollywood !

— J'ai été gardien de plage, garçon de piscine, représentant en disques. Je vendais des disques et des partitions aux marchands de musique, je faisais passer des enregistrements à la radio.

— Mais en continuant surtout à jouer ?

— Jouer me permettait de rencontrer du monde. En tant que représentant en disques, je croisais surtout des cow-boys munis de guitares. Un tas de gens de cinéma jouent aux cartes. Ça les détend, de perdre de l'argent. À force de jouer avec eux, j'ai trouvé un boulot dans la promotion à la Paramount.

— Vous n'aviez reçu aucune formation particulière pour le commerce ?

— Dans le milieu du cinéma, personne n'a de formation particulière, en aucun domaine. La dernière chose qu'on vous demande, c'est ça.

— Vous avez passé trois ans à la Paramount ?

— Trois ans à piloter des jeunes actrices et des chiens savants dans les premières. Là-dessus, un autre studio m'a fait une offre : ouvrir une succursale au Japon. J'ai pris le Clipper jusqu'à Manille et de là le premier bateau. Le temps que j'atterrisse à Yokohama, le studio avait fait faillite et le poste n'existait plus.

— Mais vous êtes resté, observa Shozo.

— J'ai trouvé du travail.

— Vous vous êtes bien débrouillé. Je trouve une certaine satisfaction dans mon travail, reprit le sergent d'un ton songeur. Pas dans le contre-espionnage : c'est trop mécanique. Détecter des suspects et les arrêter est à la portée de n'importe quel policier. Ce qui rend le travail de la Haute Police spéciale…

— La Police de la pensée.

— La Police de la pensée, en effet, c'est que nous opérons dans un domaine différent de celui des crimes ordinaires. Nous anticipons les forfaits. Ne vaut-il pas mieux prendre un homme, qu'il soit mentalement souffrant ou communiste, avant qu'il ne cause des dommages ? Certains ne se rendent pas compte à quel point les idées qu'ils propagent sont dangereuses, un peu comme l'innocent porteur du virus de la typhoïde. Ne devrait-on pas les isoler dans l'intérêt de la santé générale ?

— Ensuite vous les soignez ?

— Oui et non. Un gaijin a autant d'idées tordues qu'un chien a de tiques et ne vaut pas la peine qu'on s'occupe de lui. Mais les Japonais sont, par nature, plus sains. On s'assied avec eux, on leur parle, on les écoute patiemment. Vous connaissez le dicton qui dit que chaque homme possède un livre ? Je crois pour ma part que chaque homme a des aveux à faire. C'est un processus purgatif, un assainissement. Chaque homme a rédigé une confession d'une bouleversante sincérité, mais j'ignore la raison pour laquelle les femmes sont, en revanche, plus réticentes. En ce qui vous concerne, je me demandais où vous vous situeriez à cet égard, si vous seriez assez japonais pour valoir l'effort.

Des moucherons tournaient autour de la lampe et venaient se poser sur le journal de l'homme d'affaires. Celui-ci lisait, secouait le journal, reprenait sa lecture. Harry eut le regard attiré par une annonce où la silhouette noire et effilée d'un train fonçait dans la nuit : PRENEZ L'ASIA EXPRESS. VISITEZ CONFORTABLEMENT LE MANDCHOUKOUO. Voilà une bonne idée, pensa Harry.

— Qu'est-ce que le Magic Circus ? demanda Shozo. Ça revient toujours à la surface quand on mentionne votre nom, mais personne n'a l'air de savoir de quoi il s'agit.

— Je ne sais pas non plus.

— Quelque chose à voir avec la marine ?

— Je suis incapable de vous répondre.

— Marine et magie, qu'est-ce que ça peut bien être ?

— Désolé, je ne peux pas vous aider.

Shozo hocha la tête.

— Il paraît que vous élevez des scarabées.

— Oui.

Oishi, le scarabée samouraï, attendait Harry dans la voiture.

— Enfant, j'élevais des lézards. Mes préférés étaient les caméléons. J'étais fasciné de les voir si gris sur un rocher ou si verts sur une branche qu'ils en devenaient pratiquement invisibles. Un jour, je vous suivais dans la rue, mais vous vous fondiez si bien dans le paysage que je vous ai perdu. Et puis je me suis rappelé combien les caméléons devenaient faciles à voir quand on changeait leur décor. Je pensais à un décor différent pour vous. Vous n'êtes jamais allé en prison ?

— Pas sérieusement.

Harry perçut le passage à un registre différent.

— Une prison japonaise, c'est sérieux. Dites-moi pourquoi je ne vous y enverrais pas.

— Eh bien, en premier lieu parce que je n'enfreins aucune loi.

Shozo eut un sourire indulgent.

— Harry, vous n'arrêtez pas d'enfreindre des lois. Même si ce n'était pas le cas, au Japon il existe aussi des crimes de pensée ou d'intention.

— Je suis un citoyen américain, mes pensées n'ont pas besoin d'être pures.

— Reste l'article huit.

— Vous plaisantez.

— L'article huit de la loi sur la Défense nationale : fournir des renseignements d'ordre politique ou économique à des agents étrangers est puni d'une peine de dix ans de prison.

— Quels renseignements, quels agents ?

— Vous connaissez trop bien Tokyo et la triste situation du pétrole japonais. Vous parlez à des diplomates et à des correspondants étrangers, des espions probablement, pour certains. Vous connaissez des membres du grand état-major de la marine.

— Alors, c'est donc ça ? Vous voulez jouer un sale tour à la marine en m'arrêtant ?

— Parlez-moi du Magic Circus.

— Je ne sais pas ce que c'est.

— Vous voyez, vous n'êtes pas coopératif, pas sincèrement. Après notre visite aux docks de Yokohama, étant donné tout ce que vous saviez, j'avais décidé qu'il serait plus simple de vous enfermer dans une cellule et de vous y oublier. Franchement, je ne crois pas à une protestation très vive de votre ambassade.

Harry perçut une hésitation dans sa voix.

— Mais…

— Mais aujourd'hui vous m'avez surpris. En général, vous êtes guidé par l'intérêt, par un motif. Cependant, aujourd'hui, vous êtes allé à la gare de Tokyo pour accompagner un soldat ordinaire, un sergent, qui prenait son train. Je n'arrive pas à imaginer ce que cela a pu vous rapporter. J'ai donc décidé de vous traiter comme un Japonais et de vous donner une nouvelle chance de coopérer.

— C'était un vieil ami.

— Apparemment.

Le rythme du moteur changea, le bateau ralentit et vira de bord vers les lumières qui s'alignaient le long d'un quai. Harry scruta les visages des personnes qui attendaient, cherchant le sourire empressé du caporal Go. Le caporal n'était pas là.

— Comment va le comptable de la Long Beach Oil? demanda-t-il.

— Kawamura? fit Shozo en refermant son porte-documents. Nous avons encore quelques questions à lui poser. Il prétend à présent que lui et le directeur américain sont innocents, que quelqu'un a dû récemment modifier les livres. Vous vous imaginez? Nous avons découvert que, pour un Japonais qui possède les premiers rudiments de la calligraphie, imiter l'écriture d'un Occidental est un jeu d'enfant.

— Je suppose alors que vous recherchez un Japonais.

— Peut-être. Une sorte de Japonais.

L'homme d'affaires prit le petit garçon par la main et s'esquiva pour rejoindre la file d'attente qui se formait dans la cabine. Il avait abandonné son journal sur le banc et Shozo désigna en première page une photo de la représentation de kabuki spéciale de décembre où les acteurs jouaient sans maquillage. Leur vrai visage paraissait, auprès de leur kimono et de leur perruque, esquissé et inachevé.

— Que ce serait intéressant, reprit Shozo, de voir le véritable Harry Niles!

Harry cherchait une riposte quand le navire accosta et qu'on attacha les amarres. Shozo rejoignit les autres passagers dans la file d'attente, mais Harry d'un bond regagna le pont, et, de là, se retourna pour lancer un petit signe d'adieu. En une seconde il avait disparu, remplacé par les passagers qui embarquaient.

Harry ignorait quand Shozo comptait mettre à exécution ses menaces d'arrestation. Les divers services de police, à l'image des entreprises, tantôt se faisaient concurrence et tantôt coopéraient. Shozo pourrait procéder à un échange avec l'armée : Harry contre certains avantages. La marine le protégerait aussi longtemps qu'il serait dehors, mais en prison il n'arrivait jamais rien de bon.

En attendant, il devait se débarrasser du pistolet. Devant lui le pont resta vide jusqu'au dernier moment, quand un jeune policier, boutons d'uniforme bien astiqués et casquette à visière, vint alors occuper le siège d'en face.

Fortes pluies sur Okinawa : des photos montraient des gens dans des bateaux, des cochons juchés sur les toits, un marchand de saké pataugeant dans son échoppe, de l'eau jusqu'aux genoux, des bouteilles vides flottant autour de lui.

Nouvelles de la mode : les femmes apportent leurs toilettes occidentales démodées pour les échanger contre d'utiles bleus de travail tissés en fibre de bois. Sur un cliché une femme s'admirait dans une glace tout en piquant une fleur dans ses cheveux.

Les sports : des sumos visitent des bases militaires afin d'exprimer leur soutien aux hommes en uniforme. Joe Louis administre une raclée à un adversaire blanc.

Harry ne pouvait faire un geste sans que le policier ne lève les yeux de son livre. Harry étudia une pleine page de photos sous la légende LA CHINE ACCUEILLE CHALEUREUSEMENT LE JAPON. À Canton, des chanteurs et des danseuses reçoivent des soldats japonais dans un restaurant flottant. À Shanghai, au croisement de deux boulevards, un agent de la circulation japonais maintient l'ordre, seul parmi des milliers de Chinois. Sur une route de campagne, des soldats japonais distribuent des bonbons et reçoivent des fleurs en échange. Devant les murailles de Nankin, de jeunes Chinois marchent au pas de l'oie en brandissant le drapeau du Soleil levant.

La page se teinta soudain de rose. Harry leva les yeux : un pont approchait, sur lequel roulait un convoi de camions dans le grondement poussif de diesels sous-alimentés. Leurs phares étaient éteints, mais la route baignait dans la lueur rouge des feux de signalisation masquées par des filtres. Le policier installé à l'avant resta indifférent. Bien que connaissant la réponse – pure stupidité militaire –, Harry se demanda pourquoi un convoi se déplaçait de nuit. Le pont baignait dans une brume rougeâtre : des soldats en rouge regardaient du haut de camions rouges ; des semi-remorques Toyota transportaient des caissons rouges et des chars légers qui ressemblaient à des derrières rouges ; des chevaux rouges passaient au trot, suivis par d'autres troupes. Puis le bateau glissa dans une grotte de ténèbres retentissantes. Peut-être à cause du reflet du feu avant sur le quai ou du passage des camions au-dessus d'eux, Harry se retrouva soudain devant les murailles de Nankin : non pas plongé dans le déchiffrage des caractères d'un journal, mais dans la splendeur d'une nuit d'été.

Des torches imprégnées d'essence cernaient dix Chinois agenouillés sur le sol, les mains liées, mais à qui on n'avait pas bandé les yeux. Ils avaient marché longtemps, leur impuissance leur servant de tranquillisant, les yeux baissés, l'air éteint. Deux, de toute évidence, avaient été faits prisonniers au moment où ils tentaient, dans l'exode général, de fuir leur régiment. Ils avaient réussi à se procurer des vêtements civils, mais pas à effacer les cals révélateurs laissés par le fusil sur leurs mains. Un troisième, d'après son tablier – couvert des taches du sang qui coulait de son nez –, travaillait dans un magasin. Un autre était un vieil homme affligé d'un tic nerveux à la joue. Le cinquième, un avocat estima Harry, qui portait un costume à rayures déchiré, ressemblait à un matelas éventré. Puis venaient un coolie, guère plus qu'une carcasse affamée drapée dans un pagne, un homme enveloppé dans une longue chemise de nuit comme si on l'avait tiré de son lit, et un autre – un marchand ou un usurier – si gros qu'il n'avait presque pas de cou. Enfin, un homme aux yeux fixes et à la bouche crispée qui attendait déjà la lame du sabre, et un jeune garçon, de treize ans peut-être, qui suait la peur. Dix hommes recouverts d'une poussière ocre barbouillée de sang au milieu d'une centaine de soldats rassemblés là pour faire office de témoins – une cinquantaine d'autres munis de torches étaient postés sur le mur. C'était cette lueur sur le rempart qui avait attiré Harry et Willie. La ville offrait un paysage de ruines et d'incendies. On avait parfois du mal à discerner si la violence était passée, présente ou imminente, et Harry et Willie ne se sentaient plus en sécurité depuis longtemps. Seul comptait le bluff. Willie était un bon guide car il affichait une assurance quasi wagnérienne. Malgré tout, les soldats s'écartèrent en ricanant quand Harry et lui se dirigèrent vers la muraille. Les Japonais n'avaient que mépris pour la zone internationale protégée, et l'un des secrets de Polichinelle de cette guerre, c'était que l'ennemi chinois avait des conseillers allemands – en réalité, allemands, russes *et* américains – qui les aidaient dans leur résistance aux Japonais. Un svastika peint sur un camion s'avérait tantôt une protection, tantôt une véritable cible, surtout la nuit.

Plus le camion de Willie et Harry se rapprochait, plus vite les soldats juchés sur le mur agitaient leurs torches. Harry dut freiner brusquement quand un sergent sauta sur le marchepied pour lui crier au visage : « Dix têtes en dix coups en moins d'une minute ! Regardez vous-même ! » Harry et Willie descendirent et les soldats, rigolards, s'empressèrent de les pousser en avant, dérisoires invités d'honneur. Au milieu de cette agitation, un homme était accroupi, concentré, tel un sumo répandant du sel autour d'un ring. Harry reconnut tout de suite Ishigami, à ses gestes autant qu'à son allure. Il portait juste un pagne blanc qui faisait ressortir la peau sombre de son visage et de ses mains et le satiné de son corps d'albâtre. De près, on distinguait bien ses jambes vigoureuses, son long torse gonflé de muscles, ses larges épaules, ses avant-bras renforcés par des heures d'escrime et striés de cicatrices. Il avait noué ses longs cheveux en chignon. Une bassine d'eau pour se laver quand il en aurait terminé et un uniforme propre étaient posés près de lui, mais, pour l'instant, il ne s'intéressait qu'à son épée, dont il frottait la lame avec de l'huile de girofle qui laissait sur ses mains une odeur à la fois douce et piquante. L'ordonnance du lieutenant, un jeune caporal aux yeux de biche, avec de longues mains et des poignets fins, crispait les lèvres sous l'effet de l'angoisse. Le caporal avait-il déjà subi l'épreuve du feu ou bien Ishigami le tenait-il à l'abri de toute douleur ? se demanda Harry. L'ordonnance murmura quelque chose à l'oreille d'Ishigami, ce qui suffit à Harry pour saisir l'accent un peu chuintant d'un garçon de la campagne. Ishigami leva les yeux, mais Harry ne voyait pas comment le lieutenant ferait le rapprochement entre lui et le garçon qu'il avait croisé quatorze ans plus tôt.

Ishigami essuya soigneusement la lame, l'épée paraissant une plume entre ses mains. Harry était convaincu qu'Ishigami était capable de faire sauter dix têtes en dix secondes en se contentant d'avancer, mais le lieutenant avait le sens du rituel. Il posta l'ordonnance derrière lui avec un seau et une louche, et s'exerça à faire quelques pas vers les suppliciés de façon que les hommes agenouillés l'entendent approcher. Satisfait, Ishigami revint à son point de départ et s'immobilisa en équilibre, le souffle régulier et le menton rentré. Un sergent, une montre de gousset à la main, s'avança. Ishigami leva son épée perpendiculairement à ses épaules, telle une baguette argentée réclamant le silence à un orchestre. On n'entendait que le bourdonnement des mouches. Le sergent avec la montre leva le bras. Il y eut un petit toussotement préliminaire respectueux. Les Chinois, penchés en avant et immobiles, se soumettaient à leur sort. Pourquoi ne leur a-t-on pas bandé les yeux ? s'interrogea Harry. Dieu sait pourquoi, l'image d'un chrysanthème blanc lui vint à l'esprit. Harry considéra d'un regard de professionnel Ishigami, l'ordonnance, le sergent avec la montre et la foule qui faisait cercle, comme s'il venait d'arriver au milieu d'une partie et qu'une seconde lui était nécessaire pour repérer l'idiot, le maillon faible. Il plongea la main dans sa poche et en tira une liasse de billets qu'il brandit à la lueur d'une torche.

— Cent yens, cent yens chacun pour le lieutenant Ishigami et pour son ordonnance, déclara Harry, et dix yens pour chaque soldat présent si le lieutenant fait sauter dix têtes en moins de trente secondes. Sinon, les Chinois survivants pourront s'en aller.

Seul, Ishigami aurait repoussé cette offre avec mépris, mais la vue de l'argent et une telle proposition avaient déjà provoqué des acclamations qui s'étendaient jusqu'au faîte de la muraille. Un Américain assez fou pour, à coup sûr, jeter son argent par les fenêtres ! Comment, dans ces circonstances, un héros pouvait-il priver tant de ses camarades d'une telle aubaine ?

— L'argent rend les choses plus intéressantes, déclara Harry à Ishigami.

Ishigami s'interrompit au moment où il allait plonger, observa Harry comme pour décider s'il s'agissait d'un être réel ou d'une apparition.

— Vous désappointeriez beaucoup de monde, insista Harry.

Ishigami, le regard brillant, contemplait le cercle des torches et des soldats enthousiasmés.

— Marché conclu ? demanda Harry.

Ishigami estima sans doute que peu importait la vraie nature de Harry ; il acquiesça de la tête. Marché conclu. Il leva de nouveau son épée, ce qui permit de voir les muscles se tendre sur sa poitrine. Ses mains se tournèrent jusqu'en haut de la garde pour faire passer dans la lame la puissance de ses paumes. Trente secondes.

Le plus difficile fut le premier Chinois, le gros marchand au cou ruisselant de sueur. Combien de pièces de soie, de boîtes de thé ou de barres de savon avaient défilé sur le comptoir de son magasin ? Combien avait-il savouré de pipes de tabac ou de plats de canard laqué ? Combien de femmes avait-il accueillies dans sa couche, abreuvées de mensonges et regrettées ensuite ? Qu'importe. Tout cela pour en arriver là, par cette nuit embaumée dans la Sphère asiatique de coprospérité où le seul espoir possible tenait à un coup d'épée bien net plutôt qu'à un travail de boucher. Planté derrière l'épaule gauche de l'homme, Ishigami semblait dans un équilibre parfait, l'épée immobile, les yeux fixés à deux centimètres au-dessus du cou. La main du lieutenant s'abaissa et déjà la tête du marchand roulait sur le sol, séparée de son corps toujours debout et d'où giclait le sang. Un grand soupir parcourut l'assistance, un grand frisson, comme si chaque soldat avait ressenti le choc de la décapitation. D'un geste Ishigami essuya le sang et tendit l'épée à l'ordonnance pour qu'elle jette une louche d'eau sur la lame, d'un côté puis de l'autre, afin d'éliminer les bouts d'os et de nerfs. En trois pas Ishigami se posta derrière un des soldats pris en train de fuir, un homme qui savait tendre le cou. Ishigami lui trancha la tête comme s'il ôtait le bout d'une saucisse : elle tomba fort proprement entre les genoux du mort tel un bol destiné à recueillir le sang. Deux têtes en quatre secondes : Ishigami tenait une bonne moyenne. Mais l'ordonnance avançait d'un pas raide. La lueur des torches s'agitait, incertaine. Cent yens était une somme vertigineuse. Lorsque Ishigami tendit son épée à rincer, l'ordonnance la manqua et dut recommencer. Pis encore, il omit de reculer pour laisser son maître prendre son élan, ce qui lui coûta une oreille et fit perdre son rythme au lieutenant. Ishigami ne fit que scalper la victime suivante et dut frapper une seconde fois. Lorsqu'il tendit son épée à rincer, il perdit quelques précieuses secondes à comprendre que son ordonnance, trop occupée à rechercher son oreille par terre, avait oublié la louche. Regrettable distraction. Ishigami regarda Harry, perdant quelques inestimables secondes supplémentaires, et se remit à l'ouvrage. Il trancha la tête du vieil homme, tic compris ; elle vola dans les airs comme une toque qu'on lance lors de la remise des diplômes. Harry cria alors « Terminé ! »

Restaient encore cinq Chinois vivants – le second déserteur, l'employé, l'avocat, l'homme en chemise de nuit, le jeune garçon. Derrière eux, la terre gorgée de sang, des têtes et des corps couverts de poussière, des insectes tournoyant, Ishigami au torse ruisselant de sang et d'une sueur où se mêlaient des caillots, aux mèches collées sur le crâne, la longue lame de son épée d'un rouge étincelant. Les survivants parurent les derniers à se rendre compte qu'ils vivaient. Harry et Willie durent les remettre sur leurs pieds et les traîner autant que les guider jusqu'au camion. Des soldats cherchèrent à s'interposer, mais Ishigami leur ordonna de s'écarter. Un pari était un pari. Le dernier rescapé, le jeune garçon, pleurait, chiait et pissait, ses sphincters relâchés, tandis que Harry le jetait par-dessus le rabat du camion.

— Ne te retourne pas, recommanda Harry à Willie lorsqu'ils montèrent dans la cabine. C'est une humiliation, une terrible humiliation, alors ne te retourne pas.

— Comment connaissez-vous mon nom ? cria Ishigami derrière Harry.

Harry joua les sourds.

— Qui êtes-vous ? cria de nouveau Ishigami.

Sans lui répondre, Harry embraya et s'éloigna lentement des soldats jusqu'au moment où il osa jeter un coup d'œil dans son rétroviseur. Ishigami forçait l'ordonnance à se mettre à genoux et poussait sa tête contre le sol. Tout cela, Harry s'en souvenait non pas en séquence, mais en un unique instant sphérique, comme s'il regardait par un téléobjectif...

On approchait du quai. Vingt minutes avaient mystérieusement défilé en une seconde. L'embarcation ralentit pour accoster avec un choc sourd, les passagers de la cabine rassemblèrent paquets et enfants et quittèrent leur siège. Harry savait qu'il ne pouvait pas rester pour une troisième traversée : déjà le policier avec son livre lui faisait signe de rejoindre la file des passagers qui débarquaient. Lorsqu'il poussa Harry, le pistolet faillit s'échapper de sa ceinture. Mais ce fut le livre du policier qui tomba sur le pont, s'ouvrant sur une gravure représentant deux amants, les jambes de la femme écartées pour exposer le nid de son sexe et le long membre gonflé de l'homme. Le bateau se balançait doucement et la lampe de proue oscillait d'un côté à l'autre. Le policier ramassa le livre et cria :

— C'est de l'art.

Harry n'allait certes pas prétendre le contraire.

15.

Kato, qui traitait affectueusement Harry de « petit singe », « diablotin », « pirate », ne pouvait tout de même pas le virer pour cette unique faute. Je vais plaider ma cause auprès de Kato, songeait Harry, je vais trouver le moyen de regagner ses bonnes grâces. Ne se souciant guère des fortes pluies nocturnes qui avaient succédé à une journée humide, Harry fila, d'avant-toit en avant-toit, jusqu'au music-hall. Les Folies étaient fermées, tous les accès bouclés. Harry entreprit alors la tournée des marquises étincelantes de Rokku et, trempé, courut d'un cinéma à l'autre, gaspillant son argent en billets et parcourant hors d'haleine les allées, en quête de Kato. Aucune trace de lui, nulle part, pas plus qu'aux éventaires de victuailles qui bordaient la rue. Puis les marquises des cinémas s'éteignirent, plongeant le quartier tout entier dans l'obscurité. Harry pensa à recourir à Oharu, mais y renonça aussitôt – il ignorait son adresse. Quand on laissait le Rokku derrière soi, on se retrouvait dans une ville qui mouchait ses lampes et fermait ses volets. Les sabots des derniers vendeurs ambulants battant en retraite claquaient sur les pavés, les dernières lanternes rouges des tavernes s'éteignaient. À minuit, quiconque se faisait prendre dans la rue sans excuse valable était conduit au commissariat. On convoquerait oncle Orin et cela ferait une scène. Cependant, pas question de renoncer. Harry était certain que Kato n'était pas rentré chez lui puisque, au music-hall, il était muni de son carnet de croquis.

Où avait-il décidé d'aller ? Harry pataugea jusqu'au bordel préféré de Kato, examinant le pas de chaque porte à la recherche de ses sabots ou de son parapluie, mais Kato avait bel et bien disparu. Les vêtements de Harry lui faisaient une seconde peau mouillée. Il se traîna jusqu'au temple d'Asakusa et traversa le jardin pour gagner l'abri tout relatif du portail. En levant les yeux vers la lanterne qui l'éclairait, il reconnut celle de *Vue de la Maison verte*, l'une des gravures de Kato, avec la même rangée de boutiques de souvenirs conduisant à la même large avenue. Ce genre de gravure comprenait d'habitude une véranda peuplée de courtisanes ou de geishas. Pas celle-là, pourtant. Harry n'arrivait pas à se rappeler un bordel avec cette vue. Faute d'une autre idée, il partit à la recherche d'une maison depuis laquelle on apercevait ce paysage.

Il se glissa dans l'ombre, évitant les pousse-pousse ou les lanternes aveugles de la police jusqu'à une maison de deux étages aux tuiles de cuivre vertes comme des écailles de dragon et aux avant-toits à la chinoise. Elle semblait hermétiquement fermée malgré l'illusion de vie que lui conféraient les reflets de l'eau sur les tuiles. Un magasin de parapluies et un atelier de réparation de vélos, recroquevillés sur eux-mêmes, encadraient cette imposante voisine. Les fenêtres du haut étaient fermées pour empêcher la pluie d'entrer, les portes et le portail verrouillés par des cadenas aussi grands que des fers à cheval. Des bambous en pot revenus à l'état sauvage obstruaient la baie du salon. Trempé, accablé, Harry se blottit du mieux qu'il put sur le seuil. Appuyant sa tête contre la porte, il perçut de faibles échos d'un shamisen, telle la rumeur d'une eau qui déborde. Ils étaient inaudibles de la rue.

Harry lança ses sabots par-dessus le portail. S'agrippant aux protubérances en cuivre, il l'escalada, sauta par-dessus et atterrit sur un coussin de mousse. Plus grande qu'elle ne le paraissait de la rue, la maison s'agrémentait d'un petit jardin, sans fleurs ni arbres mais avec de grandes dalles posées sur du gravier ratissé. À la brève lueur d'un éclair, Harry le vit tel qu'il fallait le contempler : de petites îles parsemaient une mer aux vagues parfaites. Le gravier se mit à crépiter de plus belle sous une nouvelle averse qui laissa Harry, déjà trempé jusqu'aux os, complètement indifférent.

En août, les Tokyoïtes aspiraient au moindre souffle d'air, aussi avait-on relevé les stores de la longue véranda et à moitié replié les paravents de l'intérieur – guère plus qu'un peu de papier tendu sur un cadre – afin de permettre à la fraîcheur de la nuit de pénétrer. Dans le salon, Kato, assis en kimono et coiffé d'un béret, son carnet de croquis sur les genoux, travaillait à la lueur d'une lanterne en papier accrochée au-dessus de lui. Harry crut tout d'abord que Kato l'avait vu, avant de se rendre compte que, à cause de la concentration de l'artiste et de l'éclairage tamisé de la lanterne, tout ce qui se trouvait dans le jardin était pratiquement invisible. Artiste d'une brillante rapidité, Kato traçait des contours fluides et crayonnait des notes en marge au sujet de la couleur et des ombres. Ouvertes, les cloisons intérieures permettaient à Kato de voir la maison dans toute sa longueur.

Prenant soin de rester sur la mousse qui bordait les dalles, Harry passa dans le second salon. La véranda était en acajou poli au point de présenter des reflets noirs. Une chaîne guidait l'eau du toit jusqu'au sol. Bien que les paravents de la seconde pièce fussent sombres et fermés, c'était de là que provenaient les accents du shamisen. Harry admira la façon dont Kato avait tout disposé : l'artiste avec un minimum de lumière, un musicien invisible dans un autre salon pour créer l'ambiance et puis, au loin, le modèle en pleine clarté.

Enfin, pas tout à fait. Harry distingua dans la troisième pièce, grâce à la faible lueur de bougies, une moustiquaire accrochée au plafond. Derrière, un bol, un éventail et un serpentin d'où s'élevait un filet de fumée. La moustiquaire produisait un effet de brume de gaze verte. À l'intérieur, Harry discernait deux têtes et le reflet d'un kimono doré ; les personnages ne pouvaient pas le voir, il en était certain.

Sur un mot de Kato, ils commencèrent à bouger. L'un grimpa derrière l'autre et Harry entendit son souffle se mêler aux notes du shamisen. La moustiquaire s'écarta tels les pans d'une jupe. En même temps, une main fine remonta la gaze verte du côté de Harry et Oharu jeta un coup d'œil vers l'extérieur. Elle se tenait à quatre pattes et portait un kimono décoré d'un paon vert sur fond vert avec une ceinture pourpre dénouée, et qui, retroussé entre ses épaules et ses hanches, laissait apparaître un sein d'une blancheur lunaire. Harry imaginait sans mal Kato notant les couleurs, indiquant les encres. Oharu sortit de sa manche un paquet de cigarettes et des allumettes. L'autre personnage montra sa tête. Harry reconnut le comédien aux dents écartées, le comique violoniste. Oharu alluma une cigarette alors même qu'il la pénétrait – le bol servait de cendrier. Les veines du cou du comédien se gonflèrent, son visage s'empourpra et il ferma les yeux. Oharu ne manifestait aucune émotion, juste une légère impatience et un peu d'irritation. Le front au-dessus des sourcils arrondis restait lisse comme de la porcelaine. Kato parla. Oharu s'allongea sur le côté en relâchant un peu plus son kimono afin d'exhiber ses jambes et la raie noire de sa toison pubienne. L'homme derrière elle la besognait encore, écrasant ses couilles congestionnées entre ses cuisses, les doigts serrés sur sa gorge.

Harry recula sur le gravier. Alertée, Oharu leva les yeux au moment précis où un éclair, jaillissant du cœur de l'orage, explosa au-dessus de la maison, révélant le jardin dans tous ses détails – les pierres, le tracé du râteau, Harry portant la main à sa bouche – dans la lumière livide d'une ampoule de magnésium.

Harry s'enfuit en courant. Il escalada le portail et, à peine retombé de l'autre côté, reprit sa course. Il n'avait aucune conscience du trajet qu'il empruntait tandis que maisons et boutiques filaient devant ses yeux. Un agent de police l'interpella, mais Harry n'eut aucun mal à lui échapper en s'engouffrant dans une ruelle étroite pour se cacher derrière une charrette d'ordures puantes. Il franchit un mur, chassant les chats sur son passage, piétina dans le ruissellement des caniveaux qui débordaient, jusqu'au moment où il déboucha dans une rue bordée de maisons de bois sans étage qui semblaient sombrer dans la pluie. C'est au milieu de ce quartier qu'il habitait avec son oncle. Il se précipita à l'intérieur et se jeta sur une natte. La maison – un bien grand mot pour ce sinistre logement – ne comportait qu'une unique pièce. Un coin cuisine avec un évier en pierre et un réchaud à gaz était aménagé au fond, à côté des toilettes et d'une baignoire étroite. Harry bénit l'absence d'Orin Niles. Habituellement, Harry maudissait le manque de ventilation mais, pour l'heure, il ne voulait rien d'autre qu'un refuge chaud et sombre et il se blottit dans la douce odeur du tatami.

Commençant à frissonner, il se déshabilla, ne gardant que sa chemise humide et son caleçon, et se pelotonna entre deux couettes. Son oncle, lui, occupait un étroit matelas contre le mur d'en face ; la plupart du temps on l'y trouvait en train de cuver. S'il était dehors à une heure aussi tardive, cela signifiait la fin de période sèche et qu'il passait la nuit dans un bar à matelots de Yokohama, dans les brumes de l'opium et du whisky. La maîtresse de maison vivait de son côté avec sa propre famille. Harry était seul.

Son domaine : les nattes, les rats qui pullulaient sous les tuiles du toit, un rayonnage de livres de classe, un paquet de cartes de base-ball, une boîte à cigares avec des cartes et des dés, un scarabée nommé Oishi dans une cage en bambou, une gravure appartenant à ses parents montrant le Christ confondant les pharisiens, une autre – à lui – de navires de guerre japonais coulant la flotte russe, ses économies enveloppées dans de la toile cirée et cachées sous les lames du plancher. Détournant les yeux de ses biens terrestres, il se tourna vers le mur.

— Harry? Harry, tu es là? (On grattait à la porte qui s'ouvrit, laissant pénétrer une bouffée d'air et le bruit de la pluie sur le macadam, puis se referma.) Cet endroit est presque impossible à trouver. Tu as oublié tes sabots.

— Pose-les là, marmonna Harry en s'enfouissant dans sa couverture.

Il ne voulait surtout pas voir Oharu examinant son misérable havre dans la tempête et s'abaissant à cette petite course. Il la détestait. Il avait laissé ses sabots dans le jardin de la maison verte. Il les détestait aussi.

— Je suis désolée, Harry. Ce n'était que du sexe.

Exactement ce que le directeur des Folies avait dit au sujet de Gen. Que les gens sont hypocrites! Il ne l'honora même pas d'une réponse.

— Tu veux que je m'en aille?

Son silence n'était-il pas suffisamment éloquent? N'importe quel imbécile aurait compris. Il ne l'avait pas entendue ôter ses chaussures ni replier son parapluie. De toute évidence, elle n'était pas sincère.

— C'était juste pour l'argent, Harry. Ça ne voulait rien dire. Je suis vraiment désolée.

De l'eau coulait juste de l'autre côté du mur, l'eau qui ruisselait à l'extérieur. Oharu bougea. Harry s'attendait à entendre la porte claquer d'une seconde à l'autre.

— Tes cheveux sont encore tout mouillés, fit Oharu. Tu dois être trempé.

— Ça voulait quand même dire quelque chose.

— Tu as raison, Harry, c'est vrai. Je suis vraiment désolée. Mais tu frissonnes, reprit-elle, glissant la main contre son cou. Tu es trempé jusqu'aux os.

— Comment as-tu pu faire ça ?

— Je me débrouille, Harry. Je fais ce qu'une fille moderne doit faire. Retire tes vêtements, il faut te sécher.

— Non.

Pas question qu'il se déshabille devant elle.

— Tu es sûr.

— Oui.

— Alors, on va te réchauffer.

Harry, le visage obstinément tourné vers le mur, entendit le glissement de la soie sur une peau, puis sentit Oharu se faufiler sous la couette, si tiède qu'il eut l'impression de se trouver près d'un feu.

— Tu es glacé, c'est très inconfortable, Harry. Tu es sûr que tu ne veux pas te sécher ?

— Je suis sûr.

Elle se blottit contre lui, ses hanches contre les siennes, ses seins contre son dos, son souffle dans son cou.

— Ça me donne la chair de poule. Tâte ma peau, Harry.

Elle lui prit la main et la promena légèrement le long de sa jambe. Elle avait les jambes musclées d'une danseuse.

— Tu ne sens pas que j'ai la chair de poule, Harry ?

Le dos humide de Harry avait fait pointer ses bouts de sein. Il sentit son sexe se durcir et retint son souffle.

— Voilà ce que je suis, une poule mouillée, une petite idiote. Veux-tu me pardonner ?

Il laissa sa main s'étaler sur la jambe d'Oharu comme s'il touchait la fraîche colonne de marbre d'un temple. Il lui en voulait. En même temps il redoutait que, s'il se tournait vers elle, elle ne disparaisse.

— Je veux te donner quelque chose, Harry. Ne te fais pas d'illusions, ça n'a pas grande valeur, mais c'est tout ce que j'ai à t'offrir. (Elle laissa sa main glisser sur son ventre.) Je crois que tu es prêt.

Harry avala sa salive. Si elle le touchait encore une fois, cela pourrait tout déclencher. Il ne frissonnait plus du tout, il brûlait comme un tison ardent. Elle le retourna vers elle et vers le petit œil bleu de la lampe puis attira sa tête contre son sein ; la pointe se durcit encore plus dans sa bouche. Elle se souleva et guida sa main entre ses jambes.

— Doucement, plus doucement, encore plus doucement.

Il sentait les boucles drues de sa toison et la chaleur qui s'épanouissait sous ses doigts.

— Tu seras un bon amant, Harry. Tu sais t'y prendre.

Elle sourit fièrement, le plus beau sourire qu'on lui eût adressé de toute sa vie. Oharu le guida en elle. Harry avait l'impression d'atteindre le ciel. À peine eut-il touché le fond qu'il se sentit jouir, se cramponnant à Oharu comme un naufragé à son radeau. Quand les battements de son cœur s'apaisèrent, il leva les yeux et vit qu'elle souriait toujours.

— Un peu rapide, commenta-t-il.

— Au contraire, une première fois parfaite. Mon Harry, mon petit sauvage, qu'allons-nous faire de toi ?

— Je ne sais pas.

Ce que Harry comprenait, c'est que sa connaissance du monde venait de s'épanouir vraiment, comme si la lune rivalisait avec le soleil, l'emportant sur lui non par sa brillance mais grâce à sa grande douceur. À la lumière d'Oharu, il devenait capable de distinguer son propre corps après qu'elle eut changé la nature de sa peau, de ses mains, de sa bouche. Son parfum restait sur lui tel le sel sur un nageur. En dix minutes, bien des choses avaient gagné en sens, autant ne signifiaient plus rien. Une nouvelle érection !

— Il faut que je parte, dit Oharu.

— Ne t'en va pas.

Oharu, un pli soucieux entre ses sourcils arrondis, lui caressa les cheveux et, examinant son visage, sembla arriver à une conclusion. Elle le fit s'asseoir et lui ôta le reste de ses vêtements humides. Elle lui montra comment embrasser à la japonaise, du bout de la langue, et à la française, la bouche ouverte. Instinctivement, il se glissa derrière elle pour embrasser le creux de sa nuque, profiter de la douceur de ses seins, et de leurs aréoles. Elle lui prit la main comme elle l'avait déjà fait – cette fois, sa bouche suivit. Il sentit chez elle un moment d'hésitation avant qu'elle ne s'arque vers lui et lui caresse la tête. Un gémissement monta du fond d'elle-même et Harry leva les yeux juste à temps pour la voir serrer un bout de tissu entre ses dents. Comme son regard chavirait et que ses hanches remuaient contre lui, Harry se dit que cette fois c'était pour de bon, que, cette fois, c'était sérieux. Il se plaqua contre elle et, lorsqu'il la pénétra, il entendit le craquement d'un éclair qui descendait le long de son dos et de ses jambes pour le clouer au plus profond d'elle.

Puis vint un profond sommeil, Harry entourant Oharu de ses bras comme si, les yeux fermés, ils chevauchaient lentement sous la pluie, le cœur galopant au rythme d'un cheval noir. Une faible brume d'électricité les baignait. Ils fendaient l'herbe haute qui ployait sous le vent.

— Oh, mon Dieu, il est avec une prostituée !

Harry, aveuglé par la lumière, se redressa et vit Oharu couvrir sa nudité de ses bras.

— Mon fils avec une prostituée ! répéta Harriet Niles.

Roger Niles saisit Oharu par les cheveux et la secoua.

— Qui êtes-vous ?

— C'est une amie, dit Harry.

— Je suis désolée, vraiment désolée, répétait Oharu, à genoux, essayant de se rhabiller.

— Elle a l'âge de s'expliquer toute seule, riposta Roger Niles.

— Ce sont les seuls mots d'anglais qu'elle connaît. Elle ne parle pas anglais et tu ne parles pas japonais.

Harry ne vit pas venir la gifle de son père. Elle l'envoya valser contre le mur, les oreilles bourdonnantes, mais lui permit au moins d'échapper à l'éclairage cru des lanternes et de distinguer ses parents dans leur cape trempée, avec leur parapluie et leurs galoches. Derrière eux se profilait la silhouette de son oncle Orin. Coiffé d'un chapeau trempé, une valise à la main, et visiblement bouleversé, il revenait vraisemblablement de la gare où il était allé accueillir les parents de Harry. De retour à la maison, ils retrouvaient leur fils couché avec Oharu. Orin, qui faisait office de père de famille, paraissait très déçu.

— Que fait cette prostituée dans notre maison ? demanda Harriet.

— Ma chère, répliqua Roger, ça me paraît assez évident. (Il tira Oharu par les cheveux et la poussa vers la porte.) Sortez.

— Désolée, fit Oharu en s'inclinant.

— Si elle le redit une fois je hurle, annonça Harriet.

— Il pleut, observa Harry.

— En effet, et ta putain sera donc obligée de traverser la rue toute nue et de se mouiller les fesses.

— Et les voisins, gémit Harriet.

— Habillez-vous, fit Roger en lançant ses vêtements à

Oharu. (Toute petite et humiliée, elle se tourna vers Harry, lançant autour d'elle des regards éperdus.) Quant à toi, connais-tu la raison de notre visite surprise ? Le conseil des missions nous a informés que tu as envoyé ton oncle Orin en Chine pour gagner de l'argent en jouant sur le change. Nous sommes venus ici répandre la parole de Dieu, et toi tu t'ingénies à y propager la corruption. J'ai engendré une vipère.

— Oharu, je suis navré, s'excusa Harry en japonais. Ce n'est pas ta faute. Merci pour tout. Remercie aussi Kato.

Roger Niles concentra toute sa force dans la gifle qu'il décocha à la volée, mais Harry ne recula que d'un demi-pas ; il en avait reçu une identique du professeur de gymnastique de l'école.

— Je te parle, s'écria Roger. Ma mission ici est terminée : tu y as mis un terme. Tu as brisé le cœur de ta mère, abusé de notre confiance et, en outre, tu ne donnes aucun signe de repentir.

— Au revoir, dit Harry à Oharu.

— Tu es odieux, hurla Roger en défaisant sa ceinture. Tourne-toi.

— Va te faire voir, lança Harry.

Roger Niles attrapa les deux extrémités de sa ceinture pour en faire un fouet et entreprit de rosser Harry. Une marque blanche bordée de rouge zébra son flanc du cou jusqu'à la taille. Harry sursautait sous les coups mais ne disait rien. Sitôt chaussée, Oharu s'enfuit en courant. Tremblant de fureur et de désespoir, Roger clamait : « Avoir traversé le monde jusqu'au Japon pour ça. Beau résultat ! » Il continua jusqu'au moment où, le dos de Harry étant entièrement sillonné par les traces de coups, Harriet et même le lamentable Orin se pendirent au bras de Roger pour l'arrêter. Ils consolèrent Roger comme avait dû le faire la famille du père du fils prodigue.

Le surlendemain, les Niles quittèrent Yokohama à bord d'un cargo colombien à destination de Panama, avec une correspondance pour les États-Unis. Pour garder le secret sur l'état de Harry, ils ne sortirent pratiquement pas de leur cabine et, comme aucun d'eux ne parlait espagnol, ce fut seulement en lisant les journaux américains dans la zone du canal qu'ils apprirent qu'un tremblement de terre avait ravagé le Japon. Pendant que les Niles étaient en mer, cent vingt mille

Japonais avaient trouvé la mort à Tokyo en trois jours de secousses et d'incendies. À l'exception de l'Imperial Hotel et de la gare, il ne restait pratiquement pas un seul immeuble debout. L'appel d'air de l'incendie avait été si intense qu'il avait soulevé de terre des gens qui s'enflammaient aussitôt. Des observateurs américains déclarèrent que c'était la fin de Tokyo en tant que cité moderne et que cinquante ans seraient nécessaires aux Japonais pour s'en remettre.

Au cours des années suivantes, Harry écrivit à tous les Tokyoïtes auxquels il pouvait penser. Finalement, Gen lui répondit dans le cadre d'un devoir pour le lycée où il étudiait l'anglais. La bande des cinq samouraïs avait miraculeusement survécu en s'entassant dans le parc du temple d'Asakusa environné par les flammes. Kato, lui, avait péri en cherchant à sauver ses tableaux : son immeuble s'était effondré lors de sa dernière tentative. Chizuko, la petite danseuse, avait été tuée par des émeutiers qui l'avaient prise pour une Coréenne – la foule, qui rendait les Coréens responsables de tout, leur attribuait la responsabilité des incendies et se vengea en en tuant un millier. Elle avait des traits vaguement coréens, ajouta Gen.

Quant à Oharu, elle avait purement et simplement disparu, comme beaucoup d'autres.

16.

Harry, au volant, apprit par la radio que la leçon d'anglais du soir avait été remplacée par de l'allemand.

Ist Hans in seinem Wanderjahr?

Ja, Hans ist in seinem Wanderjahr. Er ist in Paris.

Où cet écervelé de Hans se retrouvera-t-il la prochaine fois? se demanda Harry. À Moscou? À Londres? Et moi à dix mille pieds d'altitude sur le clipper de Hong Kong, à Midway, Honolulu et enfin en Amérique, terre des hommes libres, de la Chrysler Airflow et des blondes platinées. Il ferait visiter à Alice Beechum les studios de cinéma, la présenterait à ses vedettes favorites et l'emmènerait à Tijuana et à Santa Anita.

La radio annonça : « Et maintenant cette chanson populaire "Association de votre quartier". » Au bout de quelques secondes une voix pleine d'entrain entonna : « On frappe à la porte, ce sont des voisins sympathiques qui viennent nous dire : "Attention aux espions étrangers !" »

Ma foi, songea Harry, c'est facile à retenir.

Enfant, Harry avait du mal à comprendre pourquoi ses parents et d'autres missionnaires échouaient à parler japonais. On en renvoyait certains chez eux avec une « tête japonaise », autrement dit avec le cerveau surmené. Le problème résidait dans le fait, Harry ne tarda pas à le comprendre, que le japonais ne se traduit pas en anglais et réciproquement, le vocabulaire de base n'ayant ni équivalent ni la même signification. Ce qui est chaleureux et franc en anglais devient présomptueux en japonais; là où les Japonais parlent de respect, les Anglais entendent lâcheté. Selon les Américains, une prostituée, à moins qu'elle ne demande à être sauvée, est une prostituée ; pour les Japonais, une jeune fille que sa famille vend à un bordel incarne un modèle. Les Japonais disent oui quand ils pensent non parce que leurs compatriotes savent quand oui signifie non. L'éventail des injures américaines couvre, entre autres, connard, trou du cul, salaud, lèche-bottes, etc., alors qu'en Japonais le mot seul « idiot ! » en exprime autant grâce à la nuance et à l'intonation. Harry avait appris cela tout naturellement. À lui maintenant de désapprendre, de simplifier les choses, de laisser tomber son côté japonais pour se transformer en un Américain cent pour cent bleu, blanc, rouge. La veille du jour où les Japonais avaient gelé les avoirs américains, il avait viré quatre-vingt-cinq mille dollars à New York. Si ça, ça ne faisait pas de lui un Américain, que diable fallait-il de plus ?

Mais il n'avait pas encore fini. Au sud du palais, sur les rives de la Tama, se dressaient les villas des patriotes que la guerre avait enrichis. Harry s'y rendait avec son don pour l'autel de Pureté nationale, dix mille yens dans un petit sac-cadeau en coton. Tetsu et Taro – dont la carrure s'encastrait dans la porte – attendaient déjà à l'entrée. Quel entourage plus approprié au Japon moderne, songea Harry, qu'un sumo en veste japonaise noire habillée et qu'un yakuza tout fiévreux après une séance de tatouage ? À vrai dire, son arrivée semblait les mettre plutôt mal à l'aise.

Une allée montait au milieu d'un jardin de plantes vertes jusqu'à une vaste maison dont toutes les lumières brillaient. Un autre chemin éclairé par des lanternes de pierre menait, au-delà, au portique en arche d'une caserne, à un dojo et, finalement, à un cercle de sapins séculaires enveloppé dans une sorte de brume, qui constituait l'autel proprement dit.

— Prêts ? demanda Harry. Je viens présenter mes respects à Saburo-san.

— Désolé, Saburo n'est pas là, répondit Taro sans bouger.

Harry l'apercevait pourtant fumant une cigarette au milieu de ses fidèles réunis dans la salle de séjour. Il y avait des hommes partout, à l'intérieur, à l'extérieur, ce qui n'avait rien d'extraordinaire pour une personne aussi vénérée que Saburo. Patriote japonais désargenté, il avait commencé en Mandchourie sept ans auparavant. Il avait alors fait preuve de flair en s'accrochant aux basques d'un officier entreprenant, un certain Tojo. Quand Tojo et Saburo en eurent terminé, l'armée et Pureté nationale codirigeaient, au nom de l'harmonie impériale, chemins de fer, filatures, mines de charbon et de fer à travers toute la Mandchourie. Tojo avait été promu général puis nommé Premier ministre. Saburo était revenu à Tokyo, où il avait fondé des académies, des œuvres de charité et des autels consacrés à Pureté nationale.

— Qu'est-ce que tu racontes ? s'étonna Harry.

— Il n'est pas ici, affirma Tetsu, manifestement navré et malheureux.

— J'ai juste besoin que Saburo me prête l'oreille une seconde.

— Je regrette, Harry, fit Taro.

Désigner la silhouette bien visible de Saburo aurait été discourtois de la part de Harry et, pour une fois, il ne sut que dire. Ses propres amis – qu'il avait invités – lui barraient à présent le chemin.

— Tetsu, as-tu parlé à Saburo du don que je compte faire ?

— Je l'ai mentionné et il a répondu que c'était inutile.

— Je veux quand même lui parler, à un de ses assistants au moins.

— Il est tard, Harry, répondit Taro, tout va fermer.

Des gens s'affairaient dans le parc.

— Tout ce que je demande, avec ce don généreux, c'est que quelqu'un appelle le ministère des Affaires étrangères pour qu'on accorde son visa de sortie à l'épouse d'un ami allemand. C'est l'affaire d'un coup de fil d'une minute.

— Ce serait difficile, dit Tetsu d'un ton qui signifiait non.

— Laisse-moi aller jusqu'à l'autel.

— Très difficile, répondit Taro, ce qui signifiait un non catégorique.

— Demain ?

— Je ne sais pas, fit Tetsu. Il sera probablement absent plusieurs jours.

Taro croisa les bras. Il aurait fallu un canon pour le déloger.

— Alors, reprit Harry, je lui souhaite bon voyage. Voudras-tu dire à Saburo-san que je suis passé.

— Nous n'y manquerons pas, assura Taro.

— Désolé, Harry, fit Tetsu. Vraiment.

— J'ai l'impression que les choses changent. Soigne cette fièvre.

— Merci, dit Tetsu.

Harry regagna sa voiture en pestant. Saburo le snobait alors qu'il monnayait ses services depuis des années. Mais se faire éconduire par des amis lui restait en travers de la gorge. C'est vraiment comique : je leur demande de venir et ils me disent de m'en aller. Voilà donc à quoi servent les amis : à vous trahir. Qu'ils aillent se faire voir ! Dans deux jours il serait parti et le Japon ne serait qu'un petit caillou sur l'océan Pacifique. En ce qui concernait Willie et Iris, au moins, il aurait essayé.

Une fois revenu à Asakusa et la voiture garée, il se sentit mieux. Les spectateurs sortaient des cinémas illuminés où l'on donnait *Die deutsche Wehrmacht* ou bien *The Texas Rangers*. Les clients attendaient devant les éventaires de plats chauds, les curieux se pressaient devant les peep shows et, dans les petites rues latérales, brillaient des guirlandes de lanternes, tout cela dans une atmosphère d'aimable bonne humeur comme par n'importe quel soir de week-end. Il faut que je fasse une apparition au club, se dit Harry, sinon cela paraîtra bizarre. Il n'était pourtant pas très chaud pour passer une soirée sous le regard attentif de la reine du juke-box. Le soir même, il lui annoncerait son départ. Elle s'en doutait, elle l'avait deviné depuis des semaines. Assurément, on pouvait trouver pire salaud, mais la plaquer sans la prévenir était indigne, même de lui. Il fallait simplement veiller à ce qu'elle ne mette pas la main sur le pistolet.

Cependant, le Joyeux Paris était plongé dans l'obscurité alors que le rouge de l'enseigne aurait dû flamboyer et, un samedi soir, la tour Eiffel au néon faire signe aux assoiffés sans distinction d'origine ou de croyance. Il versait assez d'argent à Tetsu pour ne pas être harcelé, même si aujourd'hui il ne savait plus très bien qu'attendre de lui. Harry s'arrêta prudemment dans l'ombre d'une porte et regarda une bicyclette passer, avec des cartons de nouilles empilés dans un équilibre précaire, puis des matelots, un vendeur de marrons poussant sa charrette, ainsi que des hommes d'affaires qui arrivaient tout joyeux avant de faire demi-tour, dépités et râlant contre ces boîtes de jazz qui fermaient sans excuses ni explication.

Harry traversa la chaussée. Pour autant qu'il pouvait en juger, l'enseigne n'était pas endommagée, mais éteinte, tout simplement. Il poussa la porte et entra dans un Joyeux Paris déserté par les clients, par Kondo, le spécialiste des cocktails, et par les serveuses. Harry vérifia le contenu de la glacière derrière le bar : quelqu'un avait reçu les livraisons puisqu'il y trouva de la viande encore enveloppée dans le papier de la boucherie. Kondo, le barman, était trop sérieux pour abandonner son poste : il aimait tellement sa livrée qu'il voulait être enterré dedans. Harry alluma les lumières, les éteignit, les ralluma. Les éteignit. À quoi bon ouvrir la boîte tout seul ?

Il pensa soudain à Michiko. Aurait-elle entendu parler de l'avion ? Non, elle aurait déjà mis le feu à l'établissement. Il caressa les contours polis du juke-box, cherchant un soutien, sa reine du juke-box, sa veuve noire. Harry, tirant l'échelle installée derrière le bar, monta dans son appartement. On n'avait touché à rien : ses vêtements et ceux de Michiko étaient toujours soigneusement rangés dans des tiroirs, aucun corps ne gisait sur le sol, aucun billet écrit avec du sang. Il regarda par la fenêtre et remarqua que la maison d'osier juste en face était encore ouverte, sa porte bien astiquée entrebâillée sur la lueur discrète d'une bougie. Un saule devant la maison évoquait de souples images féminines, agenouillées au bord de l'eau pour admirer leur propre reflet.

Harry descendit et se glissa dans la petite cuisine. Kondo utilisait l'espace frais sous le plancher pour entreposer des aubergines confites, du gingembre et des melons. Harry déplaça les lames de parquet, repoussa les bocaux de cornichons et retira une boîte à demi enterrée. La lumière de la rue filtrait juste assez pour permettre de distinguer sur le couvercle une image de Tara : encadrée par les blanches colonnes d'une maison de planteurs, Scarlett O'Hara portait une jupe à crinoline aussi large qu'un parachute. Harry souleva le couvercle sur des enveloppes pleines de billets : dix mille dollars américains, cinq mille dollars en yens et même mille dollars en yuans chinois. Pour les frais de déplacement. Il rangea le pistolet parmi les enveloppes, reposa la boîte sur le sol humide et remit en place les lames de parquet. Tout allait si vite désormais qu'il se sentait un peu étourdi quand il se redressa.

Il n'y avait maintenant plus que lui et le juke-box. Il choisit « Any Old Time » en réglant le volume très bas. L'introduction, douce et mélodieuse, ne menait nulle part jusqu'au moment où Billie Holiday lançait d'une voix timide : *« Any old time you're blue, you have our love to chase away the blues.* » Comme s'il tenait Michiko dans ses bras, Harry fit un tour complet sur lui-même. Dieu sait pourquoi cela lui rappela la danseuse de cancan rousse copiée par Kato d'après une affiche du Moulin-Rouge. Dommage qu'il n'y ait jamais eu de dancing au Joyeux Paris, juste l'impénétrable et immobile reine du juke-box. La porte d'entrée entrebâillée permettait de distinguer les silhouettes qui passaient dans la rue. Il me faut quelque chose d'un peu plus gai, se dit Harry. Qu'ai-je besoin d'amour puisque j'ai des ailes ? Combien d'heures jusqu'au décollage ? Trente-six ? Harry appuya sur le trois, puis sur le six. Derrière la vitre, le bras automatique retira du plateau le disque de Shaw et le remplaça par « Sing, Sing, Sing », quatre minutes de pure inspiration : d'abord le solo de batterie de Krupa, rejoint par le rugissement des cuivres puis, plongeant hardiment dans la mêlée, par Goodman à la clarinette. L'énergie déchaînée que Krupa déployait dans « Sing, Sing, Sing » plongeait d'ordinaire Harry dans le monde de Tarzan, dans les reflets des congas au milieu des pirogues chargées de guerriers. Mais, ce soir, c'était différent et il imaginait des chars fonçant sur des tranchées et des lance-flammes illuminant des cabanes. Un solo de cor éclata et un temple se transforma en une boule de feu de la couleur d'un coquelicot. Puis Krupa intervint dans un crépitement de mitrailleuse. Harry ne savait pas depuis combien de temps il écoutait quand il arrêta le disque et remarqua une geisha plantée dans l'encadrement de la porte d'entrée, son visage blafard incliné sur le côté.

— Niles-san ? s'informa-t-elle d'une voix haut perchée.

— Oui.

— S'il vous plaît, fit la geisha en se courbant pour inviter Harry à la suivre, aussi ténue qu'un frémissement de soie dans la nuit.

— Maintenant ?

— Oui, s'il vous plaît, répéta-t-elle, toujours courbée.

— Qui est là ? demanda Harry, comprenant qu'elle cherchait à l'entraîner vers la maison d'osier.

— Un ami. S'il vous plaît.

Elle ne se redressait toujours pas, insistant avec une douceur résolue. Harry n'avait nulle envie d'une soirée de geishas, mais on ne faisait pas un affront à une geisha en public. Et puis, le moment aurait été vraiment mal choisi, pour un gaijin, de vexer qui que ce fût. Même s'il invoquait un prétexte pour repartir aussitôt, Harry ne pouvait qu'accepter son invitation.

— Très bien.

— Merci, merci beaucoup.

Pendant qu'ils traversaient la rue, la fille gazouilla des félicitations pour son excellent japonais, et pépia une remarque au sujet du temps si agréable pour un mois de décembre. Harry lui trouva un air vaguement familier. Il voyait depuis deux ans des geishas entrer dans la maison d'osier et en sortir. Mais elles se présentaient le visage masqué par un maquillage blanc sous une lourde perruque encombrée d'épingles à cheveux et de clochettes. Drapées dans plusieurs épaisseurs de kimono, elles trottinaient d'une manière affectée sur de hautes sandales à semelles compensées. Chaque geste, chaque détail faisait partie d'un numéro où s'alliaient l'innocence et l'érotisme.

Une fois franchie la grille de la maison d'osier, une allée éclairée par des lanternes de pierre conduisait à une porte en lamelles de bois flanquée de soucoupes de sel. Harry se déchaussa dans un vestibule plongé dans la pénombre et suivit la geisha le long d'un couloir éclairé par des lanternes sur pied. D'ordinaire, un homme d'un certain âge ou une dame de la maison accueillait le visiteur pour s'assurer de la parfaite intimité des soirées. Mais Harry ne vit ni n'entendit personne; pourtant, de chaque côté, se succédaient des salles protégées par des paravents. À une heure pareille, un samedi soir, chaque salon aurait dû retentir d'une hilarité souvent stupide. Les soirées de geishas obéissaient à un rituel précis : d'abord, le pincement nostalgique des cordes du shamisen; puis des jeux de société où l'on carburait au saké; ensuite des chansons larmoyantes; enfin, l'effondrement général.

Sans un mot, la fille se dirigea directement vers le fond du corridor, vers le meilleur salon car le plus éloigné de la rue. Tout en suivant le pas rapide de la geisha, Harry aperçut distinctement le bleu de son kimono, les clochettes qui tintaient dans sa chevelure et le col plié de façon à révéler le creux de sa nuque. De temps en temps, véritable marionnette, elle jetait un coup d'œil derrière elle, un sourire peint sur l'arc double de ses lèvres. Au bout du couloir, elle trébucha légèrement, ce qui permit à Harry d'entrevoir sur son cou trois minuscules grains de beauté. Il ressentit comme une décharge électrique : il venait de reconnaître Michiko. Il continua pourtant à avancer machinalement.

Elle ouvrit une porte coulissante. Ishigami, en kimono blanc, trônait à une table basse de laque noire posée au milieu du salon. Le teint plus sombre que dans les souvenirs de Harry, le visage émacié, la peau tanée par une campagne sous un froid mordant, les cheveux coupés ras et parsemés de fils gris. La courbe de son épée dans son fourreau se dessinait sur la table. Michiko força doucement Harry à s'agenouiller.

Les yeux d'Ishigami se posèrent sur Harry.

— Tu me dois cinq têtes, déclara-t-il.

17.

L'épée reposait le tranchant tourné vers l'extérieur, les sinuosités de la ligne de trempe courant de la pointe de la lame jusqu'à la longue poignée de soie tressée. Harry se demanda s'il s'agissait de celle dont il s'était servi à Nankin pour cette lointaine démonstration d'escrime.

— J'aurais dû te reconnaître, en Chine, remarqua Ishigami, même si tu n'étais qu'un jeune garçon lors de notre première rencontre. En effet, il n'y en a pas deux comme toi.

— Ma foi, ça peut être un avantage… ou un inconvénient.

— En tout cas, pas un avantage pour toi : tu as été facile à trouver.

Harry espérait déceler une autre présence dans la maison, mais Ishigami avait certainement payé le propriétaire pour qu'il soit absent. Sa solde de colonel et une pension de la maison impériale le lui permettaient; en outre, il n'avait pas dû dépenser grand-chose en Chine. Harry devait lui rendre cette justice : alors que la plupart des aristocrates partageaient leur temps entre les courts de tennis et les salons de thé, Ishigami, lui, se battait dans le cadre de l'interminable « Incident chinois ». Depuis quatre, cinq ans ? Un héros aussi infatigable méritait bien une soirée dans une élégante maison d'osier.

L'unique fenêtre de la pièce était en treillage, des globes de papier assuraient l'éclairage et un paravent peint d'une carpe aux écailles dorées constituait la seule décoration. L'épée se trouvait à portée de main de chacun des deux hommes, mais le colonel était prêt à bondir, comme un loup sur un os. Il portait à la ceinture une autre épée, plus courte. Harry se rappela le pistolet de l'autre côté de la rue ; s'il courait le chercher, Ishigami l'aurait coupé en deux avant même qu'il ait franchi la moitié du couloir.

Harry avait beau concentrer toute son attention sur Ishigami, il n'arrivait pas à détacher son regard de Michiko. Traînant les pieds et gloussant, la reine du juke-box se livrait à une imitation de geisha étonnamment réussie. Il ne connaissait pas vraiment le passé de Michiko, une partie de sa vie lui étant toujours restée mystérieuse. À présent, il relevait des indices. Une geisha se peignait le visage en blanc et prolongeait ses sourcils et le coin de ses yeux par des traits rouges et noirs ; une infime trace de fleur de cerisier au bord des yeux de Michiko et sur ses joues et un soupçon de bleu autour des tempes et le long de la mâchoire désignaient le maquillage d'une *maïko,* l'apprentie geisha, de même que ces clochettes sur sa perruque et son babil incessant. Elle avait certes fréquenté le milieu communiste, mais avait en même temps suivi une formation de geisha : intéressante combinaison. Sur elle, cette tenue attirait comme une enseigne au néon.

— Cinq têtes ? répéta Harry.

— Cinq, exactement le chiffre que tu m'as escroqué à Nankin.

— Ça n'était qu'un pari.

— Non, une humiliation. J'y ai pensé bien des fois.

Ishigami prit une profonde inspiration pour maîtriser son émotion. Émacié au point de paraître épuisé, le colonel dégageait pourtant une impression de grande vigueur. Si la Mort portait un kimono, elle serait incarnée par Ishigami. Ce départ de Tokyo prévu par Harry devenait très aléatoire.

— Sais-tu que je suis un héros ? Deux citations à l'ordre du Mille Ans d'or, de cinquième et de seconde classe.

Toutes mes félicitations, connard ! Et toi, qu'est-ce que tu mijotes ? se demandait Harry à propos de Michiko tout en essayant d'attirer son regard.

— Cinq ans en Chine, reprit Ishigami, et une seule situation déshonorante, Nankin.

Harry, pensant aux cent mille et quelques Chinois massacrés à Nankin, fut tenté de lui demander à quel moment déshonorant il faisait allusion.

— La guerre, c'est la guerre, et il peut arriver bien des choses.

— Il ne s'agissait pas de guerre, mais d'une démonstration.

— Vraiment ? Devant les murs de la ville ? J'y ai vu, quant à moi, une exécution : je me souviens d'un employé, d'un homme d'affaires grassouillet, d'un autre en pyjama, d'un coolie et d'un gosse.

— Quelle mémoire !

— Ça m'a impressionné.

— C'était le but, fit Ishigami sans quitter Harry des yeux. Des compatriotes à eux résistaient et avaient tué un soldat japonais au cours d'une attaque. J'ai voulu démontrer à nos hommes que, pour chacun des nôtres perdu, l'adversaire en perdrait dix. Pas besoin d'exécuter les vrais coupables : il s'agissait de remonter le moral des troupes.

— Bien sûr.

Harry n'ignorait pas l'importance, pour le soldat japonais, d'entretenir son ardeur combative.

— C'est pourquoi ton intervention est impardonnable. Tu arrives, avec ton ami allemand, sur les lieux de la démonstration, et tu mets en jeu la réputation de l'armée impériale en offrant dix yens par homme, salissant ainsi leur orgueil par la cupidité.

— Si je me souviens bien, ils semblaient très intéressés.

— Dix yens représentaient une grosse somme pour ces soldats. Et puis, plus sournois : tu me proposes de l'argent, à moi, un lieutenant, et offre la même somme à mon adjoint, un simple caporal qui n'était là que pour rincer la lame. Tu as ajouté l'insulte à l'insulte.

— Je tâtais juste le terrain, comme dans n'importe quel jeu, pour trouver le pigeon.

— Harry ramène tout à une partie de cartes. Avec lui, rien n'est jamais sérieux, haleta Michiko en parfaite geisha.

— Tu as réussi, reconnut Ishigami. Trop timide pour refuser, mais honteux de ce pari, mon adjoint n'a pu s'acquitter de sa fonction. (Le regard d'Ishigami semblait transpercer Harry. Ses yeux flamboyaient et des larmes ruisselaient sur ses joues, spectacle aussi incroyable que celui d'une pierre pleurant.) Un garçon si simple. J'ai perdu patience. (Sa voix prit des accents rauques.) J'aimerais entendre tes excuses. Voilà des années que j'attends cet instant.

Harry, connaissant le pouvoir de la douceur sur la colère,

s'agenouilla et posa les mains sur le sol en se prosternant très bas.

— Je suis extrêmement navré pour votre adjoint et je regrette sincèrement qu'il en ait subi les conséquences.

— Quatre ans, quatre ans que j'attends cela.

Ishigami leva l'épée tout en restant assis, comme un homme à cheval. À quelle hauteur va-t-il envoyer ma tête sauter ? se demanda Harry. Personne n'était mieux adapté à une épée qu'Ishigami. À eux deux, ils départageaient les vivants et les morts.

Harry posa le front sur la natte et jeta à la dérobée un coup d'œil à Michiko. Celle-ci était tellement froide et distante qu'il en frémit. Mais Harry savait que le colonel tenait scrupuleusement ses comptes : je lui dois *cinq* têtes, et la seule façon pour lui d'obtenir son dû, c'est de garder la mienne en dernier. S'il commence par moi, la dette s'annule automatiquement. Ishigami se détendit. Sa rage disparut dans une sorte de sourire et il reposa son épée près de lui.

— Moi aussi, j'aime bien les jeux, reconnut-il avant de s'adresser d'un ton joyeux à Michiko : Saké !

Michiko prit derrière le paravent un plateau comportant un carafon de saké en céramique, des coupes et des bols en forme de feuille emplis de noix de ginkgo.

— Cette discussion a dû vous donner soif, non ?

— Je meurs de faim, admit Ishigami.

— C'est préférable, fit Michiko en s'agenouillant pour servir.

— *Kampai !*

Tous trois levèrent leur tasse et burent le saké brûlant et parfumé. Michiko resservit aussitôt les hommes, Ishigami faisant de même pour elle. Il semblait détendu, content, même, comme si Harry avait satisfait à une épreuve de lâcheté et de dépravation.

— Comment t'appelles-tu, déjà ? demanda le colonel à la jeune femme.

— Michiko, parvint-elle à répondre entre deux gloussements.

— Joli nom. (Ishigami se pencha par-dessus la table.) Vous permettez que je vous appelle Harry ?

— Je vous en prie.

— Merci, Harry. Vous pouvez m'appeler Ryu. Entre

nous, je suis heureux d'avoir déniché une geisha aussi séduisante que Michiko.

— Et très dynamique.

— Une seule geisha pour nous deux. Michiko doit jouir d'une grande popularité.

— Elle présente de nombreuses facettes, reconnut Harry.

— Buvez ! fit Michiko.

— *Banzai !* (Ishigami donna l'exemple et versa personnellement une nouvelle rasade à Harry.) Vous comprenez, Harry, j'admire le fait que vous ne flanchiez pas à la vue d'une épée. Cela nous servira.

— Merci.

Harry emplit à son tour la coupe d'Ishigami. Celui-ci adopta alors un ton plus confidentiel.

— Curieux, cette impression que quelqu'un peut laisser en si peu de temps, cette faculté qu'a une insulte de changer toute une vie. Combien de temps s'est écoulé, à votre avis, entre le moment où vous êtes arrivé avec votre ami allemand et celui où vous êtes reparti avec les Chinois ? Cinq minutes peut-être, pas plus de dix, en tout cas. Mais depuis lors, pas une seule journée sans que je pense à vous. J'ai supposé pendant des années que vous aviez regagné l'Amérique. Imaginez ma surprise en apprenant que vous n'étiez pas parti. Les gens de la Propagande veulent que j'effectue la tournée des îles pour vendre des bombes à retardement, mais non, je ne suis revenu que pour vous.

— Je suis très flatté.

Il commençait à faire chaud dans le salon. Harry sentait le saké s'infiltrer dans ses veines. Il remarqua les mains d'Ishigami, les doigts refermés comme des serres. Si jamais je devais choisir un monstre pour terroriser les campagnes, songea-t-il, je n'irais pas chercher bien loin : Ishigami serait parfait. Les samouraïs s'étaient policés en adoptant le costume à l'occidentale. Pas Ishigami, qui restait authentique.

Le pistolet ne me servirait pas, c'est une mitrailleuse qu'il me faudrait.

Michiko remplit une nouvelle fois leur coupe et attrapa derrière le paravent un phonographe à manivelle qu'elle se mit à tourner. Les notes d'un shamisen sortirent en crépitant de la machine tandis qu'elle prenait la pose, un éventail fermé posé contre sa joue. Harry n'en croyait pas ses yeux : sa reine du juke-box effectuait son numéro à la manière orientale. Elle était aussi immobile qu'une porcelaine dans ses nuances de rose et de bleu, modeste dans la soie d'un bleu hivernal, et s'accompagnait de la musique légère produite par les chaînes et les clochettes qui pendaient dans ses cheveux et qui s'agitaient au moindre souffle. Il n'existait pas de créature plus artificielle qu'une geisha, pourtant, si on la considérait en tant qu'objet d'art, elle exerçait, mi-être humain, mi-papillon, un attrait extraordinaire. Le col de Michiko s'écarta, découvrant sur sa nuque le « W » blanc peint évoquant le sexe d'une femme, et symbole de la geisha.

Le phonographe débitait une chanson éraillée où il était question d'une courtisane en quête, un jour de pluie, d'un cadeau pour un amant. Michiko tressaillait sous un ciel menaçant, enfouissait son éventail dans la large manche de son kimono, ouvrait un parapluie imaginaire et, sans danser vraiment, adoptait les postures évoquant tantôt avec grâce, tantôt de façon comique une fille amoureuse sautillant par-dessus les flaques. Quel contraste avec la reine du juke-box qui, au Joyeux Paris, faisait son numéro de vamp aux accents de *Fish gotta swim, birds gotta fly*. Oubliant que sa vie était en jeu, Harry en resta bouche bée.

— Elle est bonne, n'est-ce pas ? fit Ishigami, rayonnant comme un impresario.

— Elle est incroyable.

— Nous sommes d'accord, elle est excellente.

Michiko rangea le phonographe derrière le paravent et revint avec des petits poissons frits croquants et des fleurs de gingembre rouge. L'arrivée de ces plats ne signifiait pas la présence salvatrice de quelqu'un d'autre dans la maison fleurie : pour les soirées de geishas, on s'adressait en général à un restaurant. Mais s'agit-il d'une soirée de geishas ? À quel genre d'événement mondain appartenait ce casse-croûte offert par un meurtrier à sa victime ? Assimilons cela à une partie de cartes, se dit Harry. Que sais-je de l'autre joueur ? Bâtard d'un prince royal, fanatique de droite, diplômé de l'Académie militaire, attaché militaire à Berlin et commandant d'unité rescapé de cinq années sur le front de Chine. Autrement dit, un être intelligent, raffiné et aussi brave que fou. Ishigami le jaugeait sans doute de la même façon, mais parvenait certainement à une conclusion différente. Harry l'avait pris par surprise à Nankin. Cela ne se reproduirait pas.

Ishigami parlait tout en mangeant.

— Cinq têtes, Harry. Choisissez les quatre premières.

— Je choisis ?

— Pourquoi pas ? J'ai quitté Tokyo depuis si longtemps que je n'y connais pour ainsi dire plus personne.

— Vous massacriez les Chinois à tour de bras. Pourquoi changer vos habitudes ?

— Là-bas, je n'avais pas le choix. Ils étaient trop nombreux. Autant lutter contre la mer. Voilà pourquoi l'esprit combatif japonais est si important. C'est ce qui nous met à part. Vous ne pouvez pas comprendre parce que vous êtes un joueur. Vous ne connaissez que les chances et les chiffres.

— Les chiffres appartiennent au concret, l'esprit relève du fantasme.

Ishigami leva les yeux de son bol.

— Quelles chances vous accorderiez-vous en ce moment ?

— Je vois ce que vous voulez dire.

— Bien. Donc, choisissez. Amis, ennemis, ou simples passants, peu m'importe et à vous aussi, je pense.

— Peut-être, lança Michiko d'un ton désinvolte, tient-il à quelqu'un. Il a peut-être une amie.

— N'avez-vous pas un ami du nom de Gen ? demanda Ishigami.

— Je ne choisirai personne. Je ne ferai pas votre travail.

— Fainéant, déclara Michiko.

— Voici ce que je vous propose, suggéra Ishigami. Sortons dans la rue, et je tuerai les quatre premières personnes que vous regarderez.

— Des Japonais innocents ?

— Personne n'est innocent. Mes hommes ne sont pas coupables, pourtant ils meurent.

— Avec plaisir pour l'empereur, je sais.

Selon la propagande.

— Non, presque jamais. En appelant leur mère, oui. Une tranchée pleine de garçons en sang présentant leurs excuses à leurs parents, oui. Je croyais que ce serait différent. Je pensais trouver dans le combat pureté et noblesse. Mais la Chine, comme le Japon, n'est qu'un immense marché noir animé par des hommes d'affaires qui corrompent des chefs d'armée pour obtenir des dépouilles et du matériel de guerre. Nous prenons une ville, nous y laissons dix, vingt, cent soldats pour que des individus tels que vous, Harry, surgissent dans l'heure comme des vers.

Il répondait ainsi à une question que Harry n'avait pas encore posée directement : pour quelle raison un officier héroïque, qui plus est apparenté à la famille impériale, n'avait-il pas dépassé le grade de colonel après tant d'années sur le terrain ? Ishigami se comportait en boucher – néanmoins bien des bouchers avaient fait carrière dans le cadre du prétendu « incident de Chine » –, en fanatique – cependant les fanatiques avaient prospéré. Obéissait-il à un code moral sévère en répugnant à s'enrichir sur les restes de la guerre, retardant ainsi l'évolution de sa carrière militaire ?

— J'ai essayé de le dire à l'empereur, reprit Ishigami.

En entendant évoquer aussi familièrement son nom, Michiko s'inclina. La reine du juke-box, elle, aurait éclaté de rire.

— Et ? insista Harry.

— Je voulais lui décrire la véritable situation en Chine. Un des vieux intendants m'a introduit auprès de l'empereur. Il était entouré de cartes et d'aides de camp, il se préoccupait donc de la situation en Chine. Puis je me suis rendu compte que la plupart appartenaient à la marine et que pas une seule carte ne représentait la Chine. Rien que des îles. Je n'ai jamais eu l'occasion de placer un mot.

— Quelles îles ?

— En quoi cela vous concerne-t-il ? (Il fit signe à Michiko.) Apporte-moi l'urne.

Michiko s'éloigna sur les genoux pour prendre derrière le paravent une boîte blanche enveloppée dans un tissu blanc, version réduite des urnes où sont recueillies les cendres d'un soldat. Harry n'avait vu cette sorte d'écrin conçu pour transporter un trophée particulier que dans un musée.

— Je l'ai fait tailler sur mesure aujourd'hui, expliqua Ishigami en la soulevant et en toisant Harry du regard. Je pense que cela ira.

— Y avait-il une route pour la flotte tracée sur la carte ? Partant de l'ouest ou du nord ?

— Avec ce genre de question, vous pourriez vous faire arrêter pour espionnage.

— Quelle importance si ma tête doit prendre place dans une boîte ?

Ishigami reposa l'urne et en caressa le couvercle.

— Harry, vous n'arrêtez jamais, n'est-ce pas ?

— Je vous propose un pari, fit Harry en remplissant la coupe d'Ishigami.

— Encore un pari ? Mais dès l'instant où j'aurai votre tête, j'aurai aussi votre argent !

— Oubliez la tête. J'ai encore mille yens sous la main. Un simple pari de mille yens.

— De quel genre de pari s'agit-il ? Je pourrais répondre n'importe quoi.

— Je vous fais confiance. Je vous parie que les cartes montraient un archipel avec, au nord-ouest, une base de départ pour la flotte et, au sud, une île centrale avec un port.

Michiko poussa un soupir mélodieux et intervint :

— Mais il n'est pas question de pari, Harry. Je sais où est l'argent : au Joyeux Paris, sous le plancher. Alors, il n'y a rien pour parier, n'est-ce pas ?

Ishigami a retenu son souffle, se dit Harry. Il avait bien pensé à Pearl.

— Êtes-vous un espion ? demanda Ishigami.

Michiko se mit à rire et fut prise d'un hoquet.

— Pardonnez-moi. C'est si drôle. Harry un espion ? Qui ferait confiance à Harry ?

— Je me souviens d'un garçon qui me livrait des gravures, poursuivit Ishigami. Son allure désignait un Américain perdu à Tokyo, mais il ne l'était pas du tout. Vous en saviez déjà trop, Harry. Où emmagasinez-vous tous ces renseignements ?

Harry esquiva la réponse. Il vida sa coupe et la tendit.

— Merci, j'en reprendrai volontiers.

Ishigami hésita, la main à mi-chemin entre le flacon de saké et l'épée, approchant et reculant, pas seulement à cause du saké, estima Harry. Le colonel offrait le même aspect abîmé, un peu flou, qu'une photographie trop souvent emportée au combat, et Harry distinguait nettement chez lui une humeur dangereusement changeante, tantôt épuisée, tantôt stimulée, affable ou démente. Discuter avec Ishigami, c'était comme marcher dans le noir environné de trappes qui s'ouvraient et se refermaient. Michiko s'affairait à trancher du gingembre avec un petit couteau en attendant que le colonel sorte de sa rêverie et reprenne une attitude amicale, après quoi elle s'acquitta de la préoccupation principale d'une geisha : servir le saké.

— Depuis combien de temps connais-tu vraiment le colonel ? lui demanda Harry.

— Un jour, répondit Michiko. Un jour suffit parfois mieux qu'une année entière trop longue.

— Je voulais m'occuper de vous dans votre club, déclara enfin Ishigami, souriant comme s'il appréciait la plaisanterie. Mais comme elle veut reprendre votre établissement après votre mort et que ça n'est pas bon de débuter avec du sang sur le parquet, elle m'a assuré qu'elle pourrait vous amener ici.

— Elle est très ambitieuse, dit Harry. Je ne m'en serais jamais douté.

— Il y a tant de choses dont tu ne te doutes jamais, Harry, fit Michiko en riant derrière sa main.

Harry se rappela ce que Kato lui avait expliqué : les geishas se dissimulent quand elles rient pour ne pas exhiber leurs dents, qui paraissent jaunes sur le fond blanc du maquillage. Il aurait pourtant été ravi de retrouver le moindre signe de la Michiko qu'il croyait avoir connue.

Ils jouèrent au jan-ken-pon, l'un des jeux de société préférés des geishas : les ciseaux représentés par deux doigts coupent du papier, papier qui enveloppe une pierre, pierre qui brise les ciseaux. Le perdant vide sa coupe. Harry et Ishigami burent deux fois plus que Michiko. Gorgé de saké, Harry se surprit à contempler cette nouvelle femme scintillante, incapable de s'empêcher de penser à sa personnalité cachée, à la douceur de sa peau blanche, aux minuscules grains de beauté décorant sa nuque, à la façon dont son épine dorsale s'enfonçait au creux de ses reins, allant jusqu'à retrouver, entre deux coupes de saké, le goût de sa bouche. Ce maquillage qui la scindait en deux personnes ne parvenait pas à dissimuler la Michiko qu'il avait connue.

— La pierre casse les ciseaux ! fit Michiko en claquant dans ses mains avant de servir une autre coupe à Harry.

— Si tu veux le Joyeux Paris, il est à toi. Inutile de me tuer pour ça.

— Ne sois pas mauvais perdant, répondit-elle.

— Buvons, lança Ishigami.

— Pourquoi fais-tu cela ? demanda Harry à Michiko.

Elle sourit en remplissant sa coupe.

— Parce que tu partais, Harry.

— Je t'aurais tout laissé.

— Mais je ne veux pas de cadeau, Harry, je veux prendre. (Elle rit comme si elle expliquait quelque chose de très simple à un enfant.) Si je prends, ça m'appartient, si tu donnes, ça reste à toi. C'est l'enjeu de la lutte marxiste.

— C'est une Rouge, vous le saviez ? demanda Harry à Ishigami.

— L'Asie, c'est pareil, dit Ishigami. Nous n'attendrons pas que l'homme blanc nous donne ce qui nous appartient. Nous devons le prendre. Un, deux...

— Trois, gloussa Michiko, ravie, en recouvrant de papier le poing d'Ishigami. À vous de boire.

— Elle nous escroque ! s'exclama Harry.

D'un simple regard, elle fit comprendre à Harry qu'elle était capable de le battre à n'importe quel jeu. Au côté de qui vivait-il donc depuis deux ans ? Englué dans sa vanité, il avait cru qu'elle tenait à lui, telle une mère possessive. Jamais il n'avait passé plus de temps avec quelqu'un et jamais il ne s'était si lourdement trompé. Sa mâle assurance en prenait un coup. Elle n'avait maquillé que l'extérieur de ses lèvres, ce qui lui donnait un double sourire, un pour Harry, l'autre pour Ishigami.

— Qui t'a maquillée ? s'informa Harry.

Une geisha, même très expérimentée, avait besoin d'aide au milieu de toutes ces poudres – vermillon, or et bleu pâle –, de tous ces pinceaux – larges et plats pour le fond de teint et le maquillage, en poils de zibeline pour les sourcils – et à cause de la perruque, masse sculptée de cheveux humains. Pour le maquillage intime au creux de la nuque, aussi. Et enfin ne serait-ce que pour enfiler un kimono, avec ses cordons dissimulés et sa ceinture étroitement serrée.

— Y a-t-il quelqu'un d'autre ici ?

— Non.

— Quelqu'un t'a aidée, pourtant.

Michiko évita le regard de Harry. Ishigami, lui, allumait une Lucky. Harry remarqua alors des points blancs au bout des doigts du colonel – la peinture collait aussi aux mains de Kato malgré tous ses efforts pour les nettoyer. Aujourd'hui, Ishigami était l'artiste. La vérité afflua à l'esprit de Harry en soudaines images : Ishigami appliquant le fond de teint blanc sur la peau de Michiko, étalant au pinceau la poudre rouge sur les joues, nouant les cheveux avec des bandes de gaze et arrangeant le chignon de sa perruque. Autant de talents qui s'acquéraient grâce à une longue pratique. Ishigami exhala la fumée de sa cigarette en tournant vers Harry un regard dans lequel il découvrit d'autres réalités : des balles traçantes sillonnant le ciel nocturne, une tente d'officier ployant sous la neige. Une lampe à essence éclairait l'intérieur de la tente où un aide de camp, épaules étroites et long visage empreint de douceur, se tenait immobile pendant qu'on le maquillait en soulignant les paupières de noir, en teignant les lèvres en rouge. L'officier, avec des fils et de la colle, ajustait une perruque sur la tête du jeune homme, effleurant les clochettes pour les faire tinter. Au Japon, la notion de genre a toujours été floue, se rappela Harry : les premières geishas étaient des hommes et, comme les Grecs, les samouraïs faisaient l'amour entre eux.

— Il faut être d'une brutale sincérité pour obtenir la beauté, commença Ishigami sur le ton de la confidence. Un œil ensorcelant peut devenir aussi stupide que celui d'une vache, un beau menton s'alourdir, des pieds et des mains prendre des proportions inadmissibles, un cou se déjeter. Il faut effacer les défauts : allonger l'œil, estomper le menton, dompter les mains et les pieds. L'effet n'est que momentané, mais on n'en demande pas plus.

Harry se rappela la première fois où il avait habillé Michiko avec sa tenue de reine du juke-box : haut-de-forme, veste à paillettes et longs bas noirs. Et le kimono de dessous en soie rouge dans lequel elle dormait, qui en avait eu l'idée, elle ou lui ?

— D'après ce qu'on m'a dit, le fard contient du plomb qui, tôt ou tard, rend fous les maquilleurs des geishas.

— Cela s'est produit, c'est vrai.

La voix d'Ishigami s'affaiblit et son regard se posa sur l'urne qui sentait le bois fraîchement coupé et décapé. L'ambiance changeait de nouveau, elle perdait un peu de son entrain. Il revient à la Chine, songea Harry, à Nankin, comme si sa vie avait accroché sa longe à un point précis. Harry revit brièvement Ishigami exécutant ses victimes, mais cette fois avec l'assistance d'une Michiko qui, de Mme Butterfly, se transformait en Salomé.

— Et l'empereur, réattaqua Harry, vous a-t-il dit quelque chose quand vous l'avez vu ?

— L'empereur a demandé à ses officiers combien de temps durerait une guerre dans le Pacifique. Trois mois, ont-ils répondu. Il leur a alors rappelé que, quatre ans auparavant, l'armée lui avait déjà fait le même pronostic pour une guerre en Chine. Enchaîner les batailles prépondérantes les unes après les autres n'a pourtant débouché sur rien. Les Chinois sont simplement plus nombreux. Reculer maintenant nous ferait trop perdre la face. Mieux vaudrait que ce soit devant n'importe qui plutôt que devant la Chine.

— Reste la solution du bon sens : se déclarer vainqueur et rentrer chez soi.

— Ce serait une défaite dont l'Amérique et l'Angleterre tireraient parti pour nous étrangler. Si elles décidaient de couper notre approvisionnement en pétrole, nous nous retrouverions dans la position de mendiants. Mieux vaut un coup vraiment décisif qu'un étranglement progressif, vous ne trouvez pas ?

Tout se concentrait de nouveau sur l'épée étincelante posée près d'Ishigami.

— Quel est le sentiment de l'empereur ?

— L'armée décidera pour l'empereur.

Harry s'apprêtait à demander comment l'armée s'y prendrait quand Ishigami leva la main pour réclamer le silence. D'abord Harry n'entendit rien, puis une porte se referma au bout du couloir.

— Putains de chaussures, putains de lacets, chaque fois la même chose pour entrer dans ces putains de maisons ! On les enlève et on les remet, on les enlève et on les remet. Harry ! Harry, tu es là ? Pourquoi le Joyeux Paris n'est-il pas ouvert ? Y a-t-il une mama-san dans la maison ? Harry ? Il y a quelqu'un ?

— Un dénommé DeGeorge, correspondant américain, chuchota Michiko à l'oreille d'Ishigami.

Harry imaginait et devinait DeGeorge, ivre au point de trébucher à chaque pas et de se cogner contre les murs du couloir, le nez rouge et son costume gris couvert de taches. Va-t'en, supplia-t-il.

— Harry Niles est ici, lança Ishigami d'une voix forte. (Son anglais le fit sourire.) Venez donc le voir.

— Où ça ? cria la voix de DeGeorge. J'ai envoyé un article sur ton petit discours. La censure l'a supprimé. Qu'est-ce que tu fais ? Tu te caches ? Tu joues aux cartes ?

— Venez donc voir Harry, répéta Ishigami.

D'après les bruits, DeGeorge faisait glisser chacune des portes devant lesquelles il passait, en trébuchant sur ses pieds nus.

— Bon sang, tu as loué toute la baraque ? Une soirée privée, c'est ça ? (Les pas lourds s'arrêtèrent devant la porte close et Harry sentit presque de façon palpable la masse de DeGeorge appuyée contre le chambranle.) Ça doit être là.

— File ! cria-t-il en se retournant. Fiche le camp d'ici !

— Toc-toc.

La porte coulissa. Al DeGeorge avança un visage paillard qui prit une expression de stupéfaction quand Ishigami enjamba la table en brandissant son épée et traça une estafilade en diagonale, de l'épaule à la hanche, sur le correspondant du *Christian Science Monitor*. Se cramponnant à deux mains, DeGeorge tenta de reculer. Ishigami le suivit, le poussant de la pointe de l'épée comme pour l'obliger à regagner une porcherie où il aurait plus d'espace pour prendre son élan. DeGeorge avait disparu, mais Harry entendit, jusqu'à la fin, le journaliste lancer un « Pourquoi ? » plaintif.

En guise de réponse, le bruit de ciseaux se refermant, d'une masse s'effondrant et de quelque chose roulant par terre. Harry éprouva la sensation de quelqu'un qui tombe d'une fenêtre et qui attend de heurter le sol. Michiko gardait un calme parfait de geisha.

Ishigami revint, évitant soigneusement de marcher sur la natte ensanglantée, et referma la porte derrière lui.

— Et d'une ! déclara-t-il.

18.

L'étiquette qui prévalait dans les soirées de geishas interdisait pelotage, étalage d'argent et saké une fois que le riz était servi. Des profiteurs du temps de guerre ignorants des usages la violaient pourtant souvent. Ishigami, gentleman de la vieille école, ne carburait qu'au saké à haut indice d'octane. Au diable le riz ! D'ailleurs, qui avait envie de dormir ? Pas Ishigami, en tout cas : drapé dans son kimono blanc taché de sang, il essuyait son épée avec un chiffon huileux.

Harry, tous les sens exacerbés, crut voir Ishigami se dilater et emplir toute la pièce. Il le trouvait grandi de partout : chaque pore de son visage en lame de couteau, la calotte de ses cheveux ras, les fils noirs de ses sourcils et de ses cils, le sombre miroir de ses yeux, le tout dans des relents de sueur salée auxquels se mêlait un parfum d'encens et de sang. Harry remarqua même les traces laissées par des grenades à fragmentation sur le cuir chevelu du colonel, une entaille à l'oreille, le gonflement de son cou quand il se penchait en arrière. Il nota également que les mains d'Ishigami se refermaient autour de la poignée de l'épée comme un gant de base-ball sur une balle. Le colonel les trempe-t-il, ainsi que son épée, dans du liniment pour améliorer sa prise ? se demanda Harry. Il observa le kimono dont la couleur – le blanc – évoquait un cérémonial et un engagement. Il sentit enfin l'air raréfié de la pièce, comme si Ishigami et lui venaient, après bien des efforts, d'atteindre un pic montagneux.

Ishigami, intelligent et psychotique, doté également d'un certain sens moral, offrait la pire combinaison imaginable :

impossible de le duper, de l'acheter ou de le raisonner. Unique solution : le tuer. Mais Harry n'imaginait pas y parvenir sans le pistolet qu'il venait de dissimuler sous les lames du parquet de l'autre côté de la rue. L'épée d'Ishigami se trouvait à sa portée, certes, mais le colonel guettait le moindre geste de Harry dans sa direction.

Il ne devait pas perdre de vue non plus les autres facteurs avec lesquels il fallait qu'il jongle, le DC-3, par exemple, qu'on préparait dans un hangar de Haneda Field. Cet appareil était fabriqué sous licence par Nakajima Aircraft, qui construisait aussi d'excellents bombardiers. Les équipes se relayaient vingt-quatre heures sur vingt-quatre pour que, lundi, l'avion s'envole sans difficulté. Harry prévoyait qu'ils auraient droit, au pied de la passerelle, à un discours du ministre des Affaires étrangères et à un autre du président de Nippon Air, que s'échangeraient entre passagers quelques remarques de circonstance concernant le brillant avenir de la sphère asiatique de coprospérité, des bouquets, des souhaits de bon voyage et des salutations à profusion. Dans trente-six heures, Harry assisterait à cet événement à condition, bien sûr, de ne pas être impliqué dans un homicide et, surtout, d'être encore en vie.

Hawaii posait un autre problème : en évoquant les faux réservoirs de pétrole, Harry espérait avoir incité le Japon à renoncer à toute aventure dans cette direction. Or, d'après Ishigami, l'empereur se penchait sur des cartes et des plans. Une carte marine, pour repérer un point sur l'océan, un plan pour trouver Pearl Harbor et l'allée des Cuirassés. On consultait Sa Majesté, mais elle avait à peu près autant d'influence que l'Indien perché sur la calandre d'une Pontiac. Il semblait impossible que la flotte japonaise s'approche assez près pour attaquer Pearl mais, après tout, Yamamoto n'avait-il pas fait sauter la banque à Monte-Carlo ? Et la flotte avait disparu. Toutefois, Harry estimait les chances d'un raid sur Pearl à moins de cinquante-cinquante et, en tout cas, pas avant qu'il eût regagné la Californie à tire-d'aile, à supposer toujours qu'il survive à la nuit.

Il se représentait l'horrible surprise de DeGeorge, mais Michiko, elle, riait et continuait à bavarder. Elle aurait pu en remontrer à lady Macbeth, songea Harry ; avec elle, pas de lâche « Disparais, tache maudite ! ». Dans son kimono à manches longues, sous sa perruque savamment édifiée et avec son visage aplati par le blanc du maquillage, la geisha Michiko offrait une dangereuse version d'elle-même en deux dimensions. Peu à peu son déguisement paraissait moins bizarre et laissait mieux apparaître son véritable visage. Je n'ai pas couché avec cette femme, je ne l'ai pas littéralement connue par cœur, je ne lui ai pas enseigné la différence entre un temps fort et un temps faible, ce n'est pas possible, se répétait Harry. Au moins, ne lui avait-il jamais dit : « Je t'aime », il n'avait pas été assez fou pour ça. Il avait à présent la sensation de s'être aventuré en plein drame de samouraï.

Et l'épée ? Autrefois, Harry avait tenté de fabriquer de fausses épées anciennes. En fait, dès qu'il mettait la main sur une lampe à souder, c'était pour fixer une lame ordinaire à un pommeau signé d'un célèbre armurier. Il avait donc l'œil. L'épée d'Ishigami présentait la longueur inhabituelle, la sinueuse ligne de trempe et la courbe élégante d'une arme de Bizen. Quant à la courte épée passée dans la ceinture de kimono du colonel, Harry n'en distinguait que la poignée de cuir usé. Il appréciait que ces antiques œuvres d'art servent à quelque chose et ne restent pas accrochées à un mur. Qu'une épée embrochât des têtes depuis quatre cents ans lui coupait le souffle.

Michiko battit des mains.

— Faisons des haïkus. Je commence.

Bonne idée, songea Harry, ils animeront un peu la soirée : l'ambiance faiblit.

Michiko servit du saké, s'accroupit sur ses talons et commença :

Le monde est né quand
La déesse Izanami
Prononça le mot.

— C'est tout ? demanda Harry.

— Oui, c'est ça, un haïku : cinq puis sept, et enfin cinq syllabes.

Harry et Ishigami ne purent s'empêcher d'échanger un regard amusé.

— Pas du tout, s'écria Harry. Ça ne suffit pas.

— Le haïku, renchérit Ishigami, contient un terme qui évoque une saison. On utilise le mot « hiver », ou bien on le suggère avec « glaçon », ou encore « printemps », « fleurs de cerisier ». Il n'y a rien de tout cela dans ton poème.

Michiko eut un charmant haussement d'épaules.

— Parce qu'au début il n'y avait pas de saisons.

— Plus important, poursuivit Ishigami, ton histoire ne tient pas debout. Quand la déesse Izanami et le dieu Izanagi descendirent du ciel pour créer les îles du Japon, Izanami a bien parlé la première pour dire : « Quel homme charmant vous faites », vexant Izanagi, qui aurait dû parler, et donc rien ne fut créé. Enfin Izanagi parla pour dire : « Quelle belle dame vous faites », et ce fut seulement alors qu'ils créèrent les îles du Japon.

— Comme n'importe quel homme, fit Michiko d'un air boudeur. Évidemment, il n'aurait pas prononcé un mot si elle n'avait pas commencé. Ensuite, il s'en est attribué le mérite.

— Voilà pourquoi, déclara Ishigami à Harry, on ne devrait jamais laisser les femmes écrire de la poésie. Elles veulent avoir le premier et le dernier mot.

Michiko éclata de rire, faisant tinter doucement les clochettes de ses cheveux.

— À vous, maintenant, suggéra-t-elle à Ishigami.

— Harry ? fit Ishigami, proposant de laisser son tour.

— Non, je vous en prie.

Harry ne voulait surtout pas interrompre le flirt entre Michiko et le colonel qui s'apprêtaient – c'est ce qu'il ressentait – à pique-niquer sur sa tombe.

— Voici un de mes préférés, annonça Ishigami qui était resté un moment songeur.

— Il doit être très bon, assura Michiko.

— J'ai hâte de l'entendre, ajouta Harry.

Ishigami cessa de huiler son épée.

On l'appelle une pivoine blanche
C'est vrai mais
Avec un peu de rouge.

Michiko battit des mains, les yeux brillants.

— Leurs pétales sont tout à fait ainsi, comme un kimono blanc bordé de rouge.

— Harry, vous avez l'air de vous y connaître en haïku. À quoi cela vous fait-il penser ? demanda Ishigami.

— À des épaules rondes et à du sang.

À quoi d'autre pourrait-il penser ? Selon le slogan des fleuristes américains : « Dites-le avec des fleurs. »

— Oui, fit Ishigami en prenant un chiffon propre pour essuyer la lame. Vous et moi, Harry, semblons être sur la même longueur d'onde.

— Les femmes ne comprennent pas cela.

— L'Angleterre a ses poètes, Shakespeare et Donne. Y en a-t-il en Amérique ?

— C'est différent.

— Ça ne m'étonne pas : il faut un passé pour le distiller en poésie.

— Non, on la rencontre partout.

— Par exemple ?

— Par exemple :

Il avait les joues lisses
Et fraîches comme la glace
Et si tu savais, Louise !
Comme il sentait bon
Si bon
Grâce à Burma-Shave.

Harry se rappelait avoir vu cette affiche en arrivant à Palm Springs. Il conduisait une ingénue à qui on devait arranger le nez, teindre les cheveux et aligner les dents. Elle avait pleuré pendant tout le voyage : sa vocation était d'entrer au couvent. À Palm Springs, Harry l'avait mise dans un car en partance pour Iowa City, et avait appelé le producteur pour lui annoncer qu'elle avait filé. Une semaine plus tard, elle revenait au studio, suppliant qu'on lui donne une seconde chance, et Harry avait dû la reconduire là-bas. C'était à ce moment-là qu'il avait décidé de quitter L.A. Maintenant, il passait en revue les choix qu'il avait faits. Palm Springs en décembre, ça avait pourtant du bon.

— Ou bien, reprit-il :

La réponse aux
Prières d'une vierge
Ce n'est pas un menton
Au poil hérissé
Merci Burma-Shave.

— Un haïku commercial, commenta Ishigami. Typiquement américain.

— Et qui fait sonner le tiroir-caisse, précisa Harry.

Charmante conversation, songea-t-il, à condition de ne pas tenir compte du sang qui tache le kimono d'Ishigami. Ça lui ressemble bien, au colonel, de ménager son uniforme.

— Vous appartenez bien au Troisième Régiment, celui de Tokyo, n'est-ce pas ?

— Un bon régiment. Les garçons de Kyushu sont connus pour leur témérité, ceux d'Osaka pour leur circonspection. Ceux de Tokyo sont juste ce qu'il faut.

— Aux garçons de Tokyo, fit Harry en levant sa coupe.

— Aux garçons de Tokyo !

— À Tokyo !

Pas mal, pour une soirée d'exécution, se dit Harry. Mais les crampes dans ses jambes – il avait pourtant l'habitude de s'asseoir sur ses talons – trahissaient sa peur ; il était mort de peur à partir de la taille. Ishigami arborait un air satisfait. Un jour, de son lit de malade, Harry, enfant, avait regardé un chat jouer pendant des heures avec une souris. Il la tenait par la queue, puis la lançait en l'air, tout en la grignotant doucement. Par la suite, Harry avait longtemps fait des rêves fiévreux à propos de cette souris. Il ajouta cette image aux souvenirs qu'il gardait des prisonniers chinois de Nankin. Il aurait beaucoup apprécié qu'on le sauve de ce mauvais pas, regrettant même l'absence de Shozo et de Go. La Police de la pensée le surveillait depuis une éternité et précisément maintenant, sans y penser – oserait-il ce mauvais jeu de mots ? –, elle envoyait ailleurs ses deux anges gardiens. Où ? Peu importe ! Toute sa vie, il s'était tiré de situations délicates, il se tirerait bien de celle-là. Les moyens ne manquaient pas. Par exemple, dans le doute, pratique la flatterie.

— Qu'auriez-vous dit à l'empereur si vous l'aviez rencontré sans témoins ? tenta-t-il.

— Je lui aurais parlé de parasites comme vous.

— Mais à part moi, de quoi d'autre ?

— Que ses troupes sont prêtes à se charger de n'importe quelle mission et de triompher de n'importe quel ennemi, que notre véritable ennemi sur le continent n'est pas la Chine mais la Russie, trop heureuse de nous voir gaspiller notre sang contre les Chinois. J'aurais dit qu'il n'y a pas d'autre objectif à cette guerre que celui d'assurer des bénéfices scandaleux à Mitsubishi, Mitsui et Datsun en leur achetant leurs chars et leurs canons. Je lui aurais dit que l'armée a troqué ses idéaux les plus purs contre les intérêts d'un marchand d'opium. Je lui aurais dit que je ne reconnais plus l'armée que je sers depuis vingt ans. Que je ne me reconnais plus moi-même.

Harry ne s'attendait pas à cela. Que la perspicacité et les sentiments se manifestent chez un autre être humain surprend toujours, songea Harry. Surtout chez un meurtrier.

— Vous êtes contre la guerre ?

— Non, mais je suis pour une guerre honorable.

— Contre les bolcheviques et les capitalistes ?

— Parfaitement.

— Contre les ouvriers et les patrons ? À quel moment abordez-vous la réalité ?

— La réalité japonaise est différente.

Depuis toujours, on serinait à Harry qu'au Japon la lune était différente, que les cerisiers étaient différents, que les saisons étaient différentes, que les montagnes étaient différentes, que le riz était différent. En faisant le total il arrivait à la conclusion que la réalité elle-même était différente. Les épées japonaises étaient différentes.

— D'accord.

— Les Japonais sont différents parce qu'ils vivent pour un idéal, la vénération de l'empereur. Sans idéal, nous ne méritons pas un empire. Bien sûr, l'idée qu'Izanami et Izanagi sont descendus du ciel est ridicule. Que l'empereur soit un dieu vivant n'est qu'un mythe. Mais ce mythe transforme tout Japonais et lui donne un caractère divin. Cet idéal, cette ambition nous soulèvent jusqu'au ciel.

— Trop d'ambition : rappelez-vous le monument aux morts élevé à Kyoto en souvenir de quarante mille oreilles coréennes. Ça doit ressembler à du calmar haché. Est-ce vraiment de l'ambition que de collectionner quarante mille oreilles ?

— C'est un début.

— C'est le culte de l'épée, l'esprit Yamato, le besoin d'attaquer.

— Toujours attaquer, c'est vrai.

Sa légère ivresse n'empêchait pas Harry de sentir qu'il touchait un point sensible.

— Quand dix Japonais se trouvent face à un ennemi, attaquer. Quand un Japonais se trouve devant dix ennemis, attaquer.

— L'élément de surprise est décisif.

— Toujours en combat rapproché.

— Plus il est rapproché, mieux cela vaut, reconnut Ishigami.

— À la baïonnette ?

— Un homme avec une épée vaut dix fusils. La guerre est un exercice spirituel. Quel est votre idéal, Harry ?

— Des chances raisonnables et une partie honnête, je ne demande rien de plus. À votre avis, quelles sont mes chances, en coupant, de retourner un as dix fois de suite ? Si j'y arrive, vous me laissez partir et je vous débarrasserai même du corps qui gît dans l'autre pièce. Vous avez de brillants antécédents militaires et un grand avenir devant vous. Ne les gaspillez pas pour vous venger d'une petite crapule comme moi. Souvenez-vous de vos obligations. L'armée, l'empereur ont besoin de vous en Chine. Dix cartes. Ce sera le destin.

— Le destin, c'est ceci, lança Ishigami en touchant son arme.

— Vous êtes trop sérieux tous les deux, deux vrais moines ! protesta Michiko en les regardant d'un air sévère. Nous devrions chanter des chansons idiotes. Il ne faut pas être sérieux.

Harry aurait aimé déceler des traces d'ivresse ou d'inattention chez Ishigami, mais le colonel paraissait brûler le saké comme une lampe brûle l'alcool. Il semblait également disposé à se prêter aux caprices de Michiko. Une geisha jouissait de ce talent.

— Alors, qu'allons-nous chanter ? demanda-t-il.

— J'ai justement la chanson qu'il faut, répondit Michiko. Et pour rendre les choses plus intéressantes, comme le dit souvent Harry, j'ajouterai un petit gage : celui qui n'arrive pas à chanter le refrain du premier coup devra boire son saké en une seule gorgée.

— Et si on ne connaît pas la chanson ? s'enquit Harry.

— Oh, ce ne sera pas le cas, assura-t-elle. Mais pour te faciliter les choses, je vais commencer.

Elle se redressa et entonna :

C'est la chanson de la grenouille
J'en entends les accents...

Aussitôt les souvenirs affluèrent : il s'agissait de l'une des premières chansons qu'apprenaient les enfants japonais.

Harry se revit à la maternelle, assis par un jour de pluie près d'une fenêtre ouverte. Il grattait le coude de son chandail et contemplait d'un air songeur les eaux d'un canal tandis que toute la classe chantait en chœur : « Croa... croa... croa... croa... Croacroacroacroacroacroacroacroacroacroa. »

Michiko termina, aussi ravie qu'une chatte dont les moustaches sont trempées de crème, et Ishigami reprit le refrain. Chantait-on cette ronde enfantine à l'école des pairs ? se demanda Harry. Dans l'établissement le plus fermé du monde, installé dans l'enceinte du palais impérial, le regard du jeune Ishigami avait-il erré jusqu'aux douves ? Sans doute, car il chantait avec entrain, en mettant toute son animation dans le cri de la grenouille :

— Croacroacroacroacroacroacroacrocroa.

Drôle, incontestablement stupide, c'était une vraie soirée de geisha empreinte d'une hilarité macabre, mais aussi des rires de Michiko, de la voix de baryton d'Ishigami imitant la grenouille, de la naïveté profonde de la chanson, sans oublier l'épée dégainée posée sur la table et la présence invisible de DeGeorge dans la pièce voisine.

— À toi, Harry, ordonna Michiko.

Harry s'éclaircit la voix. Inutile d'attendre plus longtemps puisque, tôt ou tard, Ishigami le tuerait, dans la maison ou dans la rue. Il allait donc lancer un « croa » de moins, lever sa coupe et jeter son saké brûlant aux yeux d'Ishigami. Il estimait ses chances de saisir l'épée à une sur deux, et celles de l'emporter grâce à la longue épée sur l'autre, plus courte, d'Ishigami, à une sur quatre. Une cote pas fameuse. Ça risquait de se passer aussi bien que dans une partie de poker avec des cartes biseautées. Ishigami aimait l'attaque, la surprise, le combat de près ? Harry essaierait de le satisfaire. Autre inconnue : la réaction de Michiko.

Harry devait forcer un peu sa voix de ténor pour accompagner Fats Waller ou Louis Armstrong, mais elle convenait parfaitement à une chanson enfantine. « J'entends le chant de la grenouille... » Reste détendu, se dit-il. Ishigami le percevrait si tu crispais les épaules.

— Croacroacroacroacroacroacroacroa.

— Seulement neuf croa, comptabilisa Michiko.

— Dix ! protesta Harry.

— Neuf ! Tu as perdu, s'exclama Ishigami.

— J'en ai compté dix, déclara Harry.

— Neuf ! s'écrièrent en chœur Michiko et Ishigami.

— Bois, c'est ton amende, ordonna Michiko en s'approchant pour remplir sa coupe, mais le flacon de saké était vide.

— Une seconde.

— Du saké froid conviendra très bien, assura Harry.

— Non, non, un si bon saké est encore meilleur chaud.

Ishigami reprit son épée.

— Harry et moi devrions partir, maintenant. Nous verrons qui nous rencontrerons dans la rue.

— Non, insista Michiko. Harry doit réaliser son gage. J'ai mis le saké à chauffer, il sera prêt dans une minute. (Elle revint auprès de la table avec un sourire de poupée.) C'était drôle. Chantons-en d'autres, non ?

— Très bien, acquiesça Ishigami, imité aussitôt par Harry.

Michiko, agenouillée, entama une chanson à propos d'une vierge en train d'apprendre « les quarante-huit positions ». Elle imitait les plus compliquées avec ses doigts. Elle mima une scène entre une beauté et une puce. Tant de puérilité et de stupidité exaspérait Harry, pas autant, pourtant, que de se sentir céder encore à sa séduction. Il remarqua un endroit où la transpiration avait effacé le maquillage blanc, derrière son oreille. Personne ne touchait jamais le visage d'une geisha – on ne salit pas un tableau –, mais il avait envie d'attirer sa bouche contre la sienne pour goûter le bouton rouge de ses lèvres. Les geishas ne portent rien sous leur kimono, et Harry avait envie de glisser sa main entre les plis de l'étoffe bleu glacé, de la remonter entre les deux colonnes de ses jambes et d'écouter le bruit de clochettes dans ses cheveux.

— À vous de chanter, dit-elle à Ishigami.

— Je n'ai pas une belle voix.

— Mais si, nous vous avons déjà entendu. D'ailleurs, vous êtes un héros, vous ne devriez pas avoir peur. Trouvez quelque chose d'humoristique.

Ishigami marqua un temps puis se lança dans « *Camptown ladies sing this song, doo-dah, doo-dah, Camptown racetrack five miles long, oh ! doo-dah day...* » Les Japonais adoraient Stephen Foster. Harry ne comprenait pas pourquoi, mais c'était ainsi.

Ishigami termina, congestionné et ravi. Harry applaudit poliment.

— Le saké est prêt ?

— Chante, ordonna Michiko. Quelque chose d'amusant. Pas de jazz.

Harry sentait les vapeurs du saké sur le réchaud.

— Chantez, ordonna Ishigami à son tour.

Harry haussa les épaules. Lui revint à l'esprit la chanson favorite de sa mère, celle qu'elle chantait pour Harry comme un vœu désespéré, un air lugubre qui fit ressortir les dernières traces de son accent de baptiste sudiste. « *Amazing grace, how sweet the sound that save a wretch like me...* »

Il laissa la chanson se dérouler lentement, à l'allure d'un corbillard franchissant les grilles d'un cimetière. « *I once was lost...* » Michiko le contemplait de derrière son masque de geisha, le bouton de ses lèvres légèrement entrouvert. « *Was blind...* » Un instant, il se retrouva à l'église, parmi les fidèles debout, chantant, leur recueil de cantiques ouvert, sauf sa mère, bien sûr, qui connaissait tous les hymnes par cœur. Elle se pencha pour adresser un sourire à Harry. « *But now I see.* »

Harry reprit la chanson en japonais et, quand il eut terminé, il avait vraiment besoin de saké, mais Michiko se contentait de l'observer sans bouger. Ishigami, lui, le fixait du regard.

— Une belle chanson, déclara Ishigami. Voici ce qu'elle m'inspire : il arrive un moment où on a l'impression de porter soi-même tous les morts, tous les soldats qui vous ont suivi. Ils pèsent si lourd qu'on a du mal à mettre un pied devant l'autre, alors que devant soi se déroule une route sans fin jalonnée d'autres corps. Je ne sais pas pourquoi je vous raconte ça, en tout cas, vous me surprenez. (Il resta un moment songeur.) Ça fait du bien d'exprimer certaines choses à voix haute. Quand j'étais jeune, ma mère m'emmenait sur la plage de Kamakura et me conseillait de chercher un coquillage auquel raconter mes problèmes. Non seulement mes problèmes, mais mes ambitions, la première étant de servir l'empereur. De lui confier aussi mes désirs.

— Et ensuite ? insista Harry, car Ishigami n'avait pas l'air d'avoir tout à fait fini.

— Ma mère me disait d'écraser le coquillage pour que personne d'autre ne puisse entendre.

— Ça se comprend.

— Vous savez, reprit le colonel, j'ai l'impression qu'en ce moment je peux vous dire n'importe quoi.

Voilà qui ne présage rien de bon, songea Harry.

— Ton saké, dit Michiko en déposant le flacon devant Harry. Il est temps que tu paies ton gage.

Le flacon était bouillant. Tant mieux.

— Harry ? Harry, êtes-vous là ? fit une voix venant de l'entrée de la maison d'osier.

C'est Willie. Willie Staub, qui s'efforçait d'appeler doucement. Harry reconnut le tâtonnement d'un gaijin ôtant ses chaussures. Ishigami prit l'épée sur la table et fit signe à Harry de rester assis.

— Harry ? appela Willie. DeGeorge m'a dit qu'il venait ici vous retrouver. Vous êtes là ?

— Il est tard, intervint une voix de femme.

Iris, se dit Harry. Le couloir était mal éclairé et on avait tiré le paravent qui fermait la pièce. Mais s'ils avançaient jusqu'au bout du corridor, ils verraient le sang ou le sentiraient sous leurs pieds.

— Harry ? DeGeorge ?

Des pas s'approchèrent. Même Ishigami gardait un équilibre parfait. Il n'attendra pas, songea Harry. Dès qu'il verra une ombre sur le paravent, il se lèvera et, du même mouvement, abattra son épée sur le papier, avancera d'un pas et les liquidera tous les deux.

— Harry, je vous en prie, vous êtes là ? demanda Willie.

— Il n'y a personne, constata Iris.

— S'il n'y avait personne, la maison serait fermée.

— C'est une maison de geishas, dit-elle. Peut-être qu'ils sont... tu sais.

— DeGeorge a dit qu'il serait ici, à l'intérieur ou dehors. Je vais juste me renseigner.

Deux têtes supplémentaires pour Ishigami ! Autant pour ce charmant nazi et son épouse orientale. Harry ouvrait la bouche pour les prévenir quand la pointe de l'épée d'Ishigami lui toucha le cou, tel un pouce qui cherche un pouls.

— Réponds à tes amis, murmura Ishigami. Dis-leur de venir ici.

Harry se rappela les exercices dans la cour de l'école ; on se battait alors avec des bâtons, pas pour de vrai. Mais quand c'était pour de vrai, on se retrouvait embroché comme une olive sur un cure-dents. Et le Chinois qui avait chié dans son pantalon à Nankin ? Harry le plaignait, maintenant.

— Dis-leur de venir, insista Ishigami.

Willie et Iris firent glisser le paravent. « Étonnante Grâce », curieux de se rappeler ce chant qui transporte de nouveau à l'église. Là-dessus, Harry vit le regard d'Ishigami se détourner tandis que Michiko s'agenouillait derrière lui : elle appuyait d'une main sur son front, de l'autre elle posait sur sa gorge un couteau, celui avec lequel elle avait découpé le gingembre.

Harry sourit. Ishigami sourit. Michiko sourit.

Le Japon est vraiment différent.

La voix de Willie parvenait, affaiblie, du fond du couloir.

— Nous devons chercher.

— Nous avons assez cherché, fit Iris du ton péremptoire d'une épouse. Nous reviendrons demain.

— Je m'inquiète simplement à propos de DeGeorge.

Ne vous inquiétez pas pour lui, se dit Harry. De nouveau un bruit de chaussures, qu'on enfilait cette fois, des pas qui s'éloignaient discrètement dans l'allée et le raté d'une voiture qui démarrait. Pendant ce temps, dans le salon du fond, ils étaient assis tous les trois comme des gens plongés dans une querelle de famille qui attendent que les intrus soient partis. Harry restait collé au paravent. De son côté, Ishigami, maintenu par Michiko, ne bougeait pas, et Harry savait quelle force elle était capable de déployer. La situation lui évoquait la parabole chrétienne où il est question de gens aux bras trop courts ; munis de longues cuillères ils sont incapables de se nourrir et font seulement manger les autres. Mais eux avaient des épées et une tout autre morale. Il lui fallait un pistolet.

Un peu du rouge à lèvres de Michiko déteignit sur l'oreille du colonel tandis qu'elle lui disait :

— Veuillez avoir la bonté de poser votre épée.

— En tout cas, déclara Ishigami, nous avons clarifié les rapports qui existent entre Harry et toi. Tu as menti. Très bien, c'est ce que je pensais.

De la lame du couteau elle lui souleva le menton. Philosophe, Ishigami posa l'épée sur le sol. Harry se glissa jusqu'à lui et le débarrassa de sa courte épée, une arme magnifique en acier presque noir et la posa également par terre. Même privé de ses armes, Ishigami ne paraissait pas suffisamment désarmé. Le couteau de Michiko le tenait en respect, mais tout juste.

— File, Harry, dit Michiko. File !

— Elle a raison, appuya Ishigami.

Harry ne pensait qu'au pistolet sous les lames de parquet de l'autre côté de la rue. Personne ne réussirait à retenir Ishigami avec un couteau ou une épée : autant essayer avec un trombone.

— Donne-moi le couteau, dit Harry à Michiko.

— Non, Harry. Va-t'en !

— Je vais partir, déclara Ishigami.

Il prit une profonde inspiration et se releva lentement en soulevant Michiko sur la pointe des pieds. Elle perdit l'équilibre. Se rapprochant d'elle, il se dégagea de son emprise. Harry tenta de lui barrer le passage, mais Ishigami fonça vers la cloison et se précipita entre les panneaux de bois et de papier. Tout d'un coup, là où il y avait un mur apparut une statue de Bouddha qui les contemplait depuis le jardin. Harry se rappela trop tard les épées : un poing traversait déjà le mur du fond pour s'en emparer avant de disparaître. Harry repliait le paravent doré quand la pointe d'une lame surgit en haut du dernier mur intact et en trancha la paroi de papier. Ishigami chercha à passer à travers les lambeaux. Harry lui lança habilement le paravent, non pas à la tête mais dans les pieds.

Sans prendre la peine d'enfiler leurs chaussures, Harry et Michiko se précipitèrent dans la rue. Le Joyeux Paris était plongé dans l'obscurité, seul le juke-box brillait telle une lune au milieu des tables. Michiko ferma la porte à clef, Harry s'agenouilla dans la cuisine, arracha les lames du parquet pour chercher le pistolet parmi les bocaux de cornichons. Une enquête de police réduirait à néant ses projets de voyage. Y aurait-il assez de place sous le plancher pour y caser DeGeorge ? Un pot de cornichons s'échappa des mains de Harry et se brisa : Harry se retrouva au milieu des débris de verre, pataugeant dans la saumure. Il déterra la boîte de biscuits et en arracha le couvercle ; les billets s'échappèrent. Il attrapa le Nambu, introduisit un chargeur dans la culasse et braqua son arme vers la porte, les volets, puis de nouveau la porte, comme si elle n'était qu'une vulgaire cloison de papier qu'Ishigami franchirait sans peine.

19.

De son appartement, Harry observait la rue tandis que Michiko, agenouillée près d'un miroir éclairé par une bougie, essuyait le maquillage blanc de son visage. Elle avait repoussé sa perruque et dégagé ses cheveux courts enveloppés dans de la gaze, révélant une oreille d'un rose nacré. Harry revit Oharu au milieu de ses crèmes et de ses mouchoirs en papier dans les coulisses des Folies. Enfant, il regardait, ravi, les artistes se dépouiller d'un personnage pour se peindre les traits d'un autre, une supercherie succédant à l'autre. À présent, il ne ressentait plus tout à fait la même impression. Harry, Harry Niles, n'avait plus de sang sur les genoux, était rasé et avait passé des vêtements propres, mais demeurait essentiellement Harry tandis que Michiko se révélait par strates successives.

— Savais-tu ce que recherchait le colonel ? lui demanda-t-il.

— Il m'a dit qu'il voulait te surprendre.

— Me surprendre ? Tu ne savais pas qu'il voulait me tuer ?

— Je pensais qu'il y avait un risque, mais tant de gens seraient prêts à t'abattre s'ils en avaient l'occasion.

Elle avait dit ça calmement, comme si elle énonçait un fait.

— A-t-il parlé de l'endroit où il est descendu ?

— À la maison d'osier. Il est riche, il l'a donc louée pour une semaine.

— Il peut donc y être, aussi bien que n'importe où d'ailleurs.

Ils avaient remonté et rangé l'échelle qui permettait, du club, d'accéder à l'appartement, néanmoins Harry imaginait très bien le colonel grimpant par une gouttière ou, pourquoi pas, se glissant par un robinet. Harry avait allumé la tour Eiffel, pensant qu'elle attirerait peut-être un ou deux clients attardés dont la présence lui assurerait une certaine sécurité. Cependant une pierre atteignit l'enseigne, provoquant un court-circuit dans une pluie d'éclats de verre. Harry avait essayé le téléphone ; la ligne était coupée. Il ne disposait que du pistolet, cependant, en plein jour, il pourrait aller chercher la voiture. Bien sûr, il pouvait faire assez de tapage pour attirer la police, sauf que ce n'était pas une solution : rien de tel qu'être impliqué dans un homicide pour bouleverser des projets de voyage. Qu'est-ce qu'une pauvre cloche ? se demanda Harry. Un type dans l'impossibilité de signaler un meurtre. Eh bien, voilà ce que je suis : une pauvre cloche.

— Tu t'apprêtes à me quitter ? demanda Michiko.

Harry, n'ayant le courage ni de lui dire la vérité ni de lui mentir, garda son regard fixé sur la rue.

— Je ne sais pas. J'ignore quel avenir m'attend à Tokyo. À part toi, je crois bien que personne ne veut de moi.

— Tu vas partir avec *elle* ?

— *Elle* ? (Alice, bien sûr. Harry n'avait plus besoin de mentir.) Elle n'a pas beaucoup d'avenir ici non plus. Aucun Blanc n'en a.

— Mais tu es d'Asakusa.

— Oui.

— Tu ne te sentiras bien nulle part ailleurs.

— C'est vrai.

Harry ne demanda pas à Michiko pourquoi elle lui avait sauvé la vie. Elle n'a rien à voir avec une Américaine qui ne pense à partager que les jours heureux, songea-t-il. Et l'amour à la guimauve n'est pas son genre. Avec Michiko c'est plutôt sautons-ensemble-dans-un-volcan. Mais ça ne changeait rien : quand le DC-3 de Nippon Air sortirait de son hangar, Harry avait bien l'intention de monter à bord le premier et de voir Alice Beechum occuper la place à côté de la sienne.

— Tu jouais bien la geisha. Avais-tu envisagé la possibilité que nous risquions tous deux notre tête ?

— Non.

— Ça te plaît d'être coincée ici ?

— Non. Si.

Va donc savoir, se dit Harry. Comme son maquillage blanc recouvrait Michiko presque jusqu'aux épaules, elle laissa tomber le kimono jusqu'à sa taille. Elle semblait comme partagée en deux, avec d'une part ses seins tièdes bien réels et, d'autre part, son visage de plâtre. Le travail d'Ishigami révélait l'expert : il avait rehaussé de rouge chinois les joues de Michiko et exalté ses yeux grâce à de subtiles nuances de vert et de bleu. Ishigami, l'homme de la Renaissance. Il est vrai que les Japonaises avaient des airs de garçonnes et les garçons des airs de filles. Que désirait Ishigami ? L'amour, bien sûr, l'amour dont Harry l'avait privé non pas une mais deux fois.

De l'autre côté de la rue, la lanterne de la maison d'osier clignota deux fois, puis s'éteignit. Aucune importance, DeGeorge attirerait bien assez tôt l'attention. Par temps frais, il fallait compter deux jours, peut-être trois. Ishigami n'avait pas dissimulé son ouvrage. Ishigami s'en fichait. Après quatre années d'assassinats sur le front chinois, un corps de plus ou de moins ne faisait aucune différence. Tout ce que le colonel voulait, c'était quatre têtes supplémentaires. Il faisait montre d'une égalité de caractère très zen devant le but qu'il s'était fixé. Même avec le couteau de Michiko appuyé contre son cou il avait arboré une expression de triomphe, comme s'il avait finalement résolu la question de son allégeance. Harry avait deviné la réponse au même moment. Mais ce n'était qu'une affaire de gratitude, non ? Harry avait sauvé cette gosse toute en os, cette communiste en fuite, cette geisha, l'avait plantée à côté du tourne-disque et l'avait baptisée la reine du juke-box. Il avait fait d'elle une étoile. On pouvait faire n'importe quoi de Michiko. Elle était comme des baguettes. Chez quelqu'un d'aussi souple et fin, les membres étaient quasiment interchangeables. Variables. Inépuisables. Une Américaine aurait crié « Sauve-moi, Harry, sauve-moi », Michiko, elle, avait dit « File ». Donc, la question de la loyauté était résolue. Cependant, il n'avait pas de réelle obligation. Si elle voulait qu'il survive, il survivrait. Harry estimait à sa juste valeur ce qu'elle avait fait, néanmoins, il ne pouvait effacer de son esprit l'image d'Ishigami peignant Michiko. Elle n'avait pas encore ôté le maquillage blanc, comme si celui-ci la protégeait.

Harry surprit un mouvement près d'un lampadaire ; il ne s'agissait que d'un chat qui brandissait sa queue tel un drapeau. Dans un autre quartier, un curieux aurait pu signaler à la police des bruits étranges. Pas à Asakusa où on était habitué à voir jusqu'à une heure avancée un défilé d'ivrognes, de prostituées et de spectateurs de théâtre. Et que découvrira l'inspecteur de police chargé d'enquêter dans la maison d'osier ? Un bel exploit d'escrimeur : un unique coup d'épée en biais ayant ouvert DeGeorge du sternum aux entrailles et un autre bien net, lui ayant fait sauter la tête. Il remarquera aussi, révélatrice, la traînée de sang en diagonale que laisse le bourreau quand il nettoie sa lame. On sera stupéfait qu'un gaijin ait aussi magnifiquement réussi une exécution.

Plus que quatre. Mais le jeu ne se borne peut-être pas à une question d'arithmétique, songea Harry. Peut-être Ishigami accorde-t-il une valeur supplémentaire à une tête à laquelle il pense que je tiens, autant qu'il tenait à son aide de camp à Nankin. Ishigami se contentera-t-il d'un prêté pour un rendu, d'une oreille contre une oreille, d'une tête contre une tête ? Ou bien a-t-il décidé d'enjoliver la situation ? Un homme peut s'occuper de la femme d'un autre, les Japonais ne s'en étaient pas privés en Chine, pourquoi pas Ishigami ?

— Ishigami et toi avez passé toute la journée ensemble. Qu'avez-vous fait ?

— On a discuté.

— Vous avez discuté. En prenant le thé, du café, un ou deux verres ?

— Nous avons discuté de ma famille.

— De ta famille ?

Michiko avait raconté à Harry les deux échecs de son père : il avait perdu sa boutique au moment de la crise, puis, s'étant lancé dans la culture du riz, avait été rapidement ruiné par la sécheresse. Sa famille menacée de famine, il avait vendu ses filles une à une à des bordels et des maisons de geishas d'Osaka. D'avoir ainsi vu leurs sœurs vendues expliquait pourquoi l'armée comptait tant de jeunes soldats furieux. Ishigami avait apprécié ce commentaire. Michiko avait ajouté avec fierté que, non contente de s'enfuir de la maison de geishas, elle avait également emporté la caisse.

Harry se rendit compte avec étonnement qu'il en savait bien peu à son sujet. Comment aurait-il pu faire le rapprochement entre une geisha fugitive et la reine du juke-box du Joyeux Paris ? Elle montrait pourtant quelques signes de tension intérieure. Avec elle, ça n'avait pas été aussi facile que d'élever un canari. Un soir, elle lui avait jeté au visage une précieuse bouteille d'un grand whisky. Une autre fois, elle avait cassé un disque de Dorsey et menacé de s'ouvrir les veines – et celles de Harry – avec les morceaux. Certes, dans les deux cas, il rentrait tranquillement chez lui après avoir passé la soirée en compagnie d'Alice Beechum ; et dans les deux cas Michiko et lui s'étaient retrouvés au lit. Il se souvenait de chaque vertèbre de sa colonne, de la façon dont ses cheveux pendaient autour de son visage, des petits poignards qu'elle avait au bout des doigts. Quand on dort auprès d'un chat, on se réveille avec des coups de griffes.

— Tu as passé combien de temps avec Ishigami ? Cinq, six heures ? À parler de ta famille et lui à te maquiller comme une geisha ? Vous n'avez rien fait d'autre tous les deux ?

— Tous les deux ?

— C'est ce que j'ai dit.

Sa voix se fit encore plus sourde.

— Je voulais te sauver la vie.

Un homme ne se dérobe pas devant l'obstacle, se dit Harry. Je dois foncer.

— Qu'avez-vous fait tous les deux ? Qu'est-ce que ça impliquait ?

— Que veux-tu dire ?

— Tu sais très bien ce que je veux dire. Il t'a maquillée en geisha. Qu'as-tu fait de plus ?

— Tu m'en veux parce que j'ai laissé Ishigami me toucher ?

— C'est tout ce qu'il a fait ? Il s'est contenté de ça, te toucher ?

Le silence s'installa, aussi explicite qu'une longue conversation. Michiko contemplait son visage blanc dans le miroir.

— Ça n'a pas d'importance, dit Harry, mais je veux savoir ce qui s'est passé. Tu as amusé le colonel. Tu l'as occupé. Tu l'as persuadé qu'il n'y avait rien entre toi et moi. Comment t'y es-tu prise ?

— Si ça n'a pas d'importance, ça n'a pas d'importance.

— Mais si, ça en a. Ça a dû être vraiment bien.

— Ça n'avait pas d'importance. Je suis revenue.

Elle se leva et lui tendit une serviette pour qu'il lui essuie le creux de la nuque et efface le « W » blanc si lourd de sens. Harry croyait distinguer sur son corps les empreintes d'Ishigami et sur son cou les saillies d'une intimité qu'il n'osait pas toucher. Il n'avait pas échappé à Ishigami ; Ishigami se trouvait bel et bien dans la pièce avec eux.

— Il a payé ? s'entendit-il demander.

— Harry.

Elle retira son kimono et s'affala à ses pieds – qu'elle semblait menue – telle une petite flaque de soie.

— C'était bon ?

Encore quelques questions, et elle disparaîtra complètement. Par la fenêtre Harry vit le chat s'éloigner du lampadaire en courant, poursuivi par une ombre qui se révéla être une Datsun noire tous feux éteints.

Trois heures du matin, l'heure préférée de la Police de la pensée pour embarquer les gens, l'heure où l'on baisse la garde et où les pensées ont tendance à baigner dans un désordre ensommeillé. Aussi, le sergent Shozo et le caporal Go furent-ils surpris que Harry leur ouvre la porte tout habillé.

Les policiers jetèrent un coup d'œil à l'appartement, mais, pressés de l'emmener, ils ne se livrèrent pas à une perquisition prolongée. Harry proposa de les suivre dans sa voiture, mais le sergent dit que ce n'était pas nécessaire. Il s'installa à l'arrière avec Harry, qui eut tout le loisir de se demander où ils allaient. Faute de l'avoir surpris dans son sommeil, ils allaient jouer avec lui un autre jeu, très apprécié des policiers du monde entier : un long trajet sans destination précise en pleine nuit. Harry pensait toujours à Michiko. Pendant que les policiers montaient bruyamment l'escalier, elle s'était faufilée jusqu'au club où Harry lui avait conseillé d'attendre, portes fermées, le lever du jour pour se rendre ensuite chez Haruko, où il l'appellerait. Il lui avait confié le pistolet. Michiko avec un pistolet ! Il y avait de quoi frémir.

— Vos oreilles ne sifflaient pas ? fit Go en se soulevant pour regarder Harry dans le rétroviseur.

— Non, pas du tout.

— Pourtant, on parlait de vous. Pas vrai, sergent, qu'on parlait de Harry Niles ?

— Quelle vie vous menez, Harry. Le meilleur de deux mondes.

Le sergent avait entendu parler de Michiko. Certes, elle n'était pas là, mais robes, kimonos et blouson à paillettes n'avaient pas échappé à Shozo et à Go.

— « Michiko Funabashi, la célèbre reine du juke-box, la femme à la légendaire réserve glaciale. » C'est votre maîtresse ?

— Elle travaille au café en dessous de mon appartement. Elle reste parfois chez moi quand il fait trop mauvais.

Shozo secoua la tête d'un air émerveillé.

— « Quand il fait trop mauvais. » Harry, vous ne me décevez jamais. Et la reine du juke-box n'était pas là ce soir ?

— En effet.

Si on cherchait à le houspiller pour lui faire peur, ça ne marchait pas. Aux yeux de Harry, les policiers japonais ne valaient pas mieux que les agents de Key Stone, dans les films de Charlot, auxquels on mâchait la besogne. Les yakuzas exerçaient une sorte de maintien de l'ordre et ne s'occupaient pas des civils qui, eux, se surveillaient constamment. Une population entière adorait se transformer en voleurs de bicyclettes. Les Japonais étaient, par nature, si respectueux des lois que le crime s'accompagnait généralement d'un complet effondrement psychologique. Les meurtriers japonais adoraient avouer.

Harry savait ce qui se passerait s'il emmenait Shozo à la maison en osier pour lui montrer Al DeGeorge. Un correspondant étranger exécuté dans le style samouraï ? Cela sous-entendait « armée » ou « patriote », donc « pas touche ». Harry ne s'en tirerait pas en citant le nom d'Ishigami, la police ne se précipiterait pas pour arrêter un héros de guerre apparenté à la famille impériale. Des mois durant, on interrogerait les propriétaires de la maison en osier, les geishas et des officiers, camarades d'Ishigami, avant d'oser, même de façon oblique et avec force courbettes, aborder le colonel en personne. Et si, au bout du compte, l'armée décidait qu'Ishigami était un fou meurtrier, on le renverrait en Chine, où il pourrait exercer ses talents.

Mais le gaijin qui accuserait de meurtre un héros de guerre, qui colporterait des propos aussi subversifs et troublerait l'harmonie de la société se retrouverait très rapidement en détention dans le plus total isolement. Harry aurait de la chance s'il réapparaissait jamais à la surface de la terre – sans parler du dernier avion à décoller de Tokyo.

— Où voulez-vous en venir ? demanda Harry.

Les vêtements du sergent et du caporal étaient froissés comme s'ils ne s'étaient pas déshabillés de la nuit.

— Nous espérions vous prendre au dépourvu, déclara Shozo. Je le reconnais, c'est dur de prendre par surprise un noctambule.

— Que dit le journal ? s'informa Harry en remarquant un quotidien qui dépassait de la serviette du sergent.

— C'est l'édition du matin, précisa Shozo en l'ouvrant. À Singapour les Anglais auraient annulé pique-niques et parties de tennis. Vous ne prendriez pas ça pour une provocation ?

— De mettre le tennis sur le pied de guerre ?

— Oui. Le cricket, peut-être.

S'aventurer dans la jungle armé d'un panier de pique-nique ne semblait pas en effet une idée géniale. La voiture continuait à rouler vers le nord. Harry s'attendait à ce qu'ils l'emmènent en ville pour lui poser des questions, mais ils se dirigeaient dans la direction opposée.

— Selon un autre article, les cuirassés américains seraient trop gros pour passer par le canal de Panama. C'est vrai ?

— Je ne saurais vous le dire, sergent, mais je suis flatté que vous me prêtiez un tel bagage de connaissances. Votre journal dit-il quelque chose à propos des entretiens de Washington ?

— Ça se passe bien. Roosevelt a fait machine arrière.

— Ça annonce la paix, non ?

Mon objectif, se dit Harry, rester en phase avec les événements, suivre le courant, éviter les écueils, comme Ishigami ou Michiko. Harry ne pensait qu'au gros lot : le vol paraissait maintenu.

— Quand je n'arrive pas à dormir, lui confia Shozo, je fais des puzzles. J'en ai eu un, une fois, de cinq cents pièces, qui représentait le Grand Canyon en Amérique. Il m'a fallu une semaine, mais j'avais vraiment envie de reconstituer cette merveille naturelle dans toute son étendue. Seulement, quand j'ai eu terminé, il me manquait une pièce, au beau milieu. Ça gâchait tout. Je dois l'avouer, j'ai réagi comme un enfant et j'ai tout jeté par la fenêtre, dans le canal. Je revois encore les pièces emportées par le courant.

— Vous deviez être rudement en colère.

— Fou de rage. Et puis, deux jours plus tard, en marchant sur une natte, j'ai senti quelque chose. La pièce manquante, le cinq centième morceau ! Un homme debout au bord du Canyon et qui regardait. Malheureusement, il n'y avait plus rien à voir. Si seulement j'avais attendu... À force de patience et de ténacité, tôt ou tard, je comprendrai comment tout cela s'emboîte.

Le faisceau des phares, tel un éclairage de film, dévoilait la ville. Puis les rues devinrent une route bordée de panneaux publicitaires, de terrains vagues, de rizières et de potagers. Ils aperçurent un instant l'éclat brillant d'une voie ferrée. Des chemises aux bras tendus se dressaient sur des bâtons desséchés. Les Japonais avaient la réputation de traiter le papier avec respect et de ne jamais rien jeter d'imprimé, mais le vent, qui amassait là les déchets de Tokyo, contredisait cette affirmation : des bouts de papier glissaient sur le sol, se plaquaient contre le tronc des arbres, volaient en l'air au-dessus de la voiture. Go désigna deux hautes cheminées d'usine plantées tels des sapins noirs, et Harry finit par comprendre où on l'emmenait. Aujourd'hui, dimanche, la plupart des gens se rendraient au cinéma, dans des fêtes foraines ou sur des tombes familiales ; lui, il irait à la prison de Sugamo.

La zone d'admission des prisonniers affichait le carrelage blanc, les bacs à vêtements et les cuves en bois d'un établissement de bains. Des affiches indiquaient le règlement (INTERDIT DE PARLER, INTERDIT DE FAIRE DES SIGNES, INTERDIT DE MANQUER DE RESPECT) et précisaient la différence entre morpions et poux. Harry examina tout cela de l'air détaché du membre d'une commission triée sur le volet enquêtant sur les conditions de détention, même quand deux gardes arborant une épée accrochée à un baudrier le soulagèrent de sa ceinture, de sa cravate et de ses lacets, et même s'il se rendait compte que, d'un instant à l'autre, on pourrait le déshabiller, le doucher et l'inspecter de la tête aux pieds. Il sentait que, à l'intérieur d'un établissement pénitentiaire, mieux valait adopter l'attitude d'un visiteur. D'ailleurs, les plaintes concernaient l'extérieur. Une fois à l'intérieur, un homme pouvait être retenu des mois, voire des années, le temps qu'on enquête sur son cas si on le *soupçonnait* d'un crime. La seule manière pour un détenu d'imposer une date de procès, c'était d'avouer sa culpabilité. À ce moment seulement il rencontrerait un avocat.

Shozo et Go entraînèrent Harry au pas de charge le long d'une passerelle métallique. Les étages supérieurs donnaient sur une partie centrale, grillagée à mi-hauteur pour empêcher quiconque de priver la justice de son dû en sautant pour se donner la mort. Sugamo semblait conçue pour transmettre et amplifier les clameurs du malheur et, bien que la semaine eût été relativement douce pour un mois de décembre, Harry entendit les quintes de toux et les crachats dus à la tuberculose qui régnait à l'état endémique dans les prisons. Il se rappela qu'il bénéficiait de la protection de Gen et du gratin de la marine impériale. Voilà comment il devait se comporter : si un arnaqueur perd confiance, il est mort.

— Avec tout le respect que je vous dois, sergent, de quoi s'agit-il ?

— Je veux connaître la vérité.

— Bon, que voulez-vous savoir ?

— Le Magic Circus.

— J'ignore de quoi vous parlez.

— Vous voyez, Harry !

— Tous les correspondants étrangers sont des espions ! fit Go en poussant Harry.

Celui-ci trébucha à cause de ses chaussures sans lacets au moment où ils croisaient un détenu coiffé d'un panier de forme conique, une sorte de bonnet d'âne conçu pour empêcher les prisonniers de se voir les uns les autres. Certains restaient des années à Sugamo sans jamais voir au-delà de trois centimètres quand ils sortaient de leurs cellules. Un panneau affiché dans le couloir recommandait : CULTIVEZ VOTRE ESPRIT. L'endroit idéal !

La cellule 74, boîte métallique d'un mètre quatre-vingts sur trois mètres soixante, proposait un lavabo et des toilettes et, en guise de fenêtre, du verre dépoli serti dans le métal. L'espace était occupé par un homme dont les pieds et les mains étaient liés à un banc de bois. Sa chemise remontée jusqu'à son cou et son pantalon baissé jusqu'aux genoux ne cachaient rien de son dos ni de ses fesses décharnées qui évoquaient de la viande hachée. En apercevant Go, il se mit à trembler. Ravi, le caporal prit une canne de bambou fendue qui s'écartait en deux quand on frappait et l'abattit sur les cuisses du prisonnier. L'homme se crispa et se mit à pousser des cris entre deux filets de bave, mais pas bruyamment : il avait la gorge trop enrouée. Go s'accroupit près de son oreille en criant :

— Mort à tous les espions !

— C'est un espion ? demanda Harry à Shozo.

— Vous ne le reconnaissez pas ?

Pas au premier abord. Pas avec tout ce sang et ces vomissures. Cependant, lorsque le prisonnier, la tête penchée et les cheveux clairsemés trempés de sueur, posa son regard sur lui et ouvrit de grands yeux scandalisés, Harry se rappela Kawamura, le petit comptable de la Long Beach Oil.

— Vous... vous..., murmura Kawamura d'une voix étranglée.

— Il vous reconnaît, Harry, dit Shozo. Nous avons discuté avec lui au sujet des différences relevées dans le livre de compte de Long Beach, et de tout ce pétrole qui n'est jamais arrivé jusqu'au Japon.

— On l'a dupé. Je l'avais bien précisé à Yokohama. Il n'est pas responsable.

— Vous vous conduisez en véritable Américain, mais vous connaissez la vérité. En tant qu'individu, Kawamura peut ne pas être responsable, mais un Japonais assume de nombreuses responsabilités. Si, dans une société, un homme vole, la responsabilité en retombe sur ses collègues et sa famille tout entière est déshonorée. Peut-être le directeur américain de Long Beach Oil a-t-il falsifié lui-même la comptabilité de la société avant de quitter le Japon, mais Kawamura est également responsable pour ne pas avoir remarqué ces modifications.

— Tous les gaijins, martela Go en attachant un tablier en caoutchouc autour de lui, sont des ennemis du Japon !

— Il connaît bien ce refrain, observa Harry.

— C'est son air favori, reconnut Shozo.

— Vous avez discuté toute la nuit avec Kawamura ?

— Oui, nous avons noté avec intérêt la fréquence avec laquelle votre nom est revenu dans la conversation.

— Je ne connais pas Kawamura. Je ne l'avais jamais rencontré avant hier.

— Vous a-t-on jamais frappé à coups de bâton ?

— Non.

Shozo attendit un moment avant de dire :

— N'importe quel autre Américain amené à Sugamo exigerait d'appeler son ambassade. Pourquoi ne le faites-vous pas ?

— Je respecte les autorités japonaises. Je ne vois aucune raison d'appeler mon ambassade.

— Toujours pas ?
— Non.
— Vous n'êtes pas leur Américain préféré, n'est-ce pas ?
— Parce que je suis un ami du Japon.
— Kawamura affirme que lui aussi respecte les autorités japonaises, et qu'il accepte la responsabilité de tous les méfaits commis par le directeur américain de Long Beach avant son départ. Mais plus nous avançons dans la discussion, plus Kawamura est certain que les livres de comptes n'ont pas été truqués par le directeur. Alors qu'on pourrait s'attendre au contraire, plus nous battons Kawamura, plus il déclare que quelqu'un d'autre a truqué la comptabilité par la suite.
— C'est un employé loyal, cela se comprend.
— Kawamura prétend qu'il a eu du mal à nous ouvrir le hangar hier parce qu'on avait forcé la serrure. On pourrait à tout moment mettre fin à ce pénible interrogatoire en reconnaissant tout simplement la culpabilité du directeur. Nous lui administrerions des soins médicaux. Mais non, il nous oblige à continuer.
— Mort aux espions ! lança Go.
Le bâton s'abattit sur Kawamura, le bambou crachant du sang. La bouche grande ouverte, les yeux exorbités, le comptable fut secoué par une convulsion.
— Selon vous, Harry, demanda Shozo, les livres de Long Beach ont-ils été modifiés par le directeur avant son départ pour les États-Unis ou bien plus tard, par quelqu'un d'autre ?
— Comment voulez-vous que je le sache ?
— N'avez-vous rien à me dire qui soulagerait les souffrances de ce malheureux ?
— Je le voudrais bien.
Kawamura se tordit pour lancer à Harry un regard noir. Harry retrouvait chez Go les gestes des chefs qui coupaient du poisson vivant dans leur cuisine. Le gaillard appréciait manifestement son travail.
— Parlez-moi du Magic Circus, recommença Shozo.
— Je ne sais absolument pas de quoi il s'agit.
— C'est vous qui avez falsifié la comptabilité de Long Beach, Harry.
— Non.
— Combien de livres avez-vous falsifiés ?
— Que voulez-vous dire ?

— Les registres de Petromar et de Manzanita Oil ? Vous y avez touché aussi ?

Inutile de jouer les idiots et de faire semblant d'ignorer les noms des compagnies pétrolières. De toute évidence, Shozo en savait trop. Harry sentait la prison s'enfoncer dans la terre et l'entraîner avec elle.

— J'ai rendu service à la marine. Je suis un ami de la marine, comme je suis un ami du Japon.

— En l'aidant à examiner la comptabilité des importateurs de pétrole américains ?

— Exactement.

— À canaille, canaille et demie ?

— Parlons plutôt d'un regard sceptique.

— Une canaille qui a falsifié des documents officiels à Nankin afin de libérer des agitateurs chinois prisonniers. Un joueur, un usurier, un homme qui extorque de l'argent. À votre avis qui vais-je croire, vous ou Kawamura ?

— Moi.

— Vous devez être très fort aux cartes, Harry. Vous ne battez même pas des paupières, bien que je sache tout à votre sujet.

Foutaises. Shozo a évoqué Nankin comme un joueur exhibe deux reines pour faire croire à une troisième, cachée. Eh bien, va te faire foutre, comme aurait dit feu Al DeGeorge. Si Shozo avait des *certitudes* et non des soupçons, c'est lui, Harry, qui serait au supplice à la place de Kawamura. Non que Shozo puisse prouver quoi que ce soit. Même si Harry avait des relations dans la marine, comme partout dans le monde, c'était la possession – toutes les sortes de possession – qui constituait les neuf dixièmes de la justice. Tout aussi ennuyeux était le fait que Shozo entretenait lui aussi des relations dans la marine. Sinon, comment aurait-il pu sortir les noms de Petromar et de Manzanita ?

— À la demande de la marine japonaise – qui semblait croire que je pouvais lui rendre service – j'ai inspecté les livres de certains importateurs de pétrole.

— Vous en avez découvert bien plus qu'on ne s'y attendait.

— Je ne sais pas.

— Alors je peux vous le dire : vous avez découvert des centaines de milliers de barils de pétrole détournés du Japon vers Hawaii, ce que personne n'a jamais trouvé. Et vous seul savez où ce pétrole est allé.

— Je le voudrais bien.

Go fléchit les poings tel un batteur qui s'apprête à frapper la balle, se dandina d'un pied sur l'autre et abattit son bâton. Pris au dépourvu, Kawamura expira l'air de ses poumons et devint tout bleu.

— Vous avez triché, déclara Harry au caporal. Vous l'avez frappé sans lui poser une question. Vous êtes censé poser d'abord une question.

Go haussa les épaules, tenant manifestement cet oubli pour insignifiant.

— La prochaine fois, posez-lui une question. Laissez-lui une chance.

— Détendez-vous, Harry. Harry Niles, le grand humanitaire, ironisa Shozo. (Il lui offrit une Cherry de fabrication japonaise, une cigarette faite avec des balayures de tabac que Harry accepta par politesse.) Nous avons cherché à Hawaii vos prétendus réservoirs de pétrole secrets, nous n'avons rien trouvé.

— Parce qu'ils n'existent probablement pas. Je ne crois pas à leur existence. Un jour j'ai rencontré dans un bar de Shanghai un ivrogne qui prétendait avoir participé à la construction de réservoirs à Oahu. Je pense qu'il mentait, mais j'ai dû le signaler. Maintenant, vous en savez autant qu'un autre.

— Connaître leur emplacement est primordial.

— Je vous le répète, je doute qu'ils existent.

— Mais cela représenterait une sage précaution de la part de la marine américaine ?

— Je suppose.

Kawamura s'évanouit, ses cheveux collés à son visage par la sueur.

— Sans votre rapport, reprit Shozo, nous ne nous soucierions pas de ces réservoirs. Pourquoi la marine japonaise croirait-elle à la parole d'un gaijin ?

— Je ne suis pas l'ennemi. Nous ne sommes pas encore en guerre. (Harry surprit un ricanement sur le visage de Go.) Votre marine m'a demandé d'effectuer un travail et je l'ai fait, sans contrepartie et au risque de voir mes efforts en faveur du Japon peu appréciés par les Américains.

— C'est déconcertant. La cinq centième pièce du puzzle

manque toujours. Pourquoi iriez-vous inventer une histoire à propos de pétrole disparu ou de réservoirs secrets à Hawaii ? Qu'est-ce que Harry Niles a à y gagner ? (Shozo s'interrompit pour regarder Go, qui empoignait de ses doigts boudinés les cheveux de Kawamura et lui plongeait la tête dans un seau d'eau. Le comptable réapparut en suffoquant.) Je crois, dit Shozo, que nous nous trompons sur le compte de Harry Niles.

— Comment cela ? demanda Harry.

— J'ai été frappé par votre appartement. Je l'ai trouvé plus japonais que le mien. Ma femme et moi habitons deux pièces, dont l'une est entièrement meublée à l'occidentale avec les habituelles prétentions bourgeoises : la table, des lampes aux abat-jour garnis de glands et un piano. Chez vous, à l'exception du gramophone et des disques, tout est japonais : un simple autel, une gravure du Fuji au mur, des nattes de paille, une table basse d'une laque de bonne qualité, une machine à écrire, mais aussi une brosse et un encrier, le service à thé, un vase avec une seule fleur. J'ai pensé : voilà le véritable Harry. À côté du Harry qui vit pour l'argent, il y a celui qui prend le temps d'accompagner un soldat en partance pour le front. En façade, le vulgaire Américain, mais l'intérieur cache quelqu'un d'autre. L'Américain n'aurait jamais tenu tête à l'armée japonaise à Nankin, celui qui est à l'intérieur, si.

— Nombreux sont les Américains à avoir sauvé des gens à Nankin.

— Oui, des prêtres et des pasteurs. Êtes-vous un homme religieux ? Je ne le crois pas. Vous connaissez l'expression « Chaque homme a trois cœurs » ? Celui qu'il montre au monde, celui qu'il montre à ses amis, et le dernier qu'il ne montre à personne. Je crois que c'est votre cas. Je pense qu'existe, tapie au fond de vous, une partie honorable, japonaise, celle qui déteste être responsable de la rossée administrée à un autre.

— Sergent Shozo, moi, j'ai l'impression qu'il y a une part de vous qui n'aime pas voir battre quelqu'un.

— Harry, vous êtes trop rusé, beaucoup trop rusé. Je crois fermement à la valeur des aveux. Je ne considère mon travail fini que quand un criminel analyse sincèrement ses actes et avoue ses crimes. Tenez, j'ai quelque chose pour vous. Rappelez-vous : sur le bateau nous avons parlé de la vérité et conclu que ça ne valait pas la peine de recueillir les aveux d'un gaijin parce qu'ils manqueraient de sincérité. Oserais-je vous traiter comme un Japonais, Harry, vous traiter honorablement ?

De sa serviette, Shozo tira un petit cahier et le stylo Waterman, cadeau de son épouse. Sur la couverture on pouvait lire « Déposition de Harry Niles ». Harry l'ouvrit. Les pages, vierges à part des traits verticaux tracés à la règle, dégageaient une odeur d'école.

— Pouvez-vous répondre honnêtement, Harry ? Combien de livres de comptabilité avez-vous falsifiés ?

Harry savait fort bien où Shozo voulait en venir : Kawamura avait été traité en Japonais, regardez le résultat ! Un vrai hamburger. Mais il comprit que le choix lui était offert de façon sincère et il lui fallut une seconde pour répondre :

— Pas un.

— Y a-t-il des réservoirs de pétrole secrets à Hawaii ?

— Je n'en ai aucune idée.

— Ou les avez-vous simplement inventés pour créer la confusion ?

— Quelle confusion ?

Shozo soupira, comme si l'un de ses meilleurs élèves avait échoué, et Go devint furieux.

— Vous devriez avoir honte ! Une occasion pareille d'être bien traité ?

— Bas les pattes, dit Harry, qui en avait assez du caporal Go. Quelle confusion ? demanda-t-il à Shozo. (Bien que déjà à moitié dans la gueule de la prison de Sugamo, ce nouvel élément retint son attention.) L'incertitude, oui, mais la confusion ?

— Un mot, rien qu'un mot, lâcha Shozo.

— Un mot très particulier. (Harry essaya de contourner Go pour faire face au sergent.) Qui veut savoir ?

— Ce n'est pas vous qui posez les questions. C'est nous, répondit Go en brisant son bâton sur le dos de Harry.

Autant pour moi, se dit Harry. Ne jamais provoquer la police, surtout en prison. Et ne jamais laisser la violence éclater. À partir des reins, la douleur rayonna partout dans son corps, et il se laissa glisser le long du mur jusqu'à s'agenouiller.

— Ça va, Harry ? s'inquiéta Shozo en se penchant sur lui.

— Bien sûr.

La situation, quoique mouvante, était claire. L'insistance

de Shozo à obtenir des aveux prouvait à Harry qu'il n'avait pas de quoi l'emprisonner, toutefois, si on la contrariait, rien n'arrêtait la Police de la pensée. Harry avait simplement poussé le bouchon un peu trop loin.

— Sans rancune. Désolé, on ne m'avait pas prévenu, fit Harry avec un sourire qui découvrit ses dents.

— Maintenant, pendant que vous le pouvez, Harry, rédigez votre déposition.

— Impossible.

Il ne pouvait même pas tenir debout.

— Alors parlez-moi des réservoirs.

— Je ne sais pas.

— Du Magic Circus.

— Non.

— De lady Beechum. Nous savons que c'est une espionne.

Une sonnerie de clairon et le tintement d'une cloche furent bientôt suivis de quintes de toux, de bruits de corps se retournant sur de minces nattes, le chœur morbide de centaines de détenus enfermés dans un tombeau. Le moment est venu de jauger la valeur d'une personnalité, songea Harry, le moment d'inviter l'adversaire à poser cartes sur table.

— Je suis prêt à partir.

Shozo aida Harry à se relever.

— Voulez-vous un peu d'eau? Du thé? C'est votre dernière chance, Harry, fit Shozo avec l'expression d'un pompier retirant une échelle devant quelqu'un qui se refuse à quitter un bâtiment en feu.

— Non. Je peux m'en aller?

— Bien sûr.

Shozo appela un garde et lui ordonna d'accompagner Harry dans la zone des admissions. Un préposé en kimono rapiécé affichait le règlement dans le couloir :

IL EST INTERDIT AUX PRISONNIERS DE PARLER. IL EST INTERDIT AUX PRISONNIERS DE FAIRE DES SIGNAUX. IL EST INTERDIT DE MANQUER DE RESPECT AUX GARDIENS OU AUX SOLDATS. IL EST INTERDIT D'ÔTER OU D'ENDOMMAGER L'ÉCLAIRAGE DE LA CELLULE. IL EST INTERDIT DE BOUCHER OU DE RECOUVRIR LE JUDAS DE LA PORTE. LEVER À SIX HEURES, INSPECTION À SIX HEURES TRENTE, EXERCICES À NEUF HEURES, DÉJEUNER À ONZE HEURES, DÎNER À SEIZE HEURES, EXTINCTION DES FEUX À DIX NEUF HEURES. COUPE DE CHEVEUX

DEUX FOIS PAR MOIS. DIFFÉRENTS ARTICLES DISPONIBLES À LA CANTINE. LES COMMENTAIRES DOIVENT ÊTRE ADRESSÉS AU GOUVERNEUR DE LA PRISON.

Règlement rédigé, cette fois, en anglais.

À environ huit cents mètres de la prison Harry trouva un quai de gare, près d'une route qui coupait à travers des champs de pommes de terre. Des épouvantails veillaient en agitant les bras dans le soleil levant. Signe réconfortant, sa chemise ne lui collait pas au dos : il n'était donc pas écorché, seulement meurtri. Devoir faire cette sorte d'état des lieux n'était pourtant pas de bon augure, force lui était de l'admettre. Quant à l'absence de sang, que signifiait-elle vraiment ? Il tira sur une cigarette pour apaiser la douleur et lut les horaires : aucun train le dimanche. Quelles perspectives pour le reste de la semaine ? Il sentait le soleil projeter son ombre en direction des hauts murs et des cheminées de la prison.

Palm Springs, Palm Springs, Palm Springs, répéta-t-il comme un mantra. Alice, Alice, Alice. Parfois, on éprouve un sentiment d'échec. Ce coup de bâton était mauvais signe. Harry n'avait pas été si totalement pris au dépourvu depuis le jour où, à l'école, Gen l'avait attaqué avec son épée de bois avant que Harry n'ait eu le temps de revêtir son capitonnage. On avait dû tirer à boulets rouges sur Gen pour que Shozo en sache autant sur le pétrole. Pis encore que ce coup, il y avait le souvenir de son attitude envers Michiko : elle s'était donnée pour lui sauver la vie et il avait réagi en saint lapidant une putain.

Un corbeau passa en trottinant sur la route et jeta un coup d'œil à Harry, comme le fait un petit malin quand il en croise un autre. La situation était sans issue : le dimanche matin, personne ne circulait, pas même les camions. L'espoir d'être pris en stop était nul.

Le plus grave, c'était la raison qui avait valu à Harry ce bleu sur le dos.

La confusion.

Harry avait raconté cette fable à propos des réservoirs secrets de pétrole sur Oahu dans le but de provoquer l'incertitude. L'incertitude qui générerait une paralysie permettant aux têtes les plus froides de l'emporter. La confusion, elle, créait l'activité, l'engagement, l'étiquetage des cibles. La confusion faisait disparaître les avions.

20.

Le train, un petit tortillard bringuebalant sur une voie étroite à travers terres gelées et champs, transportait des passagers chargés de sacs de légumes poussiéreux. Harry, pour éviter que son dos ne touche la banquette, voyagea debout, écartant du pied les bouteilles de bière et les mégots de cigare qui collaient à ses chaussures. Jamais il ne s'était tenu aussi droit et jamais il n'avait autant attiré l'attention. Aussi lorsque, à neuf heures, le train arriva en gare d'Ueno, à Tokyo, pour déverser ses passagers sur un quai orné d'une bannière qui proclamait CÉLÉBREZ LA SEMAINE ANTI-ESPION !, Harry eut-il l'impression d'être resté depuis sa sortie de prison sous le feu d'un projecteur.

Il appela aussitôt Haruko, la serveuse. La gare d'Ueno, bâtiment de style mussolinien, ne proposait en guise de cabines téléphoniques que des petits réduits dont l'exiguïté obligeait l'occupant à rester collé contre le combiné.

— Michiko n'est pas ici, répondit Haruko.

— Je lui avais pourtant demandé d'aller chez toi et d'attendre là.

— Elle est arrivée pomponnée comme une geisha, m'a emprunté ma plus belle toilette, puis est partie.

La luminosité encore assez vive obligeait les hommes qui sortaient de la gare à rabattre leur chapeau sur leurs yeux, procurant à Harry un anonymat opportun.

— Où est-elle allée ?

— Elle était dans tous ses états, se contenta de commenter Haruko.

— A-t-elle indiqué l'endroit où elle se rendait ?

— Elle a seulement dit qu'elle partait vous retrouver.
— Il lui suffisait d'attendre chez toi.
— Elle n'était pas de cet avis, déclara Haruko après être restée silencieuse si longtemps que Harry avait cru la communication coupée.
— Pourquoi ?
— Parce qu'elle pensait que vous la quittiez.
— Impossible à quiconque de partir, le pays tout entier est bouclé.
— Sauf pour Houdini.
— Que veux-tu dire ?
— C'est ainsi que Michiko vous surnomme : le roi de l'évasion.

Du fond de sa cabine, Harry aperçut une camionnette militaire, des soldats sur les marchepieds, qui prenait position à l'entrée du jardin public en face de la gare. Deux Datsun de l'armée s'arrêtèrent au milieu de la circulation. C'étaient de longues conduites intérieures, pas les « petites voitures » vendues au public, et chacune débordait de soldats.
— Harry ?
— Pardonne-moi, Haruko, il faut que tu me rafraîchisses la mémoire. Décris-moi ta plus belle toilette.
— La blanche avec un col marin et des boutons bleus sur le côté, un chapeau blanc et un petit sac bleu. Elle est arrivée en trombe et les a emportés. Elle m'a emprunté de l'argent, aussi.
— Je te rembourserai.
— Elle a un pistolet, reprit Haruko d'un ton différent.
— Je sais.

La camionnette de l'armée s'engouffra dans le parc, suivie quelques instants plus tard par les deux conduites intérieures.
— Faudra-t-il que je vienne travailler ce soir ? Le Joyeux Paris sera-t-il ouvert ?
— Non, je pense que le Joyeux Paris sera fermé.
— Pour combien de temps ?
— Pour quelque temps. Si tu vois Michiko, dis-lui de me retrouver au dancing.

Harry raccrocha puis passa un autre coup de fil, bref, celui-là. Ensuite il retourna dans la gare et descendit dans un passage souterrain avec kiosques à journaux, éventaires de sandwiches, un cireur de chaussures et une pharmacie, où il acheta un masque anti-microbes, déguisement tout prêt qu'il glissa sur son visage. Il sortait du parc quand le raté d'une voiture lui fit tourner les yeux ; il aperçut le reflet d'un pare-chocs arrière qui disparaissait derrière les sapins.

Harry se mit à courir. Il connaissait par cœur le parc Ueno pour y avoir transporté la boîte à pinceaux de Kato lorsque l'artiste croquait les mendiants et les prostituées qui hantaient les lieux la nuit. La foule du dimanche matin, bien différente, réunissait par cette douce journée de décembre les amateurs d'art en route pour le musée et les familles se rendant au zoo. Cependant les voitures parvinrent à se frayer un chemin et dépassèrent Harry, le laissant hors d'haleine au bord d'un champ vallonné qui s'étendait sur une centaine de mètres jusqu'à la lisière noire des cerisiers dénudés.

Il ne comprenait pas pourquoi il avait essayé de suivre les voitures : autant poursuivre un essaim de guêpes. Peut-être parce qu'elles n'auraient pas dû emprunter les allées. Peut-être parce que Shozo avait utilisé le mot « confusion ». Harry lui-même se retrouvait en pleine confusion, état qu'il détestait. Mais, reprenant son souffle et inspectant le champ dans toute son étendue tout en tirant une cigarette de son paquet, il décida qu'après tout ne pas comprendre n'était pas un drame. Voilà pourquoi il fallait passer du temps dans la nature : pour prendre du recul. Dans vingt-quatre heures, il volerait vers la Californie en compagnie d'une vraie lady. Les élancements dans son dos ne l'empêchaient pas de respirer, ce qui signifiait qu'il n'avait pas de côtes cassées, seulement des blessures superficielles. Fumer atténuerait la douleur. En outre, Asakusa n'était plus très loin. Il se sentait un peu étourdi. L'épisode de la prison avait mal tourné. Et restait Ishigami. C'était complètement fou d'éprouver une telle rage à l'encontre de quelqu'un qui essayait de vous abattre et il n'en faisait pas une question d'affront personnel, mais l'image du colonel avec Michiko allumait une flamme sous le crâne de Harry. Pourtant peu enclin à se torturer, Harry, Dieu sait pourquoi, se représentait Ishigami la touchant, appliquant d'une main experte le maquillage et dégageant ses épaules du col. Dans son esprit, Harry guettait le regard de Michiko, y cherchant des signes de plaisir. Il regardait le ciel bleu au-dessus du parc Ueno et voyait s'y dessiner les ébats du colonel et de la reine du juke-box. Harry se cachait déjà d'Ishigami. Devait-il en plus se cacher d'elle ? Drôle de situation. Michiko, un couteau à la main, représentait un danger non négligeable, alors armée d'un revolver... Souhaitait-il qu'elle vienne au dancing pour qu'il la retrouve ou bien préférait-il l'éviter ? Se posait-elle la même question ? Le monde penchait-il comme un flipper ? L'Orient rencontrait l'Occident et les correspondants étrangers perdaient la tête. Harry était navré pour DeGeorge, pour le fidèle comptable Kawamura rossé à coups de bâton dans une cellule de Sugamo mais, si l'histoire racontée par Harry à propos des réservoirs de pétrole de Hawaii avait provoqué une certaine confusion, il était trop tard pour expliquer ou pour avouer. La machine était en marche.

Sans s'en rendre compte, il était arrivé à la grande pelouse du parc. Au printemps, celui-ci était le théâtre de débauches appelées pudiquement la visite des cerisiers en fleur. Munis d'une couverture, de champagne, de saké et d'un ukulélé, Kato et Oharu avaient coutume de s'y rendre pour boire et chanter sous les fleurs tombant des arbres. Harry jouait alors le rôle du page. Trouverait-il jamais ambiance aussi joyeuse sur une plage de Californie ? Pas sûr.

Le mois de décembre offrait un spectacle disparate. Des gosses en chandail usé jusqu'à la corde dévalaient la longue pente du champ pour lancer des cerfs-volants et des planeurs. Des pieuvres et des dragons de papier plongeaient et s'envolaient au-dessus d'un bouquet d'érables. La brise emportait la fumée des marrons qui grillaient sur les braises. Au bord de l'allée cavalière qui entourait la pelouse, un groupe de reporters et de photographes encerclait une jolie petite fille âgée d'environ cinq ans, vêtue d'un kimono rouge et tenant un bouquet de chrysanthèmes dorés. Harry songea un instant à leur fournir un fameux scoop – les dimanches étaient toujours pour eux une journée creuse – en les informant du sort réservé au malheureux Al DeGeorge.

Une voiture de patrouille militaire avança sur l'allée cavalière et s'arrêta à cinquante mètres des membres de la presse. C'était une décapotable à deux places occupées par le chauffeur et un soldat tourné vers l'arrière, qui tenait une caméra, une Bell & Howell. Pendant une minute rien ne bougea à part les cerfs-volants dansant dans le ciel. Du vrai cinéma, comme celui que Harry connaissait bien – faites vite et attendez –, mais la curiosité le fit s'approcher.

Un grand cheval gris et son cavalier émergèrent des cerisiers pour gagner la piste. Vêtu de tweed de la tête aux pieds, le cavalier n'était autre que le général Tojo : bien qu'ayant vu son petit visage sinistre, sa moustache et ses lunettes rondes à l'autel de Yasukuni la veille, Harry mit un moment à le reconnaître. Alors que se jouait le sort du monde, le Premier ministre, costume élégant de tweed et chapeau orné d'une plume de faisan juché sur son crâne chauve, effectuait calmement sa promenade dominicale au parc Ueno. Également ministre de la Guerre, il montait d'ordinaire sur le champ de manœuvre de la caserne de Roppongi, sanglé dans son uniforme, dans le claquement des drapeaux, les roulements de tambour et les milliers de « *Banzaï !* » poussés par les hommes de troupe. Si Harry avait eu un commentaire à formuler, il aurait critiqué l'attitude en selle du général, un peu raide, et regretté la nonchalance d'un John Wayne. Une Packard décapotable avec trois femmes blotties sous une couverture écossaise suivaient l'allée derrière lui. Harry reconnut Mrs Tojo, célèbre pour vanter la valeur patriotique des grandes familles, elle-même ayant donné au pays sept enfants. Ce jour-là, flanquée de deux de ses filles et le regard fixé sur la nuque de son mari dansant au trot du cheval, elle évoquait plutôt une triste poule couveuse, avec une fille de chaque côté. Puis apparut une voiture de commandement à six roues avec des gardes du corps juchés sur les marchepieds. Le cameraman de la voiture de patrouille s'inclina, fit un geste de la main, puis s'inclina une nouvelle fois. Regroupé, le petit cortège poursuivit son avance tandis que les photographes massés sur les bords mitraillaient Tojo comme s'il menait un steeple-chase. Le général avançait bien droit, tenant les rênes de la main gauche, pour permettre à sa main droite de dégainer une épée qu'il ne portait pas – pas avec une veste d'équitation. Harry n'avait encore jamais vu le général Tojo en civil. Qui l'avait vu, d'ailleurs, hormis son épouse ? Le tweed évoquait plutôt une canne à pêche ou une tasse de thé. Peut-être Alice ou le Chapelier vont-ils se montrer, songea Harry.

Les reporters se prosternèrent pratiquement à l'approche de Tojo, les photographes se confondirent en excuses tout en prenant leurs photos afin d'être prêts à temps pour l'édition du soir. Un cow-boy aurait fait se cabrer sa monture, Tojo, lui, arrêta son cheval gris et resta droit sur sa selle, sans bouger, le regard brillant d'assurance derrière ses lunettes. La voiture de commandement avec les gardes du corps stoppa, hors du champ, tandis que la fillette en kimono rouge, telle une ravissante petite poupée, tendait le bouquet de chrysanthèmes dorés. Tojo parut une seconde distrait par la vue de Harry, comme si un malencontreux coup de pinceau était venu gâcher un chef-d'œuvre, mais il se perdit bientôt dans les éclairs des flashes et parmi les gens de tous âges qui se précipitaient pour le saluer. Franklin Roosevelt aurait répondu par un sourire désinvolte, Churchill par le « V » de la victoire. Pour Tojo, exprimer le moindre sentiment était totalement superflu ; le bouquet, étant donné l'effet qu'il lui fit, aurait aussi bien pu être remplacé par une gerbe d'orties. Il rendit les fleurs pour qu'on les offre à son épouse, laquelle exhiba de sous la couverture un sourire sans chaleur. Puis la caravane reprit son chemin, suivant lentement l'allée cavalière. Pas une fois le général n'avait souri, mais Harry avait épié bien pis derrière les lunettes : une expression triomphante.

Roy Hooper chantait « Rock of Ages » quand Harry arriva à l'église. La situation n'était guère brillante pour les méthodistes : on avait renvoyé aux États-Unis épouses américaines et enfants tandis que le nombre des membres japonais de la congrégation, fondant de semaine en semaine, ne dépassait plus la dizaine lors du service dominical. Le père de Hooper avait prêché dans cette modeste église avec ses bancs d'acajou, son harmonium et sa plaque indiquant le numéro des hymnes. Hooper, pour sa part, avait choisi les Affaires étrangères, mais il désapprouvait toujours le fait que, au mur, la Croix côtoyât un portrait de l'empereur en robe shintoïste – le fils du Ciel confortablement installé dans la maison du Seigneur.

Hooper désapprouvait également ce doigt qui s'enfonçait dans son dos.

— Hoop, il faut qu'on parle.

— Harry, chuchota Hooper, qu'est-ce que tu fabriques en plein culte ? Je ne sais pas ce que tu veux, mais ça peut attendre.

— Pas du tout, insista Harry en enfonçant de nouveau son doigt.

— Je reste ici.

— Je vais fumer une cigarette en attendant.

— Seigneur !

Hooper le précéda vers la sortie. À peine se retrouvèrent-ils dans la rue qu'il se tourna vers Harry.

— Qu'est-ce qui te prend ? Les autres fréquentent l'église le dimanche, tu t'en souviens ! Tu ne penses donc jamais qu'à toi ?

— Continue de marcher.

Harry avait ôté son masque et certains des voyageurs à un arrêt de tramway s'intéressaient beaucoup trop à son goût à ce qui se passait devant l'église. Sinon le calme régnait dans la rue, dont les magasins étaient fermés. La seule boutique ouverte vendait des bonbons et des jouets, profitant de ce que les enfants n'étaient pas à l'école. Une toupie sortit en tournoyant par la porte pour déboucher dans la lumière.

— Cigarette ?

— Je suis en train d'arrêter.

— Tu as bien raison, c'est une sale habitude.

— La première cigarette que j'ai fumée, j'avais douze ans, et c'était avec toi.

— On s'amusait bien, en ce temps-là.

— Non, on était stupides.

— Tu dis ça parce que tu te faisais toujours prendre.

— Il n'est pas donné à tous d'être un voleur-né.

— Une goutte ? proposa Harry en exhibant sa flasque.

— Non, je n'ai pas quitté l'église au milieu d'un service pour boire un coup.

— Il n'y avait pas grand-monde.

— Tu as remarqué ? Nous sommes soumis à une certaine intimidation : les autorités exigent que l'Église soutienne la guerre.

— Laquelle ?

Harry tourna le coin et entraîna Hooper devant une rangée de statues de la taille d'un enfant avec des jouets et des fleurs déposés à leurs pieds. Les chrétiens relèguent dans les limbes les âmes des bébés non baptisés ; les Japonais les accueillent tous. Dans un coin du cimetière, fouillis de pierres tombales, de stèles et de roses abandonnées, se dressait un petit temple rouge et or où Harry acheta un bâton d'encens. Sur les colonnes des inscriptions en sanskrit s'étalait le nom des défunts : plus on payait cher, plus le nom était long. Harry prétendait que Charon, quand il faisait franchir aux âmes les eaux du Styx, vendait des tickets de première ou d'entrepont. Au bas d'une des colonnes figurait le nom de Kato. Harry alluma le bâton d'encens et le posa dans un verre sur un rebord de pierre. Dans une autre coupe, il versa une offrande de whisky.

Il tendit la flasque à Hooper.

— Tu es sûr ?

— Va te faire voir !

— Oui, c'est bien ce que je craignais.

Harry ajouta une cigarette pour Kato, Hooper en prit une aussi. La paix régnait au milieu des dalles et des fleurs fanées.

— Il paraît que tu as une place à bord de l'avion ? dit Hooper. Pourtant des milliers d'autres personnes le mériteraient beaucoup plus que toi. Pourquoi toi ?

— Je l'ai gagnée.

— Tu parles ! Et si je t'amenais une mère que ses enfants attendent à Shanghai, que dirais-tu ?

— Je dirais : n'oublie pas ton violon. D'ailleurs, il ne s'agit pas du vol auquel tu penses, mais d'un aller et retour, juste pour brandir le drapeau impérial.

— Harry, tu reviendras ?

Harry ne répondit pas.

— Au moins, fit Hooper avec un petit rire, tu ne mens pas, c'est déjà quelque chose.

— Le Seigneur ne supporte pas les menteurs. Comment as-tu su pour l'avion ?

— Tu n'es pas le seul à Tokyo à avoir des contacts.

— À l'ambassade, tu es le seul.

— L'ambassade américaine est bourrée de gens doués d'une intelligence brillante.

— Exact. À commencer par l'ambassadeur, qui ne parle pas un traître mot de japonais et qui est sourd comme un pot. À propos, où se trouve-t-il en ce moment ?

— Au golf, je crois. C'est un homme très bien, et il s'est lié d'amitié avec de nombreuses personnalités.

— Ce ne sont pas les personnalités qui dirigent ce pays, mais l'armée. D'ailleurs, ce type n'a jamais rencontré les autres, il serait incapable de communiquer avec eux. Si une jolie femme lui prenait la main pour la glisser dans sa culotte en suggérant : « Allez-y, monsieur l'ambassadeur, allez-y carrément », il ne saurait pas répondre.

Hooper fut pris de hoquets et Harry lui tendit une nouvelle fois sa flasque.

— Merci. L'ambassadeur n'apprend pas le japonais parce que…

— Parce qu'il t'a sous la main.

— Parce qu'il craint de commettre une erreur qui nuirait à la dignité des États-Unis. Quel effet cela ferait-il, disons, si, par exemple, un ambassadeur de Chine en visite aux États-Unis disait : « Pas ticki, pas lavé » ?

— C'est le niveau de compétence auquel tu t'attends de la part de l'ambassadeur ?

— Pas du tout, mais c'est important de ne pas perdre la face.

— Plus maintenant, il se prépare des choses.

Les hoquets se calmèrent. Hooper observa les alentours.

— Harry, je n'ai pas le droit de te livrer des renseignements confidentiels.

— Tu prends les choses à l'envers : c'est moi qui suis en train de t'en donner.

Harry saisit une rose et en répandit les pétales, comme des touches de peinture, sur la tombe de Kato.

— Tu n'es pas une source fiable, rétorqua Hooper.

— Aucune source n'est vraiment fiable. Il ne s'agit pas d'un pacte avec le diable, tu veux le renseignement ou pas ?

— Je ne sais pas, Harry. Je n'ai même pas le droit de te rencontrer.

— T'ai-je jamais au grand jamais menti ?

— Tu es tellement cynique.

— Parfaitement, si c'est le terme dont tu désignes un type qui te dit la vérité.

— Eh bien, voici, lâcha Hooper avec un sourire résigné. La Flotte combinée japonaise a disparu depuis une semaine et observe un silence radio complet aussi bruyant, à mon avis, qu'une sirène d'incendie. Elle cherche peut-être juste à nous énerver, mais je ne le crois pas : elle ne dispose pas d'assez de mazout pour ce genre de bluff. Elle fait route vers les Indes néerlandaises, là où se trouve le pétrole. Les navires frapperont sans doute en Malaisie et à Singapour, aux Philippines. C'est une question de jours, tout au plus. Tu vas t'en tirer de justesse.

— C'est bien ce que j'escompte.

Harry regardait sa montre : ce qu'il voulait vraiment, c'était se rendre au dancing pour avoir Michiko à l'œil et garder un profil bas.

— Tu as quelque chose à ajouter ?

— Hawaii.

Hooper haussa les sourcils. Son nœud papillon se mit à monter et à descendre.

— Tu parles sérieusement ? Impossible, ils n'arriveraient

jamais là-bas sans être repérés et puis, une fois sur place, ils seraient coincés.

— C'est pourtant là qu'ils vont. Si tu devais t'attaquer à un serpent de trente mètres de long et ne disposais que d'une seule balle, tu viserais la queue ou la tête ? Leur objectif, c'est Hawaii – la flotte, les avions et les réservoirs de carburant. Après cela, ils tiendront le Pacifique. Ils vont jouer gros, Hoop, ils n'ont pas le choix.

— Les réservoirs aussi ?

— Surtout.

— Quand l'attaque ?

— Très bientôt.

— Juste « bientôt » ? As-tu vu un ordre écrit ?

— Non.

— D'où vient ce renseignement ?

D'un interrogatoire pressant à coups de canne de bambou à propos de livres de compte trafiqués : pas le genre de source que l'ambassade admet, songea Harry.

— De moi, dit-il.

— De toi ? De Harry Niles ?

Voilà une de ces occasions où l'on pose sa vie sur la balance et où l'aiguille ne bouge pas.

— Je suis la meilleure de toutes tes sources, Hoop. Les Russes ont des sources, mais pas les Américains, parce que notre ambassade tient à rester un club de gentlemen chrétiens qui ne fourrent pas leur nez partout. Moi, si.

— À t'entendre, c'est une qualité.

— Dans mon métier, oui. Et personne ne connaît les Japonais comme moi.

— C'est bien le problème. Bon, sur quoi exactement reposent tes informations ?

Harry n'avait pas l'intention d'entrer dans le détail des réservoirs d'essence qui n'existaient pas et pas le temps d'entamer une discussion.

— L'objectif, c'est Hawaii. Dis-le à l'ambassadeur.

— Je te répète qu'il est au golf.

— Préviens au moins Pearl. Qu'ils soient en état d'alerte, qu'ils fassent décoller quelques avions pour observer les parages.

— Mais ils *sont* en alerte. Seulement, c'est samedi, là-bas, la soirée de Noël de la marine, et Hawaii ne va pas déclarer le branle-bas de combat sous prétexte que quelqu'un à Tokyo détient des renseignements secrets qu'il se refuse à divulguer. Je suis désolé, Harry, ce n'est pas crédible. Peut-être es-tu animé de bonnes intentions, ou en pleine crise de patriotisme, à moins que tu ne nous prennes simplement pour des poires, comme à ton habitude. Quoi qu'il en soit, personne ne s'apprête à attaquer Hawaii, c'est trop loin d'ici et trop bien défendu.

— À quelle heure l'ambassadeur rentre-t-il ?

— Il a passé le plus clair de la journée au golf, alors inutile d'essayer de le joindre à l'ambassade. Voici ce que je te propose : si tu ne prends pas cet avion, je rassemblerai dans le courant de la semaine, et hors de l'ambassade, quelques personnes avec lesquelles on discutera de tes idées. Qu'en dis-tu ? Ça pourrait même déboucher pour toi sur une sorte de réhabilitation, en tout cas, un début.

— Tu connais ces singes qui n'entendent ni ne voient ni ne parlent du mal ? Je te verrais assez bien quatrième singe, celui qui protégerait ses fesses.

— Je renonce. J'ignore où tu veux en venir, quel projet invraisemblable tu échafaudes pour faire du fric avec une situation tragique, mais, en ce qui te concerne, Harry, je m'en lave les mains.

— Les gens disent toujours ça. Attends un peu. (Harry claqua des mains à deux reprises et s'inclina devant la tombe de Kato. Puis il se redressa. La plupart des pierres du cimetière n'étaient pas sculptées, on les avait simplement choisies pour leur dignité.) Tu sais pourquoi on s'entend bien, Hoop ?

— Je déteste ce surnom depuis toujours.

— Tu sais pourquoi, indépendamment du fait, évident, que tu as toujours secrètement aimé enfreindre les règles et que j'avais besoin de quelqu'un pour faire le guet ? C'est parce que nous aimons le Japon depuis toujours, ce club mystérieux qui n'admettait pas d'autres Américains. Nous savions ce qui s'y passait, et nous étions les seuls. Ce n'était le cas ni de nos parents, ni de nos professeurs, ni de nos prédicateurs. Nous comprenions le Japon.

— Aujourd'hui c'est fini.

— Je ne pense pas. Malgré tous tes efforts, je crois que tu as toujours gardé en toi le goût du renseignement. Tu m'as demandé quand cette attaque aurait lieu, et si j'avais vu un ordre écrit. Non, mais j'ai bel et bien vu Tojo dans le parc ce matin.

— Vraiment ? Que faisait-il ? demanda Hooper, soudain très attentif.

— De l'équitation. Il montait en culotte de cheval, veste de tweed et élégant petit chapeau, suivi de madame et de ses filles dans une décapotable. La veste de tweed est importante car, comme nous le savons, le général Tojo ne se montre jamais en civil et jamais, jamais il ne cesse de diriger l'Empire. Et aujourd'hui précisément, il a pris le temps de faire un tour au parc d'Ueno avec sa charmante famille et de recevoir un bouquet de fleurs d'une petite fille. Il y avait des photographes. Chaque ambassade reçoit chaque édition de chaque quotidien. Ce soir, nous pourrons nous endormir avec, sous notre oreiller, une photo du nouveau Tojo amoureux de la paix. À toi de me dire maintenant quand ils vont attaquer.

— En veste de tweed ? Seigneur, je regrette de ne pas avoir vu ça !

— Alors ?

Hooper se balançait sur ses pieds. Il finit par lâcher :

— Je ne peux pas faire ça. Envoyer un message à Hawaii sur une intuition ?

— Ce n'est pas une intuition. Tu *sais*.

— C'est ce que tu prétends, Harry. Je lirai le journal du soir et verrai si on parle de Tojo.

— Et tu resteras assis sur tes fesses ou tu prieras.

Hooper devint écarlate comme si Harry l'avait giflé. S'être penché sur le bâton d'encens avait réveillé la douleur dans le dos de Harry, qui se dit : ma foi, j'ai fait mon numéro pour sauver le monde et j'ai échoué. Même essayer était stupide. Là-dessus, il pensa successivement à de l'aspirine, à Michiko et à Ishigami, dans cet ordre. Une bande de gosses parcourait le cimetière, les bras écartés, en imitant des avions. Un souffle de brise souffla un pétale puis un autre de la tombe de Kato jusqu'aux pieds de Hooper. Harry ne bougeait pas. Et Hooper comprit que, bien qu'il fût avec Harry, il aurait aussi bien pu être seul. Avant de franchir la grille, il dit :

— Je prierai pour toi aussi, Harry.

— N'y manque pas, Hoop.

Après le départ de Hooper, Harry entra dans un café pour utiliser les toilettes, un petit réduit derrière une porte coulissante. Il se pencha de côté pour palper sous sa chemise une meurtrissure qui sinuait à travers son dos tel un serpent. Quand il pissa, l'eau des toilettes se teinta de rose. Pas bon, ça non plus.

21.

Agawa, le prêteur sur gages, travaillait ce dimanche-là car, en décembre, les gens avaient besoin de liquide pour le nettoyage hivernal et les grandes festivités du nouvel an. Aux banques qui leur collaient sous le nez des papiers mystérieux – signez ici, signez là –, ils préféraient un prêteur sur gages, chez qui leurs biens étaient en sûreté et pouvaient être dégagés dans les trois mois. Sur les étagères s'entassaient kimonos de femmes, boîtes à outils, caméras, chaussures à claquettes, patins à glace, et même un sac de golf avec ses clubs. Une vitrine abritait des boutons et une garniture de toilette avec son peigne et sa brosse en ivoire, des perles noires montées en boucles d'oreilles avec un filigrane d'or. Sur ces pauvres trésors un peu abîmés régnait la maigre silhouette du peu aimable Agawa, trônant devant un boulier, un cendrier et un paquet de Golden Bats.

— Ton histoire à propos de l'arche de Noé m'a plu, déclara Agawa en apercevant Harry sur le seuil.

— Je vous savais doué pour les chiffres. Mais vous prétendre incapable de jouer aux cartes à cause des cendres de Jiro !

— J'ai du mal à me concentrer à côté d'un mort.

— Vous n'en êtes plus très loin vous-même. On vous installera alors au dancing et on vous donnera des cartes.

— Je gagnerai sans doute encore. (Cette perspective séduisait visiblement Agawa. Le tressautement de ses épaules indiquait qu'il riait.) J'imagine que tu as ramassé un peu de poussière pour l'urne de Jiro ?

— Nous avons trouvé quelque chose qui faisait l'affaire.

Agawa parcourut sa boutique du regard, s'arrêtant sur les scies mises en gage et les parapluies rapiécés pendus aux poutres, sur des estampes un peu défraîchies accrochées aux murs – musée personnel de pièces réunies par un homme qui ne les époussetait jamais.

— Qu'est-ce qui t'intéresserait, Harry ? Des bâtons de ski, un télescope, cette gravure d'un ours portant un saumon dans la gueule ?

— Rien.

— Bon.

Agawa appela un employé qui arriva silencieusement afin de surveiller la boutique, puis il entraîna Harry vers une cour en terre battue envahie de poules. Au fond se dressait une construction en ciment ; avec ses deux étages elle évoquait le donjon d'un château médiéval. Une porte était celle d'une chambre forte avec une serrure à combinaison et la fenêtre au-dessus était munie de barreaux de fer et de volets encastrés dans un blindage. Malgré les bâches qui recouvraient le sol, Harry distingua l'éclat lumineux d'objets de porcelaine et le reflet sombre d'un casque de samouraï. Il ne s'agissait plus de colifichets gagés par des pauvres, mais de trésors représentant de grosses dettes. Agawa précéda Harry sur une échelle menant à l'étage supérieur puis poussa un coffre-fort dans la lumière quadrillée qui filtrait par la fenêtre. Ses gestes jusque-là rapides et nerveux trahirent une sorte de vénération lorsqu'il souleva le couvercle, révélant l'éclat somptueux des lingots d'or emmaillotés dans du velours rouge et entassés suivant leurs dimensions : taels à peu près de la taille d'une carte de visite, « biscuits » chinois pesant six onces et portant l'inscription BOURSE DE L'OR ET DE L'ARGENT DE HONG KONG, chapelets de pièces chinoises que Harry ne regarda même pas. Bien qu'illégal le marché noir de l'or suivait un cours approximatif bien connu d'Agawa et de Harry : cinq cents yens pour un lingot d'un tael et deux mille par biscuit de Hong Kong. Ceux-là alourdissaient les poches. Harry déposa trois mille yens, optant pour six lingots d'un tael : son argent de poche de Hong Kong jusqu'en Amérique.

— À combien sont les clubs de golf ? fit Harry en désignant du menton la boutique. Compte tenu du fait que l'armée a réquisitionné tous les terrains et qu'on ne peut plus jouer nulle part.

— Cent.

— Vingt.
— Cinquante.
— Quarante.
— D'accord, fit Agawa en étalant les billets comme des cartes pour les compter. C'est toujours agréable de faire des affaires avec toi, très professionnel, dès l'instant que tu me laisses compter l'argent et que tu ne le fais pas toi-même. Je plaisante ! Tu te rappelles notre première rencontre, quand tu faisais les courses pour les filles des coulisses aux Folies ? J'avais remarqué une danseuse, une certaine Oharu. Tu te souviens d'elle ? Je n'étais pas si vieux. J'étais marié, pourtant elle m'intéressait. Mais je n'ai jamais réussi à l'arracher à cet artiste – je crois qu'elle posait pour lui. Ah, c'était tout un art de peindre quelqu'un comme Oharu ! Bref, j'avais entendu dire que l'artiste partait en province pour une exposition. J'en ai profité pour me précipiter aux Folies, juste à temps pour attraper Oharu et lui demander de me retrouver après le spectacle. Elle a prétexté un rendez-vous et j'ai tout de suite compris que je n'avais aucune chance avec elle. Je suis reparti dans l'intention de noyer mon chagrin dans l'alcool, mais j'ai choisi le cinéma. Seulement je n'ai pas regardé l'écran une seconde parce que, trois rangs devant moi, se tenaient Oharu et toi. Son rendez-vous, c'était toi, un gosse, même pas japonais. J'ai réprimé une furieuse envie de t'étrangler. Je sentais mes doigts se refermer autour de ton cou, je te sentais suffoquer. Tu te montrais si charmant avec elle, si décontracté. J'aurais voulu te frapper la tête contre les marches et l'écraser à coups de talon. (Agawa en frémissait d'excitation, puis peu à peu il s'apaisa.) Je ne l'ai pas fait, évidemment. Je me suis maîtrisé et j'ai quitté la salle de cinéma. Je suis allé dans un bordel, j'ai encore bu, je me suis enfin calmé. Pour être tout à fait honnête, je dois ajouter que, quand j'ai appris qu'Oharu n'avait pas survécu au tremblement de terre, ma première réaction a été : tant mieux, et j'espère que le petit gaijin y est passé aussi. J'ignorais que tu étais déjà rentré au pays.

Harry enveloppa soigneusement les lingots dans du velours pour qu'ils ne s'entrechoquent pas. Puis il leva les yeux.

— C'était le bon temps.
— Le passé. Autant que l'arche de Noé. Que cherches-tu maintenant, Harry ? Une arche de Noé ?

Harry acheta un journal et retrouva Goro dans une pâtisserie de Ginza où l'ancien pickpocket louchait sur une vitrine, hésitant entre un mille-feuille et un éclair, une meringue et une tarte au citron.

Il avait espéré devenir un yakuza, comme Tetsu, grâce à ses doigts aussi agiles que ceux d'un tire-laine. C'était compter sans un délicat grain de beauté qui lui ornait le visage. Goro détournait l'attention des vendeuses et Tetsu en profitait pour piquer la marchandise. À eux deux, ils menaient une brillante carrière dans le chapardage jusqu'au jour où ils s'aventurèrent dans une papeterie qu'ils avaient déjà visitée. La propriétaire reconnut aussitôt le grain de beauté. Elle chassa Tetsu et referma la porte à clef sans laisser à Goro le temps de s'échapper ; elle l'aurait volontiers livré à la police si, jeune veuve âgée d'à peine dix ans de plus que lui, elle n'avait compati devant ses pleurs redoublés. Un mois plus tard, ils se mariaient. Goro adopta le nom de famille de son épouse et n'eut plus besoin de voler, se contentant de flirter avec les vendeuses. Pour l'éloigner de la boutique, sa femme lui trouva un poste à l'imprimerie du gouvernement où son unique occupation consistait à trier le papier à lettres en fonction des ministères, ce à quoi il s'employait encore dix ans plus tard, agrémentant cette tâche de quelques parties de cartes au dancing et de quelques affaires avec Harry.

— Tu fais de la buée sur la vitre, dit Harry.

— Difficile de choisir entre la meringue et l'éclair, chacun a ses mérites.

— Alors prends-en un de chaque.

— Excellente idée, Harry. Voilà qui explique que nous soyons toujours amis.

Goro accompagna ses pâtisseries de café, Harry commanda un thé, et ils s'installèrent dans une niche, sous une fresque où des danseuses de cancan levaient la jambe sur les Champs-Élysées. Harry avait rencontré une fois l'épouse de Goro ; elle avait prononcé deux phrases, utilisant dans chacune le mot « chic ». Goro s'était étoffé auprès d'elle, devenant une sorte de prince consort bien habillé – un chat dûment châtré.

Harry ouvrit le journal à la page des horaires de cinéma.

— Je pensais aller à une séance dans l'après-midi. Tu veux venir ? Choisis le film.

Un lingot d'un tael pointait dans un pli du journal. Goro, désignant une salle de cinéma, escamota au passage le lingot pour le glisser dans la poche de son veston, en une succession de gestes extrêmement naturels et posés.

— *Stanley et Livingstone*, lut Goro, qu'est-ce que c'est ?

— Un missionnaire qui s'est perdu. Rien de bien nouveau.

— Je suis censé retrouver ma femme pour déjeuner. Très occidentale, très autoritaire, elle m'oblige à suivre un régime.

— Je vois.

— C'est une femme merveilleuse.

— Absolument, fit Harry sans cesser de s'empiffrer. Le mariage te réussit.

— Elle surveille tous mes gestes. (Du bout de la langue, Goro explora tous les recoins de sa bouche pour y recueillir les miettes et ne reprit la conversation qu'une fois cette opération menée à bien.) Tu as des problèmes, Harry ?

— Moi ? Pas le moins du monde.

— Ta requête était un peu insolite.

— Ça t'a fichu la frousse ? s'informa Harry. Est-ce que tu as dû entrer dans certains bureaux ? Passer devant un gardien ? C'était drôle ?

Goro se permit un grognement de satisfaction. Il but le fond de son café et resta un moment les yeux fermés, humant à pleins poumons le parfum de la crème et du sucre en poudre avant de se lever.

— Ma femme.

Harry partit une minute plus tard. Il attendit d'avoir regagné sa voiture pour déplier le journal et y trouver l'enveloppe que Goro avait glissée entre les pages avec une dextérité telle que même Harry n'avait rien remarqué. L'enveloppe officielle et fermée par une ficelle contenait deux feuilles vierges à en-tête du département de la Police militaire, section Défense, ministère de la Guerre. Une troisième feuille de papier, fine comme un mouchoir, portait le cachet rouge d'un tampon du ministère – l'imprimerie du gouvernement fournissait également les tampons de caoutchouc. Un document falsifié ne présentait pas tout à fait autant de valeur pour Willie et Iris qu'un coup de fil de Saburo, qui aurait balayé toutes les objections. Pourtant, il était réconfortant de constater qu'un enfant d'Asakusa comme Goro conservait encore, malgré tous les efforts qu'il avait faits pour se corriger, une certaine envie d'utiliser ses mauvais instincts d'antan.

Cette impression de mener à nouveau son destin requinquait Harry. Inutile de se rendre tout de suite au dancing. Avec ce qu'il savait concernant Hawaii, il avait le sentiment de rester impuissant auprès d'une mèche en train de brûler. Insupportable. Tant pis, il ne passerait pas par Hooper, il opérerait directement.

Michiko attendrait dans la robe empruntée à Haruko… et armée. Au dancing, elle serait protégée par le yakuza. Même si Harry brûlait du désir de serrer entre ses mains le cou de Tetsu pour la rebuffade qu'il lui avait imposée devant chez Saburo, il savait que Tetsu ne laisserait personne s'attaquer à une femme au cours d'une partie de cartes. Elle ne risquait rien.

Les quartiers ouest de Tokyo, avec leurs maisons de bois gondolées par le soleil et leurs petits enfants aux fesses nues qui saluaient Harry au passage, se perdaient dans des champs desséchés. Si la flotte japonaise faisait vraiment route vers Hawaii, il se sentait dans l'obligation d'agir. Il n'avait rien d'un patriote, mais le scénario qu'il avait monté à Gen et à la marine à propos de ces réservoirs de pétrole bidon sur Oahu était l'arnaque d'une vie, son chef-d'œuvre, et il refusait de la voir connaître une fin aussi lamentable. Il refusait de perdre.

Il pensa à Iris, se demandant s'il devait vraiment aider. Car, à supposer que l'*Orinoco* franchisse le blocus, l'Allemagne raciste n'offrirait pas un lit de roses à une épouse chinoise. C'était toujours le problème avec les bonnes actions : elles résistent rarement à une analyse objective. D'ailleurs, quel avenir attendait les mariages mixtes ? Harry imaginait Michiko au milieu des Californiennes : une panthère en présence de chattes de gouttière. Surtout, ne pas oublier de lui prendre le pistolet avant de lui annoncer qu'il partait. Son dos recommençait à le faire souffrir et, tout en conduisant, il mâchonna un comprimé d'aspirine.

Après avoir parcouru une quinzaine de kilomètres, il arriva dans une oasis entourée de pins, sorte de frontière entre les pelouses impeccables d'un terrain de golf et la boue des rizières en jachère, entre le spacieux paradis verdoyant et le tableau d'une lutte pour la vie désespérée, épuisante et frénétique. On entrait sur le terrain par une allée encombrée de limousines et de gardes du corps désœuvrés, après avoir traversé un club-house aux allures d'hacienda espagnole.

Harry avait été assez longtemps caddy en Floride pour assimiler les rudiments du jeu, ce qui lui avait permis de se faire un peu d'argent en donnant de temps en temps des leçons de golf au Japon, où, il convenait de le savoir, un accord tacite précisait avant chaque partie le joueur qui, pour des raisons de respect, devait l'emporter. Harry n'était pas fou de golf, mais il y voyait un moyen en or pour accéder au milieu japonais des affaires – il se sentait capable de vendre le *Queen Mary* pendant un parcours de dix-huit trous. Bien que ne figurant pas sur la liste des membres du club, il était toujours bien accueilli par ses anciens élèves. Pour parfaire son scénario, il passa sur son épaule le sac de clubs acheté chez le prêteur sur gages.

Quelques joueurs traversaient le large vestibule au carrelage mexicain et aux boiseries sombres. Des avis placardés sur le comptoir de la réception précisaient que le registre devait être signé par chacun des membres, que seules les chaussures de golf étaient autorisées sur le parcours, les chaussures de ville étant réservées au club-house, et que, dans un souci de patriotisme, les joueurs n'avaient droit qu'à deux balles par partie. Une des premières pénuries provoquées par l'embargo américain concernait en effet cet accessoire, si bien que certains garçons entreprenant se postaient près des obstacles d'eau pour revendre les balles qu'ils y avaient repêchées.

La réception donnait sur un salon. Des fauteuils de cuir y étaient disposés devant une cheminée dans laquelle on entretenait un feu d'enfer. Se montrer au club n'avait jamais causé de tort à Harry. Dans cette version japonaise de l'Amérique, on jouait en culotte de golf et coiffé d'un béret écossais et, pour fêter l'arrivée au dix-neuvième trou, celui qui avait réalisé le score le plus élevé offrait une tournée. Mais, aujourd'hui, ce sport trop américain pour être considéré comme patriotique n'avait attiré sur le terrain que très peu d'amateurs.

Un mauvais joueur que Harry connaissait se trouvait derrière le comptoir de la réception. Il arborait un blazer avec l'insigne du club sur sa poche de poitrine.

— Harry, que puis-je faire pour vous ?

— Je suis censé retrouver ici l'ambassadeur américain. Est-il déjà arrivé ?

— Il y a une heure environ. Vous allez jouer au golf avec l'ambassadeur ?

— Il me l'avait proposé, suggérant de le retrouver sur le parcours si je manquais le départ.

— Désolé, Harry, il a monté une partie en double. Vous connaissez les règles, jamais plus de quatre.

— Est-ce que le *sensei* est ici ?

— Oui, le professeur est là, mais je ne peux vous laisser passer que si un membre vous invite.

— Depuis quand ? (Le réceptionniste haussa les épaules d'un air d'excuse.) C'est dommage, parce que j'ai une occasion sur des balles de golf.

— Alors, c'est différent. Vous le trouverez à la boutique.

— Je connais le chemin.

Harry passa devant les tristes fantômes qui hantaient le bar : ils avaient surtout travaillé pour l'import-export et, à présent, l'embargo leur laissait la journée entière pour boire. Harry s'avança jusqu'au patio dallé qui dominait le parcours. Dans une boutique située à côté du club-house, le professeur faisait la démonstration d'un putter ; la clientèle était rare et l'enseignant très occupé.

Le parcours, superbe, était célèbre pour ses greens rapides d'herbe de Korai et ses obstacles d'eau constitués par des bassins couverts de feuilles de nénuphar. Des pins sombres et des érables au feuillage automnal flamboyant, comme si un homme armé d'une torche était chargé de parcourir le terrain pour les allumer, veillaient sur chaque trou. Sur la zone de départ, en face d'un court tracé à angle droit, se trouvaient quatre joueurs inconnus de Harry, vêtus de la traditionnelle culotte de golf et qui massacraient quelques swings. Au Japon, le golf se pratiquait avec une intensité quasi religieuse que ne troublait pas la brise qui, en balayant le parcours, apportait avec elle des relents d'excréments et de seiches en décomposition venus des rizières. Personne d'autre n'attendait de prendre le départ...

À quel point du parcours l'ambassadeur se trouvait-il ? Passé le premier drapeau, Harry aperçut un double s'approchant du tee du second trou.

Il recula jusqu'au bar pour emprunter une paire de jumelles accrochée près de la porte. Il les braqua sur le second tee et sur une silhouette imposante ressemblant à l'aigle américain – sourcils sombres, moustache et cheveux argentés – qui dominait les autres joueurs. L'ambassadeur ! Il en était au second trou, avec dix-huit à venir : il en avait donc encore pour au moins quatre heures. Quatre heures dont Harry ne disposait pas car, en sûreté ou non, Michiko, elle, n'attendrait pas quatre heures de plus au dancing. Il avait déjà perdu assez de temps pour arriver jusque-là.

Il remit les jumelles en place. Une douzaine de membres du club étaient assis près de la fenêtre du bar, mais ne pouvaient pas regarder dehors sans être obligés de cligner des paupières dans le soleil. Le groupe qui attendait sur le premier tee expédia le dernier des quatre swings énergiques et s'engagea sur le fairway avec les caddies. Harry attendit qu'ils eussent parcouru une centaine de mètres avant de les suivre d'un pas nonchalant, avec son sac, le plus naturellement du monde.

Il resta hors de leur champ de vision jusqu'à ce qu'il atteignît les arbres et un petit sentier utilisé par les jardiniers. Chacun de ses pas faisait monter des feuilles mortes un parfum de cannelle. Le second trou se trouvait au bout d'une ligne droite coincée entre deux bunkers qui mettaient à l'épreuve le talent du joueur : il devait frapper bas et non donner de la hauteur à la balle pour ne pas la soumettre aux caprices du vent. Derrière le drapeau, une allée de service permettait de regagner, à l'abri des pins, l'allée menant au club-house. Si Harry parvenait à coincer l'ambassadeur pour lui parler seul à seul, il aurait tout loisir de revenir à pied jusqu'à sa voiture sans que personne n'en sache rien.

Le double auquel appartenait l'ambassadeur remontait le fairway du second trou quand Harry l'aperçut. L'ambassadeur tirait sur sa pipe – Gulliver dominant ses partenaires lilliputiens – tandis que ses invités parlaient en anglais d'une voix forte pour compenser sa surdité et son ignorance du japonais. Harry décrivait l'ambassadeur américain comme un cas désespéré. Il ne le considérait pas vraiment comme un homme stupide, mais paralysé par ses bonnes manières et son absence de curiosité, préférant pratiquer la natation en piscine plutôt qu'en mer – le genre d'homme qui n'aurait pas tenu un an comme missionnaire. Ses renseignements, qu'il tenait d'autres diplomates, étaient toujours de seconde main. Ses contacts japonais étaient des financiers et des industriels connus pour leurs opinions modérées et leur influence déclinante. Aucun des joueurs n'avait encore remarqué Harry, mais il reconnut l'un d'eux, tête nue et aussi bronzé qu'un caddy : le vieux pirate Yoshitaki, de la compagnie Yoshitaki.

Harry s'enfonça sous les arbres. Il ne savait pas quel argument persuaderait en quelques minutes l'ambassadeur de câbler à Washington ou à Hawaii. Pas question de parler d'une arnaque à propos des réservoirs de carburant, de l'emploi du terme « confusion », ni de la promenade à cheval de Tojo dans le parc. Le plus simple serait sans doute de mentir, de prétendre que des sources en provenance de la marine affirmaient l'imminence de la guerre.

Comme l'ambassadeur avait forcé son drive, il frappa son second coup en dernier. Harry espérait que la balle atterrirait sur le côté droit du fairway ; l'ambassadeur fit mieux que cela : il envoya une balle slicée qui s'envola méchamment au milieu des érables en frappant le rough à moins de cinquante mètres de Harry. Alors que ses partenaires s'alignaient pour s'approcher du green, l'ambassadeur se mit à fouiller dans l'herbe. Il portait un chandail marron, une culotte de golf et arborait l'air hébété auquel on reconnaît un homme absorbé par une partie. Il retrouva sa balle, posa sa pipe sur le gazon et examina ses clubs en tournant le dos à Harry qui aurait pu, en plongeant rapidement, lui faire les poches.

— Monsieur l'ambassadeur ! fit Harry, pressé d'en finir.

L'ambassadeur choisit un fer de six et donna d'abord un coup dans le vide. Le caddy remarqua la présence de Harry, mais ne broncha pas, connaissant le comportement souvent bizarre des gaijin et estimant probablement normal d'en voir un surgir d'un bois.

Harry s'approcha.

— Monsieur l'ambassadeur, il faut que nous parlions de Hawaii. Une attaque se prépare, monsieur l'ambassadeur, êtes-vous au courant ?

L'ambassadeur se plaça avec soin au-dessus de la balle. La plupart des joueurs aussi grands que lui se raidissent devant la balle, mais lui, à part la balle slicée au milieu des arbres, exécutait des gestes souples et harmonieux. Il recula pour s'exercer à un swing en se plantant de nouveau derrière la balle.

— Monsieur l'ambassadeur ! répéta Harry en s'approchant davantage.

— Selon ma théorie, intervint Yoshitaki, la concentration d'un sourd constitue un grand avantage sur un terrain de golf.

Il était revenu si doucement le long des arbres que Harry ne l'avait pas entendu. L'ambassadeur exécuta un excellent swing avec un « clic » bien net quand le club frappa la balle, l'envoyant directement sur le drapeau.

— En ce qui concerne Hawaii, tenta de nouveau Harry.

L'ambassadeur gardait les yeux fixés sur les rebonds de la balle qui filait par-dessus les bunkers. Yoshitaki regardait de l'autre côté. Harry se retourna et vit les autres joueurs et les caddies se transformer soudain en gardes du corps. Plantant là leurs sacs, ils se précipitaient vers lui. Harry comprit alors pourquoi ils jouaient de façon aussi exécrable.

— Monsieur l'ambassadeur.

Harry aurait presque pu le toucher.

À en juger par la réaction enthousiaste des joueurs qui le précédaient, la balle de l'ambassadeur avait atteint le green. Il ramassa sa pipe, poussa un petit soupir satisfait et, sans un regard en arrière, s'avança à grands pas vers le drapeau.

— Comment va votre scarabée ? demanda Yoshitaki à Harry. Vous le laissez toujours se promener de temps en temps ?

— Quand il a besoin de prendre l'air.

— Aujourd'hui, c'est le jour rêvé, le dernier dimanche de ce genre que nous connaîtrons avant longtemps, vous ne pensez pas ?

— Tout à fait. (Harry regarda l'ambassadeur traverser le fairway.) Il m'a entendu.

— Non, fit Yoshitaki. S'il s'agissait d'une mauvaise nouvelle ou d'un mauvais messager, il n'aura rien entendu. C'est un ami, et je voulais m'assurer qu'il rentre sans encombre. C'était important, ce que vous vouliez lui dire ?

— Je ne m'en souviens même plus.

— Bon. Ne vous compliquez pas les choses : ce n'est pas donné à tout le monde de pouvoir mener une vie de total égoïsme. Vous devriez vous y tenir.

Un homme aussi sourd, c'était vraiment extraordinaire. Harry aurait pu crier à pleins poumons, mais le moment était passé. Ce moment avait-il d'ailleurs jamais existé ? Pas plus probablement que Harry n'existait pour l'ambassade. Mais peut-être s'était-il trompé et avait-il seulement évité à l'ambassadeur de courir après la lune. Qui diable était ce fameux Harry Niles, capable de prédire quand la guerre éclaterait ?

Les gardes du corps arrivèrent et entourèrent Harry. Sans porter la main sur lui, sans le menacer ni manifester la moindre exaspération, ils se contentèrent de l'encercler et de l'éloigner de son sac de golf.

— Ne vous inquiétez pas pour l'avion, déclara Yoshitaki. Il ne partira pas sans vous. Au revoir, Harry Niles.

Les gardes du corps attendirent que les partenaires de Yoshitaki eussent mis la balle dans le trou avant de se diriger, petite troupe entourant Harry, vers la route de service derrière le green. Harry avait vu un jour appliquer une technique similaire lors d'une corrida à Tijuana : un taureau avait encorné un matador et pris possession de l'arène. On avait fait sortir l'animal en envoyant un troupeau de bœufs qui l'avaient encerclé ; ils avaient effectué avec lui un tour d'arène puis tous avaient tranquillement franchi la porte.

Pendant qu'il regagnait la ville, Harry riait tout seul : un escroc sauvant le monde. *Ainsi durant la nuit chevauchait Paul Revere. Et toute la nuit retentit son cri d'alarme / Dans tous les villages et les fermes du Middlesex...* Ce serait plus facile, songea-t-il, si les gens se décidaient à écouter, à prêter l'oreille, même. Inutiles, les actes héroïques. Mais il n'avait pas perdu sa place dans l'avion, c'était l'essentiel.

Harry remarqua la danse du soleil au-dessus de chaque tige de riz desséchée jaillissant de la boue telle une broderie au fil noir sur un tissu d'or. Je ne reverrai peut-être jamais un tel spectacle, comprit-il soudain. Une mer de grains ambrés, pas des rizières. Demain à la même heure, il volerait vers Hong Kong. Des petits riens lui manqueraient : le sifflement d'une masseuse aveugle à l'aube, le frémissement des bannières le long d'une rue, le jaillissement d'une carpe au passage d'une ombre. La façon dont la femme du tailleur avait ri de son propre désarroi pour ne pas le gêner – avec une dignité comme il n'en avait jamais vu ailleurs qu'au Japon, où elle était sans cesse présente.

La délicatesse, cette façon dont les hommes de Yoshitaki l'avaient écarté du terrain de golf sans la moindre violence. Ce style, cet art tout en douceur.

Harry regagna Asakusa au milieu de l'après-midi. Perdu dans la foule dominicale qui se pressait vers les cinémas ou les autels tout en se régalant de beignets de haricots rouges ou de lapins en sucre, il se sentait à des millions de kilomètres du monde artificiel du terrain de golf. Asakusa gardait sa raison, même si le reste du monde l'avait perdue. Un kiosque à journaux affichait des photos de samouraïs à côté de portraits de Shirley Temple. Le programme des music-halls proposait des chants patriotiques aussi bien que des airs d'ukulélé des mers du Sud. Un sain équilibre.

L'entrée du dancing étant fermée, fait inhabituel pour un dimanche, où Tetsu organisait parfois jusqu'à quatre parties, Harry se dirigea vers les énormes portes de derrière qui permettaient le passage des décors et des accessoires de théâtre qu'on souhaitait entreposer. Il avait hâte de mettre la main sur Tetsu. Personne ne répondit à ses appels, mais les portes s'ouvrirent sans mal.

— Tetsu ? Michiko ?

N'étant jamais passé par-derrière, il ne connaissait pas l'emplacement des commutateurs et se fraya un chemin dans le labyrinthe des décors, des caisses d'accessoires et des malles de costumes en se guidant à la flamme de son briquet. La veille on avait fermé le Joyeux Paris, au tour du dancing, maintenant ? Des pans de sa vie s'assombrissaient.

— Michiko ?

Aucune lueur ne répondait à celle de son briquet, aucun murmure, pas de partie de cartes ni d'air de tango sortant du gramophone. Pas le moindre signe de bienvenue. Malgré son arrivée tardive au rendez-vous qu'il avait fixé à Michiko, Harry décida de jouer les victimes. Elle n'était pas là à l'attendre avec du saké et un plat de friandises ; son dos le brûlait ; il avait passé la journée entière sans rien avaler et sans aucun témoignage de compassion. Il se souvint du temps où il venait au dancing avec Oharu, de sa place favorite au balcon, d'où il observait les reflets projetés sur la piste par les miroirs d'une boule qui illuminait les hommes avec leur liasse de tickets et les femmes alignées telles des bêtes de somme derrière un cordon de velours. Ils formaient des couples pitoyables, se marchant sur les pieds au rythme d'un fox-trot ou d'une valse. Oharu, qui savait danser, pouffait tout en faisant taire Harry qui, dans le tournoiement des reflets, avait l'impression de s'élever jusqu'au ciel. Il vérifia à quel point l'obscurité totale pouvait désorienter.

— Tetsu ! Où es-tu ? appela-t-il en traversant la piste de danse.

L'écho lui renvoyait sa voix.

— Michiko !

Il aperçut enfin quelque chose, se rendant compte au même instant que le sol était devenu glissant et qu'une odeur tiède, écœurante, flottait dans l'air. Harry ralentit tel un homme approchant d'un gouffre. Il se donna un moment pour reprendre son souffle avant d'effectuer les derniers pas.

Dans la lueur vacillante, une femme en robe blanche avec un col bleu de marin était affalée sur une table de jeu. Sans tête. Plus exactement, elle ne la portait plus sur ses épaules, mais ses bras allongés sur la table enserraient une boîte de bois blanc de la taille adéquate.

22.

Harry posa le briquet sur la table en guise de bougie. La femme, les mains cireuses et alourdies dans la mort, portait la robe de Haruko, blanche avec une bordure bleue, maintenant mouchetée de brun autour du col. Elle paraissait abandonnée. On doit se sentir bien seul lorsqu'on vous exécute, se dit Harry. Les victimes de Nankin, elles, au moins, avaient trouvé la mort dans une guerre où cette issue était la norme. Mais quel sentiment d'abandon on doit éprouver quand on se fait tuer de cette façon, piégée par un homme armé d'une épée. Alors que dehors s'étend une ville en paix.

Son avant-bras était froid mais encore souple. Elle était morte depuis deux heures peut-être, à peu près au moment où Harry arrivait au terrain de golf et Ishigami au dancing. Harry avait dit à Michiko de l'y attendre. Il n'aurait pas pu lui tendre un meilleur piège s'il avait essayé.

— Non !

C'est à elle que je parle ? Un peu tard. J'ai juste cherché à aider Willie et à alerter les responsables du fait que se prépare rien moins qu'une guerre. Sans succès, d'ailleurs, puisque les responsables ne sont pas intéressés. En tout cas, ils ne l'ont certainement pas aidée, elle. Harry ne vit pas son pistolet : il ne lui avait pas servi non plus.

— Ce n'est pas...

Rien de doux ni de plaisant en elle, pas de cet amour bébête pour chansons américaines. Difficile de croire à sa mort. Avec son caractère si entier, Michiko était le cordon allumé, l'étincelle et l'explosion imminente de sa vie. Harry se serait attendu à trouver, tout près du corps de Michiko, un cratère fumant et béant, une secousse volcanique, une odeur de poudre, au moins, mais pas ces gouttes rouges comme des rubis en suspension dans l'air. Il sentait presque cette bruine pleuvoir sur sa joue. Ishigami l'avait maquillée une première fois, et maintenant une seconde. Cependant, quelque chose clochait, la soumission n'appartenait pas au style de Michiko. À l'heure où le monde s'apprêtait à sombrer, cela ne changeait sans doute pas grand-chose d'examiner une mort individuelle, mais Harry avait besoin de savoir ce qui s'était passé.

Il aurait dû y avoir davantage de sang. Il aurait dû inonder la table et couler sur le plancher si Michiko avait été tuée là où elle était assise. Or il y en avait relativement peu. Était-ce l'insensibilité qui permettait à Harry de s'occuper des détails mieux que de l'ensemble du tableau ? Un peu comme le sergent Shozo avec son puzzle, sauf que Harry refusait de voir la pièce centrale ou de toucher la boîte en bois. Pas encore. Avant que la flamme du briquet ne s'éteigne, il leva les yeux et en aperçut le pâle reflet dans la boule aux miroirs accrochée au plafond, puis une autre lueur provenant d'une des colonnes de cuivre qui soutenaient le cordon de velours. Il savait maintenant où il se trouvait.

Il grimpa dans le noir jusqu'à la cabine au-dessus de la porte et alluma les lumières : les ampoules blanches, les rampes, les projecteurs et la boule aux miroirs, tout à la fois. Le dancing jaillit des ténèbres. Michiko et la table prirent soudain de la couleur, du relief, des dimensions. La taille de la salle, les dorures du plafond et l'avancée du balcon la faisaient paraître plus petite et plus brave, telle une enfant prodige jouant devant une salle vide. Le parquet brillait, à l'exception de deux traînées allant de la table aux portes battantes des toilettes pour femmes.

La direction du dancing avait réduit à un minimum la taille et le confort des toilettes pour décourager les danseurs de s'y attarder. L'éclairage ne fonctionnait pas – pourquoi prendre la peine de changer l'ampoule après la fermeture ? Une fenêtre brisée donnant sur un puits d'aération laissait filtrer autant de poussière que de lumière sur deux lavabos surmontés d'un miroir fêlé et sur deux toilettes à l'occidentale, sans siège, posées sur un carrelage hexagonal. Du sang ruisselait encore autour d'un orifice d'écoulement bouché par des cheveux emmêlés. Harry contourna la flaque, cherchant au plafond et sur les murs une trace de balle ou sur le sol un bouton arraché, n'importe quoi qui aurait pu tomber. Le sang qui commençait à sécher portait les traces des genoux et des pieds de Michiko, ainsi que celles de chaussures d'homme d'assez grande taille, comme un négatif rougeâtre de l'emplacement où elle s'était agenouillée devant lui.

Harry retourna sur la piste de danse.

— Tetsu !

Tetsu n'était pas dans son bureau. Harry examina la pièce : des paquets de cigarettes, des jeux de cartes, des haltères, des manuels de tatouage, mais aucune trace de sang, aucun désordre. Harry retourna vers les toilettes. Est-ce là qu'Ishigami avait surpris Michiko ? Le pistolet était-il hors de sa portée ? S'était-elle docilement agenouillée ? Avait-elle vu la boîte pour la tête ? Bien sûr, Ishigami l'avait scrutée jusqu'au fond de l'âme pour y découvrir la geisha et, à certains égards, peut-être la connaissait-il mieux que Harry.

Ensuite Ishigami l'avait installée : il l'avait tirée, ses pieds traînant par terre, jusqu'à une table au milieu de la piste de danse et assise sur une chaise. Il lui avait étendu les bras en travers de la table comme si elle avait posé la boîte devant elle ou l'avait laissée là en offrande. Puis il avait refermé à clef la porte de devant, ce qui ne rimait à rien, à moins qu'il n'ait voulu que Harry soit seul à la découvrir. Harry avait dit à Michiko de l'attendre au dancing ; il ne manquerait donc pas d'essayer toutes les issues.

Harry se représentait la scène. Le bois n'était pas du papier et Ishigami, à défaut d'enfoncer d'un coup de poing la cloison des toilettes, avait pu se glisser par la porte et dissimuler grâce à la pénombre sa présence à Michiko. Non, ça ne marchait pas. On ne sortait jamais indemne d'avoir fait l'amour avec Michiko : un coup de feu aurait dû être tiré et laisser des traces du sang d'Ishigami.

Au-dessus de sa tête, la boule aux miroirs pendait comme le fantôme d'une lune en plein jour. Harry se rappela la veste à paillettes. Il doit y avoir *quelque chose*, ce n'est pas possible autrement. Il revint à la table en tournant sur place, cherchant à atténuer les tremblements qui agitaient ses genoux. Des balles, c'était différent. Une fois jaillies de l'arme, elles devenaient dans une certaine mesure un lien entre le tueur et la victime. Même s'il ne s'agissait que de quelques centimètres, il y avait entre eux une distance qui donnait au tireur un certain recul. Une épée, en revanche, ne quittait jamais la main du bourreau et conservait quelque chose de personnel. Harry se souvenait des exercices à la baïonnette à l'école ; il servait de cible et n'avait pas oublié avec quelle passion le sergent instructeur incitait en postillonnant les élèves à plonger leurs lances de bambou à travers l'armure en osier de Harry. Par comparaison, quelle délicatesse chez Ishigami. Un véritable artiste. Les Américains se demandent comment les samouraïs parviennent à combattre dans leur kimono à manches larges. Ils ne comprennent pas que l'ampleur des vêtements accentue les mouvements de l'épée et que le coup final, en plongeant l'acier dans la soie, confère une soudaine beauté au sacrifice. Harry, idée après idée, se constituait une sorte d'armure pour se protéger de la simple réalité d'une femme sans tête posée sur une chaise tel un vulgaire sac de pommes de terre.

La mort change les gens, mais à ce point-là ?

Harry releva d'une main hésitante le couvercle de la boîte. Le bois, de la glycine blanche soigneusement sablée, soulignait le noir brillant des cheveux courts. Il enfonça les doigts à l'intérieur et souleva la chevelure. Comme la tête était tournée de l'autre côté, il vit d'abord les cheveux aux mèches poisseuses et emmêlées ainsi que, à la base du crâne, deux plaies qui avaient dû précéder la décapitation. Le cou était large. Les oreilles petites avec des lobes épais. Retournant la tête vers lui, il se trouva en face de Haruko, les yeux plissés, les lèvres entrouvertes, un pli lui barrant le front comme si une amie venait brusquement de l'aborder pour lui poser une question embarrassante, dont elle ne connaissait pas la réponse et qui la forçait encore à réfléchir.

Haruko dans sa robe. Voilà qui expliquait bien des choses.

Elle avait dû retrouver Michiko, récupérer sa robe et accompagner son amie au dancing. Pourquoi Michiko n'avait-elle pas attendu et pourquoi Haruko était-elle restée, Harry n'arrivait pas à le comprendre, même si cela expliquait que Haruko eût été prise complètement au dépourvu. Dans la pénombre des toilettes, sans arme et sans le moindre avertissement, comment aurait-elle pu se défendre face à Ishigami ?

Un coup violent ébranla la porte de derrière, puis le silence retomba. Harry maîtrisa une folle envie de s'enfuir en courant. Mais pour aller où ? La porte s'ouvrit sur la silhouette d'un homme noyé dans l'ombre qui se faufila entre les décors et déboucha sur la piste de danse, où il ôta ses lunettes. Gen en manteau de cuir et casque. Quand il se fut rapproché de la table, il ralentit.

— Harry, qu'as-tu fait ?

— Rien.

— Ça ne m'a pourtant pas l'air d'être rien. Qui est-ce ? se renseigna Gen en désignant du menton la tête que tenait Harry entre les mains.

— Haruko.

— La serveuse de ton club ?

— Oui.

Ses oreilles bourdonnaient : un signal ou le soulagement ? Harry remit la tête dans la boîte avec toute la douceur dont il était capable et referma le couvercle.

— Des témoins, Harry ?

— Je ne sais pas. Je n'étais pas présent.

— Bon. (Gen suivit les traces jusqu'aux toilettes et se glissa à l'intérieur en prenant soin de ne pas marcher dans le sang. Il ressortit, le souffle court et secouant la tête.) Maintenant, ça y est.

— C'était Ishigami. Si tu l'avais chassé de la ville quand je te l'ai demandé, ça ne serait pas arrivé.

Gen feignit de regarder à droite et à gauche.

— Moi, je ne vois pas Ishigami. En revanche, je te vois, toi et Haruko.

— Si c'est moi, où est l'épée ?

— À toi de me le dire. Tu l'as tuée ?

— Non, je te le jure.

— Sur quoi, Harry ? Sur quoi pourrais-tu bien jurer ?

— Ce n'est pas moi. C'est aussi simple que ça.

— Avec toi, rien n'est simple, lâcha Gen en lui jetant un regard glacé. Est-ce que quelqu'un t'a vu entrer ? Tetsu ? Personne ?

— Non.

Par deux fois Gen parut sur le point de dire quelque chose puis, finalement, il souffla d'un ton doux :

— Viens.

Lorsqu'ils sortirent du dancing, le soleil était couché. Gen et lui rentrèrent à moto en contournant le parc d'Asakusa. Ils rejoignirent au pied d'un réverbère un groupe de badauds qui écoutaient les commentaires d'un conteur autour de diapos montrant les exploits de la Chauve-souris d'or, spectacle qu'ils contemplaient déjà dans leur enfance. Autour d'eux, la foule allait des marchands de beignets aux diseurs de bonne aventure, des boutiques de sandales et de kimonos aux étals de jouets, de masques et de souvenirs en tout genre. Certains badauds se dirigeaient vers les cinémas, d'autres vers l'enceinte du temple, flots indécis sur leur destination. Harry, lui, ne savait plus où chercher Michiko. À l'appartement ? Ishigami ne manquerait pas d'y aller. Dès que Harry pensait à elle, son bourdonnement d'oreilles diffusait de plus belle son assourdissant signal d'alarme. Il courait en tous sens dans l'espoir de retrouver Tetsu ou quiconque susceptible de l'avoir vue. Dans la lanterne magique, la Chauve-souris d'or tuait un ogre. Harry s'essuya les mains avec son mouchoir. Gen avait glissé son casque de motocycliste sous son bras, mais cela n'empêchait pas les regards admiratifs, comme s'il venait d'arriver en parachute.

— Je devrais te livrer à la police, déclara-t-il. Que s'est-il passé au dancing ?

— Je ne sais pas, mais c'était Ishigami.

— Tu es certain ?

Harry se frayait difficilement un chemin dans la foule.

— Je t'avais demandé de le chasser de la ville, et tu ne l'as pas fait.

— Tu prétendais aussi qu'il était à ta poursuite. Pourquoi aurait-il tué Haruko ? Se connaissaient-ils ?

— J'en doute.

— Une soudaine fureur homicide, alors ?

— Peut-être. En outre, il trimballait une boîte... pour ranger une tête. « Toujours prêt », comme un boy-scout.

— S'il n'existait aucun rapport entre Ishigami et Haruko, c'est que quelqu'un d'autre était impliqué.

— Je n'en sais rien.

— Tu ne me dis pas tout. Si grave que ce soit, je promets de t'aider, mais il faut que tu m'aides aussi. T'es-tu disputé avec Michiko à propos de Haruko ?

— Non.

— Harry, tout le monde connaît ton assiduité auprès des femmes et le fichu caractère de Michiko !

— Laisse Michiko en dehors de tout ça.

— Bien ! Bien ! Quelqu'un t'a-t-il vu au dancing ?

— Je ne pense pas.
— Tant mieux. Où étais-tu ?
— Au terrain de golf.
— Avec…
— Avec l'ambassadeur.
— L'ambassadeur américain ? Formidable.
— Pas tant que ça, il ne m'a pas entendu !
— Vraiment ? fit Gen en riant. Il t'a vu, au moins ?
— Non.

Gen eut un sourire qui donnait à penser qu'il mâchonnait une tablette de chewing-gum.

— Sacré alibi ! Remarquable ! Personne d'autre ?
— Yoshitaki.
— De la compagnie de navigation Yoshitaki ? Laisse tomber, il a des avocats et il ne parle jamais de rien à la police. Que voulais-tu raconter à l'ambassadeur ?
— Je suis tombé sur mon vieil ami Hooper qui m'a dit que l'ambassadeur désirait me parler. Cela s'est révélé faux.
— Je me demande de quoi.
— On ne le saura jamais.

La lueur des lanternes en papier guidait les passants vers les marches du temple. À l'intérieur, mais visibles, des moines au crâne rasé chantaient des hymnes au rythme d'un gong. Transpirant sous l'effort, ils répétaient inlassablement des soutras avec la régularité de rames plongeant dans les profondeurs de l'eau. Un moinillon agitait des cylindres de cuivre contenant des messages de bonne aventure. On en vendait partout, sous forme de fleurs en papier qui s'épanouissaient dans l'eau, de lettres écrites à l'encre sympathique, de récits de rêve à emporter au lit. Des prières, aussi, qu'on achetait avec des cierges, des bâtons d'encens ou des pièces qu'on jetait par une grille du temple. Du haut de la dernière marche, Harry regardait la fumée monter des bâtons d'encens fichés dans une grande urne de bronze. Plus que jamais les gens avaient besoin de prières ou d'espoir pour un fils ou un frère qu'on venait d'appeler sous les drapeaux. Ils n'accordaient aucune attention aux deux amis.

— Comment vas-tu trouver Michiko dans cette cohue ?
— Je ne vais quand même pas rester assis sur mes fesses sachant qu'Ishigami la poursuit.
— Pourquoi le ferait-il ? Tu ne m'as pas dit qu'il t'en voulait à toi ?

— Il est devenu ambitieux.

— Tu l'as donc vu. Que s'est-il passé ?

Harry n'avait jamais parlé à Gen des prisonniers chinois de Nankin et il n'avait pas davantage l'intention d'évoquer la mort de DeGeorge. Celle de Haruko suffisait.

— Ishigami est venu chez moi hier soir. Il y a vu Michiko.

— Mais c'est à toi qu'il en veut. Il ne t'a pas touché ?

— Tu te souviens du sergent-chef Shozo et du caporal Go ? Ils sont venus me poser des questions et ils ont effrayé Ishigami.

— À quelle heure ?

— À trois heures du matin.

— Pour te poser des questions ?

— À propos de réservoirs de carburant et de Hawaii.

Harry surprit le regard impassible de Gen. La jovialité américaine, elle, pouvait s'ôter comme on enlève un masque.

— Ils parlaient de quelqu'un aux Opérations navales, quelqu'un de ton camp qui fuirait comme une passoire.

— Qu'est-ce que tu leur as dit ?

— Rien.

— Bon. Pas un mot du Magic Circus ni du C en C ?

— Non.

— Formidable. Écoute, Harry, la marine te protégera, à condition que tu fasses preuve de franchise. D'abord, tu mens à propos de ce qui s'est passé en Chine : le colonel Ishigami ne te poursuivrait pas à travers tout Tokyo pour les deux ou trois voitures que tu t'es appropriées voilà des années à Nankin. Il s'est passé autre chose là-bas. Ensuite, tu mens à propos de la soirée d'hier : le sens de l'honneur du colonel lui interdit de s'en prendre à une femme qui ne l'aurait pas personnellement trahi, ce qui ne peut être le cas ni de Michiko ni de Haruko puisqu'elles ne le connaissaient pas. Pourquoi s'attaquerait-il à l'une ou à l'autre ? Je pense parfois que tu mens comme d'autres sifflent. Sais-tu pourquoi je suis passé au dancing ? Parce que je te cherchais. Le sergent Shozo – tu peux le remercier – m'a appelé pour me signaler que tu frôlais la prison. Je me porte garant de toi, je cours toute la ville pour t'avertir et qu'est-ce que je découvre ?

— Ça n'était pas joli.

— Tu étais bien plus malin, autrefois. Désolé de te le dire, mais tu as perdu la main.

— Oui, je le reconnais.

Harry apercevait la moitié du temple et du parc, lieux où jadis Gen et lui avaient mené une vie de voyous. Comme Taro, Jiro, Tetsu ou même Hajime. Les éventaires et les étals de souvenirs étaient conçus pour des garçons aux mains lestes et aux pieds agiles. Jadis, les chemins pour s'enfuir contournaient le bassin, la rangée des bouddhas et enfin l'autel ; ensuite, il ne restait plus qu'à se perdre dans l'une ou l'autre des files d'attente devant les cinémas du Rokku.

— Arnaqueur on naît, arnaqueur on reste, déclara Gen.

— Tu as probablement raison.

— Alors, je vais simplement te demander d'être sincère sur un point. Un seul, et nous laisserons de côté le reste.

— De quoi s'agit-il ?

— As-tu trafiqué la comptabilité de Long Beach ? Qui a modifié le registre des arrivages de pétrole ? Long Beach ou toi ?

— Moi ? Je n'ai fait qu'examiner ces livres, à la demande de la marine.

— Tu en as peut-être fait davantage. Tu as peut-être modifié les chiffres de Long Beach Oil, de Manzanita et de Petromar. Je me trompe ?

— Je vais regarder de ce côté, fit Harry en descendant les marches en direction du portail situé à l'autre bout des jardins du temple. Je suis à la recherche d'un tueur et tu me parles pétrole ?

— Parce que le pétrole est plus important. Parle-moi un peu des réservoirs de pétrole de Hawaii. Existent-ils oui ou non ?

— Je n'en sais rien. Je t'ai parlé de ce type à Shanghai qui avait une grande gueule...

— Je connais : le bar, les putains et l'ivrogne qui se vantait à propos de réservoirs. Je connais l'histoire par cœur. Alors, je ne te demande qu'une chose : oui ou non l'as-tu inventée ? Ça restera entre nous deux, dis-moi simplement la vérité.

— C'est exactement comme je te l'ai déjà dit. Existe-t-il réellement des réservoirs secrets ? J'en doute.

— Tu sais qu'une fois évoquée cette possibilité, les doutes ne comptent pas.

— J'ai simplement rapporté ce que j'avais entendu. À toi d'en tirer des conclusions.

— Des conclusions très graves, Harry.

Harry comprenait la situation délicate dans laquelle se débattait Gen. Le petit garçon pauvre d'Asakusa avait réussi, il était le protégé du C en C et le héros du Magic Circus. Il avait attiré sur les réservoirs de Hawaii l'attention des Opérations navales, lesquelles voulaient savoir où frapper exactement en cas d'attaque sur Pearl. La carrière de Gen était en jeu. Harry répondit cependant :

— C'est ton problème. Moi, je cherche Michiko.

Gen ne le lâchait pas.

— Est-ce que tu as tout inventé ? Ces réservoirs sont-ils une arnaque ?

— Je n'en ai aucune idée. Quelle importance ? Qu'est-ce qui couve de si urgent à Hawaii ?

Gen ne répondit rien, mais les deux hommes s'arrêtèrent. Nous en sommes à ce moment de la partie où les joueurs retournent leurs cartes, songea Harry.

— Est-il trop tard pour suggérer à tes copains des Opérations navales de faire rentrer les navires ?

— Harry, tu ne sais pas de quoi tu parles !

— Donc, c'est pour maintenant, n'est-ce pas ? J'ai vu Tojo se promener innocemment à cheval dans le parc aujourd'hui, et j'ai compris que c'était une question d'heures. Sais-tu pourquoi j'ai si bien réussi aux cartes ? Parce qu'à cause de leur sens démesuré de l'honneur les Japonais ne savent pas bluffer. Ils ne veulent pas perdre la face – ce dont je me fiche. Alors, j'ai toujours mis les chances de mon côté. Tu comprends ?

— J'ai déjà entendu ça.

Gen avait l'air sonné.

— Mais tu n'as rien compris. Les chances, c'est le long terme. À court terme, vous pouvez bien couler la flotte américaine, incendier tout le pétrole, envoyer Hawaii au fond de la mer. À long terme, vous ne gagnerez pas, parce que l'adversaire fabriquera une nouvelle flotte, produira davantage de pétrole et fera jaillir d'autres îles s'il en est besoin. (Harry reprit sa descente des marches.) Je n'arrive pas à croire que quelqu'un d'aussi malin que Yamamoto ait marché dans ce coup-là.

— Le C en C fait ce qu'on lui ordonne.

— Peu importe. Vous remporterez la bataille, mais vous ne gagnerez pas la guerre. Les chances sont contre vous.

— C'est ce que tu souhaites.

— Non, absolument pas.

— La défaite du Japon, voilà ce que tu veux.

— Non, insista Harry en continuant à descendre.

— Tu as toujours été contre le développement du Japon.

— Regarde bien, je vais te montrer contre quoi je m'élève. Je vais te faire une démonstration.

Arrivé au bas des marches, Harry acheta à un vendeur son stock entier de rêves, des récits imprimés sur des bouts de papier à placer sous son oreiller le soir du nouvel an pour attirer la chance. Harry les porta jusqu'à l'urne où fumait l'encens, les froissa et les jeta parmi les bâtons d'encens. Les passants reculèrent, horrifiés. Harry continua jusqu'à ce que l'urne fût pleine.

— Des maisons de papier, voilà dans quoi vivent les Japonais. As-tu jamais vu l'effet de bombes incendiaires sur des maisons de papier ? Ça ressemble à ça.

Le briquet de Harry gardait une flamme en réserve. Il en effleura un bout de papier qui s'ouvrit en brûlant, enflammant les autres qui s'épanouirent à leur tour. L'urne ne fut bientôt plus qu'un plasma – flammes orange et fumée bleutée des bâtons d'encens. Pendant quelques secondes, le papier brûla d'une lueur vive dont Harry vit l'éclat se refléter dans les yeux de la foule, puis il devint noir et finit en se tordant sur le sable parmi les bâtons d'encens qui se consumaient.

— Voici ce contre quoi je suis, lâcha Harry. Je ne veux pas voir Tokyo ainsi.

Le vide se fit peu à peu autour de lui. Certains, dans la foule, avaient beau le connaître depuis des années, ils se sentaient néanmoins humiliés et offensés. Ils dévisageaient le gaijin et s'écartaient, simplement parce que leur courtoisie les empêchait de le rosser.

— Je suis au courant pour l'avion de demain, reprit Gen. Si tu veux monter à bord, il faut que tu me dises la vérité au sujet des réservoirs. Si tu veux quitter Tokyo, il faut que tu me le dises.

— Je ne sais rien.

Harry tourna les talons et se fraya un chemin. La condition de paria présente au moins un avantage, songea-t-il, on vous laisse passer.

Il n'était qu'à quelques pâtés de maisons du Joyeux Paris, une vraie souricière désormais, et il s'attendait à ce qu'Ishigami jaillisse derrière lui à tout moment. Il prit une profonde inspiration et alluma les lumières.

Il ne trouva pas Michiko dans la salle ni là-haut dans l'appartement, pas davantage de mot pour indiquer où elle allait ou la façon dont elle comptait le contacter. Peut-être n'en a-t-elle pas l'intention, se dit Harry. Après tout, pourquoi resterait-elle auprès de la cible dans un champ de tir ? Qu'elle décampe, si elle veut. Elle file tout au bout de l'île, moi j'embarque à bord de l'avion, et ainsi nous serons quittes. Harry se rendit soudain compte qu'il avait fallu que Gen parle de l'avion pour qu'il y pense lui-même. Depuis qu'il avait mis les pieds au dancing, il n'avait pas non plus pensé un instant à Alice.

Il dénicha une pomme de terre cachée sous le plancher de la cuisine, la coupa en deux et en enveloppa une rondelle dans un torchon. Pendant qu'elle séchait, il tapa une lettre sur le papier que lui avait fourni Goro. Un vrai supplice, ces machines à écrire japonaises : un rouleau de papier pivote devant une corbeille de centaines de caractères qu'il faut choisir et relier un à un. Pourtant, avec les années Harry était passé maître dans l'art de forger des documents. Sur un air de Duke Ellington il rédigea un satisfecit officiel du ministère de la Guerre au sujet de l'attitude politique d'Iris – ce certificat de bonne santé rédigé sur du papier à en-tête du ministère lui permettrait d'accompagner Willie à bord de l'*Orinoco*. Puis il se leva pour mettre le disque de Mood Indigo.

La tête de Haruko et son regard vide le hantaient, tout autant que son soulagement en constatant qu'il ne s'agissait pas de Michiko. Il l'avait deviné dès qu'il avait aperçu ses poignets, mais il n'avait pas osé l'espérer. Pas pour Harry, ce genre d'espoir. *You ain't blue, no, no, no / You ain't been blue / Till you've had that mood indigo.* Michiko avait bien raison de se planquer. Toute personne capable de s'incarner à la fois en reine du juke-box et en geisha était douée pour la survie.

Une simple lettre ne suffisait pas. Tout aussi important était le sceau officiel, le coup de tampon. Harry appliqua sur le bout arrondi de la pomme de terre la trace du cachet que lui avait remise Goro et le papier, extrafin, fondit presque, laissant une impression bien nette en rouge. Avec son couteau le plus aiguisé, Harry découpa la surface intermédiaire, comme Kato lui avait montré en sculptant une planche de bois. Il humecta un socle de pierre rouge et fit un essai. Il essuya l'excédent et tamponna la lettre. En Chine, il fabriquait cinquante faux documents par jour. Il suffisait d'être un artiste.

23.

Beechum avait organisé une soirée pour les expatriés britanniques et les couples de l'ambassade dans le hall de l'Imperial Hotel, en smokings et robes longues – la plupart paraissant coupées dans des rideaux. Au moment où Harry entra, Beechum déclarait :

— Nous connaissons tous les dimanches aux avant-postes britanniques. Je suis heureux de vous annoncer que nos hommes qui veillent sur Singapour ne se laissent nullement démonter par certaines folles rumeurs. Et pas seulement les hommes.

Il se tourna vers Alice à l'instant précis où elle aperçut Harry et sa calvitie devint cramoisie. Harry s'était rasé et changé pour ressembler autant que possible à un ami digne des hôtes de l'Imperial Hotel et non à un sinistre personnage jonglant avec des têtes coupées.

— Et pas seulement les hommes, reprit Beechum. Bien que le Foreign Office leur ait conseillé d'évacuer le territoire et de rentrer au pays, toutes les épouses britanniques ou du Commonwealth ont loyalement décidé de rester. Je propose un toast à leur calme et à leur courage. Veuillez tous lever votre verre.

De gin de préférence, commenta Harry en son for intérieur. Avec la grande force morale qu'il procure. Du bureau de la réception, il appela Willie Staub sur le téléphone intérieur.

— Désolé, Willie, ça ne marche pas. Je n'ai pas réussi à contacter les bonnes personnes.

— Harry, l'*Orinoco* lève l'ancre ce soir. L'ambassade

m'ordonne d'embarquer. Que deviendra Iris ? Vous nous avez oubliés ?

— J'ai essayé, Willie. Mais ça n'a pas marché.

— Est-ce que M. DeGeorge vous a trouvé ?

— Non. Allons, descendez prendre un verre avec moi avant votre départ.

— Je ne peux pas abandonner Iris.

— J'ai l'impression de vous avoir laissé tomber. J'aimerais juste vous souhaiter bonne chance.

Il entendit à l'autre bout du fil une conversation animée sur un ton étouffé puis :

— Une seconde.

Harry s'assit tout au fond du hall, sans échapper cependant à la voix retentissante de Beechum – capable, selon Alice, de déclencher une avalanche dans les Alpes. Le personnel de l'hôtel ayant reculé d'un demi-pas pour se rendre invisible, Harry constituait le seul public des Anglais. Quand il porta à ses lèvres le verre de scotch qu'il avait commandé, les glaçons se mirent à tinter dans sa main tremblante. Dès qu'il évoquait Haruko, il devait essuyer sa paume sur la jambe de son pantalon. En pensant à Michiko, il faillit se lever pour partir. Alice, interprétant mal son geste, l'avertit d'un regard de ne pas approcher.

— À ceux, poursuivit Beechum, qui s'inquiètent de la sécurité de nos troupes à Singapour, j'aimerais transmettre le message que je viens de recevoir du commandant en chef britannique. Les défenses de la colonie sont pratiquement parachevées et, en dépit des privations, les hommes tiennent le coup.

Quelles privations ? se demanda Harry. Singapour, c'est le paradis : le gin quasi gratuit, de jolies femmes, des cigarettes convenables. Il se raconte à travers l'Empire britannique qu'un caporal venant d'une petite briqueterie de Manchester peut vivre comme un roi à Singapour, Hong Kong ou Delhi.

— Tenons-nous au coude-à-coude avec nos hommes et nos officiers, c'est indispensable partout, surtout à Singapour. Aujourd'hui, c'est dimanche et, comme vous êtes nombreux à le savoir, il existe dans le Singapour britannique deux traditions dominicales : la première, le curry, nous ne l'avons pas ; la seconde, chanter en chœur, est à notre portée et ce serait un message de solidarité que de nous associer au chœur de ces merveilleuses personnes.

Une femme au chapeau de plumes de perroquet s'assit au piano et attaqua un « Ta-Da » enthousiaste. Alice sirotait un martini avec une lenteur telle que Harry crut sentir ses lèvres. Sur les autres visages, il lut une émotion particulière, celle qu'éprouve un empire qui craint de se faire évincer.

— Harry ?

Iris avait accompagné Willie dans le hall. Les yeux encore humides, elle se confondit en excuses pour avoir osé ne serait-ce que demander de l'aide à Harry. Sa longue robe chinoise brodée de fleurs mais froissée lui donnait un air de bouquet écrasé. Quant à Willie, fini le directeur plein d'assurance de la Deutsche-Fon de Chine. Il ne ressemblait même pas à un touriste fraîchement débarqué à Tokyo. Il avait l'air désespéré, lessivé.

— C'est moche, fit Harry. Personne d'autre ne s'en occupait ?

— Un employé de l'ambassade. Je ne connaissais que vous, ici.

— Il s'agissait d'une sorte de laissez-passer ?

— Une lettre à l'ambassade d'Allemagne concernant les antécédents politiques d'Iris. Vous ne vous souvenez pas ?

— Si, si. Willie, ce scotch est pour vous.

— Vous avez déjà bu le vôtre ?

— Je vais en prendre un autre. Iris, je tiens à ce que vous sachiez que je ferai tout ce qui est en mon pouvoir pour vous rendre Tokyo plus supportable, vous n'avez qu'à le demander. Un endroit où descendre, une banque, une servante ? Voulez-vous boire quelque chose ?

— Non, merci.

Willie se carra dans son fauteuil en l'observant avec surprise.

— Je comprends maintenant ce que voulait dire DeGeorge. Je ne vous reconnais pas, Harry.

— À propos de DeGeorge, vous l'avez vu dans les parages ? s'informa Harry en faisant signe qu'on leur apporte d'autres scotches.

Le groupe de Beechum attaqua « It's a Long Way to Tipperary ». Harry était bien d'accord.

Sur le plateau de la commande, le serveur apportait aussi

une enveloppe beige au nom de Willie. Celui-ci tira le cordon qui la fermait et en sortit une lettre.

— Du japonais. Qu'est-ce que ça dit ? demanda Willie au garçon, auquel il semblait davantage se fier.

— Si je puis me permettre, cette lettre n'est pas pour vous, commença celui-ci.

— Oh !

— Non, elle est destinée à votre ambassade. Elle dit : *Ce bureau se fait un plaisir de certifier que Mrs Iris Staub, ressortissante chinoise, s'est révélée une personne honorable. Elle est libre de circuler avec son mari, Wilhelm Staub, un ressortissant allemand.* C'est signé d'un général de la police militaire.

— C'est un document officiel ?

— Le papier est à en-tête du ministère de la Guerre et porte le cachet du général.

Willie reprit la lettre et la montra à Iris.

— Nous y sommes arrivés !

— Félicitations, commenta Harry. Maintenant, vous avez quelque chose à arroser.

— D'après l'ambassade, il n'y avait pourtant aucun espoir. Vous n'avez rien fait ?

— Absolument rien. *Kampai !*

Pendant qu'ils buvaient, Harry se sentit balayé par un regard. Beechum n'a d'ordinaire pas les yeux aussi rouges. Que savait-il à propos du vol du lendemain ? Alice avait-elle précisé qu'elle ne reviendrait pas ? Je croyais que les femmes ne s'épanchaient guère auprès de leur mari.

— C'est si bref, s'étonnait Willie qui étudiait de nouveau la lettre.

— Plus c'est bref, mieux ça vaut.

— Qu'est-ce qui vaut mieux en étant bref ? Voilà qui n'est pas courant. (Le colonel Meisinger avait surgi d'un des innombrables couloirs sombres de l'Imperial. Sanglé dans son uniforme noir de la Gestapo, il s'inclina devant Iris, évoquant un crapaud tentant une pirouette.) Vous n'êtes pas d'accord ?

— Colonel, dit Willie, j'ai de bonnes nouvelles : Iris a obtenu l'autorisation de partir avec moi. C'est merveilleux.

Meisinger prit la lettre des mains de Willie avec un sourire amusé.

— Je vais m'exprimer en anglais pour que votre femme comprenne. Ce papier, quelle qu'en soit la teneur, ne suffit pas. Il doit être rédigé en allemand – nous sommes allemands –, tout ce qui provient des archives de la police et des services d'éducation ainsi que les renseignements sur sa famille doivent être en allemand.

— Ça ne suffit pas ? s'inquiéta Willie.

— Je viens de vous le dire. Je suis persuadé que votre femme s'adaptera ici. (Meisinger désigna de la tête le chœur des Britanniques.) Admirable état d'esprit. Je vais contacter l'expéditeur de cette lettre et lui expliquer la situation.

— Harry ? demanda Iris.

— Voyons, M. Niles, dit Meisinger, connaissez-vous la politique de l'immigration du IIIe Reich ?

— Non, je le regrette.

— Il ne peut pas vous aider, expliqua Meisinger à Iris.

— Pourriez-vous vous joindre à nous, colonel ? proposa Harry, sans tenir compte du découragement de Willie.

— Juste un verre, acquiesça Meisinger en s'installant dans le fauteuil voisin de celui d'Iris. Je déplore la situation, mais je suis sûr qu'elle n'est pas insoluble. Je vais m'y intéresser personnellement.

— Vous vous plaisez au Japon ? s'enquit Harry.

— Je m'y plairais davantage si les Japonais faisaient plus que poursuivre les bandits chinois et s'occupaient davantage des juifs.

— Vous voulez les voir partir ?

— Non, je veux qu'on les envoie là où nous pourrons mettre la main sur eux. Harry, vous qui semblez comprendre les Japonais, comment expliquez-vous leur aveuglement devant le problème juif ?

— Ils n'en ont pratiquement jamais vu, pas plus que des antisémites, d'ailleurs.

— Est-ce un problème d'éducation ?

— Adressez-vous plutôt aux personnes compétentes.

— Ah, oui, il en est toujours ainsi. (Le verre de Meisinger arriva. Il pencha sa lourde silhouette pour le lever.) *Heil Hitler !*

— Cheers, renchérit Harry.

— Et quelles seraient ces personnes ? s'informa Meisinger.

— N'importe qui sauf le général Tanaka.

— Qui est-ce ?

Harry tapota du doigt la lettre de Willie, et se mit à rire. Meisinger fit chorus.

— Je suis certain qu'on peut le remettre dans le droit chemin, déclara Meisinger. Ce n'est guère qu'une note.

— C'est un signe.

Harry offrit des cigarettes à la ronde en prenant son temps. Il fredonnait la chanson. Quelle cacophonie, mais, pour l'esprit de camaraderie, il n'y a pas plus fort que les Anglais. Si le piano était un navire en train de couler, ils chanteraient sans doute quand même : *What's the use of worrying ? It never was worthwhile.*

Harry réfléchissait : si les Japonais attaquent Hawaii, ils attaqueront Singapour en même temps. Je ne connais qu'Alice Beechum pour disposer d'un réseau de renseignements et des moyens d'avertir Singapour et Pearl.

— Un signe de quoi ? questionna Meisinger, mordant finalement à l'hameçon.

— De grade. Plus haut vous êtes dans la hiérarchie, moins vous en avez à dire. Tanaka est tout en haut. Une lettre aussi brève et courtoise est un ordre. Vous avez demandé une enquête sur Iris, voilà votre réponse.

— Mais c'est insuffisant. Il nous en faut beaucoup plus, et en allemand.

— Vous êtes au Japon.

— J'appellerai ce Tanaka pour lui expliquer.

— Un coup de fil pourrait régler l'affaire, seulement il ne doit pas émaner de vous, mais de quelqu'un du même rang que Tanaka, c'est-à-dire un général allemand.

— À l'ambassade, il n'y a que le général Ott.

— Alors, l'ambassadeur. Il semble que Tanaka ait envoyé cette lettre aujourd'hui, dimanche, ce qui est inhabituel et laisse à penser que quelqu'un d'important l'a contacté. Ce serait faire perdre la face à tout le monde. Le général Tanaka serait certainement très offensé et, avec lui, l'armée. Je crois donc que vous avez raison : vous devriez demander à l'ambassadeur de l'appeler le plus tôt possible.

— À cause de ce mot ? À cause de leur souci de la hiérarchie et de leur peur de perdre la face ?

Harry eut un haussement d'épaules désabusé.

— C'est le Japon.

— C'est ridicule, fit Meisinger en se carrant dans son fauteuil.

— Est-ce que l'ambassadeur est occupé ?

— Le dimanche soir, l'ambassadeur organise des récitals

de musique classique pour quelques amis. Il n'aime pas qu'on le dérange. Pour ma part, j'ai autre chose à faire que d'aller croquer des biscuits avec un groupe de dilettantes, fussent-ils aussi talentueux que des professionnels.

— Vous voudrez peut-être lui parler avant que le général ne le fasse. Quoi qu'il en soit, je suis convaincu que vous trouverez une solution.

Meisinger reprit la lettre comme si tout d'un coup il avait appris le japonais.

— Ce cachet, c'est celui de Tanaka ?

— Oui, une extension du général lui-même, en quelque sorte. C'est très important.

Le colonel laissa la lettre tomber sur la table.

— Eh bien, Staub, on dirait que vous avez des amis influents.

— On dirait, confirma Willie.

— Tentons de nous adapter aux coutumes du pays... Nous ne voudrions surtout pas offenser nos hôtes, encore moins l'armée, quand nous essayons de les encourager à coopérer avec nous. Pour ma part, je ne vois aucune objection à ce que Frau Staub parte avec vous. Nous vous dispenserons même des procédures habituelles. Ainsi, tout le monde sera content.

Meisinger afficha une expression magnanime : on balayait tranquillement ce qui, un instant plus tôt, était un point de désaccord capital. Quand le colonel prit congé, Willie et Iris réagirent comme si un requin venait de les dédaigner après avoir longtemps tourné autour d'eux.

— Je vous conseille d'y aller. Vous avez cinq minutes pour remplir une valise – tant pis pour le reste – et filez jusqu'au bateau.

— Vous saviez qu'il allait nous laisser partir ? demanda Willie.

— Il ne pouvait pas faire autrement. Ce type a causé de tels problèmes à Varsovie que la Gestapo l'a envoyé ici. S'il merde à Tokyo, il se retrouvera affecté au pôle Sud.

— Le serveur n'a à aucun moment mentionné le nom du général Tanaka. Pourtant, vous le saviez.

— Je possède un talent dont je ne me vante pas en public : je sais lire à l'envers. Willie, l'*Orinoco* part de Yokohama à la nuit tombante. Filez.

— Merci, Harry, dit Iris.

— Ne me remerciez pas. Savez-vous également pourquoi le colonel vous a laissés partir ? Il ne peut peut-être pas empêcher Iris d'embarquer, mais il sait qu'elle n'échappera pas à la Gestapo à l'autre bout du voyage, à cause des lois raciales allemandes. Et cela après que vous aurez aurez franchi un blocus de quelque quinze cents milles. Alors, je vous en prie, ne me remerciez pas. Si vous faites escale dans un port neutre, disons, à Lisbonne, laissez le bateau repartir sans vous.

— Nous ne pouvons pas éviter la guerre. Notre devoir nous commande d'y participer.

— Vous êtes une fourmi sur une piste de danse, voilà à quoi se résumera votre participation. (Harry posa sur la lettre ce qui ressemblait à deux cartes de visite dorées – des lingots d'un tael.) Lisbonne est une très belle ville.

— Qu'est-ce que c'est ?

— Quelque chose dont tout le monde a besoin.

— Nous ne pouvons pas accepter, dit Willie en repoussant les lingots vers Harry.

— Willie, nous avons menti et distribué des pots-de-vin pour sauver des gens en Chine. Croyez-vous que vous valez mieux qu'eux ? Qu'est-ce que vous en pensez, Iris ?

— Considérons cela comme un prêt, suggéra-t-elle.

— Absolument, dit Harry, remerciant Dieu d'avoir créé les femmes sans lesquelles le monde n'aurait été constitué que d'hommes fiers et intraitables assis sur leurs principes. Je sais que vous en feriez autant pour moi.

— Je regrette ce que j'ai dit tout à l'heure, déclara Willie en étreignant la main de Harry. Vous avez un moyen de partir d'ici ?

— Un homme intelligent repère toujours la sortie.

— Vous en avez une, ici ?

— Des tas, affirma Harry en retirant sa main. Ne jouez aux cartes avec personne, jamais. Si vous rencontrez quelqu'un qui vous fait le moins du monde penser à moi, partez en courant. Allez.

Tandis qu'il regardait Willie et Iris s'éloigner vers l'ascenseur, Harry discerna en eux une version nouvelle de ces amants qui, d'un pas incertain, sautent dans les flammes. Suis-je vraiment le seul à faire preuve de réalisme ? À l'autre extrémité du hall, le groupe de Beechum atteignait au paroxysme dans un enthousiasme débridé : « *There'll always be an England / And England shall be free / If England means as much to you / As England means to me.* » Et dire qu'on peut entendre résonner les mêmes paroles de Singapour à Sydney en passant par Hong Kong – bref, partout où les Britanniques portent sur leurs épaules le fardeau de l'homme blanc : l'ingratitude des castes inférieures ! songea Harry. Les choristes répétèrent le refrain avec une conviction telle que des larmes sentimentales ruisselaient sur des joues tièdes. Harry se demandait comment retrouver Michiko et où se cachait Ishigami. À la réflexion, il aurait eu bien besoin de cet or. Et, à part l'avion, quel moyen de sortie ?

Le temple, surtout le soir, avait un air aztèque avec ses plantes vertes en pot. Beechum, qui recevait, s'attarda dans l'allée près du bassin pour prodiguer ses adieux, tandis qu'Alice attendait dans une voiture. Harry se glissa dans l'ombre de la banquette derrière elle.

— Willie et Iris semblaient contents de partir, lui dit-elle.

— Je me demande si ça vaut le coup. Jouer à cache-cache avec des destroyers, tout ça pour se rendre en Allemagne, me paraît plutôt déraisonnable.

— Il me semble qu'un champion de la raison ne se risquerait pas dans la voiture de Beechum pour bécoter sa femme.

— Mais ce n'est pas pour cela que je suis ici.

— Ah non ? fit Alice en riant. Mon Dieu, alors pourquoi ?

— Les Japonais lancent un raid sur Pearl Harbor. À mon avis, ils attaqueront Singapour en même temps, et sans doute aussi Hong Kong.

— Quand ça ?

Alice déplaça le rétroviseur pour voir Harry.

— Ce n'est pas ce dont vous vous occupez habituellement, n'est-ce pas ?

— Non. Au fait, vous avez vu les photos dans les journaux du soir ?

— Le Premier ministre Tojo se promenant à cheval dans le parc.

— En costume de tweed…

— … et en culotte de cheval.

— Très british !

— Certains, à l'ambassade, pensent que c'est bon signe.

— Vous le croyez ? demanda Harry.

— Je ne crois pas non plus à la petite souris. Je n'arrive pas à imaginer menace plus réelle.

Un employé accourut jusqu'à la voiture pour annoncer à Alice l'arrivée imminente de Beechum.

— Il paraît que l'empereur étudiait les cartes des îles Hawaii, fit Harry en relevant la tête.

— Conclusion bien hasardeuse, répondit-elle en le fixant du regard dans le petit miroir. Une attaque japonaise est peut-être imminente, mais votre certitude tient à autre chose.

— On a fait un peu pression sur moi pour vérifier cette histoire de pétrole disparu.

— Pas votre pétrole bidon ?

— Tout d'un coup, c'est une possibilité. Des objectifs, peut-être.

— Quel genre de pression ? Physique ?

— À peine, mais ils sont en train de battre pratiquement à mort un comptable à la prison de Sugamo.

— Il faut que vous embarquiez sur cet avion demain, Harry.

— C'est bien mon avis.

Alice resta un moment silencieuse.

— Me pensez-vous capable d'abandonner mon poste si j'avais la moindre certitude que quelqu'un entende votre mise en garde à propos d'une attaque ? Il est trop tard pour les mises en garde, Harry. Le car n'a pas de freins et le chauffeur est sourd. L'accident est inévitable.

— Essayons quand même.

— Je ne suis pas une espionne, je suis simplement douée pour les puzzles. Si j'avançais brusquement une information, je devrais citer ma source. Malheureusement, votre réputation vous précède. Personne ne vous écoutera, pas plus que moi. Il est temps pour nous de partir. Bizarrement, vous vous améliorez. D'abord Willie, et maintenant ceci.

— Dès que nous serons en Californie, j'arnaquerai une vieille dame pour lui piquer ses économies afin de rétablir l'équilibre.

Harry remarqua que Beechum avait disparu.

— Vous allez le faire, Harry ? Vous serez dans l'avion ?

— Parole de scout.

— Vous avez fait vos adieux à Butterfly ? demanda Alice.

— À Michiko ? Pas tout à fait.

— Moi, rivaliser avec une geisha pour l'affection d'un joueur, je n'arrive pas à y croire.

Harry aurait affirmé que Michiko n'était pas une geisha, mais il n'en était plus aussi sûr.

— Il faut d'abord que je la trouve.

— Vous l'avez perdue ?

— C'est compliqué.

— Je n'en doute pas. Vous n'avez pas besoin de la prévenir, elle vous connaît et comprendra dès l'instant où vous aurez filé. Ne retournez pas au club et embarquez. C'est bien ce que vous m'avez conseillé, d'embarquer ?

— C'est ce que j'ai dit. Nous attraperons le Clipper à Hong Kong et, à partir de là, le monde nous appartient. Un bungalow à Beverley Hill avec petit déjeuner sous les branches d'un avocatier.

— C'est donc moi que vous choisissez ? J'ai gagné le gros lot ? Sur quoi d'assez sacré à vos yeux pourrais-je jurer ?

— Je choisis la Californie et vous, vous êtes comprise dans le forfait.

— J'oubliais, le romantisme ne fait pas partie de vos sentiments.

— Et vous ?

— Non. Bien sûr que non. Nous sommes juste un couple de moutons noirs.

Il posa un baiser sur son cou et ouvrit la portière. Avant de se glisser dehors, il dit :

— Savez-vous ce dont sont dépourvus les moutons blancs ? D'imagination.

Harry avait laissé la Datsun de l'autre côté de la rue. Plus il y réfléchissait, plus il reconnaissait qu'Alice avait raison. Rechercher Michiko est la dernière chose à faire. Si j'étais malin, j'éviterais Asakusa et je garderais un profil bas.

Il se glissait derrière le volant lorsque le parfum d'une lotion après rasage lui chatouilla les narines avant que tout ne devînt noir. Harry se retrouva allongé dans la rue. Beechum, à califourchon sur lui, faisait peser sur sa gorge le tranchant d'une batte de cricket. Des larmes ruisselaient sur son visage qui virait au rouge.

— N'approchez pas de ma femme ! martelait Beechum. Bas les pattes !

Harry aurait bien aimé lui faire comprendre que des

problèmes plus graves que l'adultère menaçaient, comme la surdité des diplomates ou les nouvelles cartes de l'empereur.

— Ou bien je vous tuerai, pleurnicha Beechum.

Qu'avait donc lâché DeGeorge ? se demanda Harry. « Prenez garde ! » ?

Ce qui lui valut un nouveau coup de batte.

Lorsqu'il retrouva ses esprits, Harry était allongé sur le trottoir, incapable de faire plus que soulever la tête pour chercher du regard Beechum, qui avait disparu. Il remarqua une circulation inhabituelle en direction des ministères, puis concentra toute son attention sur sa nausée. L'adultère impliquait certaines obligations, à l'heure actuelle celle de vomir.

Harry se retrouva ensuite sur ses pieds, se balançant comme un fauteuil à bascule et vomissant sur l'aile arrière de sa voiture. Une grosse bosse derrière son oreille droite commençait à atteindre la taille d'une balle de golf, et il titubait à chaque pas. Deux vieilles femmes armées de balais ne purent retenir un ricanement embarrassé en le voyant ramasser son chapeau et lui redonner forme.

— Vous avez peut-être trop bu, suggéra l'une d'elles.

— Un coup de trop. Je vous présente mes excuses pour vous avoir dérangées.

— Vous devriez marcher, reprit la première. Boire moins et marcher davantage.

Marcher ? L'idée seule horrifiait Harry, cependant, de nouveau submergé par le parfum de la lotion de Beechum, il dut lâcher le volant sans parvenir au-delà de la gare de Tokyo. Il décida alors que seule une longue balade nocturne remettrait d'aplomb son oreille interne et ferait cesser son tangage. Il avait quatorze heures devant lui avant le départ de l'avion et il serait bien inspiré de suivre le conseil d'Alice : éviter totalement Asakusa, ne parler ni d'Ishigami ni de la Police de la pensée. Bien sûr, il aurait aimé retrouver Michiko, mais il devait penser d'abord à sa propre peau. On lui prescrivait une longue marche thérapeutique ; pour un insomniaque, c'était du gâteau.

Les voitures se rassemblaient devant les bureaux des administrations, mais à cette heure tardive la grande place entre le palais et la gare de Tokyo restait calme. Quelques gardes – fusil protégé d'un fourreau blanc – patrouillaient sur les ponts du palais. Il était rassurant de constater comment, à la veille de la guerre, on préservait la tranquillité de l'empereur. Ou bien le palais nichait au milieu de la réalité, ou bien le reste du monde n'était que le rêve de l'empereur. Cela donnait presque envie de marcher sur la pointe des pieds.

Les étrangers circulant seuls de nuit dans la ville étaient suspects mais, sous les lampadaires, le visage dans l'ombre de son chapeau, le gaijin disparaissait chez Harry. L'air le rafraîchissait. Arrivé à la hauteur de la gare, il opta pour un pas plus rapide, plus affairé. Il maîtrisa sa direction, secoua vigoureusement à chaque pas les cendres de sa cigarette, et les policiers le saluaient machinalement au passage. Un arnaqueur devait impérativement avoir du ressort. Il pisserait un peu plus rose, voilà tout. Harry pensa un instant à jouer aux cartes la nuit entière, mais il se savait incapable de participer à une partie sérieuse. En outre, moins il fréquenterait ses repaires habituels, mieux cela vaudrait, même si, au milieu des volutes de fumée, il voyait les cartes s'aligner sur les tapis d'Asakusa et entendait le claquement du carton. Évidemment, personne ne jouerait au dancing, Haruko gardait cette table-là pour elle seule.

Heureusement, une grande ville possède toujours un labyrinthe de rues et de ruelles. Surtout la nuit, quand les tristes façades n'exhibent plus que l'étrange silhouette des toits chinois en pagode et les chemises séchant comme des fantômes sur des bâtons, ou bien le murmure discret des geishas montant d'une maison d'osier, un éclair jaillissant dans l'obscurité tel un oiseau tropical au plumage éclatant. Même la ruelle la plus sordide a son autel avec des cierges et des pièces de monnaie au pied d'une paire de renards, dieux de pierre et regard émeraude. Les renards étaient dotés du pouvoir de se changer en femmes – c'était bien connu –, et mieux valait éviter pour un homme d'en rencontrer un en pleine nuit.

À l'est du palais se trouvait le quartier des librairies et des imprimeries. Harry se souvint d'un soir au plus étouffant de l'insupportable été de Tokyo qui transformait la ville en sauna. Karo avait entraîné Oharu et Harry chez un imprimeur venu à l'improviste vendre une édition d'un album intitulé *Cinquante Vues du Fuji*, exemplaire unique d'un carnet de croquis tracés rapidement mais d'une main habile. Sur chacun, en guise de fond la jupe blanche du mont Fuji, mais au premier plan on apercevait les étroites ruelles d'Asakusa, les fêtes des temples, ou encore les music-halls… Et Harry en train de voler une orange, de faire les poches d'un passant ou de fumer à la porte des coulisses – il s'agissait du catalogue complet de délinquance juvénile et de petits larcins. Harry était resté sans voix : si l'empereur lui avait décerné l'ordre du Cerf-volant d'or, il n'aurait pas été plus impressionné.

En quittant l'imprimeur, Oharu aperçut un chariot où l'on vendait des boules de glace dans des cornets en carton. On proposait trois parfums : fraise, melon et citron. « Vite avant que tout ne fonde », prévint Oharu, et elle avait raison : une mare se répandait sous le tuyau d'écoulement du chariot. Kato parfuma sa glace de cognac qu'il versa de sa flasque. Harry choisit le citron, Oharu la fraise et le melon.

La glace au citron, acide et fraîche, fondait si vite, détrempant le cône, que Harry dut terminer son sorbet précipitamment. Oharu, avec ses deux boules de glace, n'était pas assez rapide : des traînées rouges de fraise ruisselaient sur l'un de ses avant-bras et des filets orange de melon sur l'autre. Elle s'essuya les mains avec un mouchoir, mais sans grand succès. Elle semblait si désemparée que le geste de Harry parut naturel : il prit les bras encore poisseux et lécha le sirop à coups de langue, d'abord la douceur de la fraise, puis la trace plus subtile du melon, se mélangeant au goût salé de sa peau.

— Nous gâtons ce garçon, avait commenté Kato. Il ne pourra plus jamais rentrer chez lui, maintenant.

À force d'avancer mécaniquement, tel un somnambule, Harry se retrouva en terrain familier : le marchand de thé, la maison d'osier, la pompe communale – son propre pâté de maisons, espace noir suspendu entre les lampadaires du coin. Difficile de croire que l'avant-veille encore, le Joyeux Paris regorgeait de clients qui buvaient, chahutaient et admiraient la reine du juke-box.

Cependant, les volets et la porte du club fermés laissaient filtrer la plainte d'un saxophone. Quand Harry déverrouilla la porte, la musique s'arrêta. Il entra et referma derrière lui. L'établissement était plongé dans l'obscurité à l'exception, autour du juke-box, du faisceau réglé au minimum d'un projecteur dans lequel se tenait Michiko, une arme à la main.

— Je suis de retour, annonça Harry.

Michiko le dévisagea comme s'il était une apparition.

— Où étais-tu ?

— Je te cherchais.

— Pas trop tôt. Ça t'a pris du temps !

— Tu pouvais être dans tellement d'endroits.

— Avec autant de femmes à voir ?

— Çà et là.

À essayer d'arrêter une guerre, songea Harry. Mais Michiko ramène toujours tout à elle.

Elle retourna le pistolet pour le lui tendre.

— Pourquoi ne pas me tuer tout simplement, Harry ?

— Non, merci. Je vois déjà les manchettes : « Fin tragique d'une femme, compagne d'un gaijin ».

— « Suicide conjoint de deux amants. »

— Conjoint ? Après t'avoir tuée, mon honneur exigerait que je me suicide ? Mon honneur ne va pas jusque-là. Pour être franc, je tricherais.

— Bon, fit-elle en tournant une nouvelle fois l'arme pour la braquer sur lui. J'ai attendu au dancing, puis j'ai attendu ici.

— Tu as vu Ishigami ?

— Non, mais je l'ai entendu.

— Entendu quoi ? s'enquit Harry qui n'aimait pas le ton qu'elle avait pris.

Michiko prononça les mots avec lenteur, comme si elle les extrayait d'un abîme qu'elle n'osait pas contempler.

— Haruko est venue chercher cette idiotie de robe et de chapeau. Nous nous sommes changées. J'étais dans le bureau de Tetsu quand quelqu'un est arrivé. Lorsque j'en suis sortie, Haruko était morte.

— Où étaient Tetsu et tous les autres ?

— Tetsu avait de la fièvre car il venait de se faire tatouer. Il a fichu tout le monde dehors, sauf moi, à qui il a dit que je pouvais rester pour attendre, et il est rentré chez lui.

— Pourquoi te trouvais-tu dans son bureau ?

— Je ne voulais pas qu'on me voie. J'avais honte.

— Pourquoi ?

— Haruko venait de m'apprendre que tu partais pour la Chine avec une Anglaise et que tu ne reviendrais pas. C'est vrai ?

Elle tourna le pistolet vers elle et il constata qu'elle avait ôté le cran de sûreté. Il avait horreur du chantage à l'émotion. En même temps, il admirait son sang-froid, le calme avec lequel elle posait le canon contre sa tempe.

— Non. J'ai dit adieu à mon amie anglaise et à son mari. Ils ont très bien pris la chose.

— Tu mens.

— Peut-être, pourtant je suis là.

— Demain tu seras parti, alors à quoi ça rime ?

Harry appuya sur « Mood Indigo ».

— Tu aimes ce disque ? Ellington y joue d'un saxo baryton au lieu d'un ténor pour attaquer le chorus. Je ne t'ai jamais expliqué ça ?

— Si, chaque fois.

— C'est ça, la classe. Je l'ai vu au Starlight à L.A., tout l'orchestre en vestes blanches, Duke en habit.

— Ne fais pas ça, dit-elle, voyant Harry s'approcher d'elle.

— Qu'est-ce que j'ai à perdre ?

Il appuya la joue contre son épaule, et elle résista un moment. Nous allons vraiment bien ensemble, se dit-il. Difficile de se suicider tout en dansant – en dérivant, plutôt. Avec « Mood Indigo », impossible pour un couple de danser très lentement.

— Combien de fois as-tu joué cet air ce soir ? demanda-t-il.

— Dix, vingt fois.

— Tu dois vraiment beaucoup l'aimer.

— Plus maintenant.

Un déclic et le plateau s'arrêta. Un bras fit pivoter le disque à la verticale et le laissa rouler contre un rembourrage de feutre. Michiko resta un moment contre lui.

Harry entendit alors un bruit provenant des volets. En métal et bloqués par un verrou contre les cambrioleurs, ils retenaient aussi Harry et Michiko, prisonniers et aveugles. Sans lumière extérieure, puisque l'enseigne avait été brisée. C'était dimanche soir, demain on reprendrait le travail, le week-end serait terminé, c'était l'heure pour les femmes de reposer leur tête sur les oreillers de bois et pour la police de sommeiller devant les radiateurs de leur bureau. Dehors personne d'autre que des putains, des chats et des insomniaques. Harry alluma l'éclairage du club et repéra l'origine du bruit : la pointe d'un sabre poussait vigoureusement sur la lame d'un volet, puis sur celle d'à côté, telle une langue. Qu'avait-il donc espéré ? Alice l'avait pourtant mis en garde. Pour l'instant, les volets tenaient.

— Tu restes ? demanda Michiko.
— Comment veux-tu que je sorte ?
— Non, est-ce que tu *restes*?
— Rester ?

Harry ne s'était jamais posé la question exactement de cette façon.

— Je ne voudrais pas te laisser. Je ne pourrais pas te laisser.

En prononçant ces mots, Harry vit son moyen d'évasion, le DC-3 de Nippon Air dans son hangar au terrain de Haneda, étinceler dans l'obscurité. Puis disparaître.

24.

Harry et Michiko battirent en retraite dans l'appartement. Même là, chaque bruit évoquait Ishigami : un ivrogne trébuchant dans la nuit contre le club, Ishigami enfonçant les volets ; un chat trottinant sur le toit, Ishigami arrachant les tuiles.

Harry supposait que Willie et Iris avaient levé l'ancre, et qu'Alice faisait ses bagages pour Hong Kong. Elle serait peut-être surprise de voyager seule, mais elle n'avait pas besoin de Harry : il lui fallait juste un peu d'avance. Une fois qu'elle serait loin de lui, elle comprendrait qu'elle l'avait échappé belle. Il n'avait pas voulu la tromper. Alice incarnait la lumière et le bon sens. Michiko, venant de la nuit où Dieu avait façonné une côte, offrait bien plus d'attraits. Ce n'était pas Beechum avec une batte de cricket qui l'avait dissuadé. Il avait seulement fini par reconnaître que le DC-3 de Nippon Air avait été une illusion, un fantasme. Au bout du compte, il n'avait pas le choix : à côté de Michiko, tout devenait terne. Même se retrouver coincé avec elle lui paraissait maintenant étrangement inévitable. Spectateur sa vie durant de kabuki, il tenait enfin un rôle. *Il sort, poursuivi par les samouraïs.* Seulement pour lui, pas de sortie.

Harry nourrit le scarabée de fines tranches de concombre – posséder un animal familier implique des responsabilités – et demanda à Michiko des détails sur l'épisode du dancing. Elle raconta que, ainsi que Harry le lui avait demandé, elle avait quitté Haruko pour s'y rendre. Tetsu, qui venait de se faire tatouer, avait la fièvre ; il avait fermé le dancing et était rentré chez lui. Michiko avait attendu une heure seule dans la pénombre, puis était arrivée Haruko, bien décidée à récupérer sa tenue favorite. Elle lui avait proposé en échange sa seconde plus belle robe ainsi que des renseignements sur Harry et sur l'avion partant pour la Chine. Elles s'étaient changées dans les toilettes des femmes. Haruko s'y trouvait encore quand Michiko, entendant quelqu'un franchir la porte du dancing et trop honteuse pour affronter qui que ce soit, s'était cachée dans le bureau de Tetsu. De l'intrus, elle pouvait seulement dire qu'il se déplaçait rapidement sur des chaussures ou des bottes, pas des sabots ou des sandales. Michiko n'avait entendu aucune conversation, rien que le bruit d'une chaise qu'on traînait sur le plancher et celui de pas qui s'éloignaient aussi prestement qu'ils étaient venus. Quand Michiko s'était décidée à sortir, elle avait trouvé Haruko appuyée sur la table avec la boîte. Son sort avait été réglé aussi rapidement que celui d'une souris face à un faucon.

— Tu n'as pas compris que, portant une robe et un chapeau qu'elle venait de te reprendre et coiffée comme toi, Haruko te ressemblait ?

— Tu as cru qu'il s'agissait de moi ? Tu as été inquiet ?

— Tu sais, avec leur tête dans une boîte, beaucoup de gens se ressemblent.

La brume commençait à se dissiper dans la rue. Une femme avec une lanterne et un fagot de petit bois sur le dos s'inclina profondément devant une ombre sur le seuil de la maison d'osier. La lanterne éclaira brièvement les yeux d'Ishigami, son uniforme et sa casquette, son sabre qu'il portait tranchant de la lame vers le haut. Harry envisagea un instant de tirer un coup de feu, mais ses talents de tireur ne lui laissaient aucune chance de toucher Ishigami – il risquait tout au plus de blesser un chat. Les cris et les appels des marchands du petit matin commençaient à retentir : pour attaquer dans l'obscurité, le colonel devrait se presser. Étant donné les circonstances, Harry trouvait la foi de Michiko touchante. Assise sur ses talons, elle faisait penser à l'assistante d'un magicien qui attend la fin d'un tour.

— Heureuse ? demanda-t-il car, curieusement, elle semblait l'être.

— Oui.

— Pourquoi ? Pour l'instant, avec moi, tu ne gagnes pas le gros lot. Dis-moi, Michiko, combien de mots d'anglais comprends-tu ? Je me suis toujours posé la question.

— Pourquoi veux-tu que je comprenne l'anglais ? Je vis au Japon.

— Combien des chansons du juke-box comprends-tu?

Elle haussa les épaules.

Harry se doutait que, même pour elle, l'attrait qu'elle exerçait en tant que reine du juke-box et sa façon d'improviser en écoutant les refrains demeurait un mystère.

— Par exemple, les chansons qui parlent d'amour?

Elle hocha la tête.

— Tu ne fais que répéter les sons, dit-il.

— Je crois que c'est le cas de la plupart des gens, Américains ou Japonais.

— Mais toi et moi, nous ne nous le sommes jamais vraiment dit, n'est-ce pas? Ces mots «Je t'aime», nous ne les avons jamais prononcés.

— Les Américains le disent, les Japonais le font.

— Au Japon, l'amour est différent.

— Oui, et toi tu es ici. (Michiko surprit le coup d'œil de Harry vers la fenêtre.) Le colonel est toujours là?

— Il n'ira nulle part. C'est à nous qu'il en veut.

— À toi. Il m'a déjà coupé la tête.

Un couinement électronique fit sursauter Harry. Il se rappela le haut-parleur accroché au lampadaire du coin de la rue. Les cris et les appels des vendeurs cessèrent dès qu'ils entendirent les accents de l'hymne de la marine.

La musique s'arrêta et une voix lui succéda, humble et frémissante. Elle flottait dans le matin gris de l'hiver et se répercutait de rue en rue, de maison en maison. Harry alluma la radio et la voix emplit la pièce : «Nous vous répétons ce message. Le Grand Quartier général impérial a annoncé ce matin, 8 décembre, que l'armée et la marine impériales ont entamé les hostilités contre les forces américaines et britanniques du Pacifique aujourd'hui à l'aube.»

Harry consulta sa montre à la lumière du cadran de la radio. Six heures trente. «Les forces du Pacifique», s'interrogea Harry, qu'est-ce que cela signifie? Pearl Harbor? Les Philippines? Singapour? Hong Kong? La flotte japonaise aura-t-elle surpris Pearl durant son sommeil? Cela semble impossible : la marine américaine fêtait Noël le 6 décembre. De l'autre côté de la ligne de changement de date, on était encore le 7 décembre et Pearl faisait la grasse matinée.

— Est-ce que ça débouchera sur la guerre? s'inquiéta Michiko.

— *C'est* la guerre, précisa Harry.

Alice Beechum ne s'envolerait pas sur Nippon Air. Nippon Air n'irait nulle part : le vol pour Hong Kong ? Une ruse, comme la promenade de Tojo dans le parc. « Le Grand État-Major impérial a annoncé ce matin... » Cette fois l'annonce déclencha non pas la stupéfaction abasourdie d'une population qui s'éveillait, mais des applaudissements spontanés et des « *Banzai !* » dans la rue. Les gens ouvraient leurs fenêtres pour partager l'excitation générale. À mesure que le ciel s'éclaircissait, vendeurs, estropiés ou portefaix s'inclinaient les uns devant les autres, levant plus haut la tête quand ils se redressaient. Des écoliers jaillissaient de leur maison, prêts à acclamer les chasseurs japonais au cas où ils passeraient au-dessus de leur tête.

— Il est parti.

Ishigami s'était volatilisé durant l'annonce ; il avait aussitôt mis fin à sa faction devant la grille de la maison d'osier.

Michiko rejoignit Harry près de la fenêtre.

— Pour aller où ?

— Je ne sais pas, mais nous risquons l'encombrement, ici. Ce communiqué de la police va déclencher une rafle parmi les Américains, si elle n'a pas déjà commencé.

— Que va-t-il se passer ?

— Ils nous enfermeront quelque temps dans des cellules, puis ils nous échangeront. Sans être un Abraham Lincoln ou un Andy Hardy, je demeure un citoyen américain.

— Tu n'as rien de commun avec les autres Américains. La police va te tuer.

— J'ai des relations.

— Justement.

— Je figure certainement sur la liste des gens à rapatrier établie par l'ambassade.

— Va t'en assurer.

— Je ne leur ai jamais demandé de me protéger.

Il était fier de son indépendance.

— Si tu attends ici, insista Michiko, tu es mort.

Elle avait mis le doigt dessus. Avec la guerre, Dieu venait de renverser le cours d'une partie d'une façon scandaleuse, même pour Harry.

— Ça se terminera peut-être rapidement, reprit-elle.

— Après une telle attaque ? Il fallait que ce soit une surprise pour que ça marche, et s'il y a eu surprise, un combat à mort est en train de se dérouler.

— Pourquoi es-tu du côté des Américains ?

Harry regarda un garçon qui courait en faisant tourner un parapluie de papier huilé aux pointes laquées : ainsi, les avions peints sur le dessus semblaient se poursuivre. Un beau parapluie, comme les avions là-haut.

— Parce qu'ils vont gagner.

Chaque bulletin de la radio commençait par les premières mesures de « La Marche des cuirassés » et, à tout point de vue, Tokyo semblait s'élever au-dessus du niveau de la mer. Les drapeaux à l'emblème du Soleil levant flottaient sur les tramways, encadraient les vitrines, s'agitaient dans toutes les mains. L'atmosphère était grisante. Les yeux brillaient et les visages rayonnaient d'orgueil à l'annonce du raid stupéfiant sur Hawaii et de la destruction des principaux navires de ligne de la flotte américaine. D'un seul coup bien appliqué les géants menaçants avaient été abattus. Au rythme des marches militaires déversées par la radio, la ville tout entière semblait en mouvement pour devenir le nouveau centre du monde.

Harry quitta l'appartement le premier, au cas où le colonel rôderait encore dans les parages. Il portait un costume sombre et un feutre, un masque dissimulait son visage. Il ressemblait au salarié moyen souffrant d'un rhume mais à qui son devoir impose d'aller travailler. Michiko sortit quelques minutes plus tard, coiffée d'un béret, vêtue d'un manteau de cachemire et arborant un rouge à lèvres très vif, tel un pimpant petit voilier bravant la tempête. Elle marchait d'un pas rapide, si bien qu'elle arriva à la station de métro presque en même temps que Harry. La foule qui se pressait autour des tourniquets offrait une certaine protection. Pour éventuellement affronter Ishigami, Harry avait glissé dans sa ceinture un couteau à découper enveloppé dans un chiffon. Quant à Michiko, prête à tuer au beau milieu de la station un colonel de l'armée impériale, elle avait rangé le pistolet dans son sac à main. Une sacrée fille, apprécia Harry. Des haut-parleurs ordonnaient à tous les soldats de regagner leur régiment, mais Harry soupçonnait Ishigami de ne plus obéir strictement aux ordres. Pour preuve, la maladresse des coups assenés à Haruko : le style impeccable du colonel se détériorait. En revanche, il demeurait capable d'attaquer sa proie avec la brusquerie d'un faucon fondant sur une souris.

Malgré les applaudissements qui éclataient périodiquement à bord de la rame, Harry feignit de somnoler pour éviter de montrer ses yeux jusqu'à la gare de Tokyo, où le pays tout entier sembla se déverser. Harry et Michiko furent entraînés par la foule jusqu'à la place située devant le palais impérial. Des milliers de gens s'agenouillaient le long des douves. Les hommes ôtaient leur chapeau, les femmes leur foulard à piqûres rouges, et ils confiaient leurs prières à la brise matinale tout comme, à peine quelques heures plus tôt, en plein Pacifique, leurs fils étaient montés sur les ponts des porte-avions pour lancer leur appareil dans le vent du jour levant. Une part de Harry était tentée de se moquer de cet empereur fantoche, vieux de mille ans, un bibelot posé sur une cheminée ; simultanément, une autre part ne pouvait que s'incliner devant la beauté non seulement de la tromperie, mais aussi de l'immense rempart et du brocart des arbres dorés formant un écran et un trône royal sous le dôme du ciel bleu. Aucune silhouette impériale n'apparut en haut de la muraille ou sur le pont. Aucun coup de canon ne hâta la chute d'une feuille. C'était la sérénité qui désignait le demi-dieu. Un groupe des Jeunesses hitlériennes arriva en short et casquette mais leur « *Sieg Heil !* » ne fut entendu de personne. Réagissant aux ombres qui s'agitaient devant les douves, les carpes sautaient, taches dorées sur le vert de la vase, rappelant à Harry les lingots qu'il avait gaspillés.

Harry désigna la Datsun garée à gauche de la station, mais Michiko avait envie de marcher.

— Et d'être vue, ajouta-t-elle d'un ton catégorique.

Les hommes de la police montée bloquaient les grilles de l'ambassade américaine comme s'ils avaient pris au piège la bande de Dillinger – geste bien inutile, releva Harry, puisqu'au bout de la rue le garage de l'ambassade a été laissé sans surveillance. Il laissa Michiko dans un café français au coin de la rue tandis qu'il franchissait la porte du garage.

Il retira son masque. Un séisme avait détruit l'ambassade de son enfance et une nouvelle résidence de stuc blanc avec des avant-toits dominait une vaste enceinte agrémentée de fontaines et de tonnelles, tel un campus de collège. Pour l'heure, elle évoquait une fourmilière à moitié démolie par un coup de pied. Attachés d'ambassade et secrétaires couraient à perdre haleine d'un bâtiment à l'autre, croulant sous le poids des cartons. Étrangement, Harry n'avait jamais vu aucun de ces Américains. Pas facile de déménager, songea Harry, encore moins sous la pression d'une déclaration de guerre. Une employée – il l'aida à ramasser les classeurs qu'elle avait laissé tomber – lui apprit que Roy Hooper se trouvait avec l'ambassadeur. Harry prit cette information comme une invitation suffisante pour s'aventurer dans la résidence officielle qui, bien qu'apparemment désertée, l'impressionna beaucoup : portes de bronze, vestibule avec un majestueux escalier de teck bien astiqué, salle de bal avec un projecteur de cinéma et un écran, le grand salon avec son piano, le fumoir lambrissé de noyer, la salle de banquet vide à l'exception d'une table de jeu sur laquelle on avait abandonné un puzzle inachevé représentant des cow-boys poursuivant des Indiens. Le bureau de l'ambassadeur, posé sur un tapis turc, s'agrémentait d'une photo de Bobby Jones dans son cadre en argent et d'un portrait de Franklin Roosevelt dédicacé : *Avec l'admiration et le chaleureux souvenir de Frank à ce bon vieux Joe.* La fenêtre donnait sur l'allée principale où l'ambassadeur et un couple d'assistants s'employaient à retarder – avec succès, semblait-il – des diplomates japonais en haut-de-forme pendant que se poursuivait la destruction des documents. Pas trace de Hooper.

Au bas de la colline, en plein chaos, la chancellerie : les membres du personnel s'y affairaient, renversant autant de dossiers qu'ils en descendaient. Harry dénicha le bureau de Hooper – une pièce tapissée de gravures sur bois de Tokyo –, sans Hooper, mais il entra quand même et referma la porte derrière lui.

Le coffre-fort, béant, avait été vidé. Cependant, ce que Harry cherchait n'avait rien de confidentiel. Des tiroirs du bureau s'ouvrirent sans difficulté sur des liasses d'analyses économiques et de coupures des deux journaux japonais, mais il dut en forcer un, fermé à clef, en donnant des coups avec sa flasque sur un coupe-papier. Il découvrit ce qu'il cherchait, un fichier des citoyens américains résidant au Japon : responsables et employés du service diplomatique, hommes d'affaires et agents, professeurs et instructeurs, médecins et infirmières, missionnaires, militaires chargés de la liaison, correspondants, employés de sociétés japonaises ou non, matelots et officiers de marine, épouses japonaises de ressortissants américains, femmes et enfants, invalides et malades exigeant des soins médicaux, au total des centaines de noms. « Harry Niles » figurait sous la vague rubrique « Travailleur indépendant ». Un second fichier énumérait les Américains pour lesquels l'ambassade exigerait le rapatriement ou l'internement dans des conditions sûres : liste identique à la première, à l'exception d'un nom qu'on avait barré, celui de Harry.

Des relents de fumée se glissèrent dans le bureau. Harry rejoignit les personnes qui allaient et venaient dans la cage d'escalier et interrogea :

— Où est Hooper ?

Un homme chargé d'un carton et qui négociait un tournant avec précaution demanda :

— Qui êtes-vous ?

— Où est-il ? répéta Harry en commençant à faire pencher le carton.

— Bon sang, mon vieux, en bas, à la salle du chiffre !

Harry descendit au sous-sol et suivit la fumée jusqu'à une porte ouverte sur une pièce où Hooper dirigeait une brigade de pompiers. Les bureaux avaient été poussés contre les murs pour dégager un espace. Des chaises placées les unes à côté des autres supportaient des corbeilles à papier métalliques remplies de dossiers et de codes auxquels on avait mis le feu. Des flammes en jaillissaient comme des torches en crachant des panaches de fumée qui se rassemblaient au plafond avant de retomber en neige de confettis noirs. Des diplomates un peu nerveux et armés de seaux d'eau se tenaient prêts.

— J'avais raison, n'est-ce pas ? demanda Harry.

De surprise, Hooper faillit lâcher son seau.

— Fiche le camp. S'il existe une personne qui ne devrait pas se trouver ici, c'est bien toi.

— Est-ce que je n'avais pas raison à propos de l'attaque ? As-tu seulement prévenu l'ambassadeur ? Je viens de le voir essayer de repousser des dignitaires japonais. Un peu tard, à mon sens.

— Il a tenté tout ce qui était en son pouvoir. Tu n'as pas idée des efforts qu'il a déployés.

— Sur le terrain de golf ?

— C'est un domaine top secret.

— C'était. Maintenant, c'est un véritable piège si ça prend feu.

Harry examina les lieux. Les employés qui ne vidaient pas les corbeilles étaient occupés à démanteler des sortes de grosses machines à écrire encapuchonnées.

— C'est du matériel confidentiel, et toi, Harry, tu es le collaborateur le plus notoire du Japon.

— D'abord, comment pourrais-je collaborer alors que

nous ne sommes en guerre que depuis aujourd'hui ? Ensuite, je t'ai averti de l'attaque sur Pearl.

— Ce qui, pour certains, corrobore ce qu'ils pensaient de toi.

— Tu en as donc parlé à quelqu'un ?

— Aux experts.

— Ils n'en ont pas tenu compte.

— Nous avons reçu dix avertissements en trois jours.

— Mais celui-là venait de moi. Tu me connais. Tu savais que c'était du solide et tu t'es assis dessus.

— Je n'ai pas le temps de discuter.

— Je ne te préviens pas, je suis perdant. Je te préviens, je suis perdant. À quel jeu joues-tu ?

— Je ne joue pas. Nous avons évalué tes informations parmi toutes les autres. Nous t'avons traité comme n'importe qui.

— Foutaises. Je ne figure pas dans le fichier, Hoop. Je suis le seul Américain au Japon qui ne soit pas sur une liste de rapatriement.

— Je ne saurais…

Harry exhiba la liste.

— Ça vient de ton bureau.

— Ce n'est qu'un préliminaire…

— Ne me mens pas. Je te l'ai toujours dit : « Le Seigneur abhorre la langue d'un menteur. » Ne fais pas ça.

— Certains estiment que tu as noué des liens trop étroits avec les Japonais, peut-être même changé de camp. Et puis, tous ces scandales et toutes ces activités douteuses dans lesquelles tu as été impliqué. Pour beaucoup, tu n'es pas le genre de citoyen qu'il est nécessaire d'aider à rentrer au pays.

— Tiens, tu obéirais tout d'un coup à des principes ? George Washington possédait des esclaves. Cherche un peu, en ai-je un seul ?

— Je comprends. Mais sache tout de même que ton nom figurait bel et bien sur la première liste de rapatriement.

— Qui l'a retiré ? L'ambassadeur ? Les Anglais ont fait pression sur toi ? Beechum ?

— Tu aurais dû laisser sa femme tranquille. C'est une petite communauté, ici.

— Alors, c'est Beechum. Comment peux-tu autoriser cet Anglais chauve à s'occuper des affaires américano-japonaises ?

— Tu n'y es pas du tout ! Le plus drôle, c'est qu'il ne

s'agit ni des Anglais ni de nous, mais des Japonais. Je suis désolé. Impossible de négocier : ils tiennent à te garder ici.

La fumée s'épaississait et redescendait. On arrosait d'eau des pages qui s'envolaient à demi enflammées. Harry recula d'un pas, non pas à cause de la chaleur qui montait de la corbeille mais de son incroyable méprise. Les Japonais ? Les Japonais lui avaient d'abord retiré l'accès à l'avion et maintenant au bateau. Par quel autre moyen pouvait-on quitter une île ?

— Comment t'y es-tu pris, Harry ? demanda Hooper. Qu'as-tu fait pour qu'ils veuillent te retenir ? Au fait, comment as-tu su pour l'attaque ? Parce que tu avais tout à fait raison. (Tandis que les corbeilles se transformaient en feu de joie, le personnel jetait des giclées d'eau par précaution. Hooper sourit en regardant la scène.) Tu te rappelles la première fois que nous sommes venus ici quand on était gosses ? Avec les feux d'artifice, les lucioles ? Seigneur, on avait bien rigolé. Je me suis toujours demandé pourquoi les Japonais ne t'avaient pas fichu dehors, et maintenant je me demande pourquoi ils ne veulent pas te laisser partir. Tu as une cigarette ? (Harry tapota sur son paquet pour en faire sortir deux. Il en donna une à Hooper, qui cracha quelques brindilles de tabac dans le feu et contempla les flammes.) Tu te rappelles le jour où tu as parié cinq dollars que tu pourrais faire rentrer un poisson dans un flacon de saké et l'en ressortir sans briser le verre ? Tu avais pris une anguille, elle a bien sûr glissé comme dans du beurre. Le bénéfice de l'instruction, prétendais-tu. (Il s'approcha de Harry pour chuchoter à son oreille.) J'ai utilisé ce tour tout l'été. Ça m'a rapporté cinquante dollars. J'ai cru que mon paternel allait avoir une attaque.

Entrer dans une bouteille comme une anguille et en ressortir ? Pas bête, songea Harry. Si seulement je pouvais faire la même chose !

— Tu me manqueras, Harry, lança Hooper.

— À un de ces jours, Hoop.

Souhait tout à fait improbable, tous deux le savaient.

Hooper retourna à la tâche délicate d'incinérer des papiers dans une pièce fermée, mais avant que Harry ne franchisse la porte, l'inspiration lui vint.

— J'y suis ! Ils veulent te garder parce que tu les as baisés. Je ne sais pas comment, mais tu les as baisés.

Harry passa prendre Michiko au café et ils regagnèrent

la voiture, couple élégant par une journée ensoleillée, ignorant les torrents de musique militaire que déversaient les haut-parleurs.

— Tout est réglé, dit-il. D'ici à un mois, deux au maximum, on nous renverra aux États-Unis à bord du *Président Cleveland.* En passager d'entrepont, mais je mettrai sur pied une partie de cartes et je ramasserai une fortune. Bien fait pour eux. Et toi ? Je reviendrai le plus tôt possible, mais en attendant il faudra que tu t'occupes.

— Pendant la guerre ?

— Parfaitement.

— Tu ne crois pas qu'elle sera bientôt terminée ?

— Je ne compterais pas là-dessus.

Elle se rapprocha de façon infime, presque à le toucher.

— J'attendrai.

— Mais que vas-tu faire ?

— Peu importe. Je serai ici.

Ils marchèrent un moment.

— Très bien.

La rue ressemblait à Park Avenue avec des platanes, des auvents devant les immeubles et des gens qui promenaient de petits chiens. Harry ne s'attendait donc pas à un tel remue-ménage quand on jeta le directeur américain de la First National City à la porte de son hôtel particulier pour le pousser dans une voiture bourrée de policiers en civil. Il agita les bras en criant : « Harry, vous m'offrez un verre ? », ce qui attira sur lui l'attention des agents du Kempeitai, le pire de tous les services de maintien de l'ordre. Au milieu du visage du policier responsable apparut une ride aux deux bords légèrement décalés.

— Papiers d'identité ? Américain. Nous arrêtons tous les Américains.

— Vous allez peut-être communiquer mon nom par radio.

— Pourquoi prendrais-je cette peine ?

— Vous pourriez.

L'officier poussa Harry contre la façade de marbre de l'immeuble. Il feuilleta ses papiers, puis les réexamina avant de les porter à l'opérateur radio qui se trouvait dans la voiture. Ce n'est pas la rossée magistrale qu'on voit venir qui fait mal, se dit Harry, mais le coup bas, celui qu'on n'a pas prévu. L'inspecteur revint et annonça en tournant la tête vers le haut-parleur.

— On va bientôt diffuser d'autres informations.
— J'en suis certain.
Puis le policier passa à Michiko.
— Vous aimez bien les femmes japonaises ?
— Oui, répondit Harry.
— Et vous, vous aimez les gaijin ?
— Oui, affirma Michiko.
— Mettez-vous à genoux, ordonna l'inspecteur à Harry.
— À genoux ?
— Exactement.

Harry n'avait pas encore esquissé un mouvement que la musique des haut-parleurs se tut.

Le silence se fit dans la rue et dans tout Tokyo, puis les haut-parleurs propagèrent la voix forte et râpeuse du général Tojo. Tojo appartenant au Kempeitai, les hommes se mirent au garde-à-vous pour écouter le crépitement autoritaire du japonais du général. Ma foi, songea Harry, il faut leur rendre cette justice : il y a moins d'un siècle, il n'y avait ici pas un seul bateau à vapeur, pas un seul chemin de fer, pas un seul fusil. Les Japonais constituaient une curieuse peuplade qui traînait les pieds en robe de soie et sirotait du thé. « Une île de singes », disaient les Chinois du Japon, qui cherchait à imiter leur pays. Jusqu'au jour où les Japonais entreprirent de se calquer sur l'armée prussienne et la Royal Navy, humilièrent la Chine et coulèrent la flotte russe. Maintenant, sous la brillante impulsion de l'esprit Yamato, ils défient tout à la fois les empires britannique et américain.

« Je suis résolu, déclarait Tojo, à me consacrer corps et âme à ma patrie et à rassurer notre auguste souverain. Et je suis convaincu que vous tous, mes compatriotes, sans vous soucier de votre vie, vous partagerez avec joie l'honneur de servir d'humble bouclier à Sa Majesté. La clef de la victoire réside dans la “foi dans la victoire”. Depuis sa fondation, il y a deux mille six cents ans, notre Empire n'a jamais connu la défaite. Ce passé à lui seul suffit à nous convaincre de notre capacité à écraser n'importe quel ennemi, si fort soit-il. »

Une autre voix énuméra ensuite les coups destructeurs assenés à l'ennemi et décrivit la victoire sans précédent dans l'histoire humaine – Trafalgar et Little Big Horn réunies –, mais sans donner de détails sur le nombre de cuirassés, de croiseurs ou de porte-avions touchés, sans parler des docks ni des dépôts.

L'inspecteur n'avait pas oublié Harry. Le discours l'avait rendu encore plus pugnace.

— À genoux ! À genoux ! Tous les deux. Vous avez profané ce jour sacré.

— Excusez-moi, commença Harry, la dame...

— Pas une dame, une putain. À genoux !

— Non, lança Michiko.

Elle cherchait calmement le pistolet dans son sac quand l'inspecteur fut interrompu par un appel venant de sa voiture. Il écouta une conversation radio où il ne joua qu'un rôle muet. Une minute plus tard, la moitié du visage cramoisie, il revenait avec les papiers de Harry.

— Vous pouvez partir. Emmenez la femme et allez-vous-en.

— Merci, dit Harry.

Le banquier éclata de rire – il avait observé toute la scène par la portière ouverte d'une voiture.

— Ça marche encore, je n'y crois pas. La veine de Niles !

Harry et Michiko suivirent le conseil de l'inspecteur du Kempeitai, Harry les jambes encore raides, mais Michiko avait de la souplesse pour deux.

— Des relations et une protection, même maintenant, commenta Harry.

Il remit son masque, ne se sentant pas vraiment protégé par toutes ses relations. Shozo et Ishigami m'ont laissé partir, à présent le Kempeitai...

Quand il était jeune et qu'il travaillait pour gagner de quoi traverser la Californie, Harry avait un jour trouvé un emploi dans un abattoir. Muni d'une longue perche, il poussait le bétail qu'un toboggan emmenait à la salle d'abattage. Il devait faire avancer les bœufs de manière à ce qu'ils ne se piétinent pas, ne se prennent pas les pattes dans les clôtures et ne compliquent le travail en aucune façon. Une partie de sa tâche consistait à repérer tout animal semblant malade et à le pousser vers un toboggan latéral, où il serait abattu séparément. C'était l'impression que ressentait Harry à présent : il ne bénéficiait pas de relations ou d'une protection, mais il était poussé de côté.

La guerre transforma la ville. Les drapeaux poussaient comme des fleurs. Les vendeuses et les employées de bureau, attirées par la clameur des haut-parleurs, couraient après une grande échelle qui conduisait un pompier à la gare, d'où il rejoindrait son unité. Ses collègues, juchés sur la voiture, brandissaient des perches ornées de longues franges qu'ils faisaient tournoyer comme des têtes de lion au bout d'une pique au rythme des applaudissements, tandis que le conscrit chevauchait l'engin, les joues rougies par le saké et par tous ces honneurs. Et les radios chantaient :

Nous sommes tous deux des fleurs de cerisier
Et maintenant que nous avons fleuri nous avons résolu de mourir
Mais nous nous retrouverons à l'autel de Yasukuni,
À fleurir à la cime du même arbre.

Harry avait conscience de l'insuffisance de son déguisement, alors que Michiko, au contraire, rayonnait dans la pâle lumière de l'hiver, son béret posé de manière désinvolte sur ses cheveux, les pans de son manteau de cachemire glissant le long de ses jambes au rythme de sa marche. Les passants, malgré l'excitation provoquée par la voiture de pompiers, le vacarme des haut-parleurs et les files d'attente devant les kiosques à journaux, la remarquaient et s'écartaient sur son passage.

Pour s'assurer qu'on voie bien qui l'accompagnait, elle s'accrocha d'un geste de propriétaire au bras de Harry. Elle semblait si radieuse qu'il hésitait à lui faire remarquer combien son escarmouche avec les agents du Kempeitai aurait pu être dangereuse. Pas seulement dangereuse, mais suicidaire.

— Je suppose, reconnut-elle.

— Tu sais, c'est peut-être mesquin de ma part, mais je persiste à vouloir me tirer de cette guerre vivant.

— Pourquoi ? Ce qui compte, c'est que nous soyons ensemble.

— Rester en vie aussi.

Elle haussa les épaules comme si Harry s'attardait sur des vétilles, et il finit par comprendre la raison de son bonheur. Michiko vouait depuis toujours une admiration sans borne aux amants qui scellent leurs vies ensemble. Peut-être ne serait-ce pas en sautant dans un volcan ni en plongeant dans une cascade, mais les moyens ne manquaient pas – Ishigami, Shozo, le Kempeitai, le pistolet dans son sac –, qu'elle ne cessait d'esquiver.

25.

Harry et Michiko roulaient et l'aiguille de la jauge dégringolait inexorablement. En sillonnant Ginza, ils passèrent devant le domicile d'autres Américains. Partout les mêmes limousines noires du Kempeitai. Une fois le réservoir vide, où emmener Michiko ? Alors Harry continuait à avancer. Où que ce soit ils se heurteraient au Kempeitai, à la Police de la pensée ou encore à Ishigami. Tous en voulaient à Harry, pas à elle ; pourtant, Michiko, beaucoup plus courageuse que lui, n'aurait pas une chance.

La radio de la voiture délivrait inlassablement ses bulletins d'information : les avions japonais ont bombardé Singapour, causant de gros dégâts ; une autre vague a surpris les bombardiers américains sur un terrain des Philippines. Quand Tojo reprit la parole au nom de l'empereur – un simple mortel s'exprimant pour un Être inaccessible dont les paroles ne devaient pas tomber directement dans les oreilles de la plèbe –, Harry s'arrêta à l'ombre d'un viaduc de chemin de fer, retira son masque et partagea une cigarette avec Michiko.

« Nous qui, par la grâce du ciel, siégeons sur le trône d'une dynastie ininterrompue depuis la nuit des temps, vous enjoignons, braves et fidèles sujets... » Et les gens gobent ça ! se dit Harry. Sacrée pilule, ils l'avalent tous, partout dans le monde, de l'Angleterre « qui compte sur chaque homme pour faire son devoir » jusqu'aux « rives de Tripoli ». Il prit dans sa poche la petite boîte du scarabée, libéra le prisonnier de son nid de coton et le posa sur le tableau de bord. L'insecte dressa aussitôt sa corne de rhino avec une raideur de machine rouillée. « Bien que ne le souhaitant pas, nous n'avons pu éviter que notre Empire ne croise l'épée avec les États-Unis et la Grande-Bretagne. » Cependant ces ennemis du Japon avaient troublé la paix en Extrême-Orient par leur « ambition démesurée à dominer le Sud-Est asiatique ». Ma patrie d'abord, qu'elle ait raison ou tort, conclut Harry en lui-même. Il ferma la bouche d'aération du pare-brise pour protéger le scarabée de sa propre curiosité, car il ne s'agissait pas d'un insecte casanier mais d'un explorateur plein de hardiesse. « Pour préserver son existence et pour se défendre, notre Empire n'a d'autre recours que d'en appeler aux armes. » Et comment donc ! C'est pour se défendre que Hitler a envahi la Pologne ! « ... nous espérons avec confiance voir les racines du mal promptement arrachées et qu'une paix immuable puisse s'instaurer, qui renforcera et rehaussera la gloire de l'Empire dans notre pays et au-delà. » Le scarabée s'aventura sur la pendule du tableau de bord et s'y fixa comme pour surveiller son domaine, tandis qu'un million de « *Banzai !* » retentissaient dans la ville. Dix-sept heures : le scarabée semblait indiquer l'heure.

— Peut-être qu'on devrait se marier, suggéra Harry.

— Pourquoi ?

— Au milieu d'un telle pagaille, nous pourrions nous retirer à la campagne et y mener une vie simple. Tu aurais des enfants, j'aurais mes scarabées que je promènerais dans le jardin attachés à des cordons de soie.

— De quoi vivrais-tu ?

— J'organiserais des parties de bonneteau. J'abandonnerais le jazz pour m'initier au shamisen et je me baladerais vêtu d'un vieux kimono en marmonnant. Pas mal, non ? Assis sous un mûrier, nous écouterions les vers à soie grignoter les feuilles.

— Ils n'attendent qu'une occasion pour t'arrêter.

— Quant au mariage, on ferait ça de façon rustique, en partageant un coup, par exemple, fit-il en exhibant sa flasque d'argent. Et hop, nous voilà mariés !

Il ne lâchait pas le scarabée du regard ; il ne voulait pas qu'il tombe du tableau de bord.

— Revenons à nos moutons : veux-tu te marier, oui ou non ? C'est une offre qui ne sera pas valable longtemps, je le crains.

— C'est ce que tu peux faire de mieux ? demanda-t-elle, le regard fixé sur la flasque.

— C'est l'intention qui compte.

Michiko lampa une généreuse rasade du bon scotch de Harry, dont l'odeur se répandit dans la Datsun. Harry s'empressa de l'imiter, non sans la surveiller, au cas où elle déciderait de tirer le pistolet de son sac et d'organiser par surprise un voyage de noces suicide. D'ailleurs, ça ferait peur au scarabée.

— Nous vieillirons en mâchonnant du tofu arrosé de thé, dit-il.

— Et pour le sexe ?

— Je ne savais pas que ça te plaisait autant. Je retire ma proposition, je la retire !

— Tu t'es toujours montré bon, même quand tu te comportais avec méchanceté.

— Je peux ? quémanda-t-il en se penchant pour effleurer ses lèvres.

Elle n'aimait pas être embrassée sur la bouche, il le savait, mais elle le laissa quand même s'attarder un moment.

— Ça a été très intéressant, Harry, ça l'a toujours été.

La rue avait plongé dans l'ombre. Harry imagina deux marins attendant, assis dans un canot de sauvetage, que l'énorme coque retournée de leur navire sombre en les aspirant avec elle.

— Écoute ce bruit, fit Michiko en levant brusquement la main. Je l'ai entendu quand Haruko est morte.

Harry ne percevait que l'écho habituel de la circulation, le bourdonnement désagréable de tramways invisibles, le crissement d'un train franchissant le viaduc.

— Je n'entends rien de particulier.

— Tu n'as pas senti ?

— Non.

Pourtant le scarabée avait levé la tête, et le mouvement qu'il fit pour dresser une corne aussi magnifique causa sa perte. Il glissa du tableau de bord, ses pattes griffant désespérément le plastique, et tomba dans le creux de la paume de Harry. Celui-ci le laissa tourner en rond, puis le donna à Michiko pour passer en première.

Michiko était si occupée à remettre le scarabée dans sa boîte que Harry réussit à s'emparer du sac contenant le pistolet. Elle releva brusquement la tête, surprise par cette trahison.

— Juste une minute, promit Harry.

Il démarra dans la direction de la gare, aussitôt imité par la voiture garée derrière la Datsun.

Plus ils approchaient de la gare, plus les trottoirs étaient encombrés. Conscrits exubérants accompagnés de leur famille et de leurs amis, livreurs de journaux, vendeurs de bons d'armement et de drapeaux du Soleil levant se précipitaient simplement pour profiter de la proximité du Fils du ciel. La foule que Harry avait vue précédemment sur la place entre la gare et le palais impérial avait doublé. Les épouses étaient accourues avec leur ceinture à mille points, de nombreux anciens combattants, la poitrine bardée de médailles, avaient revêtu leur vieil uniforme. Le palais de Buckingham et le Vatican réunis, songea Harry en regardant autour de lui. Aux yeux de Kato, Michiko avec son béret et son manteau de cachemire aurait paru assez française, mais avec son teint d'ivoire et ses yeux bridés, elle était bien mieux que française. Les agents de la circulation s'efforçaient de maintenir des couloirs pour les bus et les trams. Autant essayer de canaliser les vagues de la mer. Grâce à son courage, Michiko, elle, y parviendrait. Harry prit dans sa poche les derniers lingots, les glissa à côté du pistolet dans le sac et tendit la main pour ouvrir la portière du passager.

— Dehors, ordonna-t-il en arrêtant la voiture.

— Non, je ne veux pas...

Harry lança alors le sac sur le trottoir. Michiko sortit pour le récupérer et il appuya sur l'accélérateur, l'abandonnant au beau milieu de la rue. Un agent de police s'acharnait sur son sifflet, mais Harry s'engouffra derrière un camion militaire et franchit le plus gros de l'encombrement. Dans le rétroviseur il vit Michiko disparaître derrière un mur de drapeaux.

Personne ne prêtait attention au gaijin qui longeait le fleuve. Dans l'euphorie générale, les Tokyoïtes ne remarquaient pas les détails. Leur journée de travail finie, ils déferlaient dans la rue en direction du palais ou du parc Hibiya; certains avançaient cependant à contre-courant le long de la rivière. Des cadets agitaient des drapeaux depuis le toit des bateaux-mouches qui faisaient la course, encouragés par les acclamations. Un garçon – certainement un étudiant – ramait sur un scull en brandissant une bouteille de champagne. Sur le trottoir, des vendeuses bras dessus, bras dessous chantaient : « Le mont Saiko est plongé dans la brume, les vagues agitent la rivière. Les bruits venant du lointain ne sont que des vagues ou les vivats des soldats, qui crient gaiement, gaiement, gaiement ! » La nuit commençait à tomber, mais les lampadaires restèrent éteints. C'est le premier black-out de la guerre, remarqua Harry. Un policier remontait les files de voitures pour ordonner aux chauffeurs d'éteindre les phares – précaution rendue inefficace à cause du nombre de lanternes en papier allumées sur les trottoirs. On circulait au pas. Harry regarda dans le rétroviseur : aucune voiture ne semblait le suivre, pourtant il *sentait* quelque chose, comme l'avait fait remarquer Michiko. Sans aucun doute on l'épiait, même s'il ne s'était pas réellement caché. On devait s'interroger – comme lui, d'ailleurs – sur sa destination, car il se contentait de graviter autour du périmètre qu'il connaissait le mieux – une magnifique occasion de vérifier qu'on ne joue pas impunément avec l'Histoire. Tout autour de lui, l'Histoire faisait la fête. Son intervention n'avait rien changé, sauf pour DeGeorge et Haruko, qui y avaient perdu leur tête. Il imaginait – idée assez déplaisante – la fureur de Michiko, mais la savoir en vie et en possession d'une arme avec laquelle elle pourrait se défendre le réconfortait. Et, surtout, elle ne chercherait pas à le défendre, lui, ce qui constituait son point faible.

Dans la rue les gens s'interpellaient. Harry ouvrit sa vitre pour essayer de déterminer si des cortèges se formaient à Ueno et à Asakusa. La radio déversait inlassablement les accents de « La Marche des cuirassés ». Les lanternes en papier sillonnaient cette multitude disparate et la regroupaient sous une seule identité, un seul cœur, un seul esprit Yamato.

Le pont Azuma traçait une arche de cierges et de lanternes au-dessus de l'eau miroitante d'étoiles. On chahutait bien ici et là, mais sans que cela affectât le silence où perçait l'étonnement respectueux devant ce bond effectué en une seule journée jusqu'au sommet du monde. Ils avaient osé et gagné. À la radio, les speakers avaient beau répéter inlassablement que seules les « vertus de l'empereur » avaient rendu possible chacune de ses victoires, ils se considéraient tous maintenant comme des demi-dieux. On entamait à peine la deuxième semaine de décembre que chacun voyait s'accomplir son rêve d'un nouvel an de chance, qui leur apporterait la richesse de la vie et du Pacifique. La Datsun approchait du parc d'Asakusa au milieu d'une circulation presque immobile quand elle toussota pour, finalement, s'arrêter. Harry, scarabée en poche et couteau à la ceinture, l'abandonna en pleine rue. En dépit du black-out, les marquises des cinémas formaient une barrière de lumières aveuglantes. Un John Wayne en carton fut le premier visage occidental que Harry croisa depuis des heures. Devait-il dissimuler son visage derrière son masque antimicrobes? « Être ou ne pas être » s'interrogeait Hamlet. «Je suis ce que je suis», affirmait Popeye. Harry ne se masqua pas.

Le parc d'Asakusa et les jardins de Kannon proposaient un véritable festival nocturne. Les lanternes éclairaient les éventaires des marchands de souvenirs bordant l'avenue qui menait au temple à double toit; des familles entières – le père suivi de sa femme, puis des enfants en ordre de taille décroissant – étaient sorties spontanément de chez elles pour se promener; la foule assiégeait les diseurs de bonne aventure concurrencés par les moines actionnant leur baguette divinatoire et les confiseurs confectionnant hérons et tortues en sucre, symboles de longue vie. Tous réalisaient des affaires en or. Harry s'attira bien quelques regards surpris mais, bien connu des boutiquiers et des habitués, il passa sans encombre.

Le rayon d'un projecteur balaya une cloche invitant à la prière du soir au moment où Harry grimpait l'escalier du temple. Du pied d'une colonnade de piliers rouges montait dans la brume des bâtons d'encens une mélopée gutturale. Harry avait lu que, lors du tremblement de terre dans lequel avaient péri Kato et Oharu, une centaine de milliers de citoyens avaient survécu en se réfugiant dans le Kannon et dans le parc. Depuis, on venait là en cas de crise. Les gens se massaient autour d'une grille pour lancer des pièces de monnaie, battre des mains et prier. Harry vida ses poches et marmonna ce qu'il avait à dire aux rares esprits qui comptaient pour lui. Son père lui avait écrit après l'épisode de Nankin : il avait appris par des missionnaires rentrant de Chine que son fils avait contribué à sauver des vies. Roger Niles précisait avoir trouvé ces récits pénibles car trop peu plausibles pour ne pas relever d'une imposture. Voici le problème de mon père, avait conclu Harry : il se confond avec Dieu et doit sans exception avoir raison. La mère de Harry, en revanche, croyait beaucoup aux exceptions. Elle était capable de rester sous un arbre dans lequel il se cachait et de lui parler comme à un angelot coincé sur une haute branche. Elle méritait qu'il lui adresse un mot ou deux. Oharu aussi. Ah ! ce haussement des sourcils pour exprimer sa surprise. Serait-elle surprise, maintenant ? Elle choisirait la meilleure place au balcon, d'où ils pourraient ensemble contempler le spectacle. Et Kato ? Harry s'était souvent demandé quelle œuvre d'art il cherchait à sauver, qui lui avait valu la mort. Il préférait penser à une estampe d'Oharu se poudrant devant le miroir des coulisses des Folies plutôt qu'à un de ses pastiches de gravures françaises. Qu'avait donc dit Kato ? *Je te baptise Japonais.*

— Harry, c'est fantastique, non ? fit Gen en s'approchant de la grille.

Avec son manteau bleu marine et sa casquette, il rappelait les midships défilant dans les rues de New York. Depuis le coucher du soleil, la température avait suffisamment baissé pour qu'on exhale de la buée en respirant. Gen battait des mains pour se réchauffer. Il portait pourtant des gants comme s'il s'apprêtait à enfourcher sa moto d'une seconde à l'autre.

— Quelle journée incroyable ! Quels résultats ! Tu ne peux pas imaginer leur bonheur, aux Opérations navales. Aujourd'hui, Harry, nous avons mis le monde sens dessus dessous, tout simplement. Le contrôle américain du Pacifique ? Fini ! Le contrôle britannique sur l'Asie ? Terminé ! Le pouvoir de l'homme blanc en Asie ? Anéanti. Et le pétrole d'Indonésie ? Autant qu'on en veut ! Tu te rappelles qu'hier tu prédisais que les bombardiers américains attaqueraient Tokyo ? Il n'y a plus de bombardiers américains et pratiquement plus de marine américaine. Reconnais-le, tu t'étais trompé. Tokyo ne verra jamais un bombardier américain. Nous les avons obligés à abattre leurs cartes, Harry, voilà ce que nous avons fait.

— Qu'est-ce que tu fabriques ici ? s'informa Harry, qui n'avait pas vu Gen arriver.

— Je viens souffler un peu, la première fois depuis hier. Aux Opérations navales, c'est la cohue, une vraie maison de fous, et j'ai besoin de me raser et de prendre une tasse de café. Toute la ville est dingue : on croirait Times Square le soir du réveillon. C'est grisant. Et toi ?

— Moi aussi, j'ai eu de la chance. Le Kempeitai allait

m'embarquer, mais j'ai passé un coup de fil et on m'a laissé partir.

— La marine protège ses amis. Tu n'as aucune raison de t'inquiéter. Et Michiko, elle n'est pas là ?

— Elle m'a plaqué. Au fond, c'est une patriote fanatique, et elle ne veut plus entendre parler de moi. Et puis, il y a Haruko.

Gen se rembrunit, comme s'il estimait injuste qu'une fille décapitée puisse jeter une ombre sur un jour aussi glorieux.

— Des nouvelles de ce côté-là ?

— Pas que je sache. Mais j'ai ma petite idée...

Les gens se pressaient devant les diseurs de bonne aventure, poussant Gen et Harry au bas des marches.

— On rappelle les troupes, annonça Gen, toutes les permissions sont supprimées. Dans un jour ou deux Ishigami repartira sans doute pour la Chine.

— Donc, tu penses que c'est Ishigami qui a fait ça ? demanda Harry.

— Ça n'est pas ton avis ?

Harry s'arrêta au pied de l'escalier pour allumer une cigarette. Son dernier paquet de Lucky, le bout du rouleau. Il la partagea avec Gen.

— Je l'ai vu au travail. Même sous pression, le colonel reste un véritable homme de l'art. Sous mes yeux, il a fait sauter cinq têtes d'affilée, et un seul faux mouvement. Or Haruko a essuyé deux coups inutiles, ce qui m'a amené à me poser des questions.

— Moins on parlera de Haruko, mieux ça vaudra. Tu sais ce qui me ferait plaisir ? Qu'une fois la guerre finie, on retourne tous les deux en Californie. San Francisco, Hollywood. Mais, cette fois, en conquérants.

— Quand ça ?

— Bientôt. Le C en C a tout prévu : une paix négociée qui nous laisse le Pacifique. Après tout, c'est nous qui avons gagné.

De nombreux curieux se pressaient autour d'un érudit qui improvisait un discours sur le chiffre huit qui, selon lui, symbolisait le Japon : les Huit Vues des monuments japonais, les Huit Grandes Îles qui composaient le Japon et maintenant la victoire du Huit Décembre. Un jeune garçon armé d'un pistolet à bouchons s'amusait à faire peur aux pigeons. Il visait

Harry quand il repéra Gen ; il lui présenta les armes et le salua. Un policier dévisagea Harry.

— Est-ce qu'on te suit ? demanda Gen.

— Je pense que oui.

— Shozo et Go ?

— Je ne les ai pas vus de la journée, mais je suis sûr que ça ne tardera pas.

— Es-tu retourné chez toi depuis l'annonce de la nouvelle ?

— Non.

— Ils t'y attendent certainement. Je t'ai toujours protégé, mais admettons qu'ils t'embarquent et qu'ils ne m'appellent pas...

— Tu crois qu'il y a un risque ?

— Avec la Police de la pensée ? Tu plaisantes ? J'ai entendu dire qu'à l'exception des diplomates on dirige tous les Américains sur la prison de Sugamo. Si Shozo et Go t'y emmènent, ils jetteront la clef dans le ruisseau.

— Alors, quel est ton plan ?

— Te conduire à une base navale où tu resteras en résidence surveillée jusqu'à ce que les choses se calment. Si tout se passe comme prévu, il se pourrait que tu te retrouves dans une situation extraordinaire.

— Tu me confierais la responsabilité de Hawaii ?

— Pourquoi pas ?

Harry souffla dans ses mains. Il fait beaucoup moins froid à Hawaii.

— Qu'advient-il des Anglais ?

— Même sort que celui des Américains. Les diplomates seront obligés de camper quelque temps à l'ambassade. (Gen regarda sa montre.) Je ne retourne aux Opérations que dans une heure. Profitons-en pour vérifier si Shozo t'attend.

— Tu ferais ça ? Tu m'accompagnerais au club ?

— Bien sûr.

En progressant vers les lumières du Rokku, Harry fut frappé par la déférence de la foule devant un aussi fringant officier et par la façon dont Gen acceptait cette admiration comme un dû. La rumeur du temple s'éloignait, cependant une autre, plus sourde, la remplaça.

— Je ne parviens toujours pas à encaisser l'histoire de Haruko, déclara Harry. Pourquoi Ishigami aurait-il voulu la tuer ?

— C'est la question que je t'ai posée quand je t'ai trouvé avec elle.

— Je comprends. Mais pour quelle raison voudrait-on tuer Haruko ? Michiko, ça, je pourrais comprendre. Je pencherais pour une erreur, j'ai même une théorie. Tu te rappelles que Haruko cherchait à imiter Michiko en tout point. Quelqu'un a très bien pu les confondre, surtout avec un mauvais éclairage. Le tueur arrive avec une idée derrière la tête, mais il n'a encore rien fait de pareil et il est pressé, ce qui expliquerait le manque de précision des coups d'épée, tu ne crois pas ? Les gens s'imaginent qu'on coupe une tête comme on frappe une balle de golf !

Harry se fraya un chemin dans la cohue qui assiégeait un kiosque proposant des reproductions de navires de guerre. Une affiche de Ginger Rogers tomba par terre. La rumeur se rapprochait, dominée par des coups de cymbales dont Harry sentait la vibration jusque dans ses os.

— Autre chose, continua-t-il. Un véritable spécialiste de l'épée fait jaillir le sang d'un geste caractéristique que je n'ai pas trouvé chez Haruko. Ishigami est assez méticuleux sur ce point.

— Est-ce que Michiko a vu quelqu'un ? demanda Gen.

— Non, elle était partie.

— Alors, qu'est-ce que tu en dis ?

— J'émets seulement des hypothèses. Quel que soit le coupable, imagine qu'il en ait voulu à Michiko et qu'il se soit trompé de victime. Peut-être même connaissait-il Haruko. S'il lui a téléphoné, s'il l'a rencontrée et si c'était un ami, elle lui aura dit où se trouvait Michiko, précisant pourquoi elle lui avait piqué sa robe, la décrivant probablement, par-dessus le marché. C'est ainsi qu'elle a procédé avec moi.

— Elle aimait cancaner.

— Là-dessus, après le coup de fil, elle a eu le cran d'aller jusqu'au dancing pour récupérer sa robe, ce que personne n'avait prévu.

— Elle était stupide.

— Et folle de toi.

Les enseignes lumineuses du Rokku, tourbillons capricieux, les fontaines et les jaillissements des ampoules colorées éclairaient la nuit d'une lumière froide. Sur les murs, des samouraïs de papier dégainaient leur sabre. Lorsque Harry s'arrêta, la rumeur se calmait, mais un ivrogne copieusement imbibé de saké trébucha et, en s'étalant au milieu du trottoir, heurta un vendeur de lanternes en papier allumées. Celles-ci basculèrent sur le sol et roulèrent au pied de la foule qui s'écarta en criant, ce qui permit à Harry d'apercevoir, à quinze mètres à peine, la Harley Davidson de Gen qui tournait au ralenti. Hajime était assis sur la moto et Ishigami dans le side-car, tous deux en uniforme avec l'écusson du même régiment. Harry supposa – un peu tard – que Hajime avait probablement servi en Chine sous les ordres du colonel. Que lisait-il sur les lèvres d'Ishigami : un sourire ou seulement l'expression de la patience ?

— Quand as-tu parlé au colonel de tes exploits à Hawaii ? voulut savoir Harry.

— Ce matin. Tu m'imagines planifiant le raid avec l'équipe ?

— Bien sûr, pourquoi pas ?

— Harry, je cherchais juste à accomplir une mission dont je sois totalement responsable et non une mission que toi ou Ishigami m'auriez confiée. C'était top secret. Il y avait une telle pression en haut lieu pour confirmer les renseignements que toi seul détenais.

— Pourquoi t'en prendre à Michiko ?

— Je l'avais toujours dans les jambes. Si elle disparaissait, me laissant seul intermédiaire entre toi et Ishigami, tu aurais fini par lâcher la vérité à propos des réservoirs de pétrole. J'essayais de remplir ma mission, de plaire au colonel et de te sauver en même temps. Tu comprends le problème ?

— Je reconnais qu'il y avait là matière à un sacré numéro d'équilibriste. (Harry écrasa son mégot.) Et qu'est-ce qu'on fait, maintenant ?

— Maintenant ? Aucun problème, affirma Gen.

Ishigami n'avait pas bronché. Je me sens surveillé par un bouddha, se dit Harry et, profitant de ce que la foule se rapprochait pour piétiner les flammes, il prit ses jambes à son cou. Pendant que Gen hésitait une seconde à sacrifier sa dignité, Harry s'engouffra dans un cinéma aussi discret qu'un palais mauresque : sur l'écran, une diligence de western traversait un canyon noir et blanc aux rochers sculptés par le vent. Harry se précipita dans l'allée, visant l'issue de secours qui ouvrait sur une petite ruelle encombrée de boutiques.

Gen arriva sur ses talons. Harry remit son masque antimicrobes pour faire irruption dans un pub, traverser une cuisine où on faisait frire du tofu et se glisser dans un passage étroit tapissé d'arêtes de poisson. Au bout d'une ruelle la fenêtre d'une prostituée proposait : *Venez célébrer notre victoire. Soyez le premier ce soir.* Jetant un coup d'œil derrière lui, Harry vit Gen sauter par-dessus des poubelles, gagner du terrain. Le bourdonnement de la moto vira dans sa direction. Une clôture de bambous couverte de plantes grimpantes barrait la ruelle. Harry l'escalada et atterrit dans des étals de fleurs en soie et de bonzaïs dans des filets de paille. Une geisha sursauta, laissant dans l'air une bouffée de poudre. Gen sautait lui aussi par-dessus la barrière pendant que Harry déboulait au milieu de calamars aux bras étalés sur un lit de varech satiné. Il renversa une pile de caisses de riz qui entravèrent suffisamment la course de Gen pour que, prenant un peu d'avance, il réussisse à se mêler aux badauds. Certains attendaient leur tour devant un stand pour tirer avec une carabine à air comprimé sur des bombardiers ennemis dont les cocardes chinoises avaient déjà été remplacées par des insignes américains. Gen passa sans s'arrêter. Harry revint sur ses pas et se retrouva devant Hajime qui l'attendait tout seul sur la motocyclette. Ishigami avait disparu. Harry n'avait d'autre choix que d'escalader une clôture hérissée de clous. Il lança d'abord son couteau, accrocha ses doigts entre les clous et essaya de la franchir d'un seul élan. Il n'y réussit pas tout à fait et atterrit sur le dos au beau milieu d'un potager, sa chemise criblée de points rouges. Heureusement, un kimono séchait sur un bâton. Un de perdu, dix de retrouvés. Harry l'enfila tout en traversant la maison sous les yeux stupéfaits d'une domestique. Il déboucha dans une autre rue bordée par des boutiques de nouilles et de café décorées de photos accrochées au mur et permettant de choisir des filles. Comme on avait coupé l'électricité, tout baignait dans la pénombre. Cependant, Gen mesurant une tête de plus que ses compatriotes, Harry le repéra sans mal à un bloc de là. En se retournant, il vit aussi Hajime qui prenait position à un autre carrefour et la servante qui s'avançait jusqu'au pas de sa porte pour scruter les alentours. Harry se glissa parmi les clients d'un imprimeur dont les affaires marchaient bien : il vendait des cartes du Pacifique. À cause de la domestique, impossible de rester là. Déployant une carte devant son visage, il progressa lentement, comme absorbé par sa lecture, en direction de Gen qui semblait d'ailleurs se contenter de guider Harry plutôt que de le poursuivre, aidé en cela par une foule devenue soudain experte en tactique. La domestique l'ayant repéré, Harry se réfugia dans un club d'échecs, grimpa un escalier, dérangea des parties en cours et se retrouva sur un balcon encombré de pots de fleurs. Un petit chien hirsute s'anima soudain, jappant en propriétaire indigné. Harry sauta sur le toit voisin, franchit celui d'une maison mitoyenne encore plus haute et reprit son souffle. Les aboiements s'éloignaient. La ville, tous lampadaires éteints et maisons à peine éclairées, menaçait, tel un volcan dont le cratère allait exploser. Harry gravit le toit. Un escalier d'incendie le conduisit jusqu'à une ruelle noire. Au moment où le contrepoids remontait les marches, les mettant hors d'atteinte, Harry entendit la motocyclette s'engager dans la rue. Derrière lui une porte cadenassée s'encastrait dans un chambranle opportunément vermoulu. Il souleva le loquet avec son couteau, se glissa à l'intérieur, et comprit immédiatement dans quel endroit il croyait avoir trouvé refuge.

Il aurait dû s'en apercevoir plus tôt, mais il n'entrait généralement pas dans les lieux par le toit, sans le secours de l'éclairage des lampadaires ni avec tant de précipitation. Le bâtiment lui-même était plongé dans l'obscurité : le music-hall – le Musée des curiosités – soupçonné de frivolité, avait été fermé par la police. Fermé, mais pas vidé, car dans l'ombre Harry distinguait des formes familières : la Vénus de Milo présentée comme un « nu exotique », un stéréoscope proposant des clichés de danseuses du ventre. Le clou, c'étaient les monstres : la « sirène » fabriquée à partir d'une queue de carrelet, avec un corps de papier mâché et une perruque de crin ; des sœurs siamoises composées à partir des mâchoires géantes d'un poisson-lanterne. Pourvu qu'il ait à sa disposition de la colle et du papier, son imagination rendait l'artiste capable de créer n'importe quoi. Harry se sentait un peu nauséeux. Il s'accroupit, ôta son masque et alluma une cigarette pour voir les choses autrement que sous l'empire de la douleur, pour oublier cette charrue qui s'acharnait à pousser son soc entre ses reins et son ventre. De quoi retournait-il donc ? Il avait échoué à s'envoler dans un avion argenté, à empêcher la guerre, et, par-dessus le marché, à conserver son argent. Un vieux proverbe dit que si, au bout de cinq minutes d'une partie de cartes, on n'a pas repéré la poire, il n'y a plus à chercher, c'est soi-même. Harry en convenait, il n'avait plus la moindre idée de l'enjeu. Il ne lui restait plus qu'une seule certitude : la créature fabriquée au moyen d'écailles de poisson et de papier mâché n'était guère plus hétéroclite que Harry Niles.

— Pose ce couteau, ordonna Gen.

Debout au fond de l'allée, un pistolet à la main, il faisait signe à Harry de se lever.

Hajime rejoignit Gen.

— Je vérifie qu'il n'a pas de pistolet.

— Hajime, fit Harry, Hajime, Hajime ! Elle vient de toi, cette idée de me balancer ce flingue ? Plutôt stupide.

— Appelle-moi « sergent », riposta Hajime en le frappant au visage. Pas d'arme, annonça-t-il après l'avoir fouillé.

— Ce n'est pas son style, il ne se fie qu'à la chance.

— J'en ai toujours eu, observa Harry en crachant du sang.

Il esquissa un sourire attristé comme pour nourrir ses propres illusions.

— Allons, Harry, comme au bon vieux temps.

Ils encadrèrent Harry – pistolet braqué dans son dos – et quittèrent le music-hall. Ils se dirigèrent non pas vers la rue, mais vers une porte en haut de l'escalier sur laquelle, grâce à la flamme du briquet de Gen, on pouvait lire : ACCÈS INTERDIT. CETTE PORTE DOIT ÊTRE TOUJOURS VERROUILLÉE. Gen, muni de la clef, les précéda dans une petite pièce aux murs tapissés de miroirs. Des chaussons sales s'entassaient auprès de la porte, des costumes minables pendaient d'une tringle et, bien que fermé depuis un an, le vestiaire des Folies exhalait encore des relents de sueur, de poudre à maquillage et de parfum. Oharu se tenait à cette table quand, pour la première fois, elle s'était retournée vers le jeune Harry trébuchant sur le pas de la porte ; Kato, le roi artiste, occupait cette chaise, et la petite Chizuko se déshabillait derrière ce paravent. Seule différence – d'importance – on avait ôté les ampoules des miroirs, transformant cet espace jadis plein de couleurs et de vie en un cercueil poussiéreux. Plus de refrains non plus montant de la scène. Harry se rappelait les éclats de fanfare puis la vive lumière qui précédaient l'irruption des danseuses.

— Le règne de la décadence, pontifia Hajime.

— Non, réfuta Harry, un spectacle amusant, que rien sur cette terre n'égalait.

— Envolé depuis longtemps, déclara Gen. Les temps ont

changé. Regarde aujourd'hui : un corps expéditionnaire japonais traverse, sans être repéré, la moitié du Pacifique et surprend la flotte américaine comme à un vulgaire stand de tir. Anéantis au sol, les avions américains ! La plus grande victoire navale des annales de la guerre.

Tout en parlant, Gen faisait franchir à Harry l'autre porte puis descendre l'escalier en colimaçon qui menait aux coulisses truffées de trappes et encombrées de rouleaux de cordage et de sacs de sable. La lueur qui filtrait chichement de la salle balayait un salon de coiffure, un tramway, le pont d'un cuirassé, les palmiers d'une île tropicale, bref, leur terrain de jeu favori à lui et à ses amis d'enfance. Devant les yeux de Harry défilaient les saynètes : le numéro du docteur, la scène des cannibales, le bourdon, les hauts-de-forme et les évolutions des girls. Les rideaux encadraient le gouffre noir des fauteuils d'orchestre. Mais à présent Ishigami occupait la scène. Il installait des tatamis à la faible lueur de la rampe. Sur un côté étaient disposés une chaise avec une cruche d'eau, une cuvette, une boîte destinée à contenir une tête, un ceinturon et une épée accrochés à son dossier. Impossible pour Harry de distinguer quoi que ce fût au-delà des lumières. Cela ne lui aurait pas déplu que la salle soit pleine, que l'orchestre des Folies attaque « Daisy, Daisy » et que les girls traversent la scène à bicyclette. Il essaya de ne pas regarder la boîte : mieux valait pour ses affaires qu'il ne se concentre pas sur Ishigami. Depuis leur première rencontre, le colonel n'avait pratiquement pas changé, tel un couteau qui devient de plus en plus lui-même, s'usant mais s'affûtant tout à la fois à l'usage. Harry regrettait l'absence de Michiko ; mieux que quiconque, elle aurait rétabli la situation. Cependant, il observa avec intérêt l'interaction entre ces trois protagonistes : respect envers le colonel, adoration à l'égard de Gen, acceptation du méprisable Hajime. Harry se tenait à la fois avec eux et loin d'eux : ils allaient de l'avant, il restait résolument en arrière.

— Malgré des chances de succès minimes, nous l'avons fait. Nous avons gagné le plus formidable pari de tous les temps.

Harry réfléchissait à une réponse aimable quand Gen l'envoya valser sur la scène, lui enfonçant son arme au creux de la joue. Les longs cheveux de Gen – il avait perdu sa casquette – pendaient en désordre.

— Et tout ça pour rien, pour pis que rien !

— Je ne comprends pas, dit Harry.

— Les Opérations, siffla Gen entre ses dents, ont attendu toute la journée les rapports du corps expéditionnaire. À présent, nous les avons. Maintenant, nous savons. L'attaque sur Hawaii visait trois objectifs principaux : les cuirassés, les porte-avions et le pétrole – les trois supports sur lesquels repose une flotte. Nous avons coulé les cuirassés. Les porte-avions ? en manœuvre, nous n'en avons pas vu un seul. Quant au pétrole, Harry, pas le moindre réservoir. Nos appareils ont fouillé les vallées une à une à la recherche de tes fameux réservoirs secrets. Naturellement, ils n'en ont pas déniché un seul… parce qu'ils n'ont jamais existé.

— Je t'avais prévenu : il n'y en avait pas.

— Tu savais qu'une simple allusion suffirait et que nous ne la négligerions pas. Elle nous obsédait. Quand les pilotes ont compris qu'il n'y avait rien à trouver, ils avaient consommé presque tout leur carburant et ils ont dû regagner leur porte-avions. Il était trop tard, alors que le plus minable d'entre eux aurait été capable de mitrailler les réservoirs bien en vue près des docks : Pearl Harbor aurait brûlé jusqu'à ce qu'il ne reste plus de pétrole, plus une seule goutte dans tout le Pacifique. Au lieu de cela, les Américains disposent encore de leurs porte-avions et de leur pétrole. Il leur suffit de déplacer quelques bateaux de guerre et notre action se soldera par un résultat nul. Tant de calculs, tant de risques, bref une guerre, pour rien.

Harry se tourna vers Ishigami.

— C'est fini, déclara le colonel. J'aurais pu le leur dire. Ça prendra des années, mais la guerre est perdue.

Ils ont raison, se dit Harry. Pearl Harbor représente à long terme un désastre pour les Japonais. Il leur fallait décrocher trois anneaux en un tour de manège et ils en ont manqué deux.

Des années d'amertume perçaient dans la voix de Gen.

— Bon sang, je les connaissais, tes arnaques ! et j'ai pourtant mordu à l'hameçon. Tes réservoirs de pétrole fictifs, tes livres de compte truqués. Quelle poire j'ai été !

— Je t'avais prévenu, répéta Harry.

Ishigami posa sa casquette sur la chaise et dégaina sa longue épée, tandis que Gen forçait Harry à se mettre à quatre pattes. Hajime sanglotait. Tout va trop vite, songea Harry. De gosses grimpant un escalier en courant nous sommes, en un instant, devenus des hommes s'agitant sur une scène à la lueur de la rampe.

— Je cherchais à empêcher la guerre, expliqua Harry au colonel. (Il essaya avec Gen.) Je cherchais à empêcher que la guerre n'éclate.

— Je vous crois, affirma Ishigami.

Gen pesait sur le dos de Harry, réduisant soudain les blessures de son ventre à d'anodines piqûres d'aiguille. Hajime braquait un pistolet sur Harry au cas où il bougerait. Dans un crissement de bottes, Ishigami prit sa posture de bourreau.

— Mille yens qu'un seul coup vous suffira, lança Harry. Surtout pas deux coups !

— Tu te souviens d'« Amazing Grace » ? demanda Ishigami. Quelle belle chanson ! Penses-y.

Difficile quand vous sentez vos cheveux se hérisser, quand votre cœur bat avec la violence que déploie un bateau pour s'arracher à ses amarres. Difficile quand votre tête, vos mains, vos jambes, vos organes cherchent à se désolidariser de cette cible qui porte le même nom que vous. Puis Harry entendit le grognement bestial du colonel et le chuintement furieux de la lame. Et enfin le choc brutal.

Harry ouvrit prudemment les yeux : sa tête demeurait soudée à ses épaules. On ne pouvait en dire autant de celle de Gen : elle avait presque roulé hors de la scène. Le long manteau de cuir et les gants ruisselaient de sang qui, suivant la pente de la scène, coulait dans la fosse d'orchestre. Ishigami secoua le sang qui teintait la lame, ramassa la tête et la lava délicatement dans la cuvette. Sur le moment, Harry ne trouva pas le mot qui convenait pour décrire l'expression de Gen. Mélancolique, peut-être. Ce fils d'Asakusa qui n'avait reçu en naissant que la beauté, ce garçon pauvre qui devait tout miser chaque fois qu'il voulait avancer, proie toute désignée de compagnons malfaisants. Ishigami ferma les yeux de Gen, lissa ses cheveux et essuya son visage. Puis, avant de l'installer dans la boîte, il posa un baiser sur sa joue.

— Pourquoi lui ? demanda Harry.

— Après une telle erreur de jugement ? Un tel déshonneur ? Un officier n'a pas le choix.

— Tout le monde croit pourtant à une grande victoire.

— Mais les gens apprendront la vérité. Qui y survivrait ?

Ishigami essuya son épée jusqu'à dévoiler la ligne de

démarcation de la trempe. Hajime, l'abominable petit Hajime, s'agenouilla, ôta sa casquette et ferma les yeux.

— Attendez ! s'écria Harry.

Ishigami leva son épée, fit trois pas de côté et trancha la tête de Hajime. Ses lunettes jaillirent dans la fosse d'orchestre tandis que son corps s'affalait, un bras retenant sa tête, son pistolet pendant mollement dans sa main.

— Seigneur, gémit Harry.

Le colonel secoua son arme, aspergeant le sol. Il y avait du sang partout. Une nouvelle forme d'art, se dit Harry, qui n'osait plus faire un geste.

— Il faut rendre à César ce qui appartient à César, décréta Ishigami.

— Je ne suis pas un espion.

— Non, pas un espion, seulement Harry Niles, et c'est déjà assez dangereux. Le pétrole ? C'est votre arme.

— À notre époque, un tas de choses fonctionnent au pétrole. Les carburants, les lubrifiants, l'essence d'aviation.

— Je vous en prie, vous me rappelez votre slogan publicitaire de Burma-Shave, la lotion après-rasage.

— Exactement.

— Vous comprenez, votre réalité ne coïncide jamais avec votre apparence. La première fois que je vous ai rencontré, vous n'étiez qu'un jeune garçon, une sorte de singe savant à mes yeux. À Nankin, des années plus tard, je vous ai pris pour un profiteur de guerre, un escroc. Vous m'avez escroqué de cinq têtes. Six, même.

C'est vrai, l'aide de camp, se remémora Harry, mais il ne répondit rien car converser avec Ishigami équivalait à partager une corde raide avec un fou : le moindre faux pas serait fatal.

— Ce n'est que dans la maison d'osier que j'ai commencé à comprendre qui vous étiez vraiment. Maintenant, tout cela me rappelle les Quarante-Sept Ronin, l'histoire du samouraï qui se dissimulait derrière un masque de joueur et d'ivrogne. Voilà ce que vous êtes, un vrai ronin. C'est ça votre secret.

— Quel secret ?

— À la maison d'osier, je vous ai raconté ce que me conseillait ma mère à propos du coquillage auquel on avait confié un secret.

— De l'écraser ensuite ?

Harry s'imaginait le jeune Ishigami, enfant naturel, recueillant, debout sur une plage, ces principes de sagesse d'une femme qui n'avait pas le droit de citer le nom de son amant. Dieu sait pourquoi, Harry revit son père, sur le pont arrière du bateau qui ramenait la famille Niles aux États-Unis. Il venait de découvrir les *Cinquante Vues du Fuji* dessinées par Kato – la preuve accablante de la vie que son fils menait dans les rues d'Asakusa, vie remplie de chapardages, de bagarres, de joies sans mélange. Roger Niles avait fait une boule de chacune des gravures et les avait lancées aux mouettes qui plongeaient dans les embruns provoqués par le sillage du navire.

— C'est vrai, Harry, vous n'êtes pas ce que j'attendais.

— Qui l'est donc ? (Allons, redresse-toi, s'exhorta-t-il. Autant mourir debout.) Et maintenant ? En avons-nous fini ?

— Presque.

Ishigami inspecta brièvement l'épée une dernière fois avant de la tendre à Harry par sa poignée de cuir tressé. La lame tremblait dans cette main qu'elle ne connaissait pas. Le colonel se mit à genoux, statue descendant de son piédestal.

— Oh, non ! s'écria Harry.

— Faites-moi cet honneur. Honte sur moi si je ne suis pas mes hommes. (Ishigami déboutonna le haut de sa tunique et en ouvrit le col, révélant un cou hâlé qui contrastait avec des épaules larges et blanches.) Un tel échec ne mérite pas un honorable seppuku. L'épée est parfois plus sincère.

— Plutôt perdre la tête que la face ! Et la guerre ?

— En tant que soldat, je ne comptais pas survivre à la guerre. Or elle est terminée. (D'un geste Ishigami envoya cet épisode de l'Histoire dans le passé. Il joignit les mains derrière son dos et baissa la tête, son crâne brillant sous les cheveux coupés en brosse.) Se faire décapiter par un ami est un moindre déshonneur et vous êtes l'unique gaijin à pouvoir le comprendre.

— Allons, la guerre ne fait que débuter, temporisa Harry en contemplant le cou tendu. Je regrette, mais je ne le ferai pas.

— Vous me rendriez service.

— Je sais, mais je m'en tiens aux chiffres : trois hommes à la tête tranchée impliquent l'aide d'un quatrième. Deux hommes décapités et un troisième suicidé par balle, raisonnablement ça se discute.

— Harry Niles demeure Harry Niles.

— Exact.

— C'est votre seule raison ?

— En partie.

Ishigami leva la tête et fixa un regard déçu non sur Harry mais sur l'épée. Comme si on venait de lui retirer brusquement un verre de saké.

— Allez-y.

Harry ramassa le pistolet de Hajime et le tendit à Ishigami. Celui-ci tourna et retourna le Nambu dans ses mains, d'un air songeur. Puis son regard chercha celui de Harry.

— Vous me devez cinq têtes.

— Et je vous les devrai toujours.

Les mains d'Ishigami décidèrent pour lui. Il appuya le canon contre sa poitrine et tira ; il vacilla, réussit à presser une seconde fois la détente et s'écroula. Le bruit des coups de feu retentit dans la salle, suivi d'un silence vibrant.

Harry, sonné et un peu assourdi, sortit en trébuchant. Impossible à quiconque d'entendre, de la rue, les détonations : l'enthousiasme à son paroxysme, les chants, les vivats et les crépitements des pétards dominaient tout. Il avait remis son masque et, à part un peu de sang séché sur les revers de son pantalon, il ressemblait à n'importe quel Tokyoïte. La foule – visages radieux et congestionnés, kimonos de soie se frottant au lainage des uniformes – se bousculait dans la bonne humeur. Le black-out du temps de guerre présentait l'attrait excitant de la nouveauté et, dans l'obscurité, ressortaient la lueur des lampes à acétylène accrochées aux éventaires et celle des lanternes rouges signalant l'entrée des bars.

Harry savait que Shozo et Go l'arrêteraient, mais il ignorait comment. Dans le cadre d'une rafle générale des gaijin ou pour un motif plus précis ? Il était prêt à parier que la police ne pousserait pas bien loin son enquête : personne, au début d'une guerre qui s'annonçait longue et pénible, n'entendrait celui qui prétendrait qu'elle était déjà perdue. Sa connaissance de la situation l'incitait à voir en chaque passant le spectre qu'il était condamné à devenir : les visages surgissaient puis disparaissaient, les corps se pressaient contre lui, presque désincarnés, et les voix s'assourdissaient déjà.

Ses oreilles se débouchèrent enfin et reçurent la clameur de la rue – le délire martial d'un haut-parleur, le claquement de sabots courant derrière une cascade de lanternes – qui entraîna instantanément Harry dans son courant irrésistible.

Remerciements

J'ai toujours été surpris de voir avec quelle générosité les uns et les autres font bénéficier de leur temps, de leurs encouragements et de leurs connaissances un écrivain qu'ils n'ont encore jamais rencontré. Pour l'auteur, ils sont le pont qui surgit mystérieusement pour lui permettre de franchir un gouffre.

En Amérique, je dois remercier Mary Culnane et Joe Morganti, Serge Petroff et Hiro Sato, Irwin Schelner et Cecil Uyehara. Kathryn Sprague, Nell et Nelson Branco et Luisa Cruz Smith ont lu diverses versions de ce livre. Ann Lamon m'a confié les lettres envoyées à sa famille par son grand-père, missionnaire au Japon avant la guerre. Knox Berger m'a communiqué les notes qu'il avait prises au cours d'un bombardement sur Tokyo. David Rosenthal a joué aux dés avec Harry.

Au Japon, j'ai bénéficié de l'assistance et des informations de Toshio Kanamura, Pisao Maeda, Peter O'Connor, Armin Rump et d'Allen West, ainsi que d'Andrew et de Mariko Obermeier. Takashi Utagawa a retrouvé pour moi des faits, des plans et des taxis à gazogène. David Satterwhite et Clifford Clarke m'ont décrit l'expérience sans pareille consistant à être élevé comme baptiste sudiste au Japon.

Enfin, Jish Martin a relu le manuscrit, traduit de la documentation et corrigé les erreurs presque aussi vite que je les commettais.

Et Ted Van Doorn a pris sur lui de me guider littéralement dans un autre monde.

Impression réalisée sur CAMERON par

BUSSIÈRE CAMEDAN IMPRIMERIES

GROUPE CPI

à Saint-Amand-Montrond (Cher)
pour le compte des Éditions Robert Laffont
en décembre 2003

Mise en pages : Bussière

N° d'édition : 44415/01. — N° d'impression : 36746-034984/4
Dépôt légal : janvier 2004.

Imprimé en France